LACVS CONSTANTIENSIS

BARBARA GRIESHABER / SIEGMUND KOPITZKI (HG.)

Drei Tagesritte vom Bodensee

RUND UM DEN SEE Das Gebiet rund um den Bodensee gilt als eine der schönsten und abwechslungsreichsten Regionen Europas. Doch der Weg dorthin war oft steinig und schwer, wie die Kurzgeschichten der mehr als dreißig Autoren in dieser Anthologie eindrucksvoll beweisen. Sie berichten von Liebe, Mord und Totschlag und erzählen von historischen Persönlichkeiten, die im Umkreis des Bodensees – bis zu drei Tagesritte vom See entfernt – gelebt oder gewirkt haben. Von der Steinzeit bis ins 20. Jahrhundert werden Episoden aus ihrem Leben ebenso spannend wie abwechslungsreich in Szene gesetzt. So begleitet der Leser Hermann Hesse bei seiner abenteuerlichen Zeppelinfahrt über den Bodensee, erlebt die Geburtsstunde von Dr. Mabuse und begegnet dem Geist des Malers Carl Spitzweg …

Barbara Grieshaber wurde 1951 im Südschwarzwald geboren. Die Dipl.-Bibliothekarin arbeitet seit 1975 bei den städtischen Bibliotheken in Singen und organisiert als deren Leiterin zahlreiche Literaturveranstaltungen. Sie ist Mitherausgeberin verschiedener Krimianthologien.

Siegmund Kopitzki, geboren 1951 in Lauenburg/Polen, studierte Germanistik, Geschichte und Politik und lebt als Kulturredakteur in Konstanz. Er ist Herausgeber von Anthologien, Beiträgen für Lexika und Kunstkatalogen sowie Mitglied der Jury der »Erzählzeit ohne Grenzen«.

Bisherige Veröffentlichungen im Gmeiner-Verlag:
Gefährliche Nachbarn (2009)
Tod am Bodensee (2007)

BARBARA GRIESHABER / SIEGMUND KOPITZKI (HG.)

Drei Tagesritte vom Bodensee

Historische Geschichten

Original

GMEINER

Besuchen Sie uns im Internet:
www.gmeiner-verlag.de

Im Ehnried 5, 88605 Meßkirch
Telefon 07575/2095-0
info@gmeiner-verlag.de

1. Auflage 2011

Lektorat: Claudia Senghaas, Kirchardt /
René Stein, Meßkirch (Wettbewerbsbeiträge)
Herstellung: Christoph Neubert
Umschlaggestaltung: U.O.R.G. Lutz Eberle, Stuttgart
unter Verwendung der Bilder von Benozzo Gozzoli, Quellen:
http://commons.wikimedia.org/wiki/
File:Cappella_dei_magi,_sigismondo_pandolfo_malatesta.jpg und
http://de.wikipedia.org/w/index.php?title=Datei:
Lacus_Constantiensis_1540.jpg&filetimestamp=20060406105523
Druck: Fuldaer Verlagsanstalt, Fulda
Printed in Germany
ISBN 978-3-8392-1216-5

Inhaltsverzeichnis

Vorwort der Herausgeber

Als ein Schweizer Kleinverleger im Jahr 2000 Joseph Viktor von Scheffels historischen Roman ›Ekkehard‹ von 1867 neu auflegt, erhält er dafür von einem Meinungsführer des deutschsprachigen Feuilletons, Peter von Matt, eine kräftige Ohrfeige. Scheffels Opus magnum sei schablonenhaft in der Psychologie, voller Lügen in der Motivierung, in einer forciert historisierenden Sprache geschrieben und durchsetzt mit Weisheiten von entsetzlicher Banalität. »Respektvoll gesagt: Es ist ein Zeitdokument. Respektlos gesagt: Es ist eine Romanleiche aus dem neunzehnten Jahrhundert«, so Peter von Matt.

Und damit basta? Es wäre ein Gespräch wert darüber, welche Schablonen heutige Autoren in ihren Romanen nutzen, welche Binsenweisheiten sie ihren Lesern auf den Weg geben und welche Sprach- und Formprobleme in ihren Werken ungelöst bleiben. Es wäre schließlich ein Gespräch darüber wert, warum ein Klassiker wie Theodor Fontane den ›Ekkehard‹ zu den besten Büchern gezählt hat, »die ich gelesen habe«. Und warum selbst Hugo von Hofmannsthal voll des Lobes war: »Sein besonderes Schönes ruht darin, dass die zart und rein umrissenen Gestalten zugleich in eine ferne deutsche Vergangenheit gestellt sind und in eine völlig gegenwärtige deutsche Landschaft …«.

Der Roman spielt am mittelalterlichen Bodensee, in St. Gallen, auf der Insel Reichenau, vor allem aber im Hegau und auf der Burg Hohentwiel. Er handelt von der Liebe zwischen dem Mönch Ekkehard und der Herzogin Hadwig von Schwaben. Neben dieser Affäre, dem Plot der Geschichte, enthält er Schilderungen der Zeitläufe, des Kampfes zwischen christlicher und altgermanischer Religion, der Literatur und Kunst usw. Das ist, alles in allem, hellstes Mittelalter. Scheffel ignoriert zwar das postrevolutionäre und bankrotte Deutschland, der Chronist idealisiert die Vergangenheit, aber ist das verwerflich? Es ist Literatur. »Schlechte«, notiert Peter von Matt. »Populäre«, sagen wir.

Der Roman erlebt nach zögernden Anfängen eine stürmische Verbreitung. Sein Autor avanciert zum ›Lieblingsdichter der Deutschen‹. Bis zum Tod Scheffels im Jahr 1886 kommt der ›Ekkehard‹ auf stolze 90 Auflagen. Doch danach geht es stetig bergab. Aber nicht nur Scheffel wird das Etikett ›Zweitklassiker‹ verpasst, das ganze ›historische‹ Genre verliert an Bedeutung. Blicken wir vorwärts zurück: Seine erste Blüte verdankt es den romantisierenden Romanen des englischen Schriftstellers Walter Scott (›Ivanhoe‹, 1820). Scott und seine direkten Nachfolger – in Frankreich etwa Victor Hugo mit dem Roman ›Der Glöckner von Notre Dame‹ (1831), in Deutschland Gustav Freytag mit seinem Zyklus ›Die Ahnen‹ (1872–1881) und in Russland Leo Tolstoi mit dem großartigen, realistischen Epos ›Krieg und Frieden‹ (1868/69) – profitieren von einem neu entstandenen Geschichtsbewusstsein in Europa. Das 19. Jahrhundert ist bekanntlich dasjenige, in dem sich die Geschichtswissenschaft formiert, Museen gegründet und als (nationale) Bildungsanstalten populär werden. Die Geschichtserzählung trägt zu dieser Erfahrungsbildung bei. Aber schon der Naturalismus zeigt der ›historischen Geschichte‹ die kalte Schulter. Erst in der ersten Hälfte des 20. Jahrhunderts wird die Gattung von den Expressionisten wiederentdeckt und ausdifferenziert.

Was das heißt? Der historische Roman schlüpft – zumindest hierzulande – in die Haut des Bildungs- und Entwicklungsromans, der Familien- und Generationsgeschichten, der Kriegsromane und Legenden. Im Unterschied zur Praxis des 19. Jahrhunderts handelt es sich bei diesen Werken nicht mehr um eine historische Realienkunde in Erzählform. Die Perspektive zielt auf das Jetzt. Im Spiegel der Geschichte soll Gegenwärtiges in seiner Entwicklung geklärt und dokumentiert werden. Es sind renommierte Schriftsteller wie Alfred Döblin (›Wallenstein‹, 1920), Arnold Zweig (›Der Streit um den Sergeanten Grischa‹, 1927) oder Lion Feuchtwanger (›Jud Süß‹, 1925), die sich dem neuen alten Genre zuwenden. Doch die Geschichte macht diesen Ambitionen einen Strich durch die Rechnung: Die höchsten Auflagen erzielten in der Weimarer Republik ausgerechnet Romane, in denen die völkische Blut- und Boden-Ideologie verankert war. Im Dritten Reich dient das ›historische‹ Genre der Verbreitung nationalsozialistischen Gedankenguts. Die ins innere oder äußere Exil geflohenen oppositionellen Schriftsteller werden nicht mehr gelesen.

Nach dem Zweiten Weltkrieg gilt das Genre in der Bundesrepublik als veraltet und verkommen – während der historische Roman in der DDR eine staatspädagogische Funktion übernahm. Erst in den 70er-Jahren macht die Geschichtserzählung wieder von sich reden und zwar in der Form historischer Biografien (Adolf Muschg über ›Gottfried Keller‹, 1977; Dieter Kühn mit ›Ich Wolkenstein‹, 1977). In den 80er-Jahren setzt sich der Trend fort. Ein erster Höhepunkt war Umberto Ecos Roman ›Der Name der Rose‹ (1980). Für Furore sorgen ›Das Parfüm‹, Patrick Süskinds Geschichte eines Mörders (1985), und Christoph Ransmayrs Roman ›Die letzte Welt‹ (1988), auch ein geglücktes Beispiel für postmodernes Erzählen. Spätestens mit diesen drei Bestsellern hat sich das Genre rehabilitiert und – wieder etabliert.

Nur Joseph Victor von Scheffel nicht? In dieser Anthologie mit ihren 36 historischen Geschichten, die sich, wie der museal anmutende Titel ›Drei Tagesritte vom Bodensee‹ vermuten lässt, topografisch auf die Raumschaft Hegau-Bodensee beziehen, kommt auch er zu Wort – mit einem anrührenden Brief an die Mutter. Scheffel gehört zu dieser Kulturregion wie der Hohentwiel zur Stadt Singen. Er hat eine unbestreitbare regionale Identität – auch wenn er seiner Herkunft nach aus Karlsruhe stammte. Was auch für die ›Zimmer'sche Chronik‹ gilt, aus der sich die Herausgeber der Anthologie ebenfalls mit zwei märchenhaften Textstücken bedient haben. Die Chronik entstand bereits im 16. Jahrhundert, ihr Ursprung liegt in Meßkirch. Dort, im Geniewinkel, lebte und starb (vermutlich 1566) ihr Schöpfer Froben Christoph von Zimmern, ein hoch gebildeter Spross der schwäbischen Adelsfamilie Zimmern.

Die ›Chronik‹, ein nationales Kulturgut und ein Beispiel dafür, dass unsere Welt erzählend ist, ist der älteste unter den ›historischen Texten‹ dieser Sammlung. Der ihr zeitlich nächste Text stammt aus der Feder von Michel de Montaigne, der 1581, auf dem Weg nach Italien, den Bodensee und das Allgäu passierte. Seine Tagebucheinträge erlauben einen ungetrübten Blick in das Alltagsleben der Menschen jener Zeit und – nicht minder spannend – in das Seelenleben dieses so putzgescheiten wie humorvollen Philosophen. Goethes Reisenotizen, den Hegau und seine idyllischen Dörfer betreffend, ebenfalls ein Pflichttext für diese Anthologie, entstanden 300 Jahre später. Auch bei diesem ›homo narrens‹ beeindruckt der persönliche und verbindliche Ton. Goethe nimmt, was er erzählt, aus der eigenen Erfahrung und macht sie wiederum zur Erfahrung derer, die seiner Geschichte zuhören. Im Riatmuseum zu Thayngen ist noch heute das Zimmer zu sehen, wo Goethe eine kurze Rast einlegte und vom ›Thaynger Blauburgunder‹ (genannt Goethewein) kostete …

Diese und die anderen ›Augenzeugenberichte‹, darunter

Hermann Hesses abenteuerliche Zeppelin-Fahrt über den Bodensee, die er mit kindlicher Freude mitteilt, stehen am Anfang der Anthologie, die kühne Illustrationen des Berliner Künstlers Johannes Grützke bereichern, die nach der Lektüre des ›Ekkehard‹ entstanden sind. Ihren folgen drei weitere ›Bücher‹ mit historischen Erzählungen heutiger Autoren, eigens für diese Anthologie verfasst. Auch ihnen geht es darum, Erfahrung durch literarische Modelle zu ermöglichen, die zu begreifen hilft, was Menschen im Guten wie im Bösen widerfahren ist. Im Unterschied zu den vorangegangenen Geschichten werden ihre Stoffe vom Ende her erzählt. Und noch ein weiteres Detail unterscheidet sie von den Texten der Altvorderen: Sie verschränken aufs Schönste Dichtung und Wahrheit. Dass sie – so nebenbei – unterhalten wollen, gehört auch zum belletristischen Schreiben.

Hier ist zuallererst Evelyn Haslers Hommage an Hesse zu nennen, der seine ersten Ehejahre mit Mia Bernoulli in Gaienhofen am Bodensee verbringt. Noch bevor er seine Indienfahrt unternimmt, schließt er sich 1907 dem Naturpropheten Gust Gräser an, zieht in dessen Grotte bei Ascona, die ihm zu seinem ›heiligen Land‹ wird. Eveline Hasler geht den Spuren dieses Rückzugs auf ihre bekannte ›teilnehmende‹ Art nach. Sie ist als Erzählerin mittendrin – und mit ihr der Leser. Ihr Szenario schließt Reflexion ein – ein Plus gegenüber dem historischen Roman. In Marc Buhls ›Hirnstück‹ bleibt der allwissende Erzähler anonym. In seiner Geschichte, die er mit der Biografie eines Allensbacher Apothekersohns verknüpft, geht es um die Verstrickung des Individuums mit den politischen Verhältnissen seiner Zeit. Dabei gerät auch das Berliner Kaiser-Wilhelm-Institut für Gehirnforschung in den Fokus, in dem während der braunen Gewaltherrschaft Gehirne von ermordeten psychisch Kranken und Behinderten untersucht wurden. Eine Geschichtserzählung mit dem Stachel der Nachdenklichkeit. Hermann Kinder spielt in seinem Prosastück mit dem Genre der ›historischen Geschichten‹. Sein verfremdendes Erzählen fordert die Imaginationskraft des Lesers, der sich fragen wird, ob das erzählte Geschehen denkbar ist. Vielleicht trifft auf diesen Text zu, was Walter Benjamin als ein Merkmal der ›wahren Erzählung‹ beschrieben hat: Sie erklärt nichts …

Ebenfalls einen literarischen Schabernack – mit der mittelalterlichen Hexenthematik – leistet sich Christoph Keller. Erika, so auch der Titel der Erzählung, reist in Körpern, die ihr nicht gehören. Wir merken schon: Historisches Erzählen heute ist ein Spiel mit Geschichten und Geschichtenmustern. Die formale Geschlossenheit der Texte, wie sie insbesondere in den Anfängen des Genres bei Scott und seinen Schülern zu finden ist, wird durch neuere, zeitgemäße Erzähltechniken wie Verfremdung, Mehrperspektivität, diskursive Elemente, Verzicht auf klassische Erzählerrollen usw. aufgebrochen. Diese Form des modernen Erzählens lässt sich auch im dritten und vierten ›Buch‹ dieser Anthologie beobachten. Insgesamt sind hier Texte von 21 Autoren versammelt, die sich in historische Lebensläufe vertieft haben, literarische Persönlichkeiten wie die assimilierte Meersburgerin Annette von Droste-Hülshoff (Christiane Lind), den Dichter Friedrich Daniel Schubart (Eva Wodarz-Eichner) oder den Magnetiseur Franz Anton Mesmer (Anne Betkamp) und den Teufelskerl Dr. Mabuse (Horst Bosetzky) zu neuem Leben erwecken, aber auch von der unwirtlichen Bergwelt oder von Mord und Totschlag in der beschaulichen Hegau-Bodensee-Region berichten und natürlich – wir erinnern hier an den Casus ›Ekkehard‹ – von Liebe, auch von unglücklicher. Elf von ihnen sind Mitglied beim Autorenkreis historischer Roman *Quo Vadis*, die anderen zehn Autoren wurden über einen Kurzgeschichtenwettbewerb unter dem Titel der Anthologie ›Drei Tagesritte vom Bodensee‹ ermittelt. Die Geschichten sind die zehn besten, die aus einigen hundert Einsendungen ausgewählt wurden. Für diese Vorleistung bedanken sich die Herausgeber ganz herzlich bei den Jury-Mitgliedern und Quo-Vadis-Autoren Angeline Bauer, Caren Benedikt und Guido Dieckmann. Den Kurzgeschichtenwettbewerb hatte der Autorenkreis im Dezember 2010 gemeinsam mit dem Gmeiner-Verlag ausgeschrieben. Der Zeitpunkt war ebenso bewusst gewählt wie die Idee, eine Anthologie mit ›historischen Geschichten‹ aufzulegen: Im November 2011 kommen die Mitglieder von *Quo Vadis* zur ›Historica‹ zusammen, ihrem traditionellen Treffen, bei dem aus der ›Longlist‹ auch drei Siegertexte bestimmt werden. In diesem Jahr ist Singen am Hohentwiel Tagungsort. Insofern darf die Textsammlung ›Drei Tagesritte vom Bodensee‹ auch als Anthologie zum Literaturfestival ›Historica 2011‹ verstanden werden.

Die Illustrationen von Johannes Grützke wurden mit freundlicher Genehmigung des Libelle Verlages der dort 2000 erschienenen Ausgabe von Joseph Victor von Scheffels ›Ekkehard‹ entnommen.

Zuletzt: Man lebt nicht, wie man erzählt. Aber die Erzählung zeigt, was Leben ist. – In diesem Sinne wünschen die Herausgeber und der Autorenkreis *Quo Vadis* der Anthologie viele Leser.

Ihre Barbara Grieshaber und Ihr Siegmund Kopitzki

Die Herausgeber:

Grieshaber, Barbara

Barbara Grieshaber, 1951 im Südschwarzwald geboren, Studium an der Fachhochschule für Bibliothekswesen in Stuttgart. Arbeitet seit 1975 bei den städt. Bibliotheken in Singen und organisiert als deren Leiterin zahlreiche Literaturveranstaltungen (›Erzählzeit ohne Grenzen‹, Criminale u. a.). Herausgeberin von ›Tod am Bodensee‹ (Gmeiner 2007) und ›Gefährliche Nachbarn‹ (Gmeiner 2009) gemeinsam mit Siegmund Kopitzki.

Kopitzki, Siegmund

Siegmund Kopitzki, geb. 1951 in Lauenburg/Polen. Studium der Germanistik, Geschichte und Politik an den Universitäten Konstanz und Sussex/England. Lebt in Konstanz und arbeitet als Kulturredakteur beim SÜDKURIER. Herausgeber einiger Anthologien, Beiträge für Lexika, Kunstkataloge etc. Mitglied der Jury der ›Erzählzeit ohne Grenzen‹ und des Alemannischen Literaturpreises.

Auf eben der Seite liegt Hohentwiel; man ist nunmehr mit dieser Festung in gleicher Linie und sieht die große Kette der Schweizer-Gebirge vor sich.

Johann Wolfgang von Goethe

Vom Trompeter zum Ekkehard. Scheffels Briefe ins Elternhaus 1853/55*

Meine liebe Mutter.

Ich danke Dir für Deinen Brief und die Inlagen, die mich ebenfalls sehr erfreut haben; eine war ein Schreiben des Schriftstellers Otto Müller. Verfasser der Charlotte Ackermann, voll freundschaftlicher Anerkennung, verbunden mit einem buchhändlerischen Anerbieten, das mir vielleicht später von Nutzen ist.

Es find jetzt bald 14 Tage, daß ich auf Hohentwiel festsitze – die Situation ist eigenthümlich, ich hab schon manchmal eine Art Vergleich mit Capri angestellt, aber 's paßt nicht ganz. Die Natur ist ganz so wie ich sie gern habe – weite Aussicht zu meinen Füßen, der Untersee mit Reichenau, langgestreckte Tannenwälder, links der steile Fels von hohen Krähen aus der Ebene aufsteigend und rechts vor mir die stolze Kuppe des Hohentwiel mit ihren Festungstrümmern. Das ist denn auch mein täglicher Gang, ich hab ein einsames Plätzlein in den Ruinen, da schaut sich's weit in die Welt hinaus, und wenn die Sonne sich zum Untergehen neigt, so kommen oftmals in leisem Duft die Häupter der Alpen gegenüber zum Vorschein, eine weite unermeßliche Kette, und doch zart, wie gehaucht – der Blick gleicht wieder manche Zweifel aus.

Meine Wirthe sind brave Leute – ich lebe gut, nicht gasthofmäßig, – oft, z. B. an den Sonntagen gehts etwas bäuer-

* Anmerkung der Herausgeber: Eine Anpassung der Orthografie bei den Texten von Scheffel, de Montaigne, Goethe, Hugo, Hesse sowie der Chronika derer von Zimmern wurde aus Gründen der Authentizität nicht vorgenommen.

lich zu, dann zieh ich in die Berge, – es ist ein patriarchalisch Leben, ein Hofgut, mit großer Landwirtschaft, viel Knecht und Mägden – ein klein protestantisch Kirchlein dabei, bei der Einfachheit bin auch ich schon wohlgemuth hineingegangen und hab gestern auf der vordersten Bank der Confirmation der Kinder angewohnt.

Meine Arbeit geht langsam voran – 9 Capitel sind fertig, es müssen aber ungefähr 20 werden, ich hab allerlei Schwierigkeit, die Geschichte darf nicht außer Acht gelassen werden, und weil's fast 1000 Jahr zurückliegt, gebricht's fast hie und da an dem pikanten Detail, dann soll eine hohe Einfachheit, ein strenger Ton, der alles Äderflüssige wegläßt, drüber gelegt sein – und wenig sagen ist schwieriger als viel.

Ich hoffe aber allmälig zu fröhlicher Unbefangenheit des Schaffens zu gelangen – freilich langsam, denn ich fange an zu merken, daß mir das Jahr seit meiner Heimkehr aus Italien manche Wunde geschlagen hat – ich habe eigentlich gar nicht Viel äußerlich erlebt und doch so unendlich Viel durchgemacht, woher kommt das? Vom Leiden oder vom unfreiwilligen Müßiggang oder von den fremdartigen Verhältnissen? – –

Für Deine Bemühungen um meine Zukunft danke ich Dir ebenfalls, ich will Nichts einwenden, wahrscheinlich kommts auch hier anders als erwartet – oder gar nicht, denn durch mein Leben scheint sich eine seltsame Art Resignation zu ziehen, die mich am Glück vorbeigehn heißt, wenns vor mir steht. Erwina wird übrigens fast zu fromm und gut und wohlerzogen für mich ausfallen, mir sollte mehr was Wildes, Kühnes, Zu That und Kampf mit der Welt Anspornendes zu[r] Seite stehen – ich wüßte vielleicht auch wer, aber

Sie konnten zusammen nicht kommen
Das Wasser war gar zu tief.

Hier am Bodensee und in der Umgegend sitzt eine rührende crème von Gesellschaft beisammen, davon erzähl ich vielleicht bei der Rückkehr, es soll kein Papier damit verschrieben werden.

Vor der Hand sitze ich noch unbeweglich hier, ich möchte nicht, ohne im ersten Entwurf fertig zu sein, heimkommen. Dann ein wenig ausgeruht, und nach vorheriger Prüfung, bei der Du vielleicht auch beigezogen wirst, fertig gemacht; wenn man mich duldet, gern im heimatlichen Gartenhaus, aber – in Frieden, ich kann nimmer Viel aushalten. Das Honorar gedenke ich nächsten Winter in Paris oder London zu verklopfen: wenn mich ein mitleidiges Caminfeuer nicht von allen Buchhändler Contracten befreit, denn ich bin streng gegen mich geworden.

Ich schreibe bald wieder, – vielleicht auch um einigen Zuschuß – mit den Notizen für Oberndorf und Rottweil hats daher Zeit, ich werds aber hoffentlich gut an Ort und Stelle besorgen.

Was an Briefen etc. an mich kommt, schick mir doch ja bald hieher, ich freue mich in meiner Einsamkeit doppelt an jedem Zeichen der Erinnerung.

In den letzten Tagen wars wunderschön, Frühling im Land, die Linde vor dem Haus ist in wenig Tagen ganz grün geworden, aber gestern hats umgeschlagen, es stürmt und regenschauert, schier als wolle der April noch mit Schnee enden. Dieses graue Wetter hat mich auch heut von meiner Arbeit abgehalten und zum Briefschreiben gewendet – also auch zu Etwas gut.

Ich grüße Euch Alle, Vater und Marie und Carl, für Marie wären hier Studien zu machen und die Farben sind in der Natur etwas harmonischer und feiner gemischt als in dieser Probe auf Postpapier – namentlich die Ferne oft sehr zart und lieblich. Überhaupt kann hier leicht das Gefühl über Einen kommen, aller Tinte Adio zu sagen und wieder zu Bleistift und Pinsel zu greifen.

Unterdessen zieht wieder ein Regenguß vor meinem Fenster vorüber – und verhüllt mir jegliche Aussicht – der Wind pfeift, das Büblein geht nach Singen auf die Post – ich schließe. Addio!

Joseph.

Hof Hohentwiel beim Schultheiß Pfizer,
24. April 1854.

Joseph Viktor von Scheffel wurde am 16. Februar 1826 in Karlsruhe geboren. Der Sohn eines badischen Offiziers studierte Jura in München, Heidelberg und Berlin, war Burschenschaftler und einer der volkstümlichsten Dichter der Zeit nach 1848. Zu seinen bekanntesten Werken zählen die episch-lyrische Versdichtung »Der Trompeter von Säckingen« und der Roman »Ekkehard«. Gedichte Scheffels fanden Aufnahme in das deutsche Volksliedgut (»Wohlauf, die Luft geht frisch und rein«, »Alt-Heidelberg, du feine«). Er starb am 9. April 1886 in Karlsruhe.

Joseph Victor von Scheffel: Vom Trompeter zum Ekkehard. Scheffels Briefe ins Elternhaus 1853/1855. Hrsg. von Wilhelm Zentner. Karlsruhe 1934. (Zehnte Gabe des Deutschen Scheffelbundes an seine Mitglieder)

aus der chronika derer von zimmern – historien und kuriosa aus sechs jahrhunderten deutschen lebens, urkundlich erzählt von graf christoph von zimmern / johannes müller

Als der grosse Reichstag zu Konstanz versammelt war, kaufte der obenerwähnte Peter Schneider viele junge Hühner zusammen, die er in etliche Körbe tun und gen Konstanz führen ließ. Den Karren schickte er mit seinem Sohn über Stockach und Bodman, er selbst aber reisete nach Überlingen. Und weil nun da gerade Wochenmarkt war, so fragte er, ob er nicht einen Stall oder zwei in der Stadt bei dem See bekommen könne, denn er lasse sich etliche hundert Hühner von Meßkirch nachtreiben, die wolle er über den See nach Konstanz führen. Damit ging er in die Stadt, in des Zuckmantels Haus (so hieß damals der Wirt auf der Herberge zunächst beim See, sie wird jetzt »Zum Kopf« genannt) und aß dort mit dem Wirt und etlichen Kaufleuten zu Morgen. Unterdessen verbreitete es sich in der Stadt, daß Peter Schneider von Meßkirch, der sonst den Überlingern wohl bekannt war, eine große Menge Hühner in Herden in die Stadt treiben lassen werde und das Gerücht griff so um sich, daß es den meisten und auch den vornehmsten zu Ohren kam. Alles verwunderte sich über den ungewöhnlichen Vorfall und viele liefen auch dem oberen Tor zu, um das Hühnerwunder zu sehen. Sie standen lange unter den Toren und warteten, bis die Hühnerherden kämen, der Haufe vergrößerte sich stets und wenn sie nicht schließlich wieder nach Haus gegangen wären, so ständen sie noch dort. Der Peter Schneider aß zu

Morgen und erzählte dem Wirt und den übrigen Gästen den Spaß, dann aber setzte er sich in das Schiff, fuhr über den See nach Konstanz und ließ den großen Haufen unter den Toren auf die Hühner warten.

Ein andermal war Peter Schneider wieder in Überlingen. Des Nachts legte Zuckmantel, der Wirt, ihn mit andern Kaufleuten und Gästen in eine große Kammer, deren Fenster auf die Straße hinausgingen. Nun sah der Peter Schneider unter einem Bett ein paar zusammengebundene lederne Weinschläuche liegen. Zufällig schnarchte der Kaufmann, der in dem Bett lag, die ganze Nacht über, so daß niemand Ruhe hatte und schlafen konnte, worüber sie ganz ungeduldig wurden. Besonders verdrießlich aber war Peter Schneider und sprach: »Nun höre auf zu schnarchen oder ich werfe dich zum Laden hinaus!« Das sagte er mehrmals, der andere aber wollte es nicht hören und schnarchte ruhig weiter. Darüber lachten die andern, Peter Schneider aber stand schnell auf, ging zu des Schnarchenden Bett, erwischte die Schläuche darunter und warf sie zum nächsten Fenster hinaus auf die Gasse hinab. Weil aber der Wurf auf dem Pflaster stark tönte, meinten sie alle nicht anders, als der Peter habe ihren Gesellen hinabgeworfen. Der Schnarcher hatte einen Schwager in der Kammer; der fing ein großes Geschrei an, als er den Wurf hörte und eilte auf die Türe zu, damit ihnen der Täter nicht entrinne, redete auch den anderen zu, ihm zu helfen. Also standen sie alle auf und fingen den Peter Schneider. Es war ein solcher Rumor und Geschrei in der Kammer, daß auch der alte Zuckmantel mit seinen Knechten aufstand und mit einem Licht herbeikam, um zu erfahren, was los sei. Sie hielten den guten Peter immer noch fest und erzählten dem Wirt mit heftigen Worten, wie der Peter in seiner jähzornigen Weise ihren Gesellen auf die Straße hinabgeworfen habe. Der Schnarcher war von dem Getümmel erwacht und stand während dieser Szene dabei, bei den andern. Als sie nun die Klage eine gute Weile getrieben hatten und endlich merkten, daß der, dessetwegen sie eine solche Unruhe angefangen, noch bei ihnen sei, ließen sie den Peter wieder ledig. Der erzählte ihnen, wie er die Schläuche zum Fenster hinausgeworfen hatte und der ganze Handel wurde mit einem Gelächter beschlossen.

Als er einmal in Geschäften nach Sigmaringen ritt und bei Boll vorbeikam, sah er ein paar Weiber an der Straße in einem Hanfacker; zu denen ritt er in den Acker hinein, grüßte sie und sprach sie freundlich an. Weil aber das Roß ihnen den Hanf zertrat, so waren sie übel zufrieden und schalten ihn, bis er wieder davonritt. Weil sie ihm aber noch lange nachfluchten, so kehrte er wieder um und rannte durch den ganzen Acker auf sie zu und fragte, was sie doch wollten; er habe das, was sie ihm nachschrieen, nicht hören können. Damit machte er die Weiber so wütend, daß sie mit Steinen nach ihm warfen und er davonreiten mußte. Die Weiber aber folgten ihm und verklagten ihn vor dem Vogt zu Sigmaringen deshalb. Der Vogt meldete es seinen Herren und als diese alles erfahren hatten, wollten sie die Geschichte nicht weitertreiben, weil Peter Schneider mit seinen Späßen weithin bekannt war. Also haben die Weiber den Hinweg für den Herweg gehabt.

Peter Schneider hatte viel am Neckar zu tun; wie er nun einmal nach Winderlingen kam, besuchte er dort einen seiner Gesellen, der hieß Auberle Stöffle. Nun war damals dort ein Pfarrer, der hatte eine hübsche Anzahl der besten Kapaunen gezogen. Das erfuhr Peter Schneider und hatte Lust, davon zu versuchen; er stellte also mit Wissen Auberle Stöffles einen Knaben an, der mußte, während der Pfaffe in der Kirche war, mit Pilsensamen in dem Hühnerstall einen Rauch anmachen, von dem die Hühner, Hennen und Kapaunen betäubt wurden und wie tot dalagen. Der Pfaffe erschrak bei seiner Heimkehr darüber sehr, weil er seine besondere Kurzweil mit dem Geflügel hatte. Auberle Stöffle machte sich von ungefähr bei ihm zu schaffen; da klagte er ihm sein Unglück mit dem Geflügel und bat ihn um seinen Rat. Auberle antwortete, das sei eine sehr merkwürdige Sache, von der er nie gehört; sie seien vielleicht vergiftet worden. »Doch,« fuhr er fort, »es ist heute nacht ein fahrender Schüler von Meßkirch hierher gekommen, der weiß viele Künste und hat manches Wunder erlebt, den wollen wir kommen lassen und hören, was er dazu sagt.« Das gefiel dem Pfaffen und man schickte nach Peter Schneider. Der kam und tat, als ob er von nichts wüßte, also klagte ihm der Pfaffe seinen Unfall und fragte ihn, ob er ihm helfen könne. Peter Schneider hatte das Hilfsmittel bei der Hand und versprach dem Geflügel zu helfen; mit den Kapaunen aber, meinte er, werde es schwerlich geraten. Auf die Bitten des Pfarrers und Kuberles, der auch zuredete, unternahm Peter das Geschäft, bedingte sich aber als Lohn vier der besten Kapaunen aus, eine andere Belohnung in Geld verlangte er nicht. Der Pfaffe willigte ein. Und nachdem sich die beiden entfernt hatten, machte Peter sein Gaukelspiel, bis die Kapaunen und das andere Geflügel alles wieder zu sich kam. Sobald die Hähne munter wurden, fingen sie an zu krähen. Da gewann der Pfaffe seine gute Hoffnung wieder, er konnte sich nicht mehr länger halten und lief zum Hühnerhaus und fand, daß alles Geflügel wieder lebendig geworden war. Peter Schneider aber hatte sich seines Versprechen entledigt und nahm vier Kapaunen, nicht die besten, so daß der Pfaffe sehr zufrieden war. Die Kapaunen wurden bei Auberle Stöffle verzecht und der Pfaffe samt anderen guten Gesellen dazu geladen; der war mit ihnen guten Mutes und erzählte jedermann von der großen Kunst und Erfahrung des fahrenden Schülers von Meßkirch.

(...)

Als Herr Johannes Werner noch jung war, trieb er mit seinen Untertanen viel Scherz und Spaß; besonders waren es aber die alten Zimmernschen Bürger in Meßkirch, die während seiner und seiner Brüder Vertreibung so treu zu ihm gehalten hatten, die er jetzt an sich zog und viel Kurzweil mit ihnen trieb. Es lebte damals ein Bürger in Meßkirch namens Konrad Seiz, ein frommer ehrlicher Mann, aber ein Sonderling; dem ließ Herr Johannes Werner einmal von Paul Mayer, Claus Kolb und anderen seine Schimmel auf der Weide schwarz färben. Gegen Abend nun, als die Hirten die Rosse heimtrieben, liefen die Pferde des Seiz in ihren gewöhnlichen Stall. Wie aber der Konrad Seiz die schwarzen Rosse sah, glaubte er, es seien fremde und trieb sie mit großem Spektakeln und Fluchen hinaus. Dann lief er überall in der Stadt herum und fragte nach seinen Pferden. Als sie aber niemand gesehen hatte, ging er wieder heim und fand die schwarzen Gaule abermals im Stall. Darüber erzürnte er noch mehr und wollte sie mit einer Stange herausjagen. Die aber wollten sich nicht austreiben lassen, denn wenn er das eine glücklich herausgejagt hatte, so lief das andere wieder hinein. Und wie der Spektakel kein Ende nehmen wollte, kamen endlich die Nachbarn herbei; die brachten ihn schließlich mit vieler Mühe und nach langer Überredung dazu, die Rosse im Stall zu behalten, also hat er Weib und Binder angestellt, die haben die Rosse wieder waschen müssen.

Bald darauf erfuhr Herr Johannes Werner, daß der Konrad Seiz eine Anzahl fette Enten mäste. Er ließ ihm des Nachts also die Enten nehmen und dafür einen halberwachsenen

Wolf in den Stall sperren. Wie nun der Seiz morgens den Entenstall aufmachte, rannte der Wolf mit solchem Ungestüm gegen ihn, daß er ihn über den Haufen warf; der Seiz meinte natürlich nicht anders, als er habe die Enten gefressen. Herr Johannes Werner aber schickte ihm sein Geflügel wieder mit dem Bericht, der Wolf habe die Enten im Kropf davongetragen. Das glaubte der Seiz und war damit zufrieden.

Herr Johannes Werner stellte damals einen Kaplan für das Stift in Meßkirch an, namens Hans Schmidt, von Überlingen gebürtig, der war in seiner Jugend auf der hohen Schule zu Wien und auch einige Jahre zu Ofen im Ungarland gewesen, später erbte er etwas von seinen Verwandten zu Überlingen; das hat er aber alles verschleckt und vertan, so daß er schließlich von jedermann den Namen »Pfaff Weingeber« bekam und auch bis an sein Ende behielt. Bei den Herren war er wegen seiner schönen Stimme, seiner guten Sprüche und Scherze wohl gelitten. Weil er aber immer unruhig war und einem ehrlichen Bürger in seiner Abwesenheit zu nächtlicher Weile mehrmals das Haus visitierte, so ließ Herr Johannes Werner eines Abends ein kleines unscheinbares Gäßchen in der Nähe mit viel Reisig, das an einem übelriechenden Ort durchgezogen worden war, überall anfüllen. Dann wartete er mit seinen Dienern auf den Pfaffen. Er hatte sein Gesinde verteilt, den einen Teil oben, den andern unten in der Gasse, wie nun der Pfaffe, der sich keines Bösen versah, zwischen die beiden Abteilungen kam, hörte er unten in der Gasse Lärm, weshalb er die Gasse hinauflief. Da kam ihm der andere Haufe entgegen; er hörte wie sie mit den Waffen klirrten, daß die Funken aus dem Pflaster sprangen. Da wußte er nicht mehr, wo hinaus; überall war er umzingelt. Und wie er sich nun weder vorwärts noch rückwärts getraute, kam er an das kleine Gäßchen. Kaum war er dort, so drangen auch schon die beiden Haufen auf ihn ein, so daß er schließlich, um nur den Prügeln zu entrinnen, die ihm schon so nahe waren, mitten durch mußte, wie er sich an dem Unflat, der in dem Reisig hing, verunreinigte, ist wohl zu denken. Aber er war mit dieser Strafe noch nicht verscheucht. Als Herrn Johannes Werner wieder gemeldet wurde, daß er in Abwesenheit des Mannes durch den niedern Laden, den er von der Gasse aus wohl erreichen konnte, ins Haus schlüpfte, ließ er es ihm mehrmals verbieten, mit dem Hinzufügen, daß ihm sonst noch mehr Ungemach begegnen würde; aber es half alles nichts. Also ließ er ihm in einer Nacht aufpassen. Drei starke Männer hatten sich heimlich und ohne Wissen des Pfaffen in dem Haus verborgen und Herr Johannes Werner wartete mit seinen Leuten in der Nähe. Wie nun der Pfaffe heranschlich und sich zu dem Laden hinaufschwang, packten ihn die im Haus drinnen bei den Haaren und zogen ihn kräftig; Herr Johannes Werner eilte mit den seinen herbei und packte ihn bei den Füßen; also wurde der Pfaffe ganz jämmerlich von beiden Seiten gezogen. Einmal zogen ihn die im Haus an sich, dann wieder rissen ihn die auf der Gasse zu sich hinunter. Er konnte sich nicht wehren, durfte nicht einmal schreien. Schließlich bat er sie um Gottes und aller seiner lieben Heiligen willen, es möge doch der eine Teil der stärkere sein, damit das Ziehen ein Ende nehme. Als sie ihn nun wohl zerzaust hatten wie einen Hasenbalg und ihm das Fell gegerbt, ließen sie ihn wieder laufen. Er hat dann hernach das Haus in Ruhe gelassen und der dritten Weihe nicht begehrt.

(...)

Als Herr Gottfried Werner die Herrschaft Meßkirch von seinem Bruder, Herrn Johannes Werner, eingetauscht hatte, um das Jahr nach Christi Geburt 1513, kam eine große Wallfahrt nach Igelswies auf, wo der allmächtige Gott durch die Fürbitte der heiligsten Jungfrau, seiner lieben Mutter Maria, viele Wunder damals tat. Es kam so weit, daß von weither großer Zulauf dahin war und viel Geld zusammenkam. Dieses Geld beanspruchte nun der Pfarrer von Meßkirch, Herr Adrian Dornfogel, zur Hälfte und wollte es also mit dem Heiligen teilen, weil nämlich Igelswies eine Filiale von Meßkirch sei und zur Pfarrei dort gehöre. Das bestritt aber die Äbtissin von Wald, der gehörten die niederen Gerichte dort und die andern Nutznießungen. Sie wollte dem Pfarrer nichts herausgeben, sondern bestellte Pfleger, die die Gottesgaben einziehen und ihr oder ihren Amtleuten jährlich Abrechnung darüber erstatten sollten. Das ärgerte aber den Pfarrer und er nahm sich vor, das Heiligengeld bei passender Gelegenheit selbst zu holen. Er nahm ein paar Gesellen und Verwandte mit und erschien eines Tags in Igelswies. Weil aber nichts verschwiegen bleibt, so war die Äbtissin von seinem Vorhaben schon unterrichtet worden; sie meldete es ihrem Kastenvogt oder Schirmherrn, dem Grafen Christoph von Werdenberg. Der schickte seinen Forstmeister Thomas Stich mit einigen Reitern hin, um aufzupassen. Wie nun Herr Adrian Dornfogel mit seinen Soldaten kam, um den Raub zu holen, stand der Sigmaringische Forstmeister mit seinem Anhang den Heiligenpflegern bei, und wenn der Pfarrer nicht nachgegeben und verzichtet hätte, so wäre es ihm wohl nicht gut bekommen. Als Herr Gottfried Werner von dem Handel hörte, wollte er damit nichts zu schaffen haben, denn dem Pfarrer stand das Heiligengeld nicht zu; auch hatte er ohne Wissen seines Herrn das Attentat begonnen. Weil es ihm nun nicht gelungen war und er sich anders nicht rächen konnte, predigte er gegen die Wallfahrt und unternahm es, aus der Heiligen Schrift zu beweisen, daß das kein gottgefälliges Geschäft, sondern eitel Abgötterei sei. Die Heiligenpfleger aber kümmerten sich um seine Predigt nicht, sondern erbauten auf

Befehl der Äbtissin die Kapelle zu Igelswies; das übrige Geld aber legten sie auf Zinsen, um daraus Wachs, Öl und andere zum Unterhalt nötige Dinge zu bezahlen.

Herr Adrian Dornfogel hat in vielen Dingen seine geistliche Gewalt mißbraucht und ein so hochmütiges Wesen angenommen, daß alles darob großes Mißfallen empfing. Es begab sich einmal, daß Papst Leo X. einen Ablaß für Beisteuer gegen die Türken in ganz Deutschland verkünden ließ. So kam denn auch eine solche Bulle nach Meßkirch; die wurde zu unser Frauen an der Ablach aufbewahrt. Herr Adrian veranstaltete einen Kreuzgang, nicht anders als wie man ihn am Tag Corporis Christi zu halten pflegt, Herr Gottfried Werner wurde darum angegangen, den Pfarrer bei der Prozession zu führen. Also wurde die Bulle mit großer Reverenz, nicht anders, als ob man unsern Herrgott selbst holen wollte, zu unser Frauen besucht. Der Pfarrer zeigte sie der ganzen Gemeinde hoch empor und jedermann fiel vor dem Baal auf die Knie. Den Brief trug der Pfarrer offen und es wurde ihm große Ehre von dem gemeinen Volk bewiesen. Herr Gottfried Werner führte den Pfarrer mit großer Zeremonie bis in die St. Martinskirche, unterdessen läutete man mit allen Glocken. Der Pfarrer hielt eine Predigt von der Kanzel, strich die Bulle heraus so gut er konnte und was des Gaukelwerkes mehr war. Damit sollen die päpstlichen Bullen nicht geschmäht und verkleinert, sondern nur der Hochmut und das Übermaß getadelt werden, durch die bei verständigen Leuten nur Anstoß und Spott erregt wird. Ich habe auch oft von Herrn Gottfried Werner selbst gehört, der ein christlicher Herr und guter Katholik war und bis an sein Ende geblieben ist, daß ihn nichts so sehr gereute, als daß er das Affenwerk damals geduldet hätte. Dem Pfarrer ließ man damals alles hingehen; als er aber den Ehestand und die Obrigkeit in seinen Predigten angriff, da war es aus; ein paar unnütze Leute liefen ihm durchs Haus, tranken seinen Wein und trieben sonst noch vielerlei Mutwillen. Man brachte ihn schließlich dazu, daß er auf die Pfarrei verzichtete, und gab ihm dafür eine Kaplanei, die Frühmesse zu St. Martin zu versehen. Bald danach fiel er von der Leiter, als er einmal Rauchfleisch vom Speicher holen wollte und wurde gelähmt. Gott gab ihm aber die Gnade, daß er wieder zu sich kam, die Wildbäder halfen ihm auch ein wenig, so daß er doch wieder allein gehen und essen konnte. Zeit seines Lebens aber blieb er lahm und bresthaft und lebte doch auf sein Unglück noch dreißig Jahre.

Graf Froben Christoph von Zimmern (1519-1567) aus dem Geschlecht der Grafen von Zimmern gab nicht nur den Bau des Meßkircher Renaissanceschlosses in Auftrag, sondern blieb der Nachwelt als Mitverfasser der berühmten "Zimmerischen Chronik" in Erinnerung, einer mit Schwänken, Sagen und zeitgeschichtlichen Bonmots angereicherten Hauschronik.

Bernhard Ihringer (Hrsg): Aus der Chronika derer von Zimmern. Historien und Kuriosa aus sechs Jahrhunderten deutschen Lebens urkundlich erzählt von Graf Froben Christoph von Zimmern und Johannes Müller. W. Langewiesche-Brandt, 1911

Michel de Montaigne –
Tagebuch der Reise nach Italien

3. Von Baden bis Augsburg

Am Freitag, den siebten Tag im Oktober reisten wir um sieben Uhr nach dem Frühstück von Baden ab. Vorher trank der Herr de Montaigne noch sein erwähntes Maß Wasser – er nahm es dort also insgesamt fünfmal zu sich. Was die Frage von dessen Wirksamkeit betrifft, glaubt er allen Grund zu haben, sich hiervon mehr Gutes zu erhoffen als von jedem andern, ganz gleich, ob man es trinkt oder darin badet.

Er würde deshalb diesen Kurort ganz besonders empfehlen, zumal er jede Annehmlichkeit bietet. Die Wohnungen sind gepflegt und so zweckmäßig angeordnet, daß jede ihren eignen Zugang hat und keiner den andern belästigt, ob es sich nun um Unterkünfte für kleinere Leute handelt oder für die großen. Selbst für ein ganzes Gefolge gibt es hier getrennte Zimmer, Galerien, Bäder, Küchen und Kapellen, zum Beispiel in dem Hotel namens *Stadthof*, das neben dem von uns bewohnten, *Hinterer Hof* genannten lag und sogar etliche französische Kamine aufwies. (Beide gehören den Kantonen und werden von Pächtern bewirtschaftet.) An sich haben die großen Räume samt und sonders Kachelöfen.

Wie in allen Ländern (und besonders ja in unserm) sind die den Fremden abverlangten Preise halsabschneiderisch. Vier Zimmer mit neun Betten, davon zwei mit Öfen und einem Bad, kosteten uns täglich für jeden der Herren einen Taler und für jeden Bedienten vier Batzen (also etwas mehr als neun Sous), und für die Pferde mußten wir sechs Batzen (ungefähr vierzehn Sous) täglich berappen. Außerdem aber haben sie uns – was sonst nicht ihre Art ist – bei der Abrechnung mehrfach bemogelt.

Die Schweizer pflegen ihre Städte zu bewachen. Das war selbst in demjenigen Ortsteil Badens der Fall, wo die Bäder liegen, und der ist nur ein Dorf. Jede Nacht machen zwei Wächter die Runde – weniger, um vor Feinden auf der Hut zu sein, sondern um Feuersbrünste und andres Unheil zu verhindern. Jedesmal, wenn die volle Stunde schlägt, ist der eine gehalten, dem andern die Frage entgegenzuschreien, wieviel Uhr es sei, worauf der andre ihm mit gleicher Lautstärke Bescheid gibt – und hinzufügt, daß er weiter scharf aufpasse.

Die Frauen waschen im Freien und in aller Öffentlichkeit. Neben dem Waschplatz stellen sie einen kleinen Holzofen auf, um das Wasser zu kochen. Sie verrichten diese Arbeit zuverlässiger und reinigen auch die Bottiche viel gründlicher, als es in unsern französischen Hotels geschieht. In denen der Schweiz hat eben jede Bediente ihre eigene Aufgabe, jeder Bediente die seine. Höchst bedauerlich ist, daß man als Fremder von den Leuten hier nichts über die Sehenswürdigkeiten eines Orts zu erfahren bekommt (es sei denn, man stößt zufällig auf einen, der Bescheid weiß): Sie verstehen einfach nicht, worauf man mit einer Frage hinauswill. So haben wir uns während der fünf Tage mit unersättlicher Neugier in Baden umgetan und doch kein Wort von dem gehört, was uns jetzt beim Verlassen der Stadt auffiel: ein mannshoher Stein, der, formlos zwar und unbearbeitet, ein Säulenstumpf zu sein schien. Wie ein Wahrzeichen für die Vorüberkommenden stand er da an einer Hausecke, mit einer lateinischen Inschrift, die (auf freilich recht schlichte Weise) den Kaisern Nerva und Trajan gewidmet war. Leider hatte ich kein Schreibzeug zur Hand, um sie zu kopieren. Wir überquerten den Rhein bei der Stadt

KAISERSTUHL, die zwar katholisch, doch mit den Schweizern verbündet ist. Von hier folgten wir dem Strom durch eine sehr schöne ebene Landschaft, bis wir auf riesige Schnellen trafen, die analog zu den Fällen des Nils Rheinfall genannt werden. Er entsteht dadurch, daß der Strom nahe Schaffhausen gegen ein Massiv von wuchtigen Felsen stößt, an denen er sich bricht, und dann über eine etwa zwei Lanzen hohe Steilwand mächtig aufschäumend und unter schrecklichem Gebrüll in die Tiefe stürzt. Kein Boot kommt hier weiter, und die Schiffahrt wird unterbrochen. In einem Zug gelangten wir zum Abendessen nach

SCHAFFHAUSEN, vier Meilen: Hauptstadt eines der Schweizer Kantone, wie Zürich der Lehre Zwinglis folgend.

Was Zürich angeht, hatten wir die Stadt, als wir von Baden aufbrachen, rechterhand liegengelassen. Eigentlich wollte der Herr de Montaigne sie besuchen, betrug die Entfernung doch nur zwei Meilen. Aber man hatte ihm berichtet, daß dort die Pest herrsche.

In Schaffhausen sahen wir nichts Außergewöhnliches. Gewiß, man ließ gerade eine Zitadelle errichten, die recht ansehnlich zu werden verspricht. Auch gibt es dort eine reich mit schattigen Galerien, Sitzen und Logen ausgestattete Schießanlage für Armbrustschützen, wie man sie sich größer und schöner nicht vorstellen kann. Eine ähnliche ist für Arkebusenschützen vorhanden.

Und es gibt Wassermühlen, die gleich den uns zuvor begegneten Holz sägen, Flachs brechen oder Hirse stampfen.

Weiter trafen wir auf einen Baum, der so zugeschnitten war, wie wir es schon anderswo sahn (auch jetzt erst wieder in Baden), doch nicht von derselben Größe: Die alleruntersten Zweige dienen als Boden für eine rundum führende Galerie von zwanzig Schritt Durchmesser und werden mit dem dünneren Teil dergestalt nach oben gebogen, daß sie so hoch und dicht wie möglich deren Außenwand bilden. Hernach sägt man den Stamm bis zur gewünschten Höhe der Galerie (etwa zehn Fuß) kahl, damit keine neuen Zweige nachwachsen. Die Zweige darüber aber befestigt man auf einem Weidengeflecht und erhält auf diese Weise das Dach. Dann biegt man deren Enden so nach unten, daß sie sich mit denen der hochgebognen, die Außenwand bildenden Zweige verbinden; und schließlich füllt man alle verbleibenden Zwischenräume mit Laub. Darüber sägt man den Stamm bis untern Wipfel wieder kahl, während dieser seine Zweige nun frei ausbreiten darf. Ergebnis: ein sehr schöner Baum von sehr schöner Form. Zudem läßt man an dessen Fuß einen kleinen Springbrunnen plätschern, dessen Wasser übern Boden der Galerie rieselt.

Der Herr de Montaigne stattete den Bürgermeistern der Stadt einen Besuch ab, die hernach, um sich zu bedanken, mit anderen Beamten zum Abendessen in unsre Unterkunft kamen und dabei dem Herrn d'Estissac und ihm selber Wein überreichen ließen. Das ging wiederum nicht ohne mehrere höchst feierliche Ansprachen beider Seiten ab. Der Oberbürgermeister war adlig und beim verstorbnen Herzog von Orléans als Page erzogen worden, hat aber sein Französisch inzwischen völlig vergessen.

Dieser Kanton erklärt offen, voll und ganz auf unserer Seite zu stehn. Erst kürzlich hat er das wieder bewiesen, indem er zu unsren Gunsten das Bündnis ausschlug, das der verstorbne Herzog von Savoyen den Kantonen antrug. (Ich habe die Sache weiter oben bereits erwähnt.)

Samstag, den achten Oktober brachen wir morgens acht Uhr nach dem Frühstück von Schaffhausen auf, wo wir in der Krone sehr gut untergebracht waren. Dort hatte ein einheimischer Gelehrter dem Herrn de Montaigne allerlei erzählt, unter anderm, daß die Einwohner dieser Stadt in Wahrheit recht wenig Sympathie für unsern Hof empfänden. Deshalb sei die Mehrheit der Bürger bei allen Beratungen über das Bündnis mit dem König auch stets dafür gewesen, es zu brechen – daß die Sache dennoch einen anderen Lauf nahm, gehe nur auf die Umtriebe einiger Reicher zurück.

Bei der Abreise sahen wir (wie schon anderswo zuvor) eine Vorrichtung aus Eisen, dank derer man ohne Menschenkraft Karren mit schweren Steinblöcken beladen kann.

Wir folgten nun dem Rhein, der zu unsrer Rechten lag, bis wir

STEIN erreichten: eine kleine Stadt, die mit den Kantonen verbündet ist und sich wie Schaffhausen zu Zwingli bekennt (obwohl wir am Wegesrand eine Menge Steinkreuze sahen). Dort überquerten wir auf einer anderen Holzbrücke erneut den Rhein, und indem wir dem Fluß weiterfolgten, der jetzt zu unsrer Linken lag, passierten wir wieder eine kleine Stadt, die ihrerseits mit den katholischen Kantonen verbündet ist. Der Rhein dehnt sich hier wie unsre Garonne vor Blaye zu einer ungeheuren Breite aus und verengt sich dann wieder bis hin zu

KONSTANZ, vier Meilen, wo wir gegen vier Uhr ankamen. Diese Stadt hat die Größe von Châlons-sur-Marne. Sie gehört dem Erzherzog von Österreich und ist katholisch. Da sie vorher dreißig Jahre lang im Besitz der Lutheraner war (die erst Kaiser Karl V gewaltsam daraus vertrieb), sind die Bilder in den Kirchen weitgehend zerstört. Der Bischof, dem einheimischen Adel entstammend und Kardinal, hält sich in Rom auf, und seine Einkünfte betragen gut viertausend Taler. In der Liebfrauenkirche gibt es für Adlige Kanonikerpfründen von tausendfünfhundert Gulden. Wir sahen, wie gerade einer von außerhalb zu Pferde ankam, der unbekümmert um seine kirchliche Würde als Krieger gekleidet war. All das bewirkt, sagt man, daß es in der Stadt noch eine Menge Lutheraner gibt.

Wir bestiegen den sehr hohen Glockenturm der Kirche. Oben trafen wir auf einen Mann, der als Wächter dort eingeschlossen ist und seinen Platz unter keinen Umständen verlassen darf.

Am Ufer des Rheins wird eine große überdachte Anlage gebaut, die etwa fünfzig Schritt lang und vierzig breit ist. Man will dort durch zwölf bis fünfzehn große Holzräder ständig Massen von Wasser auf ein darüberliegendes Becken befördern, wo andere Räder gleicher Zahl, nun aus Eisen, die Wassermassen einem noch höheren Becken zuführn. Von dieser Höhe, die ungefähr fünfzig Fuß beträgt, soll sich das Wasser über einen künstlichen Kanal von beträchtlicher Länge und Breite herabstürzen und in die Stadt geleitet werden, um hier zahlreiche Mühlen zu treiben. (Allein für die Ausführung seiner Konstruktion erhielt der Architekt fünftausendsiebenhundert Gulden und wurde überdies mit Wein beliefert.)

Ganz unten wird der Fluß zu einem rundum geschloßnen Bassin gestaut, damit die Strömung sich bricht und so das Wasser leichter zu schöpfen ist. Auch hat man Vorrichtungen angebracht, durch die sich das ganze Räderwerk je nach Wasserstand heben und senken läßt.

Der Rhein verliert dort seinen Namen, denn er dehnt sich am Ende der Stadt zu einem großen See von gut vier deutschen Meilen Breite und fünf bis sechs Meilen Länge aus. In den See ragt eine schöne, spitz zulaufende Landzunge, auf der die Güter gestapelt werden. Fünfzig Schritt vom See steht ein hübsches Häuschen, das ständig mit einer Wache besetzt ist. Durch eine dort angebrachte Kette kann der Zugang zum Hafen gesperrt werden. Zudem wird dieser Teil des Sees, in dem die Lastkähne zur Beladung anlegen, von zwei Seiten durch zahlreiche Pfähle abgeschlossen.

In der Liebfrauenkirche gibt es eine Rohrleitung, die über den Rhein hinweg bis in die Vorstadt führt. Daß wir die Schweiz hinter uns gelassen hatten, merkten wir kurz vor Erreichen der Stadt an den vielen Adelssitzen, denn deren sieht man in der Schweiz kaum. Was aber die bürgerlichen Häuser betrifft, waren diese, denen allein das Adelswappen fehlte, auf unsrer Wegstrecke durch Stadt und Land unvergleichlich schöner als in Frankreich, namentlich die Gasthöfe. Zudem ist man in diesen viel besser aufgehoben – und wenn der Aufwand für die Bedienung einem manchmal auch zu kärglich scheint, liegt das nicht an zu kärglicher Ausstattung: Man sieht es schon daran, daß es kaum einen Gasthof gibt, wo nicht jeder aus großen, meist vergoldeten und reich verzierten Silbergefäßen trinkt. Nein, sie kargen aus Gewohnheit.

Das Land ist äußerst fruchtbar, vor allem an Wein.

Um auf Konstanz zurückzukommen: Wir waren dort im *Adler* schlecht untergebracht, und vom Wirt erhielten wir, als einer unserer Fußbedienten mit unserm Führer aus Basel in Streit geriet, eine Kostprobe geradezu barbarischer alemannischer Willkür und Anmaßung. Der Herr de Montaigne brachte die Sache bis vors Gericht. Auf die Frage, ob seine Bedienten als Zeugen für unsre Sache aussagen dürften, antwortete der Amtsrichter – ein italienischer Adliger, der, dort ansässig und verheiratet, seit langem das Bürgerrecht besitzt –, gewiß, das dürften sie, falls er sie vorher entlasse. Gleich danach könne er sie ja wieder einstellen. Diese Spitzfindigkeit sollte man sich merken! Tags darauf, einem Sonntag, wurden wir durch diese Mißlichkeit bis nach dem Mittagessen aufgehalten; dann wechselten wir in den *Hech*t, wo es uns sehr gut gefiel. Der Sohn des Stadthauptmanns, beim Herrn de Méru als Page erzogen, leistete den Herren zu den Mahlzeiten und auch sonst ständig Gesellschaft –

dabei konnte er kein Wort Französisch! Zum Essen wurden viele Gänge aufgetragen, und anschließend reichte man den Herren hier wie später noch oft vielerlei Nachspeisen zum Wein: zunächst ein kranzförmiges Gebäck, das die Gascogner *canaulo* nennen, danach Pfefferkuchen, und als drittes ein zartes Weißbrot, das, obwohl in Stücke geschnitten, nicht auseinanderfällt. In die Einschnitte ist reichlich Gewürz und Salz gestreut, wie auch oben über die Kruste. In dieser Gegend gibt es ungewöhnlich viele Leprosorien, und auch die Wege sind voll Aussätziger.

Die Bauern geben ihrem Gesinde zum Frühstück ganz flache, mit Fenchel gewürzte Brotfladen, darauf eine Schicht feingehackter Speck und Knoblauchzehen.

In Deutschland verlangt die Ehrerbietung einem andern gegenüber, daß man sich an seiner linken Seite hält, wo immer es auch sei. An seine rechte Seite zu treten gilt als Beleidigung, denn um einen Mann zu achten, müsse man ihm ebendiese Seite freilassen, damit er jederzeit zur Waffe greifen könne. Am Sonntag verließen wir nach dem Essen Konstanz, fuhren eine Meile von der Stadt entfernt über den See und erreichten zur Übernachtung

MARKDORF, zwei Meilen. Katholisches Städtchen, wo wir im *Wappen von Köln* abstiegen, das zugleich kaiserliche Poststation für Sendungen von Italien nach Deutschland ist. Das Städtchen liegt eingebettet in eine sich weithin erstreckende Rebenlandschaft, und die dort wachsenden Weine sind sehr gut.

Wie an vielen anderen Orten füllt man auch hier die »Strohsäcke« mit den Blättern eines bestimmten Baums, die bessere Dienste leisten als Stroh und länger halten.

Am Montag, den zehnten Oktober brachen wir gleich nach dem Frühstück auf, denn der Herr de Montaigne wurde durch das schöne Wetter dazu verlockt, nicht wie vorgesehn nach Ravensburg weiterzureisen, sondern einen eintägigen Abstecher nach Lindau zu machen. Er selber frühstückte freilich nie, sondern pflegte sich nur ein Stück trocknes Brot bringen zu lassen, das er dann unterwegs verzehrte; manchmal aß er dazu Weintrauben, wenn es welche gab. Hier war die ganze Gegend voll davon, besonders um Lindau herum. Man befand sich noch mitten in der Weinlese. Die Rebstöcke werden in Spalieren hochgezogen, zwischen denen man mit üppigem Grün bewachsne Gänge läßt, die einen ungemein hübschen Anblick bieten. Wir passierten das am Bodensee liegende

BUCHHORN, katholische Reichsstadt. Hier werden all die aus Ulm, Nürnberg und anderen Städten auf Wagen herantransportierten Waren verschifft, um über den See auf den Rheinweg zu gelangen. Gegen drei Uhr nachmittags kamen wir in

LINDAU an, drei Meilen. Diese kleine Stadt liegt hundert Schritt weit im See; man gelangt zu ihr über eine Steinbrücke, die den einzigen Zugang bildet – ringsherum ist nur Wasser. Jenseits blickt man bis zu den Graubündner Bergen. Der Wasserstand des hier gut eine Meile breiten Sees ist wie der aller Zuflüsse im Winter niedrig, wegen der Schneeschmelze im Sommer jedoch hoch.

Überall im Land bedecken sich die Frauen den Kopf mit Hüten oder Hauben aus Pelz, die etwa unseren *calottes* gleichen. Außen nehmen sie dafür das kostbarere Rauchwerk, etwa Feh, innen dagegen nur Lamm. Eine solche Haube kostet nicht mehr als drei *Testons*. Die offne Seite, die bei unsren *calottes* vorne ist, tragen sie nach hinten, so daß man ihr geflochtnes Haar vollständig sehen kann. Gern ziehen sie auch rote oder weiße Stiefelchen an, die ihnen nicht schlecht stehn.

Hier werden zwei Konfessionen praktiziert. Wir besuchten die im Jahr 866 erbaute katholische Kirche, wo alles unversehrt geblieben ist, und sahen auch die protestantische. In den Reichsstädten herrscht für Katholiken und Protestanten durchweg Religionsfreiheit. Die Bürger entscheiden selbst darüber, welche Konfession sie bevorzugen, und an die halten sie sich dann mehr oder weniger. In Lindau gibt es nur zwei, drei Katholiken, wie der Priester dem Herrn de Montaigne sagte. Trotzdem beziehen alle Priester ihre Einkünfte weiter und fahren fort, den Gottesdienst zu versehn. Das gleiche gilt für die dort ansässigen Nonnen.

Der Herr de Montaigne sprach auch mit dem lutherischen Geistlichen, der ihm nichts Wesentliches mitzuteilen wußte – außer daß er gegen Zwingli und Calvin mit dem gewohnten Haß loswetterte. Man hört allgemein, daß es praktisch kaum eine Stadt gibt, in der die Gläubigen ihr Bekenntnis nicht auf sehr eigenwillige Art interpretieren: Unter Berufung auf Luther, den sie doch samt und sonders als ihr Oberhaupt anerkennen, brechen sie zahlreiche Dispute über die Auslegung seiner Schriften vom Zaun.

Wir wohnten in der *Krone*, einem hübschen Gasthaus. In die Täfelung des Speisesaals war eine Art Käfig für eine Unzahl von Vögeln eingelassen. Er war mit an Messingdrähten befestigten Hängestegen versehn, auf denen die Vögel von einem Ende des Saals zum andern spazierten. Für Möbel und Täfelung verwendet man nur Tanne, in den Wäldern hier der häufigste Baum. Das Holz wird jedoch farbig gebeizt und mit großer Gründlichkeit blankgehalten, ja, zum Säubern von Bänken und Tischen verwendet man eigens aus den Borsten des Wildschweins gefertigte Bürsten.

Hier gibt es eine Fülle von Kohlköpfen, die man mit einem besonderen Gerät zerkleinert. Davon werden große Mengen in Fässern eingesalzen und dann den ganzen Winter über als Topfgerichte verwendet.

Der Herr de Montaigne probierte auch ein Federbett aus, womit man sich dort zuzudecken pflegt, und er war darüber des Lobes voll, da er es zugleich warm und leicht fand. Anspruchsvolle Männer könnten sich seines Erachtens nur über das Bett im ganzen beklagen; wenn sie jedoch in ihrem Gepäck eine Matratze (die dortzulande unbekannt ist) und einen Vorhang mitführten, würde es ihnen im übrigen an nichts fehlen.

Was nämlich die Bewirtung angeht, tischen die Deutschen einem Topfgerichte, Soßen und Salate in uns ungewohnter Fülle und Reichhaltigkeit auf. So hat man uns Gerichte aus Quitten vorgesetzt, ferner mit eingemachten Apfelringen bedeckte Suppen, dazu Salate aus Weißkraut. Auch bietet man Brühen verschiedner Art ohne Brot an, zum Beispiel aus Reis, in denen alle gemeinsam herumfischen – Einzelgedecke hierfür gibt es nicht.

All das ist in den guten Gasthäusern von einem solchen Wohlgeschmack, daß die Küche des französischen Adels, sagte der Herr de Montaigne, kaum damit zu vergleichen sei. Auch fände man dort selten derart schön ausgestattete Speisesäle.

Gute Fische gibt es in Hülle und Fülle, die zusammen mit Fleisch aufgetragen werden. Die Forellen freilich schätzt man hier wenig – von ihnen ißt man nur die Leber.

Ebenso reichlich ist Wild vorhanden, etwa Schnepfen und junge Hasen, das man völlig anders als bei uns zubereitet, aber mindestens ebensogut. Wir haben nie zuvor so delikate Gerichte gegessen, wie sie dort gang und gäbe sind. Bald wird zuerst der Braten aufgetragen und die Suppe zuletzt, bald umgekehrt. Als Beilage zum Fleisch reicht man Pflaumenkompott sowie Apfel- und Birnentörtchen. An Frischobst gibt es nur Birnen und köstliche Äpfel, dazu Nüsse und Käse. Zum Fleisch wird ein Gerät aus Silber oder Zinn mit vier

Kästchen aufgestellt, die vielerlei zerstoßne Gewürze enthalten, zum Beispiel Kümmel oder etwas Ähnliches, pikant und brennend-scharf; all dies pflegt man aufs Brot zu streuen, das zudem mit Fenchel gebacken ist. Nach der Mahlzeit werden nochmals volle Gläser und zwei, drei reichhaltige Gerichte serviert, die dazu dienen, den Durst zu steigern.

Der Herr de Montaigne bedauerte auf seiner Reise dreierlei:

Erstens, daß er keinen Koch mitgenommen hatte, der sich mit den örtlichen Zubereitungsarten hätte vertraut machen und diese später bei ihm erproben können. Zweitens, daß er nicht einen deutschen Diener angeheuert oder die Gesellschaft eines einheimischen Adligen gesucht hatte, denn er fand es äußerst lästig, den Launen irgendeines Schafskopfs von Fremdenführer ausgeliefert zu sein. Drittens, daß er vor Antritt der Reise keins der Bücher konsultiert hatte, die ihn auf die besondren Sehenswürdigkeiten jedes Orts hätten aufmerksam machen können, oder daß er nicht wenigstens einen *Münster* oder irgendeinen andern Kosmographen in seinem Gepäck mitführte. Natürlich floß in sein positives Urteil über dieses Land auch ein wenig die leidenschaftliche Verachtung seines eignen ein, das ihm aus anderen Gründen zuwider und verhaßt war. Doch unabhängig davon zog er die hiesigen Annehmlichkeiten der französischen Lebensweise entschieden vor, und er paßte sich ihnen gar soweit an, daß er den Wein ohne Wasser trank. Wenn es freilich darum ging, um die Wette zu trinken, wurde er lediglich aus Höflichkeit dazu eingeladen, denn man hatte bemerkt, daß er niemals mitmachte.

In Oberdeutschland lebt man freilich teurer als in Frankreich, denn umgerechnet kosten Mann und Pferd täglich mindestens einen Sonnentaler. Die Wirte berechnen zunächst jede Mahlzeit mit vier, fünf oder sechs Batzen für die *Table d'hôte*. Dann führen sie in einem zweiten Posten alles auf, was man vor und nach den beiden Mahlzeiten oder dem kleinsten Imbiß trinkt – weswegen die Deutschen, wenn sie das Gasthaus morgens verlassen, gewöhnlich aufs Trinken verzichten. Die als Nachtisch gereichten Speisen und der dabei verzehrte Wein, der sie das meiste kostet, werden zusammen mit den Imbissen in Rechnung gestellt. Und schließlich berechnen die Wirte den Hafer für die Pferde und den Stall einschließlich Heu.

In Anbetracht der Überfülle des Gebotenen jedoch, namentlich des Weins vor allem da, wo er äußerst teuer ist und von weitem herangeschafft werden muß, finde ich die hohen Preise durchaus vertretbar.

Man lädt hier sogar die Bedienten für zwei bis drei Stunden an die Tafel zum Mittrinken ein.

Der Wein wird in Gemäßen aufgetragen, die unsren großen Krügen gleichen, und es gilt als Verbrechen, einen leeren Becher nicht sofort daraus nachzufüllen – doch nie mit Wasser, selbst wenn man es verlangt (es sei denn, man genießt ein besonderes Ansehn).

Die Deutschen haben die gute Eigenschaft, vom ersten Wort an zu sagen, welchen Preis sie verlangen: Handeln hat da wenig Zweck. Sie sind zwar Prahlhänse, Choleriker und Trunkenbolde, aber, sagte der Herr de Montaigne, weder Betrüger noch Spitzbuben.

Michel de Montaigne wurde am 28. Februar 1533 auf Schloss Montaigne im Périgord geboren. Er stammte aus einer reichen Kaufmannsfamilie und genoss eine humanistische Erziehung. Nach dem Studium der Rechte fungierte er von 1557–1570 als Parlamentsrat, zog sich aber nach dem Tod seines Freundes La Boétie in das Turmzimmer seines Schlosses zurück, um zu schreiben. Es folgten Reisen durch Italien, die Schweiz und Deutschland. Von 1582–1585 war er Bürgermeister von Bordeaux. Der große Gelehrte, der sich bewusst von der Schulphilosophie fernhielt, starb am 13. September 1592.

Aus: Michel de Montaigne, Tagebuch der Reise nach Italien über die Schweiz und Deutschland
Mit freundlicher Genehmigung des Eichborn Verlags
für die deutsche Übersetzung von Hans Stilett: Eichborn AG, Frankfurt am Main, Juli 2002.

Johann Wolfgang von Goethe – Aussicht nach dem Bodensee und den Bergen von Graubünden

Den 17. September 1797

Von Tuttlingen um 7 Uhr. Der Nebel war sehr stark; ich ging noch vorher, die Donau zu sehen. Sie scheint schon breit, weil sie durch ein großes Wehr gedämmt ist. Die Brücke ist von Holz und, ohne bedeckt zu sein, mit Verstand auf die Dauer konstruiert; die Tragewerke liegen in den Lehnen, und die Lehnen sind mit Brettern verschlagen und mit Schindeln gedeckt. Hinter Tuttlingen geht es gleich anhaltend bergauf. Kalkstein mit Versteinerungen. Gute und wohlfeile Art einer Lehne am Wege: viereckt längliche Löcher in starke Hölzer eingeschnitten, lange, dünne Stämme getrennt und durchgeschoben; wo sich zwei einander mit dem obern und untern Ende berühren, werden sie verkeilt.

Der Nebel sank in das Donautal, das wie ein großer See, wie eine überschneite Fläche aussah, indem die Masse ganz horizontal und mit fast unmerklichen Erhöhungen niedersank. Oben war der Himmel völlig rein.

Überhaupt muß man alle württembergische Anstalten von Chausseen und Brücken durchaus loben.

Man steigt so hoch, daß man mit dem Rücken der sämtlichen Kalkgebirge, zwischen denen man bisher durchfuhr, beinah gleich zu sein scheint. Die Donau kommt von Abend her geflossen, man sieht weit in ihr Tal hinauf, und wie es von beiden Seiten eingeschlossen ist, so begreift man, wie ihr Wasser weder südwärts nach dem Rhein noch nordwärts nach dem Neckar fallen könne. Man sieht auch ganz hinten im Grunde des Donautals die Berge quer vorliegen, die sich an der rechten Seite des Rheins bei Freiburg hinziehen, um den Fall der Wasser nach Abend gegen den Rhein zu verhindern.

Die neue Saat des Dinkels stand schon sehr schön; man säet hier früh, weil es auf den Höhen zeitig einwintert.

Es tut sich die Aussicht auf, links nach dem Bodensee und nach den Bergen von Graubünden, vorwärts nach Hohentwiel, Thayngen und dem Fürstenbergischen. Man hat das Donautal nunmehr rechts und sieht jenseits desselben die Schlucht, durch die man herunter gekommen; man erkennt sie leicht an dem Schlößchen, das über Aldingen liegt.

Die Straße wendet sich gegen Abend. Nachdem man lange kein Dorf gesehen, sieht man in einem breiten, fruchtbaren Tal, dessen Wasser nach dem kleinem Bodensee zufallen, Hattingen liegen, einen Ort, zu dem man sich denn auch südwärts wieder hinunter wendet. Die Ansicht ist sehr interessant und vorschweizerisch. Hinten charakteristische, mit Wald bewachsne Berge, an deren sanftem Abhängen Fruchtbau sich zeigt; dann im Mittelgrunde lange, über Hügel und Täler sich erstreckende Waldungen, zunächst wieder wohlgebautes Feld.

Hier, so wie schon drüben über der Donau, viele abgerundete Geschiebe, aber alles Kalk, wie die Felsen selbst. Man denkt sich, wie durch die ehemaligen Brandungen, Meerströme und Strudel die losgewordnen Teile der Gebirge an ihrem Fuße abgerundet worden.

Hinter Hattingen guter Boden, anfangs stark mit Steinen gemischt, nachher weniger und dann meist rein. Einiges schien Neubruch und war es auch, denn die Äcker bleiben neun Jahre als Wiese liegen und werden dann wieder andere neun Jahre benutzt. Einige Steinbrüche zum Behuf der Chaussee zeigen, daß der Kalkfels nicht tief unter der fruchtbaren Erde liegt.

Man kommt durch gemischte Waldungen über Hügel und Täler, es geht einen starken Stieg hinunter und angenehme Waldtäler setzen fort.

Wir fanden eine Pflanze, bei der, außer ihrer Gestalt, merkwürdig ist, daß viele Insekten aller Art sich in ihren Samenkapseln nähren. Attich mit reifen Früchten zeigte sich auch. Ein Holzschlag. Kohlenmeiler. Gentianen. Das waldige Tal geht neben einem Wiesengrunde angenehm fort, Schneidemühlen, einiger Fruchtbau. *Astrantia. Epilobium.* Gentianen in ganzen Massen. Kampaneln dazwischen. *Antirrhinum.* Frage, ob die Gentianen und andern Blumen nicht auch schon im Frühjahr geblüht haben.

Kleines, ziemlich steiles ehemaliges Waldamphitheater, auf dem die Stöcke der abgehauenen Bäume noch stehen, zum Kartoffelfelde mühsam umgearbeitet. Das Tal verbreitert sich, und alle Lehden sind womöglich zum Feldbau umgearbeitet.

Man nähert sich Engen. Ein charakteristischer, obgleich ganz bewachsner Berg mit einem alten Schlosse zeigt sich rechts; ein kleiner Ort, der unmittelbar vor Engen liegt, ist den 8. Oktober 1796 von den Franzosen zum Teil abgebrannt worden. Das Städtchen selbst liegt auf einem Hügel, gedachtem Berg gegenüber. Wir kamen um 11 Uhr an und rasteten.

Von Morgen her gesehen gibt Engen ein artig topographisches Bild, wie es unter dem bedeutenden Berge auf einem Hügel sich ins Tal verliert. Die Bürger des Orts taten auf dem Rückzuge, in Verbindung mit den Kaiserlichen, den Franzosen Abbruch; diese letztern, als sie doch die Oberhand behielten, verbrannten mehrere Häuser vor der Stadt und bedrohten die Stadt selbst mit einem gleichen Schicksal. Ich sah daselbst eine sehr gut gekleidete kaiserliche Garnison, in der Nähe ein starkes aufgefahrnes Proviantfuhrwesen und erbärmlich gekleidete Kranke.

Um 12 Uhr fuhren wir ab. Vor der Stadt erschien wieder Weinbau. Schon oben bei dem Städtchen hatte ich die ersten Geschiebe des Gesteins von Quarz und Hornblende gefunden. Nußbäume zeigen sich wieder, schöne Wiesen und Baumstücke. Links ein artig Dorf an einer Höhe hinter einer flachen Wiese. Es öffnet sich eine schöne, fruchtbare Fläche im Tal, die höhern Felsen scheinen nunmehr eine andere Steinart zu sein, um die sich der Kalkstein herumlegt. Viele weiße Rüben werden gebaut. Man kommt nach Welschingen, einem leidlichen Ort. Man steigt wieder stark bis gegen Weiterdingen. Es finden sich hier viele Geschiebe von farbigem Quarz mit weißen Adern, roter Jaspis, Hornblende in Quarz.

Man übersieht nunmehr von Engen das schöne Tal rückwärts. In den fruchtbaren Feldern liegen weitläufige Dörfer, und jener steile Berg zeigt sich nun in seiner Würde an der linken Seite.

Vorwärts liegt Hohentwiel, hinten die Graubündner Berge im Dunste am Horizonte kaum bemerklich.

Man kommt durch Weiterdingen. Links ein sehr schönes Wiesental, über demselben Weinbau. Auf eben der Seite liegt Hohentwiel; man ist nunmehr mit dieser Festung in gleicher Linie und sieht die große Kette der Schweizer Gebirge vor sich.

Hilzingen liegt in einem weiten Tale zwischen fruchtbaren Hügeln, Feldbau, Wiesewachs und Weinberg umher.

Die Pässe wurden daselbst von einem österreichischen Wachmeister unterzeichnet, und der Amtschreiber stellte einen Kautionsschein aus, daß die Pferde wiederkommen würden.

Man steigt lange und sieht immer das Tal von Hilzingen hinter und neben sich, sowie Hohentwiel.

Sie nennen hier zu Lande einen Hemmschuh nicht ungeschickt einen Schleiftrog.

Ebringen. Nun geht es weiter über verschiedne fruchtbare Hügel; die höhern Berge sind mit Wald und Büschen besetzt. Viel Weinbau am Fuße eines Kalkfelsens, meist blaue Trauben, hingen sehr voll. Thayngen, der erste schweizerische Ort, guter Wein. Müller, Gastwirt zum »Adler«.

Herblingen, Starker Weinbau. Fruchtfeld. Wald links.

Kalkstein, mit einem muschligen Bruche, fast feuersteinartig.

Vor Schaffhausen alles umzäunt, die Besitzungen immer abgeteilt und gesichert, alles scheint Gartenrecht zu haben und hat es auch. Die Stadt selbst liegt in der Tiefe, ein schmaler, angenehmer Wiesengrund zieht sich hinab, man fahrt rechts und hat auf derselben Hand Gartenhäuser und Weinberge neben sich. Links ist der Abhang mehr oder weniger steil. Bei einem großen Hause, das unten steht, geht man durch eine Brücke zum Dach hinein. Höchst anmutige Abwechslung von großen und kleinen Gärten und Höfen. Man sieht das Schloß vor sich. Die Gartenhäuser vermehren sich und werden ansehnlicher. Nach der Stadt zu steigen die Weinberge weit hinauf; links wird der Abhang nach dem kleinen Tale zu sanfter.

Johann Wolfgang von Goethe wurde am 28. August 1749 in Frankfurt a. M. geboren und starb am 22. März 1832 in Weimar. Jurastudium in Leipzig und Straßburg. Lebenslanges Wirken in Weimar. Reisen zum Rhein, in die Schweiz, nach Italien und Böhmen. Frühe Erfolge mit dem Sturm- und Drang-Stück »Götz von Berlichingen« und dem Brief-

roman »Die Leiden des jungen Werthers«. Gedichte, Epen, Dramen. Zeichner und Universalgelehrter, Theaterleiter und Staatsmann. Freundschaft und Korrespondenz mit den größten Dichtern, Denkern und Forschern seiner Zeit. Goethe prägte den Begriff Weltliteratur, und er ist der erste und bis zum heutigen Tag herausragendste Deutsche, der zu ihren Vertretern gehört.

Johann Wolfgang von Goethe: Schweizerreise im Jahre 1797. In: Goethe's sämmtliche Werke in vierzig Bänden. Vollständige, neugeordnete Ausgabe. 26. Bd. J. G. Cotta'scher Verlag, Stuttgart und Tübingen 1856

Victor Hugo – Ich habe den Rheinfall selbst im Gehirn

MEIN FREUND, was soll ich Ihnen sagen? Gerade habe ich diesen unerhörten, unglaublichen Anblick hinter mir. Nur wenige Schritte bin ich davon entfernt. Ich höre noch das Brausen.

Ich schreibe Dir, ohne mir bewußt zu sein, wie es mir gerade in den Sinn kommt. Die Ideen und Bilder drängen sich darin wirr durcheinander, stürzen sich kopfüber hinab, stoßen und zerstören einander und verschwinden dann in Dampf, Schaum, Brausen und Nebel. Ich fühle in mir eine ungeheure Erschütterung. Mir scheint's, ich habe den Rheinfall selbst im Gehirn. Ich schreibe, was mir gerade einfällt. Wirst Du das verstehen können? –

Man kommt in Laufen an. Das ist ein Schloß aus dem dreizehnten Jahrhundert von überaus schönen Maßen und von einem äußerst schönen Stil. An der Pforte sind zwei vergoldete Schlangen mit offenem Rachen angebracht. Zischen sie nicht so, daß man glauben möchte, sie erzeugten das geheimnisvolle Donnern, das man hört?

Man tritt ein.

Man ist im Hof des Schlosses. Ein Schloß ist es nicht mehr, eher ein Geschäft. Hühner, Gänse, Truthäne, Mist. Ein Wagen in einer Ecke. Ein Kalkbottich. Eine Türe geht auf. Der Wasserfall wird sichtbar.

Wunderbares Schauspiel.

Fürchterlicher Tumult. Das ist der erste Eindruck. Dann schaut man hin. Der Wasserfall stürzt durch die Buchten hin, die von weißem Gischt erfüllt sind.

Wie bei Feuersbrünsten, finden sich auch hier mitten in dem schrecklichen Vorgang kleine, friedliche Plätze. Buschwerk von Schaum umgeben. Entzückende Gießbäche in den Schaumwogen. Springquellen wie für die arkadischen Hirten Poussins geschaffen, überschattet von kleinem Zweigwerk in zärtlicher Bewegung. Doch dann verschwinden alle diese Einzelheiten, und der Eindruck des Ganzen, Gesamten steht wieder vor Deinem Auge. Sturm, der kein Ende nehmen will. Die Flut ist von sonderbarer Durchsichtigkeit. Schwarze Felsen werfen das Spiegelbild ihrer finstern Gesichter auf das Wasser. Sie scheinen die Oberfläche zu berühren und sind etwa zehn Fuß tief. Über den beiden größten Öffnungen des Falles erheben sich zwei große Schleier aus Schaum über den Fluß und zerstören sich darüber in grünen Wolken. Von der andern Seite des Rheins war eine Gruppe friedlicher Häuschen zu sehen und Leute, die kamen und gingen.

(...)

Ich bin ein wenig weiter hinabgestiegen, zum Strudel hin. Der Himmel war grau und verhangen. Der Sturz flößt ein Gebrüll aus wie ein Tiger. Fürchterliches Getose! Entsetzliche Sturzkraft, Wasserstaub, zugleich Dampf und Regen. Durch diesen Nebel sieht man den Wasserfall in seiner ganzen Ausdehnung. Fünf dicke Felsen teilen ihn in fünf Flächen von verschiedenem Anblick und verschiedener Größe. – Man glaubt, die zernagten Pfeiler einer Titanenbrücke zu sehen. Im Winter wölbt das Eis blaue Bögen über diese schwarzen Blöcke.

Der allernächste an diesen Felsen ist von sonderbarer Form. Voller Wut scheint er sein graußliches und doch gefühlloses Haupt aus dem Wasser zu heben, wie ein beseelter Götze, wie ein Elefantenrüssel. Bäume und Buschwerk, die sich auf seinem Schädel durcheinander mengen, bilden seine borstigen und gräßlichen Haare.

An der Stelle des Falles, die den meisten Schrecken erregt, läßt der Schaum einen großen Felsblock verschwinden und wieder erscheinen, wie den Schädel eines versunkenen Riesen, der seit 6000 Jahren diesen schrecklichen Wogensturz über sich hingehen lassen muß.

Der Führer fahrt in seinem Monolog fort. – »Der Rheinfall ist eine Meile von Schaffhausen entfernt. Die Wassermasse des ganzen Stromes fallt hier siebzig Fuß tief herab.« – Die rauhe Treppe die vom Schloß Laufen in den Kessel hinunterführt, durchquert einen Garten.

In dem Augenblick, als ich, betäubt von dem furchtbaren Wogenbraus, hindurchschritt, spielte ein Kind, das es gewohnt war, angesichts dieses Weltwunders zu leben, inmitten der Blumen und griff unter Sing-Sang mit seinen kleinen Fingern in die »Wolfsrachenrosen«.

Die Treppe hat verschiedene Stationen, an denen man von Zeit zu Zeit etwas bezahlt. Der arme Wasserfall könnte ja auch nicht umsonst arbeiten. Seht nur die Mühe, die er sich gibt! Es versteht sich doch, daß er mit jedem dieser Wogenspritzer, die er auf Bäume, auf Felsen, auf Blumen, auf Wolken verschwendet, auch ein paar blanke Heller in jemandes Tasche wirft. Das ist doch das wenigste! Ich bin auf dieser Stufentreppe bis auf eine Art schwankenden Balkon herangelangt, der ganz am Fuß des Sturzes angebracht ist, über dem Kessel und in dem Kessel.

Dort angelangt, bewegt Dich alles zugleich. Man ist betäubt, geblendet, wie umgeschlagen, von Schrecken erfaßt – entzückt. Man stützt sich auf eine Holzschranke, die zittert. Vergilbte Bäume – denn es ist Herbst –. Rote Ebereschen umgeben einen kleinen Pavillon im Stil eines Türkischen Cafes, von dem aus man den Schrecken des Vorgangs beobachtet. Die Frauen hüllten sich in einen Seidenumhang, man ist von einem schrecklichen, donnernden Gußregen umgeben. –

Hübsche kleine gelbe Schnecken vollführen voll Behagen ihren Spaziergang unter diesem Runddach auf dem Rand des Balkons.

Der Felsen, der vom Balkon aus steil hinunterstürzt, rinnt Tropfen auf Tropfen in den Wogenbraus.

Auf dem Felsen, der in der Mitte des Wasserfalles steht, steht aufrecht ein ritterlicher Minnesänger in gemaltem Holz, gestützt auf einen roten Schild mit weißem Kreuz. Ein Mann hat sein Leben aufs Spiel setzen müssen, um diesen Schmuck inmitten der großen und ewigen Dichtung Jehovas auf dem schwankenden Fels aufzupflanzen.

Die beiden Riesen scheinen sich zuzurufen, die ihr Haupt so stolz erheben, ich meine die beiden größten Felsen. Dieser Donner ist ihre Stimme.

Über einem entsetzlichen Schaumrücken erkennt man ein friedliches Häuschen mit seinem kleinen Obstgarten. Man möchte meinen, diese greuliche Hydra sei verdammt, ewig auf ihrem Rücken diese liebliche und glückliche Hütte zu tragen. Ich bin bis zum äußeren Rand des Balkons gegangen. Ich habe mich auf den Felsen gelehnt. Der Anblick wird hier noch schrecklicher. Es ist ein schreckenerregender Sturz. Der scheußliche und glänzende Strudel wirft denen, die es wagen, ihn von nah zu betrachten, voller Wut einen Perlenregen ins Angesicht. Staunenswert ist es! Die vier großen Wellenbäche des Falles stürzen, bäumen sich auf und steigen unaufhörlich wieder empor. Man glaubt, vor sich die vier blitzenden Räder des Sturmwagens zu sehen.

Die Holzbrücke war überschwemmt. Die Bretter waren schlüpfrig. Welke Blätter raschelten unter meinen Füßen. In einer Felsspalte habe ich einen kleinen Busch vertrockneten Laubes bemerkt. Vertrocknet unter dem Wasserfall von Schaffhausen! In dieser Sintflut hat ihm nur ein Wassertropfen gefehlt! Es gibt Herzen, die diesem Laubbusch gleichen. Mitten im Wirbel der menschlichen Glücksmöglichkeiten vertrocknen sie. O, wie furchtbar, das, was ihnen gefehlt hat, dieser Wassertropfen, der nicht aus der Erde kommt, sondern der vom Himmel fallt – ist – die Liebe!

Wie viel Zeit nur bin ich dort geblieben, fortgerissen von diesem großartigen Schauspiel! Ich könnte es Dir wahrhaftig nicht sagen! Wahrend dieser Betrachtung zogen die Stunden in meinem Geist dahin wie die Wellen in dem Strudel, ohne Spur noch Erinnerung zu hinterlassen.
Indessen kam jemand, mich darauf aufmerksam zu machen, daß der Tag sich neige. Ich bin wieder zum Schloß hinaufgestiegen und von dort zu dem Ufer herabgegangen, von dem man den Rhein überquert, um ans rechte Ufer zu kommen. Dies Ufer liegt unterhalb des Falles, man durchfährt den Strom nur einige Faden weit vom Fall entfernt.

Für das Abenteuer der Überfahrt benützt man ein kleines, entzückendes, leichtes Ruderboot, das vortrefflich wie ein Rettungsboot ausgestattet ist. Gebaut aus einem Holz, biegsam wie die Haut eines Fisches, solide, elastisch und faserisch; es berührt jeden Augenblick die Felsen und windet sich mit Mühe heraus. Es wird wie alle Nachen auf dem Rhein und der Maas mit einer Hakenstange und einem Ruder, das die Form einer Schaufel hat, bedient. Nichts Seltsameres, als in dieser Muschel die tiefen und stürmischen Wirbelstöße des Wassers zu fühlen.

Während die Barke sich vom Ufer entfernte, sah ich über meinem Haupte die mit Ziegel bedeckten Zinnen und zugespitzten Steingiebel des Schlosses, die den Bergvorsprung beherrschen.

Fischernetze trockneten auf den Kieselsteinen am Flußufer. Man fischt also in diesem Hexenkessel. Denn da die Fische den Wasserfall nicht übersteigen können, so fängt man hier viele Salme. Übrigens, in welchem Wirbel sucht der Mensch nicht etwas herauszufischen.

Jetzt möchte ich gerne all diese so lebendigen und fast erdrückenden Empfindungen zusammenfassen. Erster Eindruck: Man weiß nicht, was man sagen soll, man sieht sich zermalmt, wie es die Wirkung aller großen Gedichte ist. Dann entwirrt sich der Gesamteindruck. Die Schönheiten legen den Schleier ab.

Alles zusammen wirkt großartig, finster, schrecklich, wundervoll, unansprechlich.

Victor Hugo wurde am 26. Februar 1802 geboren und war einer der bedeutendsten französischen Schriftsteller (u. a. »Der Glöckner von Notre-Dame« 1831, »Les Misérables« 1862). Der Schriftsteller begründete die französische Romantik und war einer ihrer profiliertesten Repräsentanten. In seinem produktiven Werk wirkte Victor Hugo als Anreger auf weitere Dichtergenerationen besonders im 19. Jahrhundert. 1851 musste er Frankreich verlassen und lebte bis 1870 in Belgien, Jersey und Guernsey. Die Jahre im Exil wurden zu seiner literarisch fruchtbarsten Zeit. Victor Hugo starb am 22. Mai 1885 im Alter von 83 Jahren in Paris.

Victor Hugo: Ich habe den Rheinfall selbst im Gehirn. Aus: Der Rhein. In: Das Bodenseebuch 1929. Konstanz 1929

Hermann Hesse – Spazierfahrt in der Luft

MAN WIRD ÄLTER, und der Kreis dessen, was man außen an Bereicherung, Freude und neuen Vergnügungen erwartet, zieht sich enger zusammen. Zu den Freuden und neuen Erfahrungen, auf die ich mich seit Jahren freute und von denen ich mir besonders starke und schöne Eindrücke versprach, gehörte das Fahren in einem Luftschiff. Und nun liegt auch diese Erfahrung und Freude, die ich noch fern glaubte, schon hinter mir und ist Vergangenheit geworden.

Ich saß bei Büchern und studierte Sprachen für meine nächste Reise, als dieser Tage der Postbote einen Brief aus Friedrichshafen brachte, der mich zu einer Fahrt im neuen Luftschiff »Schwaben« einlud. Der Brief war lange unterwegs gewesen, und wäre er zwanzig Minuten später gekommen, so hätte ich seiner Einladung nicht mehr folgen können, denn das Luftschiff sollte nur noch den nächsten Tag am See bleiben, und in einer halben Stunde ging das letzte Schiff, mit dem ich Friedrichshafen noch erreichen konnte.

Ich segnete die Post, die täglich so viel Unnützes bringt und nun auch einmal im Guten sich bewährte, und bei brennender Hitze eilte ich, wie ich war, sofort zum Dampfschiff, erreichte in Konstanz den letzten Anschluß und fuhr an Meersburg und den schönen abendlichen Ufern vorüber durch die lange Dämmerung nach Friedrichshafen. Im ersten besten kleinen Gasthof bekam ich ein ordentliches und wohlfeiles Zimmer und war dadurch angenehm enttäuscht, denn man hatte mir erzählt, Friedrichshafen sei neuerdings unheimlich elegant und teuer geworden. Bald darauf, beim nächtlichen Schlendern durch das kleine, alte Städtchen, sah ich nun allerdings an Neubauten und zweifelhaften Verschönerungen, daß immerhin ein bißchen Wahrheit in jenen Berichten gewesen war. Auch war großer Abendbetrieb in den Hotelgärten, und beim Kurhause ging es mit Militärmusik und Gesellschaft großartig her. Der alte Graf hatte eine große Offiziersgesellschaft eingeladen, und es war nicht leicht und kostete mehr als eine Stunde und mehr als ein Trinkgeld, bis es mir möglich wurde, jemand von der Zeppelingesellschaft zu finden und zu erfahren, ob und wann das Luftschiff morgen fahren werde. Dann hatte ich meinen Bescheid, zog mich zurück und sah im stillen noch eine Weile mit Vergnügen dem farbigfrohen Gartenleben zu. Ein Tourist zog mich ins Gespräch, und wir redeten, wie das in Friedrichshafen unvermeidlich ist, vom Grafen Zeppelin und von seinen Luftschiffen. Dabei kamen wir auch auf die Angriffe zu sprechen, die Harden gegen den Grafen gerichtet hat, das heißt, der Fremde sprach davon, und ich hörte zu, denn ich verstehe von technischen Dingen recht wenig. Doch sah ich mir anderntags einen der Hardenschen Artikel näher an und war geneigt, ihn nicht ganz ernst zu nehmen, da er offenbar im einzelnen manche Irrtümer zu hegen schien. Unter anderem scheint er der Ansicht zu sein, die Luftschiffhüllen Zeppelins seien immer noch, wie vor Jahren, aus Aluminium, und er führt die Aluminiumhülle eigens als ein Beweisstück an, während doch die neueren Luftschiffe Hüllen aus Seidenstoff haben. Indessen mag es dahingestellt sein, wie weit diese Irrtümer gehen; mich gehen sie nichts an, und ich hatte meinen Spaß an dem Touristen, der zu den Leuten gehörte, die aus Mangel an einer eigenen Meinung sich der Gründlichkeit hingeben. Er wußte jede Kleinigkeit zu nennen, die für Harden sprach, und jede, die dem Grafen zugute kam, und so ging seine Belehrung mit »einerseits« und »andrerseits«, mit »trotzdem« und »hingegen« weiter wie die Kritik eines fleißigen Rezensenten, der nicht Geschmack und Persönlichkeit genug hat, um ein Buch mit Klarheit zu loben oder zu tadeln und statt dessen mit Vorsicht und viel Kenntnissen zwischen Ja und Nein hin und wider schwimmt.

Am Schlüsse bekannte sich indessen der Fremde wenigstens ehrlich und eindeutig zu dem sehnlichen Wunsche, einmal in einem solchen Luftschiffe fahren zu dürfen, und seufzte resigniert darüber, daß dies einstweilen nur hohen Herrschaften oder reichen Leuten möglich sei. Da war es nun an mir, mich überlegen und bedeutend zu fühlen, und ich tat es auch, doch ohne dem Manne zu sagen, daß ich selber morgen im »Zeppelin« werde fahren dürfen. Ich wollte ihn nicht ohne Not neidisch machen und auch dem Geschick nicht vorgreifen, denn im stillen mißtraute ich immer noch und war darauf gefaßt, daß möglicherweise Wetter und andre Umstände mich doch noch um die Fahrt betrügen könnten.

Als ich indessen am nächsten Sonntagmorgen, nach Möglichkeit gebürstet und geglättet, auf der in aller Frühe schon heißen Fahrstraße zur Ballonhalle hinauswanderte, schnurrte über mir schon prächtig das Riesenspielzeug dahin, von seiner ersten Frühfahrt zurückgekehrt, und es war ein merkwürdig erregender Anblick, auf dem weiten, mit sonntäglichen Gästen erfüllten Felde das Ungeheuer niedersinken und endlich gefesselt zu sehen.

Es dauerte nicht lange, so konnten wir einsteigen, eine bequeme kleine Holztreppe hinan, und merkwürdigerweise war dabei gar kein neues und fremdes Gefühl, weder Erregung noch Bangen, sondern es war die einfachste und vergnüglichste Sache von der Welt, da einzusteigen und in der eleganten luftigen Kabine auf den behaglichen Rohrstühlen Platz zu nehmen, wo man saß wie in einem sehr bequemen Speise- oder Aussichtswagen. Die Arbeiter waren emsig an den Seilen beschäftigt, die vielen Zuschauer drängten sich neugierig um das Schiff, Touristen mit Gemsbärten am Hut und sonntägliche Radfahrer betrachteten sich das Ereignis, und wir Passagiere saßen stolz und kühl in unserer Kabine. Die Sonne brannte freudig auf den dürren Rasen und flimmerte auf den weiten See, gerade vor mir standen zwei Offiziere, die die letzte Fahrt mitgemacht hatten, und ihre Epauletten blitzten in der Sonne.

Aber plötzlich stieg das Schiff empor, und die beiden Offiziere wurden klein und begannen merkwürdig auszusehen, am Ende sah ich von ihnen nichts mehr als die runde Oberfläche der Mützen, die blanken Achselstücke und darunter die Spitzen der Schuhe, und als ich rasch aufstehend mich über die Brüstung beugte, entwich unter uns die Erde, und ich hatte vom ersten Augenblick an nicht mehr das Gefühl, etwas mit ihr zu tun zu haben und zu ihr zu gehören. Die Menschenmenge wurde klein und komisch, die Stadt Friedrichshafen wurde erstaunlich übersichtlich und niedlich, auch die riesige Ballonhalle sank zu einem belanglosen Fleck zusammen. Dafür aber ging uns das Reich der Lüfte auf, und die Welt wurde erstaunlich groß und weit, wir sahen nahe und ferne Städte still um den See stehen, der auch an Größe verlor, und die großen Zusammenhänge der Landschaft, die Formen der Ufer, das Niedersinken der Berge von den Arlberger und Graubündner Alpen über die Vorberge und Uferhügel hinweg wurden klar, der Rhein war keine Vedute mehr, sondern in seiner Größe, Bedeutung und Geschichte zu übersehen, weit hinauf, und bis zur Mauer der hohen Gebirge hin ordnete sich und klärte sich die mir seit Jahren wohlvertraute Gegend so überraschend und einfach, wie manchmal einem Studierenden nach langer Kleinarbeit ganz plötzlich Gefüge und Zusammenhang der Dinge sichtbar wird.

Wir flogen mit einer Schnelligkeit, die wir nur am eilig dahinrasenden Schatten des Luftschiffes annähernd schätzen konnten, über den See gegen Bregenz hin, über Wasserburg, Bad Schachen und Lindau weg, und waren plötzlich schon in Bregenz. In der Kabine war trotz der weiten, nicht verglasten Fenster kaum eine Spur von Luftzug zu bemerken, sobald man indessen Kopf oder Hände aus dem Fenster steckte, brauste die Luft wie ein Sturmwind vorüber. Unter uns wich nun der See, mit seichtem, wildem Binsenufer und sumpfigen Öden, und wir fuhren über Land, sahen Dächer und Höfe, Menschen und Tiere in wunderlicher Verkürzung, an die sich doch das Auge seltsam rasch gewöhnte, und hörten und sahen die Begrüßungen, mit denen überall das sonntägliche Volk seine Neugierde, Freude und Verwunderung kundgab. Mir fiel auf (obwohl bei einer solchen ersten Fahrt kaum eine Beobachtung aufkommt, nur wohliges Dahinschweben und rechenschaftslose Reiselust), mir fiel auf, wie alle Tiere ohne Ausnahme auf das Luftschiff reagierten, und alle mit Schrecken und Furcht. Ein Feldhase rannte in wahnsinniger Angst davon, einerlei wohin, und beschrieb die seltsamsten Kurven und Ovale, bis er sich in einem Bohnengarten verkroch. Die Vögel, auch die Habichte, flohen ebenfalls geängstigt davon, die Hunde bellten wütend oder zogen die Schwänze ein, und die Hühner waren ganz außer sich. Wir in der Kabine fanden uns vom Lärm der Maschine gar nicht belästigt, hie und da bei seitlichem Wind ein flüchtiger Benzingasgeruch war alles, von Vibration kaum eine leise Spur.

Und während unsre Propeller schnurrten, fuhren wir durch das sonnige Rheintal hinauf, der Kamor und der Hohe Kasten und viele andre vertraute Berge standen mächtig im strahlenden Licht. Während unten im fruchtbaren Stromtal die Sonne glühend auf die Reben brannte, flogen wir kühl und gelassen in der Höhe dahin, blickten senkrecht in den Rhein, in Dörfer, Klöster, Städtchen hinab, schauten seitwärts in kühle, grüne Waldtäler und steile, enge Felstäler hinein und fuhren in kaum einer Stunde bis über Feldkirch hinaus. In Feldkirch standen die alten Häuser mit den Lauben seltsam verkürzt, den schönen, alten Festungsturm sah ich so direkt von oben, daß nur das runde, braune Dach wie ein Teller zu sehen war, und eine kleine Kapelle auf einem Hügel im Felde war so in der Perspektive verkürzt, daß ich ihre Form nur an dem großen Schatten erkennen konnte, der lang und spitz wie der Zeigerschatten einer Sonnenuhr neben ihr lag.

Wenn der Deutsche sich sehr erhoben fühlt, so trinkt er Sekt, und Sekt war auch im Luftschiff zu haben und wurde hübsch und nett serviert, und er war auch sehr gut, aber ich fand diese Beigabe doch als das einzige Stillose und Entbehrliche an der Fahrt.

Die Rückfahrt ging noch rascher, mit drei Motoren, und es war mir und uns allen viel zu früh, als wir nach zwei Stunden wieder über die Halle schwebten und vom Ameisengewimmel der Arbeiter empfangen wurden, die die ausgeworfenen Seile fingen und festhielten. Dabei flogen wir dicht über den Wipfeln eines Föhrenwäldchens hin und scheuchten noch einen Bussard auf.

Ich verstehe nichts von der Technik, und ich weiß nicht, wie weit es Graf Zeppelin noch bringen wird. Ich schließe die Augen und fühle wieder das schwebend leichte, weiche Reisen durch die Luft, ich genieße wieder den Anblick der weit erschlossenen Landschaft und das Gefühl des Draußenseins aus allen irdischen Kleinigkeiten; und ich weiß gewiß: Sobald ich wieder Gelegenheit finden werde zu fliegen, werde ich es mit tausend Freuden tun.

Hermann Hesse wurde am 2. Juli 1877 in Calw/Württemberg als Sohn eines baltendeutschen Missionars und der

Tochter eines württembergischen Indologen geboren. Nach einer Buchhändlerlehre war er seit 1904 freier Schriftsteller, zunächst in Gaienhofen am Bodensee, später im Tessin. Er war einer der bekanntesten deutschen Schriftsteller des 20. Jahrhunderts. 1946 wurde er mit dem Nobelpreis für Literatur, 1955 mit dem Friedenspreis des Deutschen Buchhandels ausgezeichnet. Hermann Hesse starb am 9. August 1962 in Montagnola bei Lugano.

Spazierfahrt in der Luft, aus: Hermann Hesse, Sämtliche Werke, Band 13: Betrachtungen und Berichte 1899-1926, S. 190-195.

Und was in den Geschichtsbüchern steht, stimmt?

Gabrielle Alioth – Geschichten mit Blumenfeld

Alexandra Guggenheim – Das Reisetagebuch

Behände kletterte Wilhelm vom Kutschbock und öffnete schwungvoll die Wagentür. »Hilzingen Poststation. Wenn ich bitten darf, Herr Geheim …«

»Sei still, Wilhelm! Muss ich dich denn immer wieder daran erinnern, dass ich inkognito reise? Du weißt, wie sehr ich es verabscheue, wenn wildfremde Menschen mir ihre Bücher unter die Nase halten, damit ich meinen Autografen darin verewige.«

»Verzeihung, Herr Geheim … ich meine … gnädiger Herr. Es wird nicht wieder vorkommen. Soll ich das Gepäck abladen?«

»Nein, warte, zuvor will ich prüfen, ob mir die Herberge zusagt. Ich lasse alsdann nach dir rufen.«

Johann stieg umständlich aus der Kutsche, rückte den Zweispitz gerade und strich seine Kleidung glatt. Obwohl das Gefährt mit modernster Federungstechnik ausgestattet war, hatte die Fahrt seinem Rücken zu schaffen gemacht. Er stemmte die Fäuste in die Seiten und ließ seine Hüften kreisen. Dabei vergewisserte er sich, dass niemand seine ungelenken Bewegungen beobachtete.

Während Wilhelm den beiden Rappen Heu und frisches Wasser brachte, betrat Johann festen Schrittes das Gasthaus »Zur Krone«. In der dunkel getäfelten Stube schlug ihm der Geruch von Tabak, Bier und Schnaps entgegen. Einige Männer saßen an einem Tisch beisammen und droschen schweigend Karten. Sie blickten nur kurz auf und setzten mit unbewegter Miene das Spiel fort.

Der Wirt, ein stämmiger Mann mittleren Alters, trat hinter dem Tresen hervor und trocknete seine Hände an einem Küchentuch. »Womit kann ich dienen, werter Herr?«

»Ich suche ein ruhiges und sauberes Zimmer. Und für meinen Diener ein Lager in der Gesindekammer.«

Der Wirt nickte und deutete eine Verbeugung an. »Wie lange gedenkt Ihr zu bleiben?«

»Eine Nacht, vielleicht auch länger. Allerdings möchte ich den Raum zuvor in Augenschein nehmen.«

»Selbstverständlich, der Herr. Wenn Ihr mir folgen wollt.« Der Wirt schlurfte die Treppenstufen voraus in das obere Stockwerk. »Es ist gleich hier vorn, das erste Zimmer. Nun, wie gefällt es Euch?«

Johann ging ans Fenster und blickte auf einen Garten, in dem ein junges Mädchen Wäsche aufhängte. Sie trug ein enges rotes Mieder und einen schwarzen Rock, darüber eine weiße Schürze. Eine kleine Haube ließ genügend Haar frei, sodass Johann seine haselnussbraune Farbe erkennen konnte. »Sehr hübsch … Ich nehme das Zimmer. Allerdings benötige ich dringend ein Schreibpult.« Johann ließ das Mädchen nicht aus den Augen. Ihre geschmeidigen Bewegungen erschienen ihm voller Ungezwungenheit und Anmut. Wie von Ferne vernahm er die Stimme des Wirtes.

»Sehr wohl, werter Herr … Herr …?«

»Mein Name ist … Ackermann.«

Der Wirt öffnete einen Fensterflügel und ließ einen gellenden Pfiff ertönen. Das Mädchen hielt inne und schaute zu ihnen hinauf. Hinter einem der Wäschestücke trat ein hoch aufgeschossener junger Mann hervor und nahm Haltung an.

»Hermann, an die Arbeit!«, rief der Wirt ihm zu und machte einen Diener in Richtung seines Gastes. »Ich werde meinen Hausburschen anweisen, alles nach Euren Wünschen zu erledigen.«

Nachdem Johann sich in seiner Kammer eingerichtet hatte, verspürte er unerwartet Appetit. Er legte frische Kleidung an und ging hinunter in die Gaststube. Der Wirt wies ihm einen kleinen runden Tisch nahe dem Fenster zu, von wo aus er das Geschehen überblicken konnte und dennoch genügend Abstand zu den übrigen Gästen hatte.

Und dann kam sie an seinen Tisch. Sie, die er vom Fenster aus mit großem Wohlgefallen beobachtet hatte. Das Mädchen machte einen Knicks und fragte nach seinen Wünschen. Johann sah nur ihre Augen, die in einem tiefen Blau schimmerten. Wie das weite, stille Meer an einem strahlenden Sommertag … Was hatte sie von ihm wissen wollen? Er stockte.

»Oder möchtet Ihr, dass ich Euch etwas empfehle?« Dabei umspielte ein scheues und zugleich inniges Lächeln ihren Mund.

»Ja, mein Fräulein. Das möchte ich.«

»Nun, dann bringe ich Euch einen Schwäbischen Zwiebelrostbraten mit Spätzle und als Nachspeise Ofenschlupfer. Dazu eine Karaffe Blauen Spätburgunder vom Bodensee.«

»Wunderbar … Wie lautet Euer Name?

»Dorothea.«

Lautlos formte Johann mit seinen Lippen die Silben, deren Klang einer süßen Melodie glich.

Die Speisen, die sie ihm auftischte, mundeten vorzüglich. Johann konnte den Blick nicht von ihr wenden. Zu allen Gästen war Dorothea gleichermaßen freundlich, nur musste sie hin und wieder eine zudringliche Hand von ihrer Hüfte wegschlagen.

Der Wein tat seine Wirkung, und Müdigkeit überkam Johann. Beim Hinausgehen zwängte er sich an den Gästen vorbei, die am Schanktisch lauthals miteinander disputierten. Dabei streifte seine Hand den leichten, wollenen Stoff ihres Rockes. »Gute Nacht, Fräulein Dorothea.«

»Schlafen Sie wohl, werter Herr.«

Als Johann die Tür zu seiner Kammer öffnete, fiel sein Blick auf einen Ankleidespiegel, den offenbar der Hausbursche während seiner Abwesenheit neben dem Schreibpult aufgestellt hatte. Er trat dichter heran und sah einen mittelgroßen, schlanken Mann, dessen volles dunkelblondes Haar aus dem Gesicht gekämmt war. Mit seinem glatten, frischen Teint und den blitzenden Augen hätte man ihn leicht für zehn Jahre jünger halten können, als es seinem tatsächlichen Alter entsprach. Johann strich sich über die Weste und reckte das Kinn. Zufrieden mit sich ging er zu Bett und fiel umgehend in einen tiefen Schlaf, begleitet von lieblichen, sanften Träumen.

Am nächsten Morgen fühlte er sich voller Tatendrang. Er nahm seinen Platz in der Gaststube ein und wartete ungeduldig auf Dorothea. Doch nicht sie kam, um nach seinen Wünschen zu fragen, sondern der Wirt persönlich.

»Bringt mir ein wenig Brot mit Käse und einen Kräutertee. Ach, wo ist denn das junge Mädchen von gestern geblieben?« Johann bemühte sich um einen beiläufigen Tonfall.

»Ihr meint sicher Dorothea, meine Nichte. Ich habe ihr großzügigerweise erlaubt, heute einen Ausflug nach Singen zu machen. Sie will ihrer Patin zur Hand gehen, die in einem Haus am Markt eine Büchersammlung einrichten möchte. Alle Bürger sollen dort Schriftwerke ausleihen können. Ich für meinen Teil halte Lesen ja für eine Zeitvergeudung.« Grummelnd wischte der Wirt mit dem Küchentuch einige Krümel vom Tisch.

»Wann … äh, wann kommt Eure Nichte denn zurück?«

»Um sieben. Und wehe, wenn sie nicht pünktlich ist!«

Johann schluckte seine Enttäuschung hinunter. Dennoch tat ihm das bescheidene Mahl wohl. Der Käse schmeichelte seinem Gaumen, der aromatische Tee besänftigte sein Gemüt, und so leerte er seinen Teller bis auf den letzten Bissen.

Einem plötzlichen Einfall folgend winkte er den Wirt zu sich heran. »Ich würde gern für einige Tage hier verweilen und zu Fuß die Umgebung erkunden. Sagt mir, wo könnte ich einen Fremdenführer finden, jemanden, der mich auf meinen Wanderungen begleitet und mir die Schönheiten des Hegau zeigt?«

Der Wirt schüttelte den Kopf. »Die Leute in Hilzingen müssen alle den ganzen Tag lang schaffen …«

»Aber – wie wäre es mit Eurer Nichte? Wie hieß sie noch gleich …?«

»Dorothea. Das könnte dem Fräulein so passen – spazieren gehen und sich vor der Arbeit drücken. Nicht mit mir! Die Zimmer soll sie rein machen und sich um die Wäsche kümmern. Außerdem hat sie in der Küche und in der Wirtschaft zu tun.«

»Was würdet Ihr dazu sagen, wenn Ihr …«, Johann griff in seinen Rock und zog eine silberne Münze hervor, »… wenn Ihr Euch jemanden als Aushilfe sucht? Nur für einige Tage.«

Hastig griff der Wirt nach dem Geld und ließ es in seiner Weste verschwinden. »Ja, also, wenn Euch so viel daran gelegen ist … Meine Nichte steht ganz zu Eurer Verfügung.«

In bester Laune zog Johann sich in seine Kammer zurück, trat an das Schreibpult und spitzte eine Gänsefeder. Schon seit Längerem trug er sich mit dem Gedanken, ein neues Theaterstück zu schreiben. Es sollte von einem Gelehrten handeln, der dem Teufel seine Seele verspricht, sofern es diesem gelänge, ihn aus seiner Unzufriedenheit zu befreien. Überdies wollte der Forscher die Fähigkeit erlernen, das Leben in seiner ganzen Fülle zu genießen.

Bei ihrer gemeinsamen Reise durch die Welt sollte Mephistopheles für ihn die Liebschaft mit einem jungen Mädchen einfädeln. Ein Mädchen, so klar und rein wie … Dorothea. Allerdings wollte Johann nicht ihren holden Namen verwenden, sondern einen anderen wählen. Niemand sollte später Rückschlüsse auf die wahre Person ziehen können. Er tauchte die Feder in das Tintenfass und begann zu schreiben. Wie von selbst glitt seine Hand über das Papier.

Sein Herz klopfte, als er Dorothea am nächsten Morgen vor dem Gasthof warten sah. Im sanften Morgenlicht kam sie ihm noch bezaubernder vor. »Mein schönes Fräulein, darf ich wagen, Euch meinen Arm und Geleit anzutragen?«

Dorothea lachte leise. »Aber werter Herr, ich bin kein Fräulein, und schön finde ich mich auch nicht. Euer Angebot ehrt mich, aber am liebsten würde ich alleine gehen. Wenn Ihr mögt, könnt Ihr meinen Korb tragen. Ich habe für uns Brot mit Rauchfleisch, Äpfel und eine Flasche Most eingepackt.«

Sie schritt voraus, und Johann folgte ihr, bewunderte ihre schmale Taille und den leichtfüßigen Gang. Sie wanderten Richtung Westen, inmitten von Wiesen und Auen. Hinter Riedheim legten sie am Waldesrand eine Rast ein.

Johann ließ sich den Most schmecken. »Welch vielfältige Baumarten das Hegau hervorbringt. Hier wachsen Esche, Bergahorn, Traubenkirsche, Stieleiche, Hainbuche …«

»Oh, der werte Herr ist ein Botanikus?«

»Aber nein, ich erforsche die Natur eher zu meinem Zeitvertreib. Und nennt mich nicht ›werter Herr‹, liebe Dorothea, sondern Johann.«

Dorothea erhob sich und sprach voller Eifer. »Ihr müsst im Frühjahr wiederkommen, werter Herr Johann. Dann blüht es im Unterholz in den schönsten Farben. Windröschen, Bärlauch, Aronstab, Schlüsselblumen und Scharbockskraut ...«

Wie verzaubert lauschte Johann dem Klang ihrer Stimme. »Ich möcht zum Augenblicke sagen: verweile doch, du bist so schön«, murmelte er vor sich hin und trug die Worte in sein grünledernes Notizbuch ein. Dann griff er nach dem Weidenkorb und folgte Dorothea über schmale Wege inmitten goldgelber Stoppelfelder. Als der Abend kam und sie sich der Poststation näherten, hielt er plötzlich inne. »Ich hätte mir keine reizendere Begleiterin vorstellen können ... Doch frage ich Euch ernstlich: Wollt Ihr mir morgen wiederum Gesellschaft leisten?«

»Nichts lieber als das. Da ich heute mit Euch unterwegs war, musste Hermann, unser Hausbursche, meine Arbeit machen. Ich kann mir kaum vorstellen, dass er sich besonders geschickt beim Gemüseputzen angestellt hat. Mein Onkel wird hoffentlich in Zukunft nachsichtiger mit mir sein, wenn er merkt, was er an mir hat.«

Am Abend entzündete Johann eine Öllampe und schrieb an seinem Stück weiter. Wie von selbst kamen ihm die Verse in den Sinn, und er füllte Seite um Seite. Als er sich endlich zur Ruhe gelegt hatte, musste er auf einmal an Christiane denken. Die Frau, die er in Weimar zurückgelassen hatte und mit der er – ohne Ehebündnis – zusammenlebte.

Christiane hatte die Blüte ihres Lebens bereits hinter sich gelassen. Immerhin war sie schon zweiunddreißig Jahre alt, die Schwangerschaft hatte ihre Taille dauerhaft anschwellen lassen, ihre Haare glänzten nicht mehr so wie früher. Und August, dieser siebenjährige Bengel, war zwar sein eigen Fleisch und Blut, aber doch auch eine Quelle stetigen Lärms.

Johann würde beide mit einer großzügigen Apanage ausstatten und ihnen ein Häuschen kaufen. In Bad Lauchstädt vielleicht, wo sie häufig die Sommermonate verbracht hatten. Dann wäre er frei. Frei für ein neues Glück. Erleichtert über diesen Einfall löschte Johann das Licht und schlief umgehend ein. In seinen Träumen tanzte er schwerelos durch einen Buchenhain, in seinen Armen ein Mädchen mit einem schwarzen Rock, rotem Mieder und weißer Schürze.

Am Morgen darauf machten Johann und seine jugendliche Führerin sich auf den Weg nach Duchtlingen. An den Trockenwiesen links und rechts der Straße flatterten die verschiedensten Schmetterlinge umher, und Johann konnte sie alle benennen: Wundklee-Bläuling, Kleiner Feuerfalter, Admiral, Goldener Scheckenfalter, Berghexe und Schwarzer Apollo.

»Ihr seid der gelehrteste Mann, der mir je begegnet ist«, stellte Dorothea fest, und Johann fühlte, wie ihm ein Schauer über den Rücken lief. »Zwar weiß ich viel, doch möcht ich alles wissen«, entgegnete er und räusperte sich, bevor er zu seiner Frage ansetzte. »Zum Beispiel, ob das Fräulein Dorothea schon einmal verliebt war.«

Dorothea errötete augenblicklich. Sie senkte die Lider, was sie nur noch anziehender erscheinen ließ. »Ihr seid so gütig, werter Herr Johann. Deswegen will ich es Euch gestehen. Ja, ich bin verliebt.«

Sie schlug die Augen auf, in denen Johann Redlichkeit und Hingabe erkannte. Plötzlich riss sie ihm den Korb aus der Hand und drehte sich lachend um sich selbst. »Hermann ist heute vom Spüldienst befreit, weil er gestern so viel Geschirr zerschlagen hat. Er hat gesagt, mein Onkel sei froh, wenn ich recht bald wieder meiner Arbeit im Wirtshaus nachkomme. Doch der Onkel ist immer barsch und hat nie ein gutes Wort für mich.«

»Also möchte ich Euch fragen, ob Ihr Euch vorstellen

könnt, dass wir beide gemeinsam … ob Ihr wohl gerne mit mir …«

Dorothea lachte und strich sich eine Haarsträhne aus dem Gesicht.

»Ich habe gehofft, dass Ihr mich wiederum fragen würdet. Und so will ich Euch ohne Umschweife antworten: Ja, mir gefällt es, mit Euch beisammen zu sein. Wohin werden wir morgen gehen?«

Johanns Herz klopfte laut und schnell. So war also dieser liebreizenden Dorothea seine Gegenwart ebenso teuer wie ihm die ihre? »Ich kann den Tag morgen kaum erwarten. Und dann müsst Ihr mir von Hilzingen erzählen.«

»Gerne, werter Herr Johann. Solange es keine Spukgeschichten aus dem Hegau sein sollen. Ich grusel mich vor Hexen, Teufeln und wilden Reitern.«

»Aber das sind doch nur Fantasiegespinste, liebe Dorothea … Nein, ich will etwas über das Leben in diesem Ort erfahren.« Gedankenverloren blickte er hinter ihr her, wie sie im Inneren des Gasthofs entschwand. Und er stellte sich vor, wie es wäre, wenn er sie mitnähme. Die Weimarer Gesellschaft würde die Hände über dem Kopf zusammenschlagen, ihn meiden, wie schon damals, als er sich Christiane ins Haus geholt hatte. Doch bald schon wären sogar die ehrenwerten Bürger Dorotheas Liebreiz erlegen. Er würde sie hochoffiziell ehelichen, und die keifenden Weiber von Weimar würden sie auf der Straße grüßen und ›Frau Geheimrat‹ nennen müssen. Plötzlich vernahm er hinter sich ein Hüsteln. Er wandte sich um und erkannte seinen Diener.

»Der Herr Geheim … äh, der gnädige Herr wird doch wohl nicht auf Freiersfüßen wandeln? Oder spielt Ihr nur ein Spiel? Dieses Mädchen ist so jung. Und Ihr nähert Euch bereits den Fünfzig.«

»Mein lieber Wilhelm, Dorothea ist mir eine Seelenverwandte, und sie ist ... ja, ich sage es frei heraus, sie ist verliebt in mich. Auf eine unschuldige, lautere Art. Dabei ahnt sie nicht einmal, wer und was ich bin. Der größte und berühmteste ...«

»Gnädiger Herr, denkt an Euer Inkognito!«

»... und so sage ich dir als meinem langjährigen Diener: Ich bin zu alt, um nur zu spielen, zu jung, um ohne jeden Wunsch zu sein.« Johann beschloss, sich diesen vortrefflichen Satz zu merken.

Wilhelm blieb vor Erstaunen der Mund offen stehen. Dann zuckte er mit den Schultern und stapfte davon.

Der Frühnebel hatte sich gelichtet und eine strahlende Herbstsonne erhob sich über den Tälern des Hegau. Johann trat vor das Wirtshaus, nur Dorothea war nirgends zu sehen. Endlich kam sie ihm im Laufschritt entgegen. Sie war außer Atem, die Bänder ihrer Haube hatten sich gelockert.

»Stellt Euch vor, werter Herr Johann, ich konnte gerade noch verhindern, dass Hermann einen ganzen Eimer Soda in den Waschzuber schüttete. Das hätte ein übles Gezänk mit meinem Onkel gegeben.«

Sie reichte Johann ihren Korb und führte ihn am Mühlenbach vorbei zum Dorfbrunnen. Dorothea erzählte von den Hilzinger Bauern, die sich nach der Kirchweih im Jahr 1524 gegen die Obrigkeit aufgelehnt hatten. Doch Johann hörte kaum zu, er hatte nur Augen für ihre anmutigen Gesten. Sie marschierten weiter bis zum Schloss hinauf, über dessen Tor das prachtvoll geschnitzte Wappen seines Schaffhausener Erbauers prangte.

»Und jetzt will ich Euch die Kirche zeigen. Sie ist den beiden Heiligen Peter und Paul gewidmet und das Werk eines Vorarlberger Meisters namens Thumb.«

Vor dem Kirchenportal begegnete ihnen ein Mann mit

einem Bündel Ähren unter dem Arm. Es war Robert Kändler, der Vorsitzende der Kirchengemeinde. »Da bist du ja, Dorothea. Das Komitee für den Festgottesdienst hat dich schon vermisst.«

»Oh, ich muss mich für mein Fehlen entschuldigen. Aber unser werter Gast möchte die Schönheiten des Hegau kennenlernen und alles über unser Städtchen erfahren.«

Robert Kändler musterte Johann mit einem freundlichen Augenzwinkern. »Ihr seid also nicht aus dieser Gegend?«

»Nein, ich stamme aus Weimar.«

»Aha, dann kennt Ihr vielleicht diesen berühmte Dichter, wie heißt er noch gleich ... Schiller?«

Johann lächelte säuerlich und rümpfte die Nase. »Ein eitler Zeitgenosse, der keinen Respekt vor geistigem Eigentum hat. Er hat unserer Stadt gelegentlich einen Besuch abgestattet. Und was seine Bühnenstücke angeht ... nun ja, man muss sie nicht gesehen haben.«

»Aber unseren Erntedankschmuck, den müsst Ihr gesehen haben, werter Herr Johann. Kommt mit, ich stelle Euch dem Pfarrer vor.« Dorothea verabschiedete sich von dem Vorsteher und eilte zum Kirchenportal.

In einem hellen und weiten Raum unterhalb des Kirchenchores waren mehrere Frauen und Kinder damit beschäftigt, Körbe mit Kartoffeln und Äpfeln zu füllen sowie Ähren zu Zöpfen zu flechten.

Dorothea führte Johann zu einer Gruppe von Mädchen, die Blüten, Nüsse und Samen verschiedenster Pflanzen in unzählige Töpfchen füllten und diese auf einem großen Tisch in Reihen dicht nebeneinander stellten. »Hier also bereiten wir das Erntedank- und Kirchweihfest vor. Es bedarf vieler hilfreicher Hände, damit an diesem Tag unser Gotteshaus feierlich geschmückt ist.«

Johann nickte. Die vielgestaltigen Erzeugnisse der Natur hatten seine Aufmerksamkeit erregt. »Woran erinnert mich das nur? Richtig, an Mosaiken, wie ich sie in Verona gesehen habe. Vielleicht könnte man ...«, er trat einen Schritt vom Tisch zurück und kniff die Augen zusammen, »... vielleicht sollte man die jeweiligen Samen und Blüten so anordnen, dass sie wie ein Mosaikbild erscheinen.«

Nach anfänglichem Schweigen begannen die Frauen und Mädchen alle durcheinander zu reden.

»Ja, wir werden ganze Szenen aus dem Leben des Gottessohnes gestalten«, schlug die eine vor.

»Oder von Schutzheiligen«, meinte eine andere.

»Ach nein, das wird langweilig aussehen. Wir haben nicht genug Farben«, warf ein etwa zehnjähriges Mädchen ein.

»Dann färben wir die Nüsse und Samen eben mit Gewürzen oder zerriebenen Blüten. Und unsere Handarbeitslehrerin macht die Entwürfe«, rief Dorothea und klatschte vor Freude in die Hände.

»Was für eine interessante Diskussion«, erklang eine volltönende Stimme. »Darf ich mich vorstellen, mein Name ist Schlatt, ich bin der Pfarrer dieser Gemeinde. Ihr seid ein weit gereister Mann, wie ich Euren Ausführungen entnehme.«

Johann sah sich einem großen bärtigen Mann von imposanter Statur gegenüber und reichte ihm die Hand. »Ackermann, Johann Ackermann. Ich bin auf der Durchreise in die Schweiz. Zunächst wollte ich nur für eine Nacht hier bleiben, aber mittlerweile sind es schon fünf Tage.«

Der Pfarrer lachte dröhnend. »Das wundert mich nicht. Bei einer solch reizenden Begleitung.« Daraufhin wandte er sich an Dorothea. »Wie schaut es aus, mein Kind, werden wir demnächst auch eine Hochzeit feiern können? Was sagt denn dein Onkel?«

Ein zartes Rot überzog ihr Gesicht. Verlegen zupfte sie

an ihrer Schürze. Tief gerührt schaute Johann auf Dorothea. So hatte sie also seine geheimsten Gedanken erraten und den Pfarrer bereits eingeweiht?

»Ihr wisst, wie streng mein Onkel ist. Bisher habe ich noch nicht den Mut gefunden, mit ihm zu reden und zu fragen, ob er … ob er mir seinen Segen gibt.«

»Er hat dir nach dem Tod deiner Eltern ein neues Zuhause gegeben. Das ist sehr wohl zu loben. Aber deinem Glück darf er nicht im Wege stehen. Ich glaube, es ist an der Zeit, dass ich einmal mit dem Onkel rede.«

»Das würdet Ihr für mich tun, Herr Pfarrer?« Dorothea hüpfte aufgeregt von einem Fuß auf den anderen. Ihre Wangen glühten. Sie erschien Johann so engelsgleich, dass er fürchtete, sein Herz würde zerspringen.

»Mein Kind, ich halte es sogar für meine Pflicht. Gleich heute nach der Abendandacht will ich zu euch ins Wirtshaus kommen. Du darfst deinem Onkel also meinen Besuch ankündigen.«

Dorothea drückte die Hände des Pfarrers und eilte zur Tür. Im Hinausgehen wandte sie sich um und machte einen hastigen Knicks. »Ihr entschuldigt mich bitte, werter Herr Johann. Ich muss mich umziehen. Den Weg zurück findet Ihr ja allein. Ihr werdet als erster die Antwort meines Onkels erfahren. Wünscht mir Glück.«

Johann hatte seinen besten Anzug angelegt und sein Haar mit duftender Pomade gebändigt. Er nahm seinen Platz in der Gaststube ein und starrte vor sich hin, konnte keinen einzigen Bissen zu sich nehmen. In diesem Augenblick wurde in der Kammer nebenan sein und Dorotheas Schicksal besiegelt. Er griff nach der Weinkaraffe, füllte sein Glas zum dritten Mal und trank in hastigen Schlucken.

Da sah er, wie der Pfarrer durch die Gaststube zur Tür

eilte und ihm von Weitem fröhlich zuwinkte. Mit zitternden Knien erhob sich Johann, und dann stand sie plötzlich vor ihm. Mit glänzenden Augen und einem Lächeln, wie er es strahlender nie gesehen hatte. Neben Dorothea befand sich ein hoch aufgeschossener junger Mann, der seinen Arm um ihre Taille gelegt hatte. Johann griff sich an den Hals. Irgendetwas schnürte ihm die Kehle zu.

Dann sprudelten die Worte nur so aus Dorothea heraus. »Stellt Euch vor, werter Herr Johann, mein Onkel hat ›Ja‹ gesagt. Hermann und ich werden am Tag des Erntedankfestes heiraten. Ist das nicht wunderbar?«

Johann sank auf seinen Stuhl und wischte sich mit einem Taschentuch über die Stirn. Recht langsam schien er zu begreifen. Er nickte schwach und deutete mit zitternder Hand einen Gruß an.

Hermann löste seinen Arm und beugte sich zu Johann vor. »Falls Ihr noch länger in Hilzingen bleiben wollt – Ihr seid natürlich zu unserer Hochzeit eingeladen. Meine Verlobte hat mir viel von Euch erzählt.« Daraufhin zog er Dorothea lachend mit sich fort.

Johann stand in seiner Kammer vor dem Spiegel. Er sah einen mittelgroßen Mann mit einem kugelförmigen Bauch, über dem sich die Weste straff spannte. Einige Strähnen seines schütteren Grauhaares hingen ihm in die Stirn. Mit seinem blassen, faltigen Teint und den tiefen Augenringen hätte man ihn leicht für zehn Jahre älter halten können. So also sah ein Narr aus, ein Schafskopf, Tölpel, Dummerjan.

Welch ein schönes Paar, würden die Gäste sagen und die Brautleute hochleben lassen. Aber bis dahin wäre er längst in der Schweiz.

Was sein Gemüt jedoch am meisten bewegte, war die Frage, wie sein messerscharfer Verstand, der sogar von seinen

Gegnern gerühmt wurde, ihn hatte im Stich lassen können. Es mussten irgendwelche höheren Mächte im Spiel gewesen sein. Wie sonst hätte er annehmen können, dieses junge Mädchen würde etwas für ihn empfinden?

War ihm denn nicht der Glanz in ihren Augen aufgefallen, wenn sie von dem Hausburschen sprach? Und hatte er nicht das leise Beben in ihrer Stimme vernommen, wenn sie seinen Namen nannte? Vielleicht gab es sie ja doch, die Burgteufel, Hexenwesen und Nebelgeister auf dem Hohentwiel, die seinen Geist getrübt hatten ... Ja, nur so konnte es gewesen sein.

Christiane fiel ihm ein, die treue Gefährtin an seiner Seite seit nunmehr neun Jahren. Die all die Häme der Weimarer Gesellschaft aus Liebe zu ihm ertrug. Plötzlich sehnte er sich nach ihrem Lachen und dem Geruch ihres Haars. Er würde ihr den edelsten Batiststoff aus der Schweiz mitbringen. Daraus sollte sie sich ein Sommerkleid schneidern lassen nach der neuesten französischen Mode, und die Weimarer Krähen sollten allesamt grün vor Neid werden.

Johann schnäuzte sich, seine Augen schimmerten feucht. Oh tönet fort, ihr süßen Himmelslieder, die Träne quillt, die Erde hat mich wieder. Mit diesem Gedanken schlief er ein.

Er hatte Wilhelm befohlen, schon bei Morgengrauen anzuspannen. Er wollte Dorothea kein weiteres Mal begegnen, nicht mehr an seine Schmach erinnert werden. Vor allem die Nachwelt durfte nichts von seiner Sinnesverwirrtheit erfahren. Damit sie nicht verächtlich über ihn urteilen mochte. Er würde sein Reisetagebuch, das er zu veröffentlichen gedachte, ein wenig – verändern. Die vergangenen Tage aus seinem Leben streichen und vorgeben, er sei am Morgen des 17. September 1797 in Tuttlingen aufgebrochen und an Hilzingen lediglich vorbeigereist.

Die Rappen verfielen in einen gleichmäßigen Trab, und Johann zog sein grünes Büchlein und einen Schreibstift aus der Jacke. Er notierte: Passiert man die Stelle, an der die Festungsruine auf dem Hohentwiel aufragt, so sieht man vor sich die große Kette der Schweizer Gebirge. Hilzingen liegt in einem weiten Tal zwischen fruchtbaren Hügeln, Feldbau, Wiesen und Weinbergen umher. Die vielgestaltige Landschaft bietet dem Auge des Betrachters ein überaus liebliches Bild. Gegen Nachmittag erreichten wir Schaffhausen.

Gabriele Alioth – Geschichten mit Blumenfeld

Heiliger Dionysios, nimm mir das Kopfweh, heiliger Blasius, nimm mir das Halsweh, heiliger Erasmus, erlöse mich von den Ameisen in meinem Magen. Heilige Katharina – wo bist du? Da, heilige Katharina mit dem zerbrochenen Rad, mach mir die Zunge leicht, denn nach all den Jahren soll ich berichten, was hier geschah.

Der Nebel hing wie ein Leichentuch am Himmel, die Bäume froren, als ich ihre Schritte auf der Treppe vernahm. Wer an einem solchen Tag kommt, hat keine Kurzweil im Sinn. Im Sommer, ja, da füllt sich das Schloss manchmal mit Gelächter, Musik hallt durch die Säle, so wie einst. Dann blühen die Wiesen vor dem Fenster, der Wald duftet nach Holunder, und nachts höre ich das Rauschen des Wasserfalls neben der Bibermühle. Die Stille in den Tagen danach ist zum Ersticken. Die Alten bleiben in ihren Zimmern, die Pfleger gleiten lautlos auf ihren Gummisohlen durch die Flure, und ich versuche, nicht an früher zu denken. Jetzt soll ich mich erinnern. Hilf mir, heiliger Ägidius, der du Tote zum Leben erwecktest, Lilien in der Dürre sprießen ließt und Karl dem Großen bei seiner Beichte halfst.

Die Schritte stockten auf der Treppe, und einen Augenblick dachte ich, sie drehen um. »Und hier haben wir ein reich verziertes Portal«, hörte ich Helmut sagen. Das sagt er immer, wenn er Besucher durchs Schloss führt. Ein Fotoapparat klickte, dann betrat sie das Turmzimmer. Ihr Haar war kurz, von grauen Strähnen durchzogen, und sie trug Hosen, aber ich erkannte sie sofort. Und sie mich auch.

»Schau!«, rief sie, bevor ich mich davonmachen konnte. Die beiden Männer blieben hinter ihr stehen und betrachteten mich in meinem roten Narrenmantel mit der Schellenkappe. Ihr Begleiter hob seinen Fotoapparat.

»Der erinnert mich ...«

»Mich auch«, unterbrach sie ihn. Helmut musterte besorgt den Verputz an der Wand mir gegenüber, aber die tanzende Nymphe war längst verschwunden.

(keine Leerzeile)Sie starrte mich an, ich konnte mich nicht rühren, und als sie nach ein paar Augenblicken hinter den beiden Männern den Saal wieder verließ, hallten ihre Gedanken bereits in meinem Kopf. Heiliger Dionysios, hätten sie mir das Haupt abgeschlagen, ich hätte mir nicht die Mühe gemacht, es den ganzen Weg vom Montmartre bis nach Saint-Denis in mein Grab zu tragen.

&

Das ist kein Anfang.

Ich weiß.

Die Geschichte braucht einen Anfang.

Der Anfang der Geschichte von Blumenfeld ist verloren gegangen.

Dann musst du einen erfinden.

Es ist zu kalt, um etwas zu erfinden, und dieser Nebel am Himmel ...

Das Hotel hat eine Sauna.

Dann lass uns in die Sauna gehen.

&

Heilige Barbara, schütze mich vor Blitz und Feuersbrunst und vor dieser Hitze. Wie soll man sich da an etwas erinnern? Zudem liegt der Anfang wie alle Anfänge im Dunkeln und auf der Hand. Irgendwann kam einer aus den Wäldern und ließ sich hier nieder, am Ufer des Baches, im Schutz des Felsens. Vielleicht hatte er einen Traum, vielleicht ist er einem Bären begegnet, vielleicht hat ihn eine Wölfin gesäugt. Läge Blumenfeld auf sieben Hügeln, wüssten wir seinen Namen, aber es liegt nur auf einem, und so wissen wir bloß, dass er blieb. Und warum auch nicht? Wenn der Nebel sich lichtet, kann man von hier weit übers Land sehen, und der Hügel wird fast ganz von der Biber umflossen. Man ist sicher – und die Sicheren brauchen keine Geschichten. Als sie im Jahre 1100 die Kirche weihten, stand die Burg längst. Sie nannten sie nach ihren Herren, denen von Blumenfeld, die wohl zu jenen von Blumenegg und von Blumenberg gehörten.

&

Ist das nicht zu einfach?

So steht es in den Geschichtsbüchern.

Und was in den Geschichtsbüchern steht, stimmt?

Nicht immer.

Soll ich einen neuen Aufguss machen?

Ja, bitte.

&

Nochmals? Die heiße Luft verschlägt mir den Atem, aber bitte:

»Und wie nennen wir diesen Ort?« Der Ritter von Stahleck löste die Bänder seines Brustpanzers, er fiel klappernd zu Boden.

»Wir nennen ihn nach Euch, verehrter Herr«, antwortete ich, bevor die anderen etwas sagen konnten.

»Nach mir.« Seine Stimme klang versöhnlicher. Er hatte den schiefen Eckstein im Torbogen sofort entdeckt, das fehlerhafte Mauerwerk an der Nordseite. Am meisten aber hatte ihn die Wendeltreppe erzürnt. Sie drehte sich nach rechts, dem Schwert des Angreifers zupass, derweil der Verteidiger nicht zum Schlag ausholen konnte.

»Da können wir die Plünderer gleich zu Tisch laden!«, hatte er gebrüllt, und die Narbe auf seiner linken Wange zuckte.

Die Leute hier lebten in Eintracht mit ihren Nachbarn. Sie waren nicht gewohnt, Festungen zu bauen, und manchen von ihnen wäre es lieber gewesen, der Herr von Stahleck hätte einen anderen Hügel für seinen Sitz ausgewählt. Mit ihren Zinnen, ihrem Turm, sagten sie, verlocke die Burg ja geradezu zum Angriff. Nun stand der Ritter am Fenster und betrachtete die Wiesen. Blühten die Apfelbäume damals schon? Es schien mir der richtige Moment, und auf ein leises Läuten meiner Schellen betrat sie den Saal. Man hatte ihr das Haar zu einem Kranz geflochten, einer kleinen Krone, und sie trug ein langes Kleid. Aber sie war erst ein Kind. Der Korb mit den Blumen wirkte riesig in ihren zierlichen Armen. Die Narbe des Ritters zuckte erneut, als er sie bemerkte. Ich hielt den Atem an, dann verzog sich sein Mund zu einem Lächeln.

Danach war alles ganz einfach. Er lobte das Essen, unseren Wein und zum Schluss sogar meine Narrenspäße. Als er am Tag darauf die Burg wieder verließ, bedauerte ich im Namen aller, dass sein Aufenthalt auf Stahleck so kurz gewesen sei, und wieder bewegte sich die Narbe in seinem Gesicht. Die Blumen lagen noch im Saal verstreut; er räusperte sich. »Ich werde bald nach Blumenfeld zurückkehren«, sagte er.

&

Kam er zurück?
Er muss zurückgekehrt sein.
Und das Mädchen?
Das war eine junge Frau, als er sie wiedersah.
Sie gefällt mir.
Ihm gefiel sie auch.
Du meinst, er und sie …
Mir wird es zu heiß hier.

&

Die Frauen beteten zur heiligen Margareta, und die Drachenzähmerin half ihnen auf den Feldern, in den Ställen und im Kindbett. Eine Weile unterstand Blumenfeld den Klosterbrüdern von Stein am Rhein, dann hielten die Herren von Klingenberg hier Einzug. Sie bauten eine Ringmauer um die Burg, mit Wachtürmen, hoben Gräben. Wenn sie die Schleusen öffneten, flutete die Biber um den Hügel herum, und wir waren uneinnehmbar. Doch die Schwaben hungerten uns aus, und als die Klingenberger die Burg fünfzig Jahre später zurückbekamen, verkauften sie uns an die Ritter des Deutschen Ordens.

&

Ich hasse diese kalten Duschen.
Was machten die Ritter mit der Burg?
Sie verteidigten sie.
Gegen wen?

Die Schweizer.
Mit Erfolg?
Nein.
Das Wasser ist wirklich sehr kalt.

&

Wir waren selbst schuld. »Chuemelker«, schrien unsere Wachen von den Türmen herunter, als sie die Schweizer kommen sahen, und die Leute, die in unsern Mauern Schutz gesucht hatten, lachten.

»Es wäre besser, sie nicht zu verhöhnen«, meinte die Herrin. Sie war immer noch jung, aber sie trug das Haar unter einer Haube, und manchmal zuckte ihr Gesicht. »Sie haben Heilsberg und Randegg eingeäschert, Rosenegg, Homburg, Singen, und vor ein paar Tagen erst brannte Hohenlupfen.«

»Muh, muh«, antwortete der Herr.

Die Schweizer bauten ihr Lager in den Wiesen auf und brachten ihre Geschütze in Stellung. Unsere Wachen beobachteten sie. Die Herrin ließ die Kornsäcke und Mostfässer im Keller zählen. Nach zwei Tagen hörten wir, dass die Schaffhauser nach größeren Büchsen und Leitern geschickt hatten. Der Herr ließ mich kommen. Es war Ende April, und ein milder Abendwind wehte durch den Hof. Die Fenster im Saal waren geschlossen.

Mit meinem roten Mantel, meiner Schellenkappe, meinte der Herr, müsse es mir gelingen, bis zu ihren Hauptleuten vorzudringen; sie waren allemal Bauern. Heiliger Achatius, nimm mir den Zweifel, betete ich, während ich in der Dunkelheit den Felshang hinter der Burg zur Biber hinunterkletterte.

Sie waren bereit, uns das Leben zu lassen, als ich ihnen von dem Vieh erzählte, das sich in der Burg befand; und als ich die Mostfässer erwähnte, erlaubten sie uns, an Habe mitzunehmen, was wir tragen konnten.

»Kuhschweizer«, brummte der Herr zufrieden, als ich ihm Bericht erstattete.

»Sie verlangen nur ...« Die Stimme versagte mir.

»Was?«

»Euch, verehrter Herr.«

Sein Gesicht zuckte.

&

Es muss schön sein hier im Frühling, wenn alles blüht.

Die Mühle sieht aus, als habe die Zeit sie vergessen.

Vielleicht hat sie das.

Gab es einmal Biber hier?

Wäre das nicht zu einfach?

Was machten die Schweizer mit dem Herrn von Blumenfeld?

Wollen wir essen gehen?

&

Sie setzten sich wie an jedem Abend zu Tisch. Eine der Mägde verschüttete Wein.

»Die von Heilsberg flohen durch einen unterirdischen Gang«, sagte der Herr nach einer Weile.

Die Herrin schwieg.

»Der Hauptmann von Tiengen entkam in einer Verkleidung«, fuhr der Herr fort.

Die Herrin warf mir einen Blick zu.

»Was wirst du mitnehmen?«, fragte der Herr endlich.

»Den Schmuck, den ich von deiner Mutter bekommen habe, das Stundenbuch mit den Zeichnungen, das bestickte Altartuch …«

»Das wiegt nicht schwer«, unterbrach er sie.

»Es ist das Kostbarste, das ich besitze.«

»Ist es das?« Seine Stimme knirschte, als habe er Kies im Mund.

&

Magst du noch einen Schluck Wein?

Ja.

Man isst gut in dieser alten Mühle.

Es ist unser letzter Abend.

Lass uns nicht davon sprechen.

&

Am nächsten Morgen begann das Packen. Die Leute füllten Körbe und Säcke, leerten sie wieder, schnürten ihre Habe neu, zogen Kleider und Röcke übereinander, stopften ihre Taschen voll. Am Nachmittag öffneten die Wachen das Tor. Wie gemästete Schweine sahen die Kinder aus, denen man Federkissen und Bettdecken um den Leib gebunden hatte.

»Sauschwaben«, grölten die Schweizer, die sich jenseits der Brücke aufgestellt hatten.

Plötzlich verstummten sie. Die Herrin stand unter dem Tor. Sie trug nur ein Kleid, keinen Mantel, und sie hatte ihre Haube abgelegt. Das Haar hatte sie zu einem Kranz, einer kleinen Krone, aufgesteckt. Hinter ihr brachten zwei Mägde einen großen Apfelkratten, und zuerst verstand ich nicht, was sie damit wollten. Doch dann hoben sie den Korb und legten der Herrin die Träger über die Schultern. Sie schwankte unter dem Gewicht, ich meinte, sie würde stürzen, aber sie machte einen Schritt, noch einen – mit erhobenem Kopf trug sie ihre Last über die Brücke. Alle Blicke hingen an ihr, auch die der Schweizer. Die Herrin war bereits an den Vordersten vorbei, als einer von ihnen, ein Kleiner mit einem schiefen Mund, sie anstieß: »Was hesch dänn do drin?«

Es war kein heftiger Stoss, aber sie vermochte ihm nicht standzuhalten. Mit einem Seufzer der Erleichterung, schien es mir, sackte sie in die Knie. Der Korb kippte, und heraus rutschte der Herr. Einen Augenblick lang herrschte vollkommene Stille, ich hielt den Atem an, auf einmal brüllten die Schweizer los. Der Kleine mit dem schiefen Mund hob sein Schwert, doch einer der Hauptleute fiel ihm in den Arm. Der Herr richtete sich auf. Er trug nur ein Hemd am Leib, und mit dem runden Bauch, den krummen Beinen sah er aus wie ein riesiger Säugling. Das Gebrüll der Schweizer verwandelte sich in Gelächter; sie waren allemal Bauern. Sie erlaubten der Herrin, das Altartuch, das Stundenbuch und den Schmuck, den sie von ihrer Schwiegermutter bekommen hatte, zu holen, bevor sie die Burg zerstörten.

&

Die Geschichte habe ich schon mal gehört.

Sie wird auch von anderen Orten erzählt.

Dann hat sie gar nicht in Blumenfeld stattgefunden?

Sie könnte hier stattgefunden haben.

Aber …

Ein Ort ist, was er ist, und was er sein könnte.

Ich glaube, ich habe zu viel getrunken.

&

Befehle schallten durch den Hof, als die Ritter des Deutschen Ordens Blumenfeld übernahmen. Jeder von ihnen gebärdete sich wie der heilige Georg. Anstelle der Burg wollte der Obervogt ein Schloss mit Erkern, Arkaden, Portalen. Es kümmerte ihn nicht, in welche Richtung die Treppen sich drehten, solange die Portale und Kamine nur prächtig genug und mit seinem Wappen verziert waren. Er versammelte uns auf dem Platz vor der Kapelle. In seinem weißen Mantel mit dem schwarzen Kreuz auf der Brust erklärte er, wir seien nun frei, und anstatt Frondienst zu leisten, müssten wir nur zweimal im Jahr den Amtsgarten heuen und das Zehntgetreide in seine Scheuer bringen. Die Leute wollten jubeln. Auch ich hatte die Schellenkappe vom Kopf gezogen, um sie in die Luft zu werfen, aber der Vogt hob die Hand. Dafür, verkündete er, würden wir von jetzt an nach dem Wahlspruch des Ordens leben: »Helfen, wehren, heilen.« Und wer sich dagegen verging, würde bestraft und müsse ein Sühnekreuz stiften, das auf alle Zeit an seinen Frevel erinnere. Ich steckte die Schellenkappe in meine Tasche.

Die Bauerei nahm kein Ende, und erst mit der Zeit verstand ich, dass sie uns nicht nur schützte, sondern auch einschloss. Hinter seinen schweren Portalen verwahrte der Vogt unsere Träume. Er ließ sie in ihrem langen Kleid, das Haar offen, als tanzende Nymphe an die Wand des Turmzimmers malen, und mich selbst gegenüber im roten Narrenmantel, mit der Schellenkappe.

&

Bist du wach?

Ich habe geträumt.

Wovon?

Von einer Wiese mit Apfelbäumen.
Einem Paradies.
Aber …
Aber?
Ich durfte nicht bleiben.
Der Erzengel Michael hat dich vertrieben.
Du machst dich lustig über mich.

&

Wie die heilige Barbara saßen wir in unserem Turm, und die Zeit besiegte das Böse und auch das Gute. Während des Dreißigjähren Krieges blieb kein Haus in Blumenfeld stehen, und der Obervogt floh nach Schaffhausen. Als er zurückkam, flickte er dieses und jenes, aber die Mauern der Burg wurden immer fleckiger. Eines Morgens stürzte der Abtritt an der Südseite in die Biber. Als der Pfarrer am Sonntag in der Messe dem Allmächtigen dankte, dass niemand zu Schaden gekommen war, hielten die Leute die Köpfe gesenkt. Es hieß, der Deutsche Orden sei so morsch wie unser Dachstock.

»Und hier haben wir ein reich verziertes Portal«, sagte Helmut, als er den Großherzoglich Badischen Bezirksrichter zum ersten Mal durchs Schloss führte. Der neue Herr betrat das Turmzimmer und nickte anerkennend. Der Gerichtsschreiber, der ihn begleitete, kratzte an meinem rechten Schuh. »Der Verputz ist feucht.«

»Wenn das Dach erst wieder dicht ist, werden die Mauern austrocknen.« Der Richter betrachtete die Nymphe.

Sie strich sich das Haar aus dem Gesicht, als die drei gegangen waren, und zwinkerte mir zu. Es war kein schlechter

Anfang, und solange die Badischen im Schloss zu Gericht saßen, fehlte es in Blumenfeld an nichts. Eine Poststation, zwei Wirtshäuser, zwei Mühlen und zwei Branntweinbrennereien hatten wir, wie eine richtige Stadt, und der Amtsphysikus meinte gar, der Menschenschlag sei robuster und fehlerfreier hier.

&

Denkst du immer noch an deinen Traum?

Ich wünschte, ich könnte ihn weiter träumen.

Wie spät ist es?

Kurz nach vier.

Die dunkelste Stunde.

&

Mein Mantel war grau vor Schimmel, als die Gemeinderäte kamen. Seit sie das Gericht verlegt hatten, stand das Schloss leer. »Helfen, wehren, heilen«, erinnerte sich der von Epfenhofen, und die anderen nickten; für alte und kranke Bauern war es allemal gut genug. Heiliger Pantaleon, murmelte sie, und drehte sich im Kreis; ihr Haar wehte im Wind.

Am nächsten Tag trugen sie die ersten Bahren ins Schloss. Schwester Lina und Schwester Marcell gurrten wie Tauben im Hof. Sie hatten nicht genug Hemden, nicht genug Suppe. Die Räume füllten sich mit Pritschen. Die Schwindsüchtigen legten sie in den Südflügel, die mit der französischen Krankheit kamen in den Dachstock. Nach einigen Jahren legten sie eine Wasserleitung ins Schloss, das neue Treppenhaus stürzte ein, die Pfleglinge begannen zu streiten. Die Kranken wollten die Schwachsinnigen nicht in ihren Zimmern, die Gestörten missgönnten den Operierten ihre vollen Teller. Die wenigsten stiegen ins Turmzimmer hinauf, und jene, die es taten, riefen den heiligen Vitus an, sie vom Fieber zu erlösen, wenn sie uns erblickten.

&

Es ist schon hell draußen.

Hast du die Kirchenglocken nicht gehört?

Nein.

Du hast nochmals geschlafen.

Wie tot.

Der Nebel könnte sich heute lichten.

Wann müssen wir gehen?

Um Mittag.

Dann bleibt noch etwas Zeit.

&

»Es bleibt noch etwas Zeit«, sagte sie und flocht sich das Haar. Die Apfelbäume tragen schon lange keine Früchte mehr, und ihre Gestalt ist kaum noch zu sehen. Aber an jedem Ort, an dem wir leben, bleibt ein Stück von uns, und wir tragen ein Stück der Orte in uns, an denen wir leben.

&

Der Weg ist steiler, als ich dachte.

Wir sind gleich oben.

Gehören all diese modernen Gebäude zu dem Spital?

Es ist heute ein Pflegeheim, Helmut hat mir eine Broschüre gegeben.

Und das Schloss?

Das Dach ist repariert, die Wände sind wieder trocken, und im Sommer veranstalten sie Konzerte hier.

Auch im Turmzimmer?

Schau, da blüht schon ein Buschwindröschen.

Anemone nemorosa.

Weißt du, dass Anemone eine Nymphe war, die von der Göttin Flora aus Neid in eine Blume verwandelt wurde?

&

Heiliger Cyriakus, stehe mir in der Todesstunde bei und schütze mich vor dem Neid der andern. Sie haben uns verkauft, verpfändet, geschliffen und niedergebrannt. Alles ist uns widerfahren, was man erfahren kann, und ich habe berichtet, was mir davon geblieben ist. Denn nicht, was wirklich war, überdauert die Zeit, sondern was sich in unsere Erinnerung eingeprägt hat von unseren Wünschen und Träumen und von dem, was geschah.

&

Wollen wir uns noch die Kirche ansehen?

Ja.

Sie ist dem heiligen Michael geweiht.

Dem Erzengel?

Dem Schutzpatron der deutschen Ritter.

Die Bilder der Heiligen auf der Balustrade gefallen mir: Vitus, Blasius, Erasmus …

… Ägidius, Katharina …

Wo ist Katharina?

Dort, mit dem zerbrochenen Rad.

Und daneben ist der heilige Christophorus mit dem Christuskind auf der Schulter.

So schwer wie der Herr von Blumenfeld.

Das müssen die vierzehn Nothelfer sein, die uns gegen alles schützen, was uns widerfahren kann.

Es ist Mittag, wir müssen gehen.

Gegen fast alles.

Warum hast du gerade Blumenfeld ausgewählt?

Weil der Ort mich an etwas erinnert?

An etwas Vergangenes.

Und an etwas Kommendes.

Nessa Altura – Der Anachoret vom Hohentwiel

»Heute besuchen wir den Anachoret«, hatte die Tante gesagt und die kleine Elisabeth, die alle nur Liesel nannten, hatte sich gefragt, was das wohl war, ein Ana ... ein Anna ...? Aber sie hatte die Frage nicht zu stellen gewagt, die Tante war manchmal ungeduldig und hart.

Sie traten auf die Waldlichtung hinaus, die hohe Dame und die hübsche Liesel, die die Tochter des Stallmeisters war und nicht mit der Herrin verwandt. Liesel spähte hinter die Büsche, ins flirrende Frühsommergrün. Wo war dieser Ana? Diese Anna? Und was war sie? Ein Salamander? Eine Bärin? Eine gefährliche Bache, die ihre Frischlinge um sich scharte? Wie auch immer, das wilde Tier würde zu fressen bekommen, dachte sie, weil sie gesehen hatte, wie die Herzogin von Schwaben einige Lebensmittel in einen Korb gelegt und mit einem Tuch zugedeckt hatte.

Sie verließen die Lichtung und gingen tiefer in den Wald hinein. Dort wurde das helle Grün düster und es roch nach Verwesung, Schatten und Mulch. Hier gab es Moose, Tümpel und Höhlen, das wusste Liesel. Und tatsächlich, die beiden traten nun auf einen Höhleneingang zu, der mit einem engmaschigen Gitter verschlossen war.

»Wir wollen sie nicht erschrecken«, sagte die Tante und legte einen Zeigefinger auf die Lippen. »Vielleicht schläft sie ja ...?«

War die Anna also ein Rehkalb oder Kitz? Oder doch eine Frau?

»Was ist das, eine Anna ...?«, fragte sie schüchtern.

»Ein Anachoret«, sagte die Tante streng, »ist ein Mensch,

der heilig leben will. Aber nicht in einem Kloster wie die meisten, sondern ganz allein in der Natur. Der Name kommt aus dem Griechischen, von dem ich ein bisschen verstehe, weil ich einmal mit einem Prinzen aus Byzanz verlobt werden sollte. ›Ana‹ bedeutet ›nicht‹ und ›Chora‹ bedeutet ›Stadt‹. Ein Anachoret ist also einer, der nicht in der Gemeinde in Dorf oder Stadt bei den anderen sein will, sondern allein. Vor vielen, vielen Jahren sind sie im Heiligen Land auf Säulen gestiegen, um dort oben, hoch über den gewöhnlichen Menschen, gottesfürchtig zu meditieren. Später dann, beim Gebirge Carmel, haben sie sich in Höhlen versteckt. Und so eine Heilige haben wir neuerdings auch hier, die heilige Johanna nämlich. Ihr Vorbild ist Johannes der Täufer, der schon unseren Heiland getauft hat. Der hat in der Wüste gelebt und sich nur von Honig und Heuschrecken ernährt.«

Von Honig? Jaha. Von Heuschrecken? Niemals! Die vierzehnjährige Liesel schüttelte sich entsetzt.

Sie traten näher an das Gitter. Liesel strengte ihre Augen an. Was sie sah, war ein zotteliger Pelz, der auf dem Boden lag.

»Johannes der Täufer hat auch nur ein Fell getragen«, flüsterte Hadwig. »Das macht sie ihm nach.«

Das braune Fell rührte sich. Atemlos beobachtete Liesel, wie es sich teilte und lange blonde Strähnen zum Vorschein kamen. Dann dreht sich ihnen ein weißes Gesicht zu. Blinkerte mit den Wimpern. Hob die Lider. Ein Sonnenstrahl streifte das Höhleninnere und traf auf die Iris. Veilchenblaue Augen!

Liesel starrte das zottige Geschöpf an wie eine Erscheinung. Beim Bodenseegeist, war das ein hübsches junges Mädchen! Diese Johanna hob die Arme über den Kopf und streckte sich langsam und genüsslich. Das Fell klaffte auf und enthüllte eine nackte Brust, deren Spitze gerötet schien.

»Was hat sie da?«, flüsterte das Mädchen. Es kannte entblößte Brüste von den stillenden Müttern in den Katen um die Burg am Hohentwiel. Es wusste, dass Mütter und Ammen Brustentzündungen scheuten wie der Teufel das Weihwasser.

»Alles künstlich«, antwortete Hadwig trocken. »Mit roten Beeren gefärbt. Die Lippen auch. Und siehst du, wie sie Kohle um die Augen aufgetragen hat? Deshalb scheinen sie so blau wie der See in der Sonne. Das machen manche Frauen, weißt du, damit die Männer nach ihnen schauen.«

»A..a..aber auch H..Heilige?« Liesel geriet ins Stottern. Zu ihrer Überraschung lächelte Hadwig milde.

»Ob heilig oder nicht«, sagte die Herzogin, »... auf alle Fälle schlau.«

Liesel verstand nicht gleich. Die Einsiedlerin rollte sich jetzt auf ihre Knie und hob den Oberkörper vom Boden auf. Zwischen den Fellzotteln sah man die Brustspitzen blitzen.

»Bedecke dich, Johanna!«, sprach die Herzogin schnell. »Ich habe ein unschuldiges Mägdlein bei mir. Wir sind gekommen, um dir zu essen zu bringen. Hattest du viele fromme Besucher? Geht es dir gut?«

Die Einsiedlerin bewegte sich zum Gitter und schob ein kleines Fensterchen auf. Sie schüttelte die blonde Mähne und zeigte ein kleines, süßes Lächeln über einer winzigen Lücke zwischen den Schneidezähnen: »Sie kommen, manche heimlich, und starren mich an. Manchmal werfen sie mir Münzen hinein, manchmal einen Apfel, manchmal Nüsse. Aber davon wird man nicht satt. Was habt Ihr mir mitgebracht, gnädige Frau?«

Hadwig öffnete den Korb und reichte ihr gekochte Eier, Brot und ein Stück Schinken durch die Klappe: »Esst, Schwester, damit Ihr bei Kräften bleibt.«

Die heilige Johanna nahm die Geschenke dankbar im Empfang und verstaute sie im hinteren Teil der Höhle. »Habt Ihr auch Seife, Herrin?«

Liesel wunderte sich ein wenig über den fordernden Ton. Aber Heilige waren vielleicht auch den allerfrömmsten Herren überlegen? Hadwig nickte und zog einen flachen Block Seife aus dem Ärmel. »Passt auf, wenn Ihr Euer selbstgewähltes Gefängnis verlasst, im Wald ist immer viel Gesindel und Gelichter unterwegs.«

Johanna lachte ein glockenhelles Lachen, das, weshalb auch immer, kleine kühle Schauer über Liesels Rücken sandte.

Hadwig und ihr Schützling wanderten zurück zu der Stelle, an der die Pferde angebunden warteten. Ohne viel Zeitverzögerung erreichten sie den Hang, der steil hinauf zur Burg auf dem Hohentwiel führte.

Ein paar Wochen vergingen in ruhiger Routine. Die Herzogin übte wie immer mit dem Mönch Ekkehard aus Sankt Gallen das Lateinische, Liesel half ihrer Mutter beim Harken, Säen und Jäten. Es war warmes Frühjahr und allerorten platzten die Knospen auf. Junker Jörk, der der Waffenkammer vorstand, stolzierte breitbeinig durch die Reihen der Mägde auf dem Burghof wie der Gockel durch die der Hennen im Gehege. Liesel konnte ihn nicht leiden, seit sie einmal gesehen hatte, wie er einen Frosch unter seinen Stiefeln breitgetreten hatte. Ohne Grund und mit Vergnügen.

Im Mai ließ Hadwig wieder nach der Kleinen schicken: »Komm, wir besuchen den Anachoret.«

Liesel freute sich, war ihr doch das hübsche, heilige Geschöpf lange nicht aus dem Sinn gekommen. Sie hatte an sie gedacht, des Nachts, wenn sie warm auf ihrem Strohsack lag: War es nicht gefährlich – so allein im dunklen Wald? Gab es nicht Bären und Wölfe und Räuberleute? Natürlich gab es da das schützende Gitter, aber konnten nicht Ratten und Schlangen trotzdem hinein? Und: Würde sie selbst, wenn sie einmal groß war, ein Anachoret sein wollen? Wenn man doch davon so hübsch wurde und am Ende ins Paradies kam? Andrerseits: Heuschrecken essen zu müssen, das konnte doch kein Vergnügen sein …?

Dieses Mal schien die heilige Johanna weniger hübsch und weniger zugänglich. Ihre Haare hingen zottelig herab, ihre Augen huschten ständig von links nach rechts, sie hielt sich eine Seite und ihr Fell schien zerrissener als zuvor.

»Hast du Schmerzen in der Seite? Ärger? Oder Angst?«, fragte Hadwig besorgt. »Geht es dir gut? Warst du nicht wohl?«

Die Heilige schüttelte heftig den Kopf. Gierig nahm sie die mitgebrachten Lebensmittel entgegen. Und zog sich sofort ins das unsichtbare Dunkel der Höhle zurück.

Nachdenklich traten die beiden Besucherinnen den Rückweg an. Die Herzogin von Schwaben schien beunruhigt.

»Anachoreten sind alle etwas seltsam«, sagte Hadwig schließlich. »Das muss nichts bedeuten. Mach dir keine Gedanken, Kind.«

Aber Liesel wusste, dass Hadwig genau das tat. Die Herzogin, früh verwitwet, war weit bekannt als eine vernünftige, umsichtige und zugleich mildtätige Frau, der es an Entschlusskraft nicht mangelte. Wenn etwas zu tun war, dann würde sie es tun.

An einem Morgen, etliche Wochen später, spielte Liesel im Burghof mit ihren Ziegen und den zwei neugeborenen Zicklein. Fremde Soldaten waren in der Nacht angekommen und pflegten Rösser und Sattelzeug mit Bürsten und Fett. Die hiesigen Burschen lungerten in der Nähe herum in der Hoffnung, von bestandenen Abenteuern zu hören aus der Welt, die der große Säntis hinter seinem Rücken verbarg.

»Was gibt's hier für Abwechslung?«, fragte einer der

Fremden. »Hahnenwetten? Bierstuben? Bodenseewein? Kebsweiber?«

Nun, Hahnenwetten waren auf dem Hohentwiel unbekannt und was Kebsweiber waren, konnte Liesel sich nicht vorstellen. Vielleicht hatte er auch Krebsweiber gesagt, es gab ein paar davon im Dorf, die Flusskrebse und Schnecken einsammelten und auf der Burg anboten, wenn ein Festessen anstand. Und Bier und Wein, ja, das gab es, aber auf Geheiß der Herrin Hadwig nur dienstags und donnerstags.

»Wir haben eine«, sagte der pickelige Volker von Thüringen. »Eine im Wald, die will heilig sein, ist's aber nicht, der Junker Jörk bietet sie feil, ich führ Euch hin, wenn Ihr Spielgeld übrig habt.«

Die Fremden berieten sich. Gelächter klang auf. Liesel dachte nach. Hinter ihrer gerunzelten Jungfrauenstirn jagten sich die Gedanken.

Heilig und im Wald? Das konnte doch wohl nur der Anachoret sein? Hatten sie etwas von einer Höhle gesagt? Wenn sie der schönen Blonden Geld brachten, dann war das gut, aber warum war das Ganze von solch einem schmutzigen Gelächter begleitet gewesen? Und was bedeutete die derbe Geste, die sie gesehen hatte? Über heilige Dinge lachte man nicht im christlichen Hegau. Sie wusste nicht genau, was da los war, aber sie spürte sehr wohl, dass das, was geschah, nicht gut war. Und der Herzogin nicht recht gewesen wäre. Es war fast so wie damals, als sie vor der Höhle diese Kälte zwischen den Schulterblättern gefühlt hatte wie eines Messers kühle Klinge.

Zögernd stieg sie die Treppe hinauf, schlich in die Küche und fragte die Köchin, ob sie eine Zofe nach der Herrin schicken könne. Schnellen Schritts kam Hadwig in die Küche: »Was ist dir, Kind?«

»Die heilige Johanna«, sagte das Mädchen. »Die Ana …

im Wald. Die wollen hin zu ihr. Die werden ihr was tun, glaube ich.«

»Langsam, langsam«, sagte die Herzogin. »Wer will zu ihr? Und warum?«

Ja, warum? Liesel war ratlos. Plötzlich erinnerte sie sich, langsam und konzentriert ahmte sie die Geste nach, die die Soldaten gemacht hatten.

Die Herzogin von Schwaben wurde blass. Sie hob den Arm und warf Elisabeth die Handfläche ins Gesicht, auf dass es laut klatschte.

»Tu das nie wieder«, zischte sie. »Nie wieder, hörst du? Du bist doch ein anständiges Mädchen, oder?«

Liesel nickte unter Tränen. Die Achtung und Zuneigung ihrer mächtigen Herrin wollte sie auf gar keinen Fall verlieren. »Die Soldaten«, flüsterte sie. »Und der Junker Jörk …«.

Hadwigs Augen wurden schmal. »Der Jörk also, das wundert mich nicht. Diesem verderbten Waffenknecht werden wir das Handwerk legen«, sagte sie und wandte sich zur Tür. »Nein«, sagte sie und schob Liesel mit einer gebieterischen Handbewegung zur Seite. »Da kannst du nicht mitkommen, wirklich nicht.«

Nach einem Augenblick des Schweigens fügte sie hinzu: »Bitte deine Mutter, Wasser warm zu machen, hol Seife aus der Badestube und Öl und stellt einen Würzwein aufs Feuer. Wir bringen die heilige Johanna mit, so Gott will, und müssen sie vielleicht pflegen …«

Dann schickte sie nach Männern und Pferden. Elisabeth lauschte dem Klappern der Hufe auf dem Burghof nach. Sie hatten grimmig ausgesehen, Hadwigs Reiter, und Waffen hatten sie auch getragen. Und die Herzogin selbst hatte ein gesatteltes Pferd für die Heilige am Halfter geführt.

»Dr Junker Jörk isch it besser wi en Zuehälter«, sagte die

Mutter mehr zu sich selbst als zu ihrer Tochter. »Wenn's wohr isch, wa du ghert hesch, Kind.«

»Waa?«

»Schsch ... schsch ... des brucht ä brav Maidli wie du it wisse.«

Spät in der Nacht kamen die Reiter zurück. Ein Tumult entstand im Hof und Liesel, die wachgelegen hatte, eilte ans Fenster. Der Junker Jörk war an den Handgelenken gefesselt und hatte getrocknetes Blut an der Nase. Die Burgsoldaten schwiegen, die Blicke gesenkt. Die Herzogin blickte steinern wie eine Statue. Ekkehard, der junge Mönch, trat rasch herzu und besprach sich murmelnd mit der Herrin. Elisabeth strengte ihre Ohren an, konnte aber nichts verstehen. Die Mutter ward gerufen.

»Einen warmen Zuber«, befahl die Herzogin dann lauter werdend. »Und ölgetränkte Lappen – versorgt die Schürfwunden. Kräuter zum Auflegen. Einen Schlaftrunk. Wascht dem Anachoret die Haare, sucht nach Läusen. Und dann in die zweite Fremdenkammer mit ihm. Volker, Ihr habt Wache vor seiner Tür. Und Giselher und Konrad, schafft den Jörken ins Verließ. Junker Jörk, Euch wird der Mönch morgen in der rechten Lebensart unterweisen. Wenn Ihr Buße getan habt, könnt Ihr zu den Euren – hier will ich Euch nicht länger sehen. Der Anblick eines Menschenschänders beleidigt meine Augen.«

Am Schluss waren ihre Worte schneidend scharf geworden und abermals war es Liesel so kalt ums Herz wie sonst nur an den Fingern, wenn man Kellereis tragen musste. Ein Menschenschänder? ›Schinden‹ kannte sie, und ›Schindluder treiben‹ und, beim Bodenseegeist!, ›Schande‹ ...

Jetzt wurde ein Bündel vom Pferd gehoben und Liesel erkannte entsetzt, dass dies die heilige Johanna sein musste. Die Mutter öffnete die Tür weit. »Liesel«, rief sie, den Kopf nach oben gewandt. »Ich weiß, dass du wach bist. Spute dich! Hol Feuerholz!«

Zwischen der Mutter und der Herzogin wechselte ein langer Blick, den Liesel nicht zu deuten verstand. Dann nickte die Herzogin leicht und warf ihre Lederhandschuhe auf den Boden. Einer ihrer Männer musste den Rücken beugen, um sie aufzuheben.

»... hat mir den Schlüssel weggenommen«, flüsterte die Heilige gerade, als Liesel die Badestube betrat. »Als ich mein Fell am Bach abgelegt hatte. Und dann ...«

»Schsch, schsch!«, machte die Mutter und rieb Dotter in das lange, blonde Haar. »Das ist so verfilzt, das werden wir schneiden müssen. Liesel, du hantierst mit der Schere, du bist geschickt wie keine Zweite.«

Die Heilige, ihr Leib unter Tüchern im Zuber verborgen, wimmerte, als Liesel die blonden Strähnen abschnitt. Wie trauriges Heu lagen sie auf dem Holzboden. Die Tür ging auf und Hadwig betrat den Raum.

»Du warst leichtsinnig, Jo!«, sagte sie vorwurfsvoll. »Nicht nur der Jörk, sondern auch du solltest Buße tun – man spielt nicht mit der Frömmigkeit einfacher Leute. Ich habe dich gewarnt, nicht nur einmal. Wenn man jung ist und schön wie du ...«, hier unterbrach sie sich und warf Liesel einen gestrengen Blick zu, »... dann glaubt man, dass man die Männer in der Hand hat und wie putzige Hündchen an der Nase herumführen kann. Aber wer sich in Versuchung begibt, kommt darin um.«

»So? Sagt das dein Ekkehard?«

Jo? Wie hatte die Herzogin die heilige Frau genannt? Und wie die andere geantwortet? Dein Ekkehard? Liesel war ob des traulichen Tons verwundert. Sie fasste die beiden Frauen fester ins Auge. Die Herzogin mit der hohen Stirn unter der Haube, unter der kein Haar hervorlugte, und die Heilige, deren kurze Haare jetzt nass zurückgekämmt waren. Gewiss doch, sie sahen sich ähnlich! Wenn auch in Alter, Haltung, Rang und Sprache sehr unterschiedlich …

»Seid Ihr Schwestern?«

Beide Frauen schüttelten heftig den Kopf. Eine Pause entstand.

»Es braucht Vater und Mutter, um verschwistert zu sein«, sagte die Stallmeistersfrau schließlich leise zu ihrer vorwitzigen Tochter.

Liesel spürte, dass hier nicht weiter zu insistieren war. Sie versuchte, die Situation zu retten, wie sie es immer tat – mit einer Frage, auf die die Erwachsenen keine einfache Antwort kannten.

»Wer ist heiliger?«, sagte sie. »Der Mönch auf der Burg oder der Anachoret im Wald?«

»Keiner von beiden«, antwortete Hadwig knapp und verließ die Badestube, während die andere kichernd ihren geschorenen Kopf untertauchte.

Marc Buhl – Hirnstück

SCHROEDER KROCH FLUCHEND auf dem Boden seines Zimmers umher und sammelte die Glassplitter des Briefbeschwerers ein. Es roch nach Formalin; er schnitt sich in die Kuppe des rechten Daumens und fluchte noch mehr. Eigentlich hatte er eine Akte aus dem Regal ziehen wollen. An die Halbkugel aus Glas hatte er längst nicht mehr gedacht. Irgendwann war sie ihm auf dem Speicher der Klinik aufgefallen. Ihm hatte die Aufschrift gefallen, ›$e=mc^2$‹, und dass ein grauer Hirnwürfel darin schwamm. Er erinnerte sich zwar nur vage an die Relativitätstheorie, Physik in der Oberstufe bei Doktor Heydt, es war um eine Eisenbahn gegangen mit einer Wand aus Glas und um die Zeit darin, die irgendwie langsamer verging als die draußen, oder auch schneller, das wusste er nicht mehr genau, aber irgendetwas war mit der Zeit gewesen. Er hatte sich vorgenommen, das nachzulesen, aber es doch nicht getan, keine Zeit gehabt, bisher jedenfalls, und jetzt lag der verdammte Hirnklumpen hinten unterm Schrank im Staub, aber das Telefon klingelte. Notfall auf 410. Er solle gleich kommen. Das tat er, das Hirnstück würde er später einsammeln. Er stieg die Stufen in den vierten Stock hinauf, misstrauisch beobachtet von dem lebensgroßen Ölbild Ludowig Linnenbrinks, des Gründers der Klinik, in der er seit drei Jahren als Oberarzt die Kardiologie leitete. Das Porträt war in den vergangenen Jahrzehnten immer weiter nachgedunkelt, als würde Linnenbrink langsam erlöschen. Geschah ihm recht, dachte Schroeder, verschwinden soll er, geschluckt werden von der Düsternis, zu der er andere verurteilte.

Als Schroeder in der Klinik anfing, hatten ihn die Hände

Linnenbrinks angeekelt, die er in einer betont würdevollen Geste vor der Brust hielt. Inzwischen war bestenfalls noch ein heller Fleck dort zu erkennen, wo sie einmal gewesen waren. Auch das Gesicht Linnenbrinks hatte sich verändert. Es war härter geworden, finsterer, älter, als würde das Bild damit dem echten Linnenbrink ewige Jugend gewähren, aber der war schon seit 40 Jahren tot und würde in ewiger Verdammnis leiden, wenn es einen gerechten Gott gäbe, würde er ihn nicht begnadigen, davon war Schroeder noch immer fest überzeugt.

Linnenbrink wurde 1895 als einziges Kind des Apothekers in Allensbach geboren. Er war fünf Jahre alt, als er bemerkte, dass etwas nicht stimmte, entweder mit ihm oder der Welt. Er verstand die Menschen nicht und sie verstanden ihn nicht. Als Kind verstand er nicht, warum sie ihn wegen seines Namens hänselten. Er verstand nicht, warum die anderen Jungen sich andauernd prügelten und warum er die Mädchen blöd finden sollte. Er fand die Mädchen nicht blöd, er fand sie interessant, gerade weil sie verboten waren. Als Heranwachsender verstand er die Lehrer nicht, mit ihren lächerlichen Rohrstöcken, und die sinnlosen Regeln seines Vaters, die das ganze Leben umfassten, von der Art und Weise, wie man aufzustehen habe, sich zu kleiden, zu essen, zu lesen, den Körper zu reinigen, zu defäkieren, und schließlich zu schlafen, auf dem Rücken ausgestreckt, Gesicht zur Decke, die Hände auf der Brust gefaltet. Als Student verstand er nicht, warum die anderen voller Begeisterung in den Krieg zogen. Er selber war nie voller Begeisterung und hätte es vorgezogen, zu Hause zu bleiben und Bücher zu lesen, aber sie ließen ihn nicht lesen, sondern steckten ihn in eine Uniform, einen Güterwagon, ein Bataillon und schickten ihn an die Front. Allerdings als Sanitäter, denn er hatte bereits zwei Semester

Medizin in Konstanz studiert. Was er jetzt sah, verstand er noch weniger als alles, was er vorher gesehen hatte. Den Tod verstand er nicht, aber das war nichts Besonderes, denn niemand verstand den Tod, erst recht nicht, wenn er so maßlos war, wie an der Somme. Zum Glück glaubte er schon damals nicht an einen Gott, sonst hätte er auch ihn nicht verstanden und das wäre eine Sünde gewesen.

Viele von den Soldaten, die von der Front zu ihm kamen, zitterten unkontrolliert, zuckten zusammen, wenn sich die Tür öffnete, oder hungerten sich zu Tode, selbst diejenigen, die keine äußerlichen Wunden hatten. Es war eine Art Granatenfieber, unverständlich, aber interessant wie die Mädchen. Linnenbrink vermutete, dass bei den Betroffenen die Druckwellen der Granaten die Hirne an die Schädeldecke gedrückt und so beschädigt hatten. Er hätte seine Theorie gerne überprüft, aber er durfte hier keine Autopsien vornehmen, wieder etwas, das er nicht verstand. So viele Tote und alle starben fürs Vaterland und kein Einziger von ihnen für den Fortschritt der Medizin, was für eine sinnlose Verschwendung.

Nach dem Krieg beschloss er, die Menschen und ihre seltsamen Handlungen endlich zu begreifen, und ging an das Kaiser-Wilhelm-Institut für Hirnforschung in Berlin. Hier gab es genügend Schädel, die er öffnen konnte, aber je mehr er untersuchte, desto weniger verstand er die Menschen. Alles, was man über sie wissen musste, konnte man in ihren Gehirnen lesen, behauptete sein Chef, Oskar Vogt. Er wusste, wo die Wut saß, wie man an den Gehirnen die Angst erkannte, wo die Fantasie wohnte, die Disziplin, die Liebenswürdigkeit und die Trauer. Linnenbrink wollte es begreifen, aber er tat es nicht. Er stürzte sich in die Arbeit, analysierte Hirn um Hirn, vermaß einen Schädel nach dem anderen und begriff immer weniger. Vielleicht war der Fehler gewesen, dass er zu viel untersucht hatte. Er sollte sich auf ein Gehirn konzentrieren, ein einziges, das ihm alle Geheimnisse des Menschen verraten würde, aber es musste ein besonderes Gehirn sein, das Hirn eines herausragenden Menschen, und er wartete und als der Auftrag kam, wusste er sofort, dass es endlich so weit war. Er würde mit Vogt Lenins Hirn untersuchen.

Am Anfang betrachteten sie es einfach, viele Stunden lang. Saßen an den zwei Seiten des Schreibtisches, zwischen ihnen das Gehirn des Revolutionärs, und sahen es an. Dann vermaßen sie es und schließlich zerschnitten sie es in 30.000 Scheiben, die sie untersuchten, zwei Jahre lang, Tag für Tag und halbe Nächte. Nie wieder war Linnenbrink einem Menschen so nahe gekommen wie Lenin. Keiner hat ihn so sehr beschäftigt, keiner ihn so verfolgt, egal ob er wach war oder schlief. In einigen dieser Scheiben saß das chemische Abbild der Trauer über die Hinrichtung von Lenins Bruder. In anderen die Einsamkeit der Monate in Haft oder die Kälte Sibiriens, wohin er verbannt worden war. Die Furcht vor Entdeckung in den Jahren der Illegalität lag unter ihrem Mikroskop und die Hoffnung, die groß gewesen sein musste, als man ihn in einem versiegelten Zug von Gottmadingen nach Russland brachte, damit er dort die Revolution vorantrieb. In diesem Gehirn musste die Freude konserviert sein über die Erfolge in Russland, die Wirren des Bürgerkrieges und die Todesangst nach dem Attentat. Lenin lernte, mit der Kugel im Körper zu leben. Auch das musste irgendwo geschrieben stehen. Eine Spur der Schlaganfälle würde es geben, die ihm die Sprache raubten, die Kontrolle über den Körper und ihn abschnitten von seinem Erinnerungsvermögen. Linnenbrink und Vogt würden mehr über ihn wissen als Lenin selber in den letzten Wochen seines Lebens, dachten sie zumindest am Anfang, doch sie lernten nicht, die Sprache des Hirns zu lesen. Sie erkannten nicht die Buchstaben des Hirns, fanden keine Wörter und entschlüsselten nicht dessen Grammatik. Irgendwo in diesen Scheibchen verbarg sich das Genie, aber es war dreist und versteckte sich vor ihren Augen. Winzig waren die Unterschiede zu anderen Hirnen, kaum festzustellen und kaum eine Erklärung für Lenins Genialität. Der einzige, winzige Hinweis war eine Häufung der Pyramidenzellen in der dritten Hirnrindenschicht. Linnenbrink entdeckte sie, als er schon vollkommen frustriert war darüber, dass Lenins Hirn stumm blieb. Vogt unterstellte wegen dieser Häufung dem Revolutionär eine besondere Assoziationsfähigkeit. Das war alles, nach Monaten und Jahren vor dem Okular. Wie Schatzsucher waren sie, die die Truhe mit Gold nicht fanden, sondern sich über einen rostigen Nagel freuten, der im Laub lag. Vogt wollte Linnenbrink zu seinem Stellvertreter machen, zur Wiedergutmachung, aber der wollte nicht mehr. Zu viel Streit gab es mit Hallervorden, der auch am Institut arbeitete. Hallervorden war einer, der schon immer alles verstand: Die Mädchen, den Krieg, den Tod, Gott und wie man Karriere machte. Vor allem das. Man müsste Hallervorden den Schädel öffnen und nachsehen, wie er das machte, es war beneidenswert, so sehr, dass man es nicht mehr aushielt in seiner Nähe. Außerdem glaubte Linnenbrink nicht mehr daran, dass er die Menschen verstehen würde. Lenin war der letzte Versuch gewesen. Stattdessen würde er sie heilen. Im Frühjahr 1930 verließ er nach dem Tod seines Vaters Berlin, verkaufte die Apotheke in Allensbach und erwarb mit der Erbschaft eine leer stehende Klinik in Konstanz am Ufer des Sees.

Er mochte das Licht, wenn sich die Sonne morgens aus dem Dunst schälte und das Wasser wie Blei lag. Das Massiv des Altmanns bei Föhn. Die Schreie der Möwen. Nachts ruderte er gern raus und schlief manchmal im Kahn. Er spezialisierte sich auf Lobotomien. Sein erster Patient war Adriano Di Sorrento. Er kam zu Linnenbrink wegen einer immer größer werdenden Melancholie, die ihm eines Abends sogar mitten auf der Bühne die Stimme verschlagen hatte, ausgerechnet bei einem Liederzyklus von Schubert. Er war der Erste, den Linnenbrink lobotomisiert hatte, damals noch aufwendig, indem er zwei Löcher in den Schädel des Sängers bohrte, ein schmales Messer einführte und mithilfe eines Neurologen Teile der Faserbahnen in der weißen Hirnsubstanz zerschnitt. Der Tenor war anschließend von aller Trauer befreit, allerdings auch von aller Freude, überhaupt von allen Gefühlen, was seiner Karriere aber keinen Abbruch tat, im Gegenteil: Er wurde gefeiert wegen der Kälte, die seine Stimme ausstrahlte, ein perfekter Don Giovanni beispielsweise, der sich immer bewusst war, dass er die Liebe nur spielte, nie wirklich empfand.

Später perfektionierte Linnenbrink die Technik bis zu einem Grade, der ihm erlaubte, einen Patienten innerhalb einer halben Stunde zu behandeln. Dabei hob er mit seinen Fingerspitzen das Augenlid an und trieb dem Patienten mit einem leichten Schlag einen langen, an der Spitze gebogenen Nagel unter dem Lid am Augapfel vorbei in den Schädel und rührte mal mehr mal weniger in der Hirnmasse, um die Nervenbahnen zwischen Thalamus und Stirnhirn zu zerstören. Die Prozedur wiederholte er an dem anderen Auge. Nach der Behandlung waren die Patienten ganz sanft, ganz gefügig und taten das, was man ihnen sagte. In ihnen war nichts Überraschendes mehr, nichts Fremdes, nichts Wildes. Zum ersten Mal in seinem Leben verstand Linnenbrink sie wirklich.

Schroeder schüttelte angewidert den Kopf, als er wieder in seinem Zimmer war. Die Sauerei auf seinem Schreibtisch hatte er ganz vergessen. Den Bericht an die Krankenkasse müsste er noch einmal ausdrucken. Alles war in Formalin getränkt. Er hätte besser aufpassen sollen. Lange hatte der Briefbeschwerer auf seinem Schreibtisch gestanden, aber irgendwann hatte eine Assistenzärztin nach der Bedeutung gefragt und Schroeder war ins Stottern gekommen und hatte anschließend das Ding in dem Regal verstaut, unter dem es jetzt lag. Der kleine Gehirnwürfel war ganz an die Wand gerutscht. Schroeder versuchte, ihn mit den Fingern zu erreichen, aber seine Hand war zu kräftig und passte nicht drunter. Er würde sich später drum kümmern. Zuerst aber den Bericht schreiben. Dann war Visite. 311 machte ihm Sorgen, er wusste nicht, was mit der Frau los war. Er würde noch eine Weile recherchieren müssen. Er wollte ein guter Arzt sein, keiner wie Linnenbrink, der seinen Bruder lobotomisiert hatte, sodass nichts mehr geblieben war von ihm außer der Hülle. Schroeder war damals acht Jahre gewesen, sein Bruder zehn Jahre älter. Sie hatten nie miteinander gespielt, dafür war sein Bruder zu alt gewesen. Aber er nahm Schroeder mit auf dem Moped und machte Touren durch den Hegau oder die Schweiz. Einmal waren sie sogar bis nach Paris gefahren, weil Schroeder den Eiffelturm sehen wollte. Er mochte seinen Bruder sehr, obwohl er immer laut sprach, sich ruckartig bewegte, nie stillsitzen konnte und ihn hin und wieder schlug, wenn er einen seiner komischen Momente hatte, in denen sein Gesicht sich verzog und der Kopf auf dem Hals anfing so seltsam zu zucken, aber dann ging man ihm halt aus dem Weg. Der Hausarzt konnte nicht helfen und empfahl, sich einfach daran zu gewöhnen, aber Mutter fand sich nicht damit ab. Jede Krankheit konnte geheilt werden, meinte sie, und irgendwie landete sie schließlich bei Linnenbrink. Schroeder war zu jung gewesen, um zu wissen, was genau damals geschah und mit welchen Argumenten sein Bruder überredet wurde. Er würde nicht lange wegbleiben, hatte ihm seine Mutter versprochen, nur ein paar Tage, doch in Wirklichkeit kehrte sein Bruder nie mehr zurück. Nur sein Körper war da, der plötzlich stillsitzen konnte, ganz still, stundenlang an die Wand starren konnte er plötzlich, ganz ohne sich zu rühren. Nie mehr sprach er laut, schrie nicht, schlug keinen mehr und natürlich gab es keine Ausflüge mehr auf dem Moped. Als er acht Jahre später vor das Auto lief, war Schroeder nicht mehr traurig, denn gestorben war ihm der Bruder viel früher.

Zeit für die Visite. Linnenbrinks Porträt an der Wand war noch dunkler geworden, dafür leuchtete die Iris des rechten Auges fast weiß. Schroeder blieb einen Moment stehen, denn das war ihm nie aufgefallen. Noch bedrohlicher als sonst sah Linnenbrink so aus, aber noch bevor Schroeder begriff, was passiert war, löste sich das Weiß vom Auge, flog einen Halbkreis und ließ sich auf dem Rahmen des Bildes nieder. Eine Motte oder ein Schmetterling; kein Zeichen, dass der Mann auf der Leinwand wieder anfing zu leben.

Wieder kam ein Krieg, doch diesmal schickten sie Linnenbrink nicht an der Front; jetzt kam der Krieg zu ihm und er musste in seiner Klinik ein Lazarett einrichten. Ganz Konstanz war voller Verwunderter, Sterbender, Krüppel und Krankenschwestern. Die Verletzten starben unwilliger als im ersten Krieg. Lieber wurden sie gesund, ließen sich wieder zerschießen, landeten ein zweites Mal bei ihm, verloren einen Arm, ein Auge, die Milz und zogen wieder auf Schlachtfelder, die sie düngten mit ihrem Blut und den Eingeweiden. Er verstand nicht, wie der Wille eines Einzelnen Hunderttausende von Hirnen derart synchronisierte. Selbst wenn man sie alle sezieren würde und das des Anstreichers dazu, würde man nicht den Grund dafür finden. Da war er sich mit Vogt einig, den die Nazis aus Berlin vertrieben, sogar zum Duell hatte ihn einer aufgefordert. Mit Linnenbrinks Hilfe ließ er sich in Neustadt im Schwarzwald nieder. Manchmal trafen sie sich, aber ihr gemeinsames Scheitern an Lenins Hirn trennte sie mehr, als dass es sie verband, und beide litten darunter, dass Vogt als ehemaliger Chef angewiesen war auf die Unterstützung des einstigen Helfers.

In Linnenbrinks Klinik operierten fremde Ärzte, die er nicht ausgesucht hatte. Man wies sie ihm zu, Chirurgen, vor allem, die waren am wichtigsten in Zeiten des Krieges. Hirnforscher wie er waren im Grunde suspekt. Schlimmer noch war, dass er zwei Schwachsinnige versteckte, nicht freiwillig, sondern auf Drängen seiner Cousine. Mit 18 Jahren war sie Nonne geworden, eine blöde Entscheidung. Zu schön war sie, um Nonne zu werden, zu weich ihre Lippen, um den ganzen Tag Gebete zu murmeln, und zu leuchtend das Haar, um unter einer grauen Haube zu stecken, er hätte sie gerne geheiratet. Schwester Agnes hieß sie jetzt, ein einfältiger Name. Sie widmete ihr Leben denen, die arm waren im Geist, wie sie es nannte, bis man sie ihr wegnahm und sie vergaste in der Nähe von Marbach. Nur zwei konnte sie retten, zwei sabbernde, glubschäugige Wesen mit Fischlippen, die sie eines Tages zu Linnenbrink brachte, noch bevor die Klinik zum Lazarett wurde. Er mochte die Kretins nicht und hätte sie überall hingeschickt außer in den Tod, aber der war der Einzige, der sie aufgenommen hätte, also richtete er auf dem Speicher einen Unterschlupf ein für sie und die Schwester. Schwierig wurde das, als die verletzten Soldaten einquartiert wurden und immer mehr Ärzte hier arbeiteten, von denen er nicht wusste, wo sie politisch standen. Er war Klinikdirektor, er wollte nicht ins Gefängnis, erst recht nicht wegen der zwei Fischmäuler, aber es war zu spät. Nur aus Gefühlsduseligkeit war er da hineingeraten, angesteckt von der religiösen Blödigkeit seiner Cousine. Er verstand nicht, wie er hatte so nachlässig sein können, alles aufs Spiel zu setzen, was er besaß.

Als er nach Berlin ins Ministerium beordert wurde, fürchtete er, dass er entlarvt worden war, vielleicht durch den Verrat eines Assistenzarztes oder einer der Krankenschwestern, die heimlich auf den Speicher geschlichen waren, aus Neugier oder um sich dort zu lieben, doch er täuschte sich. Es war Hallervorden, der ihn sprechen wollte. Noch schlanker war der geworden, scharf wie ein Messer und inzwischen stellvertretender Leiter am Kaiser-Wilhelm-Institut für Hirnforschung.

Linnenbrink solle zurückkommen ans Institut, bat Hallervorden ihn in einem riesigen, kahlen Saal des Ministeriums, in dem beiden alleine waren und jedes Wort widerhallte von den Wänden. Er sei einer der Besten gewesen, viel besser noch als Vogt, das hätten alle schon immer gewusst, nicht erst als der sich unmöglich gemacht hatte mit seinen jüdischen Mitarbeitern und seinen politischen Ansichten. Und inzwischen gebe es hier Arbeitsbedingungen, von denen sie früher nur hätten träumen können. Unmengen von Gehirnen könnten sie untersuchen und das Beste daran: Man könne sie direkt und in vivo bestellen. Zuerst studiere man das Verhalten der Spender, alles Schwachsinnige, die sowieso auf kurz oder lang den Gnadentod bekämen, und man könne alles an ihnen ausprobieren, die Insulintherapie, Cardiazol oder Elektroschocks, Experimente mit dem Stoffwechsel oder die Röntgenuntersuchung der Hirnventrikel und anschließend würde man sie den Behören übergeben und die Gehirne bekommen, solange sie noch warm sind. Linnenbrink solle sich irgendein Krankheitsbild wünschen und er würde ihm innerhalb eines Tages einen entsprechenden Patienten servieren, oder auch nur das entsprechende Gehirn, je nachdem, was ihm lieber sei.

Linnenbrink schüttelte bedauernd den Kopf.

Er solle sich das gut überlegen, sagte Hallervorden. Die Bekämpfung des Schwachsinns sei nicht nur eine Maßnahme, die im Rahmen der Rassenhygiene immer wichtiger werde, sondern auch darüber hinaus Erkenntnisse liefere, auf denen man aufbauen könne. Außerdem sei es sowieso erklärte Politik, die Zahl der Ballastexistenzen zu reduzieren, dem könne man sich sowieso nicht in den Weg stellen, also sei es das Beste, diejenigen, deren Leben sowieso beendet werden müsste, stürben für einen guten Zweck. Als Arzt an der Front im ersten Krieg habe Linnenbrink doch selber ähnlich gedacht, das wisse er, schließlich kenne er ihn schon bald 20 Jahre. Welche Hirnerkrankung er schon immer habe untersuchen wollen? Er würde ihm das notwendige Material beschaffen. Alles sei hier vorrätig. Also welche?

Linnenbrink lehnte ab.

Seine Haltung werde er noch bereuen, prophezeite ihm Hallervorden. Nicht weil er ihn deswegen verpfeifen werde. Politik sei ihm persönlich vollkommen egal, aber deswegen, weil jetzt die Möglichkeit bestünde, Erkenntnisse zu erlangen, die nirgendwo sonst gemacht werden könnten. Wenn ihm seine Zukunft als Wissenschaftler etwas bedeute, dann müsse er sich eben auch einmal gegen die Menschlichkeit entscheiden und er solle ihm jetzt bitte nicht mit dem hippokratischen Eid kommen. Darüber seien sie beide doch längst schon hinaus.

Linnenbrink wusste nicht, wie er sich entschieden hätte ohne Nonne und die beiden Schwachsinnigen in seiner Klinik; aber mit ihnen auf dem Speicher hatte er keine Wahl, so blieb er am See, überstand den Krieg und machte so lange Lobotomien, bis er Chlorpromazin kennenlernte. Seither berührte er kaum noch Patienten, sondern verschrieb Psychopharmaka in Dosen, die ihn zu einem der beliebtesten Ärzte der Stadt machten.

Hallervorden sah er nie wieder. Er ertrug es nicht, von ihm zu hören. Er warf die Zeitung weg, als er las, dass er den ersten Vorsitz der Vereinigung Deutscher Neuropathologen bekam. Schaltete das Radio aus, als gemeldet wurde, dass die Universität Gießen ihm die Ehrendoktorwürde verlieh. Drehte den Ton des Fernsehers leise, als die Nachrichtensprecher berichteten, er habe das Große Verdienstkreuz der Bundesrepublik Deutschland bekommen.

Schroeder lag unterm Regal und fischte mit dem Lineal nach dem anonymen Hirnklumpen.

Linnenbrink hatte ihn per Post im Frühjahr 1956 von dem amerikanischen Pathologen Thomas Harvey bekommen, den er zwei Jahre zuvor bei einer Konferenz in Chicago kennengelernt hatte.

Er war noch immer bekannt als derjenige, der mit Vogt Lenins Hirn untersucht und die Häufung der Pyramidenzellen entdeckt hatte, und bekam hin und wieder Proben diverser Gehirne mit der Bitte, zu untersuchen, warum dieser ein so begnadeter Musiker, jene ein dichterisches Talent und ein anderer gerissener Politiker geworden sei, aber Linnenbrink wusste seit Lenin, dass der Geist nicht im Fleisch zu finden war, und spülte Proben im Klo runter. Er hatte lange genug vergeblich versucht, die Menschen zu verstehen. Das war vorbei.

Linnenbrink hatte sich nur vage an den Pathologen erinnert, von dem das Päckchen kam, sorgfältig mit Holzwolle ausgepolstert. Drin war ein Einweckglas, gefüllt mit einer durchsichtigen Flüssigkeit und einem kleinen Würfel.

Harvey war kein Hirnspezialist, im Gegenteil, er schnitt Tote auf, einer von ihnen war Albert Einstein, dessen Hirn er gestohlen hatte, ohne zu wissen, was genau er damit anfangen sollte. Er konnte es nicht einmal richtig untersuchen, nur wiegen konnte er es und das allein reichte, um ihn zu enttäuschen.

Einsteins Hirn war zu leicht. Viel zu leicht, nur 1.230 Gramm schwer, schrieb er Linnenbrink frustriert. Dennoch musste sich darin zwangsläufig irgendwie das Jahrhundertgenie verbergen. Er möge ihm daher bitte helfen. Linnenbrink war schon auf dem Abort gestanden und gerade dabei gewesen, auch Einsteins Hirn zu entsorgen, als er zögerte und anschließend von einem Glasbläser den Briefbeschwerer herstellen ließ, in dem der Würfel die nächsten Jahrzehnte überdauerte. Er erzählte niemandem, was darin war. Wenn ihn jemand nach der Formel ›$e=mc^2$‹ fragte, sagte er, dass das Hirn schließlich das Organ sei, in dem Raum und Zeit überhaupt erst geschaffen würden, und die Verbindung der Weltenformel mit einem Stück Hirn doch naheliege. Es war keine besonders überzeugende Erklärung, aber schließlich war er der Klinikchef; er musste längst niemanden mehr überzeugen.

Schroeder stocherte mit dem Lineal unter dem Regal herum. Zuerst schob er das abgebrochene Ende eines Stethoskops hervor, ein Hustenbonbon, eine Kugelschreibermine. Dann endlich bugsierte er das Hirnstückchen in Griffweite. Es war schleimig und stank und er warf es angewidert in den Papierkorb, bevor er sich die Glassplitter aus den Fingern zog.

Petra Gabriel – Spitzwegs Geist

Seit Weingarten träumt er wieder von ihr. Er weiß nicht, warum. Und er hat auch nicht mehr damit gerechnet. Mit der Reise an den Bodensee, durch diese paradiesische Natur, verbindet er die Hoffnung auf die Erfüllung eines Traumes von ganz anderer Art. Bis Weingarten hat sich diese Hoffnung auch erfüllt. Jeder Tag brachte weitere Momente des Glücks und des kindlichen Staunens über neue Eindrücke, in denen er schwelgen konnte. Immer wieder ist er eingetaucht in die lichten Farben, mit denen der Schöpfer diese Landschaft hingetupft hat, sonnendurchflutet und transparent wie ein Aquarell, unter dessen Oberfläche die Erfüllung eines wunderbaren Versprechens wartet, auch wenn er nicht weiß, welcher Art dieses Versprechen sein könnte. Doch genau das will er ja ergründen. Überhaupt, dieses Licht, das über allem liegt. Es birgt die Leichtigkeit des Südens in sich.

Und nun stellt sich ihr Bild zwischen ihn und diesen Traum. Ein Bild aus der Vergangenheit, eines das dunkel ist, das den Schmerz des Abschieds in sich trägt und die unbeschwerte Leichtigkeit vertreibt.

Angelikas Züge hatten mit der Zeit ihr geliebtes Gesicht überlagert. Angelika, die seines Bruders Frau geworden war. Die zweite Liebe, die nach der ersten, der großen.

Sie, von der er nun wieder träumt, die erste Liebe, hat ihm ebenfalls ein anderer Bräutigam fortgenommen. Gegen den Tod ist selbst die Leidenschaft machtlos. Wie glücklich war er gewesen, als sie eingewilligt hatte, sich scheiden zu lassen, und ihm ihr Ja entgegenstrahlte. Ihm, dem linkischen Jüngling mit dem an der Stirn schon lichter werdenden Haar, dem verlorenen Blick und dem dünnen, dunkelblonden Schnurrbart unter der großen Nase über dem selten lächelnden Mund und dem eher weichen Kinn. Ein Gesicht mit blauen Augen, deren Blick er im Spiegel meidet, weil sie prophezeien, was er zu werden droht: Ein ewig Reisender, ein Getriebener ohne innere Heimat und mit jener ziehenden Sehnsucht im Herzen, die auch die Selbstironie nicht auszulöschen vermag und die er durch all die Schönheit, die ihn umgibt, wenigstens hin und wieder hat vergessen können. Carl Spitzweg, der Apotheker aus München, der von Jugend an nichts als ein Maler sein wollte. Der ewige Hochzeiter, der arme Poet, der dürre Hagestolz in Frack und Zylinder, den er immer und immer wieder zeichnet, fast zwanghaft schon. In jeder seiner Figuren steckt er selbst, im Einsiedler, der in seiner Klause ein Hähnchen brät, im Geiger auf dem Dach.

Nach außen spielt er den launigen Gesellen, den unbeschwerten Spötter, versucht, mit Witz einen wackeligen Steg über den Abgrund zu bauen, den die Einsamkeit in sein Gemüt gegraben hat. Über dieses bodenlose Loch, das sich nie ganz schließen wird. Wenn er wegreist. Fort. Immer wieder fort. Und nach jeder Rückkehr hatte er doch aufs Neue erkennen müssen, dass er noch immer nicht heimgekommen war.

Seit Weingarten sieht er wieder überall nur sie. Sie, deren Namen er noch nicht einmal zu denken wagt, den er aus seinem Gedächtnis verbannt zu haben glaubt, um weiterleben zu können, ist nicht mehr von dieser Welt und doch erneut die Herrin seiner Nächte. Sie, deren Abwesenheit ihn foltert und die er seit Weingarten immer wieder in Gedanken malt. Wenn er im Vorbeigehen meint, ihre Silhouette im Geviert des erleuchteten Fensters unter dem Dach eines Altstadthauses zu erkennen, den Kopf mit den Schläfenlocken und dem Chignon leicht ins Zimmerinnere gewandt, als spreche sie mit jemandem, an dessen Stelle er sich sofort sehnlichst wünschte. Oder wenn er einen Herzschlag lang denkt, sie sei die junge Frau im indigofarbenen Kleid mit den Schinkenärmeln, es sei ihre Brust, die sich unter dem runden Ausschnitt hebt und senkt, während sie interessiert einer vorbeirasenden Kalesche nachschaut und dabei ihren zierlichen weißen Sonnenschirm schwenkt. Doch wenn er näher kommt, ist das Gesicht unter dem Schutenhut mit dem blauen Samtband ein anderes.

Und wenn er nach einem solchen Traum morgens erwacht, hat er das sichere Gefühl, dass sie ihm etwas mitteilen will. Doch so sehr er sich auch müht, sie zu verstehen, immer hält sie das Gesicht halb abgewandt, er vermag noch nicht einmal von ihren Lippen zu lesen.

Carl Spitzweg spürt den forschenden Blick des Bruders auf sich ruhen, der zu seiner Rechten geht. Eduard, der ihn auf dieser Reise begleitet, der getreulich an seiner Seite durch Meersburg streift, der sein in sich gekehrtes Schweigen auch an diesem Tag respektiert. Und dessen Frau Angelika er nun begehrt. Es ist eine hoffnungslose Liebe, der niemals Erfüllung gewährt werden wird. Das weiß er. Und wenn sie ihn erhörte, er würde sich und sie dafür verachten.

Er schaut zum Bruder, lächelt schmallippig, bleibt stehen und zückt das Skizzenbuch. Mit fliegenden Strichen wirft er im Nu die Umrisse der Meersburg aufs Papier, die eckig auf dem Felsen hockt und schon fast verächtlich auf die kleinen Menschlein in den Gassen hinunter zu schauen scheint. Er zeichnet die Brücke, die, gestützt auf einen großen Pfeiler, das Burgtor wie über eine Schlucht mit einer offenbar erst kürzlich erneuerten Treppe verbindet. Rechts unterhalb des Felsens haben sich zwei weitere Gebäude eingenistet. Sie gehören der Firma Erlanger, soweit er weiß.

Als er fertig ist, klemmt er das Skizzenbuch wieder unter

den Arm, legt den Kopf in den Nacken und weist auf die Stufen. »Schau, lass uns dort hinaufgehen. Linkerhand von der Treppe liegen die Gartenanlagen. Bald ist Sonnenuntergang. Von dort oben haben wir bestimmt einen wunderbaren Blick über den Bodensee. Und vielleicht weht dort auch ein kleines Lüftchen. Es ist heiß.«

»Vorsicht, Carl«, ruft da der Bruder und zieht ihn auf die Seite an eine Bruchsteinmauer, um dem Landauer auszuweichen, dessen Kutscher das Pferdegespann ohne Rücksicht auf die Glieder von Passanten über das Kopfsteinpflaster treibt. Er schafft es gerade noch, seine Knochen in Sicherheit zu bringen. Sie schauen dem Gefährt konsterniert hinterher und wenden sich dann wieder der Treppe zu.

Der Treppenaufstieg ist steil. Mit jedem Schnaufer atmet Carl Spitzweg den Geruch dieses zu Ende gehenden Augusttages des Jahres 1841 tief in sich ein. Die von der sengenden Sonne erhitzte Luft in der Gasse wabert hinter ihnen die Stufen hoch und ist geschwängert vom Gestank der Ausscheidungen einer umtriebigen Stadt. Mindestens ebenso aber vom Duft des Sommers, von Blumen und Wiesen, den eine leichte Brise hin und wieder zwischen die Häuser und dann zu ihnen weht. Darunter mischt sich das Parfüm des Versprechens, zusammen mit dem Geruch des nahen Sees nach Tang und Fisch. Sein Magen knurrt. Er freute sich schon auf das Bodenseefelchen, das er heute Abend im Wilden Mann zu verspeisen gedenkt, und nimmt sich vor, sich das Rezept zu notieren. Dazu will er einen leichten Wein bestellen.

Sie würden gemeinsam mit Joseph von Laßberg, dem Burgherrn, und seinem Gast Levin Schücking speisen. Von Laßbergs Schwägerin ist Annette von Droste-Hülshoff, die Dichterin. Spitzweg kennt weder den von Laßberg noch den Schücking, der aber ein ausgezeichneter Dichter sein soll. Der

Bruder hat die Begegnung auf seine Bitte hin mithilfe des Wirts in die Wege geleitet. Er ist gespannt auf den Freiherrn und hofft, dessen Wohlwollen zu erringen. Denn von Laßberg soll in jüngeren Jahren, um die Zeit des Wiener Kongresses herum, die älteste überlieferte Handschrift des Nibelungenliedes in seinen Besitz gebracht haben und sie nun wie seinen Augapfel hüten. Nur wenige Auserwählte bekommen sie zu Gesicht. Er wünscht sich sehr dazuzugehören.

Der Abend im Wilden Mann ist angenehm. Es hat etwas abgekühlt. Jenny von Laßberg kann leider nicht kommen, eine kleine Unpässlichkeit, lässt sie zusammen mit herzlichen Grüßen durch ihren Gatten ausrichten. Schücking wird von Laßberg als Schützling seiner Schwägerin Annette von Droste-Hülshoff vorgestellt, auf die er sehr stolz zu sein scheint. »Er ist ein belesener Mann mit großen historischen Kenntnissen«, führt von Laßberg ihn ein. »Er wird mir beim Katalogisieren meiner umfangreichen Handschriftensammlung helfen.«

Schücking winkt bescheiden ab. Die Stelle habe er vor allem seiner Dichterfreundin Annette von Droste-Hülshoff zu verdanken, mit der er die Ehre habe, an einer Gedicht- und Novellensammlung des Münsterlandes zu arbeiten. Er habe sie über seine vor zehn Jahren verstorbene Mutter kennengelernt, die Dichterin Katharina Busch, die eine enge Freundin der Droste-Hülshoff gewesen sei. Die mütterliche Freundin habe versprochen, ihm bei der großen Aufgabe zu helfen, und werde Ende September in Meersburg eintreffen. Er müsse noch seine Angelegenheiten regeln und werde dann einige Wochen später mit seiner Arbeit in der Schlossbibliothek beginnen, der er mit großer Freude entgegensehe.

Carl Spitzweg beneidet Schücking. Darf dieser sich doch bald Tag für Tag wunderbare Handschriften anschauen und nach Lust und Laune darin blättern. Außerdem ist Schücking ein angenehmer, eher zurückhaltender Gesellschafter im Vergleich zum eher polternden von Laßberg, der mit seiner sonoren Stimme den gesamten Speisesaal für sich beansprucht. Doch er tut es auf eine gut aufgelegte und geistreiche Art.

Spitzweg fühlt sich wohl in diesem Kreis der fröhlichen Schlemmer. Die Küche des Wilden Manns hat ein wunderbares Mahl für die erlauchten Gäste zubereitet, er notiert alles sorgfältig und lässt sich die Zutaten geben: Reissuppe, Bodenseefelchen, Rindfleisch mit Püree, zweierlei Gemüse, nämlich Möhren und rote Beete, dann gebackenes Wildbret und Kompott, Hohlhippe und Mehlspeise, alles zusammen für 71 Kreuzer, was Carl Spitzweg für einen recht vernünftigen Preis hält. Zumal von Laßberg darauf besteht, die Zeche aller zu begleichen.

So wird die Runde immer lustiger. Carl Spitzweg lässt sich sogar zu einem kleinen Dichterwettstreit hinreißen. Er mag solcherlei Zeitvertreib eigentlich nicht, ist immer gehemmt, wenn er seine Gedichte vortragen soll. Aber er will auch niemanden brüskieren. Und so nehmen die Dinge ihren Lauf. Schücking zitiert aus seinem Werk ›Clemence Isaure‹ oder ›Die Blumenspiele‹. Es geht dabei um einen Dichterwettstreit in Toulouse, bei dem silberne und goldene Blumen zu gewinnen sind. Spitzweg findet diese Anspielung recht geistreich. Und so entschließt er sich, ebenfalls etwas aus dem Dichterleben zum Besten zu geben und deklamiert die Verse von ›Ich, Dichter‹, welche er für passend erachtet:

»Wenn ich den Tag schon opfre doch
Rein nur Vergnügens Sachen,
So will ich wenigst' abends noch
Ein klein Plaisir mir machen.

Ich bitt', du musst nun hier vor all'n
Auf jeden Scherz verzichten;
Am Tage nämlich tu ich mal'n,
Und abends tu ich dichten.
Ich dicht' auch emsig jeden Tag,
Nicht ohne ihn zu malen,
Ganz gleich, wenn es zuletzt auch mag
Gar manchem nicht gefallen.
Gehör' zur Zahl der Dutzenddichter
Und will auch für die Zeilen nichts.
Das Honorar in Weis', in schlichter,
Bereits bezahlt ist's mir – ich dicht's.
Zum täglich Brot gehört mir Dichten,
Und bring' ich's auch nicht zu Papier,
Muss auf Verleger ich verzichten -
Der Selbstverlag bleibt selig mir.

Beide Poeten erhalten den ihnen gebührenden Applaus. Besonders die Zustimmung Schückings freut Carl Spitzweg mehr, als er sich eingestehen will. Und auch das Wohlwollen von Laßbergs scheint er gewonnen zu haben.

Sehr ersprießlich dünkt ihm zudem das folgende Gespräch über die Frage, welche Reisemöglichkeiten denn jeder der Anwesenden präferiere. Denn da ist er in seinem Element.

»Die Kutsche, mein ich, ist wohl bald ein Ding der Vergangenheit«, hatte von Laßberg gesagt und damit das Thema angeschnitten. »Zumal diese neuartige Eisenbahn, an der sich der Engländer versucht, ohnehin bald Pferdegespann und Postillon ablösen wird.«

»Nein, das glaube ich nicht«, erwidert Carl Spitzweg und schildert mit glühenden Worten und bereits etwas schwerer Zunge, wie angenehm es doch sei, einen dieser Eilwagen zu mieten. Gut, man müsse das große Gepäck vorausschicken, da dieser im Inneren nur über drei Plätze verfüge, zwei davon im Fond des Wagens. »Doch wie herrlich ist es, an einem schönen Sommertag das Coupé im hinteren Teil zu nutzen, das eine freie Aussicht bietet und von wo aus man sich die Landschaft beschauen und den Verlauf der Reise im Skizzenbuch dokumentieren kann«, schwärmt er, muss allerdings gleich darauf einräumen, dass es schon ein wenig lästig ist, wenn bei der Schüttelei der Stift hin und wieder abrutscht. Aber bei der Eisenbahn beinträchtige der schwarze Rauch, der bei schneller Fahrt aus dem Schlot der Lokomotive über die Wagen wehe, das Vergnügen des Beschauens dafür beträchtlich. Zumindest, soweit er gehört habe.

Außerdem, fährt er sodann in seinen Ausführungen fort, halte er es für einen nicht von der Hand zu weisenden Vorteil, dass der Eilwagen nicht auf Schienen angewiesen sei, der Weg also nach vielen Richtungen hin frei. Der Kutscher kenne zudem meist die besten Herbergen mit dem besten Essen und könne unterwegs einfach anhalten. Das biete die neue Eisenbahn nicht, die doch an feste Stationen gebunden sei. Und wenn er nicht mit Pferd und Wagen reise, sei ihm noch immer das Wandern auf seinen eigenen zwei Beinen das Liebste. Denn das sorge neben dem geruhsamen Fortkommen auch für gehörig Hunger und Durst.

»Das ist wohl wahr, werter Freund«, orgelt daraufhin von Laßberg mit vom Wein geröteten Wangen lachend und bittet Carl Spitzweg, doch einmal sein Skizzenbuch herzuzeigen, damit er sich ansehen könne, was der verehrte Gast auf seiner Reise schon zu Papier gebracht habe. Das ist diesem eher unangenehm. Denn Eduard und er stehen recht am Anfang der Reise. München, Fürstenfeldbruck, Mindelheim, Weinheim, Ravensburg, Überlingen – viel hat er gesehen, doch noch sind die entscheidenden Ziele nicht erreicht. Es sollte ein zweites Mal in die Schweiz gehen, bis hinunter an den Genfer See, durch ein Land, das ihn bereits bei einer Reise vor drei Jahren sehr beeindruckt hat. Deshalb versucht Carl Spitzweg die Neugier des Freiherrn zu dämpfen. Doch auch Schücking verlegt sich aufs Bitten, und so kann er sich schlecht weiter weigern und geht auf sein Zimmer, um sein Buch zu holen.

»Das muss meine Jenny sehen! Da werde ich doch noch ein Bild unserer Burg bei Euch bestellen müssen«, dröhnt der von Laßberg, nachdem er die Skizze vom Nachmittag ausgiebig begutachtet hat. Auch die Zeichnung aus Überlingen, die den Rundturm und die Stadtmauer mit Blick auf den Bodensee zeigt, preist er so überschwänglich, dass es Carl Spitzweg schon fast peinlich ist. Zumal die anderen Gäste im Wilden Mann nicht umhinkommen, das Gespräch mitzuhören, so laut schallt die sonore Stimme des etwas bezechten Burgherrn durch die Gaststube. »Ihr müsst morgen unbedingt aufs Schloss kommen, unbedingt«, sagt er drei Mal und, als wisse er von Spitzwegs stiller Hoffnung, geht er gleich darauf und ohne Überleitung dazu über zu berichten, wie er einst in den Besitz einer Handschrift des Nibelungenliedes gelangt war. Ja, wie er diese unter Aufbietung aller verfügbaren Mittel Lord George John, dem zweiten Earl of Spencer, abgejagt hatte, der bekanntlich ein leidenschaftlicher Sammler von Erstausgaben lateinischer und griechischer Klassiker wie Petrarca und Dante war. Carl hütet sich davor, zuzugeben, dass er dies keineswegs gewusst hatte.

Doch selbst wenn er gewollt hätte, er wäre nicht zu Wort gekommen. Denn inzwischen hat sich von Laßberg vollends in Eifer geredet. »Und nun wollte er um jeden Preis in den Besitz dieser urdeutschen Erzählung gelangen! Dies war ein Donnerschlag für mich! In einen englischen Büchersaal, über dessen Türe geschrieben steht, was Dante von der Türe der Hölle berichtet, sollte der Codex kommen! Einem britischen Knochenvergraber sollte er zuteilwerden und für Deutschland, für unser Schwabenland auf ewig verloren sein! Nein, dachte ich, ehe ich dies zugebe, verkaufe ich mein letztes Hemd.«

Die anderen Gäste nicken verständnisvoll, was den Freiherrn etwas zu besänftigen scheint. Er brüllt jedenfalls nicht mehr ganz so laut, als er fortfährt: »Aber ehe ich es vergesse, Spitzweg, sagtet Ihr nicht, dass Ihr morgen weiter Richtung Lindau und Konstanz wollt?« Carl nickt, einigermaßen erschöpft von dem Stupor, mit dem von Laßberg seine Erzählung vorgetragen hat.

»Dann kann ich Euch eine Kalesche anbieten«, erklärt dieser. »Denn besagte Handschrift wird morgen auf mein Schloss Eppishausen im Thurgau zurückkehren, wo sie normalerweise aufbewahrt wird. Unter großer Bewachung natürlich. Ich hatte den Codex nach Meersburg gebracht, um ihn unserem lieben Freund Gustav Schwab zu zeigen, der mich besuchen kam. Ihr wisst schon, dem nämlichen, der erst im letzten Jahr ein Werk mit Sagen des klassischen Altertums für Kinder fertiggestellt hat. Auf diese Weise konnte Schücking sie auch gleich sehen. Und da könntet Ihr doch mitfahren. Auch wenn ich nur eine Kalesche und keinen Eilwagen mit Coupé anzubieten habe«, fügte er mit einem Zwinkern hinzu. »Und wenn Ihr zu den frühen Vögeln gehört, könnt Ihr Euch dieses wunderbare Werk noch anschauen, ehe es für die Reise verpackt wird.«

Eduard Spitzweg greift den Vorschlag begeistert auf, enthebt er ihn doch der Notwendigkeit, sich am nächsten Tag um ihr weiteres Fortkommen kümmern zu müssen, was während der Reise zu seinen Pflichten gehört. Carl wäre eigentlich lieber gewandert, doch die Aussicht, die Handschrift zu sehen, wiegt das mehr als auf.

In der Nacht kommt sie wieder. Aber dieser Traum weicht von den vorhergehenden ab. Zum ersten Mal wendet sie sich ihm zu. Er erblickt jedoch nicht das liebliche Oval mit den braunen Augen, die ihn einst so voller Zuneigung betrachtet haben, sondern ein zerstörtes Gesicht. Statt Augen sieht er schwarze Löcher. Und die neckischen Korkenzieherlocken, die ihr Gesicht einfassen, bestehen nicht aus Haar, sondern aus Würmern. Ihr einst so lieblicher Mund klappt auf, der züngelnde Kopf einer Schlange schießt daraus hervor, um ihn anzugreifen. Sie streckt ihm flehend die Hände entgegen und will ihn an sich ziehen. Doch es sind nicht mehr die schmalen, gepflegten Finger, die er gekannt hat. Aus den Schinkenärmeln des indigofarbenen Kleides ragen nur Knochen. Und das Kleid selbst – es hängt in Fetzen an ihr, bedeckt von Moos, fleckig von Erde und gibt durch Löcher den Blick auf weiße Knochen frei. Noch Jahre später erschauert Carl Spitzweg, wenn er an diesen Traum denkt. In dieser Nacht im Wilden Mann erwacht er schreiend.

»Was ist dir?«, erkundigt sich Eduard, der von dem schrecklichen Schrei des Bruders aus tiefem, weil weinseligem Schlummer aufgeschreckt worden ist.

»Nichts, nichts, schlaf weiter. Ich hatte nur einen schlechten Traum. Das wird wohl der Alkohol sein, vielleicht habe ich auch etwas Schlechtes gegessen. Schlaf weiter, Bruder, schlaf nur.«

»Bist du dir sicher, Carl?«, erkundigt sich Eduard besorgt.

»Ganz sicher. Schlaf weiter, wir haben noch einige Stunden, bis wir uns erheben müssen.«

Eduard nickt und kurz darauf erkennt Spitzweg am lauten Schnarchen, dass der Bruder wieder ins Land der Träume hinübergeglitten ist. Er selbst kann lange nicht mehr einschlafen, er ist schweißgebadet, sein Schädel dröhnt und die

Traumbilder gehen ihm nach. Doch schließlich versinkt auch er wieder in Morpheus' Armen.

Eduard Spitzweg erwacht recht früh, weil ihn die Strahlen der Sonne an der Nase kitzeln. Durchs geöffnete Fenster hört er das Morgenpalaver der Vögel. Er reckt die Glieder, gähnt, greift sich die Taschenuhr vom Nachttisch, erschrickt und fasst nach der Schulter des Bruders. »Komm, Carl, wach auf, wir müssen hinauf zur Burg. Bald fährt die Kalesche von Laßbergs.«

Doch Carl Spitzweg antwortet nicht. Auch als Eduard ihn am Ärmel des Nachthemdes zupft und schließlich an den Schultern schüttelt, entringt sich ihm nur ein Stöhnen. Da erkennt Eduard, dass der Bruder vor Fieber glüht. Er fährt sofort in seine Kleider, stapft hinunter und bittet den Wirt, schnellstens den Medicus zu bestellen. Außerdem sendet er einen Diener auf die Burg mit der Nachricht, dass sein Bruder sich ein unerklärliches Fieber zugezogen habe, sie also das freundliche Angebot des Burgherrn, in seiner Kutsche zu reisen, leider nicht annehmen könnten.

Carl Spitzweg erwacht aus seinem Dämmerzustand, als sich der Medicus an ihm zu schaffen macht, um ihn zur Ader zu lassen. Trotz seiner Schwäche reißt er sich die Kanüle aus dem Arm und erklärt, dass er mehr von einer kräftigenden Mahlzeit denn von dieser Art der Behandlung hält. Der Arzt zieht verärgert ab, nicht ohne vorher ein völlig überhöhtes Honorar zu verlangen. Und wirklich, nachdem ihm der Bruder eine stärkende Brühe ans Bett gebracht hat, erholte sich Carl Spitzweg überraschend schnell.

Doch die Laßberg'sche Kutsche ist zu diesem Zeitpunkt längst über alle Berge. Als Eduard sieht, dass der Bruder um die Mittagszeit schon fast völlig von diesem unerklärlichen Fieber genesen ist und ihm schon wieder entgegenlächelt, macht er sich auf, um eine Kutsche für die Weiterfahrt am folgenden Morgen zu mieten. Denn mit dem Wandern, meint er, sollten sie besser noch ein wenig warten. Und als er außer Atem und völlig derangiert vom schnellen Laufen in den Wilden Mann zurückkommt, sitzt Carl bereits zu Tisch bei einem weiteren Teller der stärkenden Rinderbrühe mit Wurzelgemüse und diskutiert mit dem Wirt die Zutaten.

Eduard lässt dem Bruder keine Zeit für die Nachfrage, warum er denn so aufgeregt sei: »Carl, stell dir vor, was ich bei der Postkutschenstation gehört habe, so etwas Schreckliches!«, ruft er schon vom Eingang der Gaststube her.

»Was ist?«, erkundigt sich der Angesprochene folgerichtig und mit allen Anzeichen des Erstaunens.

»Die Laßberg'sche Kutsche ist überfallen und drei der Wächter sowie der Kutscher sind von den Räubern erschlagen worden.«

»Oh, das ist schlimm. Was ist mit der Handschrift?«, fragt Carl Spitzweg sofort.

»Wahrscheinlich hatten es die Banditen auf den kostbaren Codex abgesehen«, schnauft der Bruder. »Aber einem der Wächter gelang es gerade noch, den Kasten aus der Kutsche zu holen, in dem sie verwahrt wurde, sich auf eines der Pferde zu schwingen und damit davonzusprengen. Er kam zwar verletzt in Meersburg an, aber immerhin lebt er noch. Alle anderen haben die Räuber kaltblütig ermordet.«

»Wenn wir in der Kutsche gesessen hätten ...!«

»Ganz recht. Wenn wir in der Kutsche gesessen hätten, wären wir jetzt tot. Deine seltsame Krankheit hat uns womöglich das Leben gerettet.«

»Das war nicht die Krankheit, das war sie«, hätte Carl Spitzweg am liebsten gesagt. Doch eine innere Stimme hält ihn davon ab, von dem Schreckenstraum zu erzählen, der ihm solche Furcht eingejagt hat, dass sein Körper mit Fieber reagierte.

An diesem Abend kniet er vor seinem Bett nieder und sendet ihr einen stummen Gruß. Er weiß, sie wird nicht mehr wiederkommen. Und das ist ihm recht so. Er hegt ein tiefgehendes Misstrauen gegen Geister, zumal gegen weibliche. Bei aller Dankbarkeit für seine Rettung – Frauen erscheinen ihm doch ein recht unberechenbares Geschlecht zu sein.

Dann schmunzelt er. Denn ihm ist in den Sinn gekommen, dass ein Maler seine eigenen Mittel hat, um weibliche Geister zu bannen. Die Idee für ein Bild keimt in ihm. Ein Mädchenkopf im Alkoven hinter einem erleuchteten Fenster, und unten auf der Straße wird einer Person der Liebesbrief eines Studenten an sie übergeben. Sie wird ihn nie erhalten. Das Mädchen im Fenster ahnt nichts von alledem, sie beugt sich, gefangen von ihrer sorglichen Arbeit, über das weiße Tuch. Er weiß schon, wie das Bild heißen wird: ›Der abgefangene Liebesbrief‹.

Auch in späteren Jahren spricht Spitzweg niemals über dieses nächtliche Erlebnis. Und er wird niemals heiraten.

Eveline Hasler – Die Höhle des jungen Hermann Hesse

»Gab es für mich einen richtigeren, begreiflicheren Wunsch, als den nach meiner Zuflucht, nach der Ecke im Süden, dem Felsenwinkel im Gebirge, nach Höhle, Versteck, Unterschlupf, Grab?

Würden nicht Schlaf und Hunger, Lächeln und freier Blick, fester Atem und Tatenlust wiederkommen, dort, in der Höhle am Bach, am Herzen der Natur ...«

Hermann Hesse, Sinclair 1917

Den Hang hinauf. Nein, nicht den von Montagnola.

Nicht zu dem Hesse, den alle zu kennen glauben. Zu dem Dichter mit der Staffelei, dem Strohhut, zu dem weisen Alten, der geduldig im Garten Unkraut jätet.

Den Steilhang hinauf hinter Arcegno. Ich ziehe mich hoch an den Büscheln des Ginsters, versinke bis zu den Knien in den Verwehungen alter Kastanienblätter. Dort, die Höhle. Im Volksmund heißt sie ›Pagangrott‹, Heidengrotte. Die neuen Heiden? Die ›Ballabiött‹, die Nackttänzer, so nennt man im Locarnese die seltsamen Gestalten vom Monte Verità. Ich lasse die Höhle einstweilen links liegen, schon verschwindet ihre Öffnung zwischen den grün umflockten Ästen der Birken.

Nun bin ich beim Felsensteig.

Es ist eine dieser Steintreppen, wie sie die Bewohner der Tessintäler seit jeher in den Berg gehauen oder mit Granitplatten angelegt haben, um mit Ziegen und Mauleseln zu den höheren Staffeln, den Monti zu gelangen. In der Nacht hat es geregnet, der Fels glänzt, ein Schiefergrau mit hellen Bändern, wie man sie von Taubenflügeln kennt, vorbeiziehende Wolken werfen auf die Treppenstufen bewegliche Schatten- und Lichtmuster.

Verse aus Hesses Gedicht ›Bei Arcegno‹ steigen in mir auf:

»Ich geh den alten Eremitensteig,
Der zage Frühlingsregen tröpfelt sacht,
Im kühlen Wind aufflimmert Birkenlaub,
Braunspiegelnd widerglänzt der nasse Fels …
Hier ist mein heiliges Land, hier bin ich hundertmal
Den stillen Weg der Einkehr in mich selbst gegangen
Und geh ihn heute neu, mit anderem Sinn,
Doch altem Ziel, und geh ihn niemals aus.
Hier atmen falterhaft Gedanken fort,
Die ich vor Jahren hier in Fels und Ginster,
In Sonnenhauch und Regenwind erjagt –
Nimm hin, du Stein und Bach und Birkental,
Nimm wieder hin ein aufgetanes Herz (…)«

Von der Magie der Worte berührt, erscheint der junge Dichter von damals leibhaft vor mir, die dunkle Stadtkleidung und die vergoldete Brille hat er abgelegt, der nackte Oberkörper im Licht des wolkigen Himmels weißlich, die Brust schmächtig. Das Steigen muss ihn anstrengen, er geht leicht vorgebeugt, den Blick auf die nackten, muskulösen Beine Gusto Gräsers gerichtet. Gräser, der hünenhafte Naturmensch, nur mit einer härenen Toga bekleidet, ein ledernes Stirnband in der Form eines Diadems hält seine langen Haare zusammen.

Vor knapp einem Jahrhundert schenkte die Gemeinde Losone nordwestlich von Ascona dem herumzigeunernden Gräser ein unwirtliches Gelände als Wohn- und Pflanzort. Doch der Naturmensch, allen Besitz verachtend, hatte nur die Höhle gelegentlich als Réduit benutzt. In verschiedenen Lebensphasen zog sich auch Hesse hier zurück. Der junge Dichter hatte schon 1907, während seiner Entziehungskur im Sanatorium Monte Verità, Bekanntschaft mit Gusto Gräser gemacht, unter all den Wahrheitssuchern erschien er als die markanteste Gestalt: Naturmensch, Philosoph und Dichter, beeinflusst von östlichem Gedankengut, ein Verehrer alles Lebendigen.

Ein gutes Jahrzehnt später litt Hesse in seinem Bernerhaus, ›das nach Tod roch‹ unter Schlaflosigkeit, Atemnot, Depression, sein Vater war verstorben, die Ehe mit Mia totgelaufen. In Gräsers Höhle suchte er Versteck, Unterschlupf, Grab, Erneuerung. ›Fahre in die Thebaische Wüste, d. h. in die Locarneser Gegend, wo ich schon so viel geeinsiedelt habe‹, hatte er nach Calw an Friedrich Gundert geschrieben.

Doch, wo sind die beiden Gefährten von vorhin geblieben? Hinter einem der Felsen entschwunden? Nun erreiche ich die Hochebene. Glatte, lotrecht abfallende Felsen umschließen sie wie Wände, vermitteln das Gefühl eines weiten Raumes. Wind in den Binsen, ein Schwirren erfüllt die Luft.

Gräser hat diesem reizvollen Ort den Namen ›Erdsternsaal‹ gegeben.

Immer wieder findet man das Wort ›Erdstern‹ in Gräsers Texten. Der in Siebenbürgen Geborene hatte die von ihm verfassten Gedichte auf Blättern mit sich getragen, an Vorübergehende verteilt oder sie gegen Essbares eingetauscht. Seltsame Wortschöpfungen, vom Gehen durcheinandergerüttelte Silben. Vom Weltenbaum ist da die Rede, ›der zweiget, dreihet, wirbeldreht, hah, trilliont, sich trennt, sich paart.‹

Da knackt es hinter mir in den Zweigen, eine Ziege bricht durchs Unterholz, erschrocken setze ich die Wanderung fort.

Auf der Anhöhe, wohl Gräsers Wonneberg, liegt auf dem vom Gletscher geschliffenen Felsen ein ungeheurer Steinbrocken, als habe ihn eine Riesenhand in diese verzwickte Lage gebracht, wo er nur mit einer kleinen Fläche seine Unterlage berührt.

Ein Wackelstein, Gräsers Erdsternaltar!

Ich stütze mich auf den rötlichen Stein, meine Augen schweifen über waldige Höhen zum See. Wie Schildkrötenpanzer erheben sich die nackten, vom Gletscher glatt und rund gehobelten Felsen aus der immergrünen Vegetation.

Durch den lichten Wald hinuntersteigend, gebe ich acht, den Eingang der ›Pagangrott‹ nicht zu verpassen. Zwischen Felsbrocken finde ich die Spalte, durch dic Hesse eingegangen ist in seine freiwillige Verbannung. Drei Wochen Einsamkeit, hat er sich damals vorgenommen. »Mach, was du willst, ich begehre keine Jünger«, hat Gräser zu ihm gesagt, »du bist auf der Reise zu dir selbst.«

In der Höhle also, zu Gast bei sich selbst, sah sich der junge Hesse auf unerträgliche Art auf sich selbst zurückgeworfen. Es sträubte sich etwas in ihm wie Katzenfell vor der eigenen Nähe.

In seinem Demian hat er später diese Erfahrung beschrieben: »Ach, das weiß ich heute: Nichts auf der Welt ist dem Menschen mehr zuwider als den Weg zu gehen, der ihn zu sich selber führt!«

Gusto Gräser ließ sich in der Höhle lange nicht mehr blicken. Hesse wünschte ihn zurück, es war ihm weniger die Einsamkeit zur Qual als der Hunger, der nachts an seinen Eingeweiden wie mit Mäusepfoten zerrte. Doch Gräser strich zu dieser Zeit auf einer Betteltour durch die Dörfer des Locarnese. Endlich kam er eines Abends, das geschulterte Netz von seinem Beutezug nur wenig gefüllt, man hatte sich diesmal weniger spendefreudig als sonst gezeigt. Grünzeug kollerte auf den Boden: Kohlrabi, Salatköpfe, auch Karotten waren dabei. Gusto verzehrte alles roh, er hatte sich vorgenommen, ohne Feuer, ohne Bett, ohne Teller und Messer und ohne Geld zu leben. Eine Bekannte aus Losone hatte ihm als Tausch für ein Gedicht zwei Handvoll früher Kirschen gegeben, er drängte den Leckerbissen dem jungen Dichter auf. Der verzehrte die süßen Früchte gierig, Gräser sah ihm mit Wohlwollen zu, die Obstkerne sammelte der Naturmensch sorgfältig in einer Schale aus Gneis. Hesse war die Rohkost nicht bekommen. Nachts klumpte der Magen, der Geplagte lag mit brennender Kehle in der Dunkelheit wach, am Morgen dröhnte ihm der Schädel.

»Ich halte diese Enge nicht aus«, sagte er qualerfüllt zu Gräser.

Gräser schwieg. Dann drückte er ihm eines seiner Gedichte in die Hand und Hesse las: »Erfühl, erfüll. Das gibt's auf keinem Sterne. Bist du ganz nah, hast du auch alle Ferne.«

»Ferne, Ferne«, brüllte der junge Dichter. Und er begann wie irrsinnig geworden zu lachen.

Gräser winkte, Hesse möge folgen: hinter ihm her den Steg und dann den Wald hinauf. Der Dichter kam ins Schnaufen, manchmal musste er innehalten, weil es ihn nach dem langen Fasten schwindelte; Gusto, kräftig ausschreitend, blickte sich nie nach seinem Schützling um.

Es war auch eines seiner Prinzipien, kaum ungefragt ein Wort an ihn zu richten, denn Reden ist unnütz, es bringt den Menschen von sich ab. »Der wahre Freund ist kein Erklärer, der Redliche kein Rederich«, heißt es in einem Gräsertext.

Mit den Gängen zum Wonneberg hinauf war es jedoch schnell zu Ende, denn es begann bald in Strömen zu regnen. Der Regen fällt hier auf eine leidenschaftliche, zornige Art, das Wasser prasselt, zerplatzt, platscht wie aus umgekippten Kübeln, auf diese Weise regnet es oft viele Tage lang ohne Unterbruch.

Am fünften Tag schossen Rinnsale von der Höhe, bahnten sich mäandernd einen Weg über den Waldboden und versickerten glucksend in der Ebene. Auch an Hesses Abhang troff es von den Zweigen, Nebel blieb an den Felsnasen hängen, dicke Spinnweben versiegelten die Höhle. Das Unwetter trieb selbst Gräser zurück in seinen Unterstand. Doch wie sehr sich Hesse die Anwesenheit des Meisters herbeigewünscht hatte, jetzt wurde sie ihm unerträglich: der Gestank seiner nassen Kleider und Haare in der Engnis der Felsspalte, nachts sein Schnarchen und die Geräusche der von Rohkost gepeinigten Därme.

Hesse lag auf dem einzig trocken gebliebenen Haufen Kastanienblätter, lag so stundenlang auf dem Rücken, trieb, den Blick nach oben gerichtet, wie auf einem Rettungsboot unter der Gleichgültigkeit des Himmels. Seine Augen wurden stumpf und sahen den Fels voll Hungerflechten, grau quoll es hinter dem Umriss des Waldmenschen aus dem Erdinnern, Rauchpilze stiegen aus den Schlünden.

Um nicht in Trübsal unterzugehen, nahm der junge Dichter eines seiner Lieblingswörter und kaute es, vielleicht war es das allerletzte aus seinem Notvorrat, er speichelte die Silben ein, verzehrte sie langsam, dann, ihren Nährwert spürend, beruhigte er sich und schlief ein.

Am andern Morgen sah er von seinem Lager aus Gräser vor dem Eingang der Spalte, hoch aufgereckt klammerte sich der Eremit mit beiden Händen an einen Ast und begann zu schwingen. Da hängt ein Affe, durchfuhr es den jungen Dichter, er wird nächstens zur Keule greifen und mich erschlagen!

Der Höhlenkoller hatte ihn erneut gepackt.

Ich weigere mich, langsam in der Spalte zu vermodern, was suche ich denn überhaupt?, dachte er voll Zorn auf sich selbst.

Am achten Tag der großen Sintflut kroch Hesse aus der Höhle, steif vom langen Liegen humpelte er auf der Straße Richtung Dorf und hinter den letzten Häusern durch den Wald zum Molino seines Freundes Jakob Flach. Der Regen hatte die Jacke aufgeweicht, das Wasser schoss durch die Röhren seiner Hose. Er zog das aufgeweichte Schuhwerk aus, barfuß lief er weiter, der schlammige Kot der ungeteerten Straße presste sich durch die Zehen. In diesem erbärmlichen Zustand klopfte er an die Tür der kleinen Mühle.

Nicht Flach, Glauser tat auf.

Ach ja, Hesse hatte es vergessen, Friedrich Glauser, der an einem Kriminalroman schrieb, hatte die Hütte für ein paar Wochen in Untermiete übernommen. Die Zigarette im Mundwinkel, stand Glauser auf der Schwelle, erkannte den triefenden Hesse und zog ihn wie einen Schiffbrüchigen ins Trockene: »Komm, zieh das nasse Zeug aus, ich braue Kaffee.«

Vom Tisch aus sah Hesse zu, wie Glauser Holz in das Herdloch stopfte, ein Feuer entfachte, das Kaffeepulver warf er auf altmodische Art in das kochende Wasser. Über dem rauchenden Topf glich Glausers Gesicht mit den abstehenden Ohren dem eines Druiden. Schließlich zog er die Pfanne vom Herdloch, kam zum Tisch, kippte die schwarze Brühe in zwei Tassen. Glauser setzte sich nun auch, stützte die Ellbogen auf und fuhr fort zu kiffen. Hob dann den Kopf und fragte, Hesse zwischen bläulichen Schwaden angrinsend: »Was willst du von Gräser? Willst du Gras, Hesse? Was suchst du?«

»Mich selbst«, sagte der junge Dichter, »doch ich tue mich schwer mit mir.«

Glauser lachte eine Spur zu laut: »Du staunst also, Hesse, dass da in dir ein anderer sitzt als vermutet? Auch ich habe meine Erlebnisse. Heute morgen, als ich von Ascona her in die Hütte kam, saß da schon jemand. Zusammengeringelt neben dem Herdloch, den Kopf hat die Natter gehoben, gezüngelt, mir beigebracht: Das ist mein Platz.

Aber das ist nicht alles, Hesse. Da sind Haselmäuse mit buschigem Schweif und schwarz lackierten Augen, aber auch Ratten mit glatten, widerlichen Schwänzen, und jetzt, wo das Gemäuer feucht ist, an den Wänden Skorpione. Am ekligsten aber meine Träume …«

Hesse trank schweigend, in kleinen Schlucken, den bitteren Kaffee.

Hörte dann Glauser eindringlich sagen: »Und oben in deiner Felsspalte, Hesse, wohnt ein Dämon, nachts kniet er sich auf deine Brust. Du bist schmächtig geworden, gehst eingesunken, lass dir sagen, das ist der Anfang vom Ende.«

Glauser lachte stumm, mit verzogenen Lippen. Machte dann eine einladende Geste: »So komm, Freund, rauch eine mit mir! Letztes Mal, als wir uns trafen, warst du doch kein Kostverächter? Ja, Flach wird dir von meiner Entziehungskur erzählt haben. Doch kaum dreht mir der Arzt den Rücken, sitzt die Schlange wieder da, nun, so leiste mir Gesellschaft!«

Hesse griff nach der dargebotenen Zigarette, rauchte, bis sich in ihm das Kaleidoskop drehte mit den farbigen Splittern all seiner Möglichkeiten, er machte die Tür auf und kotzte ins nasse Gras.

Durch den Regen lief er zu seiner Höhle zurück. Er sank auf das Polster aus dürren Blättern, schlief wie besinnungslos zwei volle Tage, zwei volle Nächte.

Aber tief in ihm wachte ein Funke seines Bewusstseins, ging in der Höhle auf Zeitreise – gelangte durch das Labyrinth der Zukunft zu Demian und zu Harry, dem Steppenwolf, begleitete ihn durch sein Spiegelkabinett – – –

Als Hesse wieder zu sich kam, die Augen sich an das dämmrige Licht der Höhle gewöhnten, sah er Gusto Gräser neben seinem Lager, in einer hockenden Haltung, wie Weiber, wenn sie auf dem Feld von der Geburt überrascht werden.

»Was machst du?«, fragte Hesse.

»Ich gebäre.«

»Was denn?«

»Dich.«

»Ich bin tot«, sagte der junge Dichter.

Gräser nickte: »Der richtige Moment, um geboren zu werden.«

»Und was soll ich tun?«

»Dich fallenlassen. Fließen.«

Diese Worte höre ich, fast hundert Jahre danach, aus der Tiefe der Höhle. Am Rande der ›Pagangrott‹ sehe ich Überreste von Holzkohle, Pfadfinder haben wohl kürzlich ein Feuer angefacht, auch liegt neben Kaugummipapieren ein Zwanzigrappenstück auf dem festgestampften Boden, in einer Nische hängt an einem rostigen Nagel ein lädierter Turnschuh, Marke Adidas. Meinen Widerstand überwindend, dringe ich in gebückter Haltung tiefer ein und erkenne, dass all die Zeit, die seit Hermann Hesses Hiersein verflossen ist, sich in dieser Spalte gestaut hat.

Im Strudel der flüchtenden Zeit sehe ich mich in sein Leben gezogen. Nun, im dritten Jahrtausend, fahre ich in einer Gegenbewegung zu Hermann Hesse von Arcegno nach Calw, in der Tasche die Einladung, als Hermann Hesse-Stipendiatin eine Weile in Hesses Geburtsstadt zu verbringen.

Vom württembergischen Herrenberg kommend, liegt vor mir in der Senke mit einem Mal Calw: Eine in der Landschaft klaffende Spalte, die Ränder von Tannenwäldern bewachsen und geschwärzt, die Engnis dicht gefüllt mit rötlichen, spitzgiebligen Häusern.

Ich fahre die Kehren hinunter, parke den Wagen und gehe zu Fuß an die Wasser der Nagold, dort, neben einer Weide, steht der junge Hermann Hesse mit der Angelrute. Er ist lang aufgeschossen und hager, ich schätze sein Alter auf vierzehn oder fünfzehn.

In der Art, wie sich Fremde bei Einheimischen über einen Ort zu äußern pflegen, bemerke ich: »Ein hübsches, geradezu idyllisches Städtchen, aber alles wirkt spitz: Die spindelförmigen Tannen, die steilen Giebelhäuser, der Kirchturm, man könnte sich stechen.«

»Ich weiß«, sagt der junge Angler, ohne mich anzublikken, »das Leben sticht und verletzt.«

»Das weißt du schon? Du bist doch noch sehr jung?«

Er zuckt die Achseln: »Man hat eine besonders dünne Haut, wenn man jung ist.»

Er nimmt einen fingerlangen, sich windenden Fisch vom Angelhaken, wirft ihn zurück ins Wasser und geht über die Brücke aus rotem Sandstein von mir weg.

Ich blicke mich um, bemerke, dass mir das Städtchen vom Flussufer aus andere Signale sendet als vorhin: Die Fensteraugen blicken nicht unfreundlich unter hohen, sanft geschwungenen Giebeln, die rundbogigen Türen haben nichts Abweisendes, und ich denke: Gut, eine Weile hier zu bleiben, hier bin ich auf mich selbst zurückgeworfen, Neues könnte entstehen. Ich beziehe ein Zimmer, im Regal stehen Bücher des Vorgängers, lauter Hessebände, was in Calw nicht weiter verwunderlich ist, ich greife nach Sinclairs Notizbuch und lese: »Ich suche und begehre eine Zuflucht inwendig in mir, einen Raum oder Punkt, wo nur Ich ist, wohin die Welt nicht reicht (...) sicherer als Gebirg und Höhle, sicherer und verborgener als Sarg und Grab.«

Ich stelle das Buch ins Regal zurück und klicke auf dem Schreibtisch auf die Taste des PC, die Website der Calwer Sparkasse leuchtet auf, dienstfertig wie ein roter Teppich entrollt sich ein Hesse-Porträt, begleitet von einem wehenden Schriftband: »Die Sparkasse heißt Sie willkommen in der Hesse-Stadt.«

Draußen, vor dem Fenster, auf dem Rand der Spalte, quellen Delphi-Nebel durch die Tannen, es beginnt zu regnen, sanfter als im Tessin, gleichgültiger, ohne Leidenschaft.

Hermann Hesse verbrachte seine ersten Ehejahre mit der Basler Fotografin Mia Bernoulli in Gaienhofen am Bodensee, als Naturbegeisterte hatte das Paar diesen idyllischen Wohnort gewählt. Mehr und mehr verspürte der junge Dichter jedoch den Drang, seine Familie für Tage oder Wochen zu verlassen, seinen Zufluchtsort fand er in den Wäldern des Locarnese.

Hermann Kinder – Defektes Material

Eine historische Erzählung

NACHDEM ES UNVERNÜNFTIG geworden war, einen Klon zu schicken, weil der sich hätte kontaminieren können in all dem Dreck des Museums und durch die anderen PINs, konnten PINs das Museum der Frühen Vormoderne nur noch virtuell besuchen, was aber bis auf geringe Reste des räumlichen Empfindens den leibhaftigen Besuch eines PINs oder seines Klons weit überbot. Auf der Suche nach verbliebenen Restgefahren war in einem ausgedehnten Vergleich aller erreichbarer Genstrukturen, sofern sie nicht auf gänzlich verrotteten Speichersystemen undechiffrierbar eingeschlossen waren, festgestellt worden, dass PIN I vertrackt verdeckte Spuren einer Erkrankung eines vormodernen Materials in sich tragen könnte. PIN Is Genschlüssel wurde deshalb vorsorglich aus der Genbank entfernt und ihm selber angekündigt, dass, falls sich der Verdacht bestätige, sein Material demnächst gelöscht werden solle.

Um zu erkunden, was es mit dieser sogenannten vertrackten Autoimmunerkrankung, deren Spuren er in sich tragen könnte, auf sich habe, loggte sich PIN I ins Museum der Frühen Vormoderne ein. Es war fürchterlich, ekelhaft und grauenerregend. Das alte Material der Frühen Vormoderne stank. Es stank nach sogenannten Lebensmitteln, die es zu sich nahm und durch sein Material peristaltiken ließ, die in luftiger wie flüssiger und fester Form aus dem alten Material wieder ausgeschieden wurden. Die damals sogenannten Lebensmittel wurden aus verfaulenden damals sogenannten Pflanzen und sogenannten Tieren gewonnen, die lebendig oder tot auch unerträglich stanken. Ausscheidungen, Abraum, Abfall – um den erbärmlichen Gestank zu überdecken, besprühte sich das Altmaterial mit sogenannten Düften, was besonders von einem Teil des in zwei sogenannte Geschlechter getrennten Altmaterials ausgeübt wurde, jedoch unmöglich geholfen haben konnte. Denn nicht nur das Material der Vormoderne stank, vielmehr die ganze sogenannte Natur, die in sogenannte Elemente, Jahreszeiten, klimatische Wechsel, Wetterlagen eingebettet war, die wiederum Kälte, Hitze, sogenannten Regen nach sich zogen. Nicht nur die Natur stank, sondern auch das, was sich das vormoderne Material über die Düfte hinaus ersonnen hatte: Sogenannte Mobilboxen, in denen es sich durch die sogenannte Außenwelt oder Wirklichkeit bewegte, und Energiegewinnungen, damit sich die Mobilitätsboxen bewegen konnten. Es stank nicht nur, auch der Lärm war unerträglich im Museum der Vormoderne. Überall sogenannte Maschinen und sogenannter Nachwuchs. PIN I hielt das nicht mehr aus und musste die Simulationen der Gerüche und Geräusche im Museum der Vormoderne canceln. Was er zu fühlen bekam, war aber auch nicht spaßig: Die Stühle zu hart, die Sessel zu weich, das Berühren des Altmaterials abstoßend, egal welchem sogenannten Geschlecht es zugehörte; das eine kratzte, das andere verschwamm. Die alte Welt war lästig, unkommod, ruinös, verdreckt, verstunken, verschmiert, verpickelt. Das alte Material war aber nicht nur in die sogenannten zwei Geschlechter eingeteilt – mit all ihren gefährlichen Folgen, zudem noch in verschiedene Völker, sogar unterschiedlich gefärbte sogenannte Rassen, was zu sogenannten Ideologien oder Religionen und zu den auf den Dokumentationen des Museums der Vormoderne zu beobachtenden sogenannten Kriegen, zu sogenanntem Mord- und Totschlag geführt hatte. Kein

Wunder insgesamt, dass sich in das Altmaterial vertrackte Defekte eingeschlichen hatten, die durch kein Programm gegen Viren, Bakterien, Triebe, sogenannte Keime, aufgespürt und vernichtet hatten werden können.

PIN I verwies seine ermittelte Genspur in den weißen Bereich, davon in das sogenannte Europa, das im Museum der vormodernen Übersichtlichkeit auch noch in Zonen untergliedert war. PIN Is Recherche führte ihn in eine mittlere Zone. Auch dort bot das Altmaterial einen schier unerträglichen Anblick: Es gab sogenannte Junge, Alte, Dicke, Dünne, zu Große, zu Kleine, Reiche, Arme. Dem defekten Altmaterial fehlten Anmut und Würde, manchem fehlte ein Gliedmaß, manches schleifte und humpelte, hustete, rotzte, manches konnte nichts mehr sehen und musste von einem stinkenden sogenannten Tier geführt oder mit Apparaten gestützt oder sogar gerollt werden. Manches torkelte, manches fiel um, manches gab ruckweise die stinkenden sogenannten Lebensmittel von sich. Manches lief vor die Mobilitätskisten oder stürzte mit ihnen aus dem sogenannten Himmel, an dem das sogenannte Wetter herrschte. Nur gut und einzige Ekelverhinderung, dass PIN I Ton, Geruch, Gespür abgestellt hatte.

Der Planer des Museum der Vormoderne setzte ihn auf die Spur des Erblassers seines vertrackt verdeckten Defektes, und PIN I sah das Altmaterial sitzen auf einer sogenannten Bank am damals sogenannten Schränzle (kein Treffer in der Übersetzungshilfe des Museums) der sogenannten Stadt Monstranz inmitten der sogenannten Natur, deren Hauptteil ein sogenannter See bildete. Das Altmaterial war mindestens dreimal nicht gelöscht worden. Es war so dick, dass ihm der Unterbau, den das alte Material für die Peristaltik und Ausscheidung der sogenannten Lebensmittel, zur Mobilität und zur zweigeschlechtlichen sogenannten Reproduktion brauchte, über und aus seiner sogenannten Kleidung hing. Sein Gesicht trug deutliche Spuren der dreimaligen Überschreitung des Löschungstermins. Das Altmaterial sog und schüttete sogenannte flüssige Lebensmittel in sich. Auf den Knien sogenanntes Papier mit einer Schrift, deren Sinn sich PIN I nicht erschloss. Als unverschlissenes Material des sogenannten zweiten Geschlechtes sich auf seinem sogenannten Mobilitätsesel (Übersetzungshilfe: Velociped?) vorbeibewegte, wollte der PIN-I-Ahn aufstehen, was ihm nicht gelang, da er offensichtlich zu schwer und zu atemarm war. Er schaute dem jüngeren Material des zweiten Geschlechtes nur nach, erwischte dabei eine falsche Eingabe, kippte um, lag immobil, verdreckt, versuchte auf den Unterbau zu kommen, schlug aber mit dem Kopf nieder, auf dem ihm ein sogenanntes Flugtier seine peristaltikten Lebensmittel ablagerte. ›Scheiße‹, rief der Untertitel für die Sprache des Altmaterials und Ahns. Dafür wusste die Übersetzungshilfe des Museum der Frühen Vormoderne keine PIN I verstehbare Übersetzung. Auf dem Formular des Cancel-Councils wählte PIN I die Rubrik ›Kontamination mit Altermaterial‹ und klickte die Option ›Sofort‹ an. Alles andere wäre unerträglich und unvernünftig, unschön und ungut gewesen.

Christoph Keller – ›Erika‹

»›Erika‹, der Fall, den ich hier – mit der mir eigenen virulenten Dramatik – vortragen möchte, liegt schon eine Weile zurück. Auch dieses Mal bereitet es mir grösste Schwierigkeiten, zum erneut unglücklich gewählten Thema ›Remaining Independent in Old Age‹ des XXI. World Witch Ageing & Generations Congress einen passenden Beitrag zu finden. Immerhin bringt der Umstand, dass wir uns im Hätterenwald und nicht mehr auf dem Brocken versammeln, pestlicheren Wind in den Kongress. Möge die hallende Brillianz der Universität St. Gallen, in deren unmittelbaren Nähe wir uns befinden, stimulierend auf unsere geistige Verfassung einwirken. Man verzeihe mir diese ranzige Vorbemerkung (*vereinzeltes Knarzen*): Hexenlogik mag eine faire Sache sein, doch rechtfertigen kann man damit nicht alles. Hexen altern nun einmal nicht, und zu Generationen ist es bislang auch nicht gekommen. Wir sind, wie wir sind, in meinem Fall ranzig (*»Ulle Ranze!«-Rufe*), und verflüchtigen uns, wenn es Walpurgia für richtig hält. Ich beantrage hiermit zum einundzwanzigsten Mal, den World Witch Ageing & Generations Congress umzubennen: möge der Kongress wieder eine eiternde Warze auf dem Fliegenpapier der Witch Research sein (*verhaltenes Besenstampfen*). Danke. Nun zum Thema. Ich reise in Körpern, die mir nicht gehören; ich selber habe keinen, weil ich zu jener Randgruppe von Hexen gehöre, die keinen braucht. Das heisst nicht, dass ich jenen Hexen, die auf einen eigenen Körper angewiesen sind, pessomistisch gegenüber stehe; auch heisst es nicht, dass ich den geliehenen Körper so behandle, wie die Menschlinge mit ihren Mietwagen umgehen: rücksichtslos, mit überdrehtem Höhmoment, durch die Gegend preschend, lustvoll den Wagen verdellend und ihn stets schmutzig abliefernd! Unter den Menschlingen gibt es ein Sprichwort, das besagt, es führe nur ein durch und durch uller Menschling mit einem Mietwagen durch die Waschanlage, bevor er ihn zurückgibt. Meine Hexenkrux jedoch verbietet mir eine solch zentrifugale Haltung (*»Hört, hört!«-Rufe*). Während ich in Erika reiste, trug ich ihrem Körper die allergrösste Sorgfalt an, stiess jeden nur erdenklichen Fluch aus, teleköchelte exklusiv mit Walpurgia, tippelte den Brockentanz und ja – wusch Erika vor der Rückgabe eigenhändig (*harziges Knarzen*). Als die St. Galler Kantonspolizei sie fand, roch Erika erbaulich nach Ahornsaft und Krötenschleim, ein Gestank, den sie noch geraume Zeit in der Rechtsmedizin des Kantonsspitals St. Gallen verströmt haben dürfte, bis die Skalpelle so weit waren. Das nenne ich eine faire Mietkörperrückgabe. Und ›eigenhändig‹ – mir ist das vereinzelte Knarzen nicht entgangen – ›eigenhändig‹ ist ein Wort, das ich mir angeeignete, als ich in Erika reiste. Um die Logizisterzerinnen unter uns zum Verstummen zu bringen (*»Ranze«-Rufe, verhaltenes Buhen*), erwähne ich hier, dass eine solche Wortwahl Ausdruck der proaktiven Schizomultitudinie ist, mit der eine körperlose Hexe durch ihre Existenzen floatet; dass es also eine faule Sache ist (*skeptisches Brodeln*). Fair ist faul, remember? Die ›Rechtsmedizin‹ wiederum – dies für jene Hexen, die nicht über eine solide Allgemeinverbildung verfügen (*aufbrausendes Brodeln*) – ist der Ort, in den die Menschlinge jene Körper überweisen, von denen sie nicht verstehen, weshalb sie plötzlich unbrauchbar geworden sind. Wie ja bestens bekannt ist, bemüht sich das Menschentum unablässig um Erklärungen für das plötzliche oder auch allgemeine Unbrauchbarwerden der Körper. Manchmal ist es ›Gottes unerforschlicher Ratschluss‹, manchmal sind es ›die Gene‹, die den Körper auf sein unvermeidbares Ziel steuern. Nur einmal kamen die Menschlinge der Wahrheit verflixt nahe, als sie uns Hexen für alles Unerklärliche und nicht in den Kram passende verantwortlich machten. Was erleichterte uns doch der Scheiterhaufen unsere Arbeit! Statt auf das allgemeine Unbrauchbarwerden des Körpers zu harren, konnten wir diese Abkürzung nehmen. Es zischte und funkte, knarzte und brodelte, schon war der alte Körper abgestreift und ein neuer in Pullweite! Doch diese aufgeklärten Zeiten dürften ein für allemal vorbei sein (*»Oh weh!«-Rufe*). Wie erwähnt, liegt der Fall ›Erika‹ schon eine Weile zurück. Auch wenn für die wenigsten unter uns Zeit eine Rolle spielt und ›eine Weile‹ ohne praktische Bedeutung ist, so muss sich eine körperreisende Hexe wie ich doch mit dem menschotypischen Phänomix ›Alter/Altern‹ sowie ›Tod‹ auseinandersetzen: Denn stirbt ein Körper, solange die Hexe ihren Auftrag noch nicht erfüllt hat, so wird sie mit ihm unbrauchbar. Viel, auf das ich hier nicht eingehen kann, ist bereits auf vergangenen Kongressen zum Thema ›Suicide in Rented Bodies‹ gesagt worden, wie es auch zum Thema ›Efficiency at (the) Stake‹ hinreichlich Traktate zum Molekurartransfer im Paranet gibt. Wenn ich nun also die Daten, an denen ich in Erika reiste, nenne, so bitte ich, diese lediglich als solche hinzunehmen, ohne sie sogleich in den Himmel zu loben, was den Fortgang meines Vortrags erheblich behindern könnte (*Brodeln, Schlürfen, Hüsteln, Kichern*). Danke. Arrival: 29. Februar 2011. Departure: 30. April 2039. Erika war bei meiner Ankunft sieben. Und Erika war ideal. Mein Nachtmahr! Was nur ohne meine Reiseleitung aus ihr geworden wäre? Wir werden es nie erfahren. Als Fünfjährige schon wollte sie Gatorendompterin werden. Da spürte ich das Fieber zum ersten Mal. Obwohl einst das Gerücht die Runde machte, es sei ein Junggator in der St. Galler Kanalisation gesichtet worden, so ist das doch ein für eine Fünfjährige ungewöhnlicher Berufswunsch. Doch köchelte ich das Fieber herbiastisch unter 100.2 Grad Hexius, um noch Widerstand leisten zu können. Als Erika sechs wurde – es war der Zeitpunkt, an dem ihr Zimmer mit beinah verflixten Folgen mit Puppen bevölkert wurde – steuerte ihr Ehrgeiz in eine gänzlich unvorteilhafte Richtung: Sie wollte Mutter werden. Mit Kindern! So nützlich uns Kinder sind, so unbrauchbar sind uns Mütterkörper, die dazu tendieren, an den Schandort zurückzukehren (*wimmerndes Brunzen*). Das senkte mein Fieber ohne herbiastisches Zutun unter 95 H. Der Fall ›Erika‹ schien erledigt, und da war auch der kleine Rigoberto, der schon mit zwei Jahren uniseller Ärorobopirat werden wollte. Er meldete sich bei mir mit vielversprechenden 98.8 H Fieber, Tendenz blubbernd. Doch Erika gab nicht auf. Während ich Rigos Entwicklung verfolgte, stieg das Erikafieber in mir. Als es schließlich die 100.2-H-Marke überschritt, verspürte ich den Pull, und Rigoberto war gegessen und vergessen. In seinem Fall wissen wir, was er ohne mich wurde: nicht uniseller Ärorobopirat, sondern Ghostwriter für Mikrowellenherdgebrauchsanweisungen (*hämisches Kichern*). Das Gefühl, das sich bei einem Pull einstellt, ist vergleichbar mit jenem, das die schleppende, dröge Hexenfluenza ankündigt: Die Inkubationszeit ist lang, Fledermausgallenbrühe hilft in der Regel nicht. Im Grunde weiß die körperreisende Hexe, dass sie sich dem Virus fügen und die Körperreise antreten muss. Wer Hexen – und dies gilt für alle Hexenarten – freien Willen unterstellt, versteht nichts von wahrer Hexerei (*erbostes Zischen, Gallenspucken, »ulle Ranze«-Rufe*). Bitte, bitte, also wirklich. Die Free-Will-Diskussion sollten wir doch nun wirklich hinter uns haben. Erika (*Zischen verzischt*) nun also hat mich an ihrem siebten Geburtstag unwiderruflich angesteckt. Sie ging schlafen, wissend, dass es mit Gatoren und Müttern nichts werden würde, und wachte als faires Waldmädchen auf. Es war die schönste Stunde ihres Lebens und auch eine der schönsten meines: Lorastrega, Brockenfeuerzauber und Besentranstanz! Erika wollte Kiefernnadeln, Ahornharz, sie wollte Ameisennashörner und Blättermauscheln und Bachbrummeln. Vor allem aber wollte sie Brommelbeeren. Nirgends gibt es bessere als im Hätterenwald. Habe ich erwähnt, dass Erika am Rand des Hätterenwaldes wohnte? Gleich über der Geländebahn, in unmittelbarer Nähe des Tennisclubs und im Schatten der Universität, vom dem wir derzeit alle profitieren. Von Seminarraum Eiche 14B Ast 2 kann man ihr ehemaliges Zimmer sehen. O Walpurgias windige Ironie! Genau dort nun haust der auf sich selbst gestellte Rigoberto, St. Gallens zweitgefragtester Mikrowellengebrauchsanweisungsghostwriter. Auch wenn ein zweiter Pull während einer Lebensfrist unwahrscheinlich ist, die hexiotoxische Nähe zur Hätterenwaldbrommelbeere kann einem Schicksal nicht schaden. Überlegt! Hätten wir gedacht, dereinst den Brocken für den Hätterenwald aufzugeben? Nicht mehr ins Bockshorn zu jagen, sondern ins Hätterenhorn zu blasen? Nun also, da Erika damals – am 29. Februar 2011 – schon tief im Wald war, musste ich mich flugs auf die Reise machen. Ich hüllte mich in süsseste Düfte und bösartigste Absichten, ortete den Hätterenwald, dessen Existenz ich damals bezweifelte, im Stregoskop, definierte den Hexiotoxigrad der Brommelbeeren, bis ich wusste, welche den idealen Erikasog hatten und floatete zur Stelle. Nun brauchte ich nur noch zu warten. Das Fieber stieg wohlig in mir an. Der Schmerz würde sich in mir breit machen, doch wilder als eine Fohlengeburt kann es ja nicht werden, sage ich mir jedes Mal. So kehrte ich bald schon als Erika aus dem Hätterenwald zurück. Mit einem Korb prallvoll leckerster Beeren! Trippel, trippel, das Treppchen hoch. Die Wohnungstür quietschte ein bisschen. Die Küche war gähnend leer. Gar Mamas selbstgeflochtener Korb fehlte. Ja, hatte ich denn gewollt, dass mein frühmorgendlicher Ausflug entdeckt würde? Mamas Korb baumelte an meinem Arm. Sie würde das Fehlen des Korbes sofort bemerken. Noch war Zeit. Sorgfältig, doch geschwind transmorphierte ich Beere um Beere in ein Tupperwaregeschirr. Davon hatte Mama so viele! Meine Wangen wurden rosig vor Erleichterung. Ich naschte drei Brommelbeeren, klemmte den Deckel fest und ließ das Tuppergeschirr unter meinem Bett verschwinden. Mamas Korb war wieder, wo er hingehörte. Mama selber schlief noch, Spätschicht in der Klinik, wo sie kranken Kindern hilft, die Ohren daheim mit Wachs zugepfropft, damit sie der Welt und mir für einige Stunden entkommt. Brav notierte ich auf dem Notizblock in der Küche, dass ich mein Fruchtjoghurt gegessen hätte – tatsächlich hatte ich es mit einem kleinen Donnertranstanz die Toilette hinuntergewaschen. Und dass ich in die erste Klasse unterwegs sei, was auch nicht stimmte, jedenfalls nicht an diesem Morgen. An diesem Morgen ging ich stracks zurück in den Hätterenwald, Krötenpisse und Totengräberkacke einsammeln. An andern Morgen aber, stets das Joghurt in die Kanalisation pumpend (ich, die ich so vernascht gewesen war, aß üüü-ber-haupt-nichts-mehr, nicht einmal mehr Brommelbeeren, war also auf dem besten Weg, so ein anorexodürres Modedings zu werden), stets der besorgten Mama eine Notiz hinterlassend, ging ich allerdings, wie es sich für ein infiziertes Waldmädchen gehört, doch in die Schule. Hatte die Beeren dabei. Deshalb hatte ich sie ja gepflückt und mit Totengräber- und Krötenausscheidungen und etwas, das ich vor Erscheinen meines neuen Kochparanetblogs nicht preisgeben kann, angereichert. War das eine Freude, meine Schulkameradinnen sich erst um die Beeren balgen zu sehen, sich dann darin zu messen, welche am tiffigsten grün im Gesicht wurde, welche am krachendsten reihern und welche die meisten Toilettenschüsseln verstopfen konnte! Elsi, die ich daraufhin zu meiner besten Komplizin machte, um sie gleich wieder genüsslich fallen zu lassen, gewann in allen Disziplinen. Zuhause machte ich mich an die Puppen, biss einer nach der andern den Kopf ab und schickte sie auf dem Umweg durch meinen Darm auf die unterirdische Reise durch die Abwässer und Gewässer der Erde. Mama bemerkte nichts, doch die Welt war schon ein bisschen mehr aus den Fugen gekugelt. Für Ansteckendes gibt es keine besseren Verteiler als Därme und Flüsse. Und natürlich die Luftwege: Ich fing heimlich zu rauchen an, wobei ich sagen muss, dass es nicht schwer fiel, etwas hinter dem Rücken Mamas zu tun, schlief sie doch meist vollgepfropft, und wachte sie, so sorgte sie sich einzig um Kinder, die krankten. Ich durchlief eine Phase, in der ich es mir wünschte, krank wie andere Kinder zu sein, aber das verflüchtigte sich wieder. Ich musste nun meinen Beitrag zum Auskugeln der Welt leisten. Mit neun fing ich an, wegzulaufen, um meine Kreise zu vergrössern, mit zwölf infizierte ich den ersten Jungen mit meinen Körpersäften, plünderte herzhaft Gräber und Sakristeien, mit vierzehn lief ich endgültig weg. Ich wedelte mit flammendem Stroh, verseuchte das Trinkwasser, beschuldigte die reinsten Seelen der schrecklichsten Verbrechen. Die Friedhöfe gähnten, und der Höllenschlund atmete Verseuchung in die Welt. Das heißt, ich lief nicht, sondern flog weg, so wie es meiner Natur entspricht. Es war vergleichbar mit dem Morgen, als ich als Waldmädchen aufwachte, und es war auch an meinem Geburtstag, als ich ein Flugwaldmädchen wurde. Das war so viel praktischer! Ich brauchte nur kokett zu hüsteln, schon öffneten sich Fenster, und ich war unterwegs. Giebel und Schornsteine, Berggipfel und Sternengeflatter! Ich konnte überall hin und war auch schon bald überall. Da ich nun durch anhaltendes Nichtessen tatsächlich so ein anorexodürres Modedings sein konnte, wurde ich auch eins, stolperte über Catwalks – buchstäblich in die Arme feister High-Fascism-Freaks, die, obwohl schon von Vorgängerinnen gründlich versaut, ich aufmunterte, Unmodische noch radikaler zu verachten. Mir gelang es gar, einen Minister dazu zu bringen, seine Doktorarbeit, die er nicht einmal brauchte, gründlich abschreiben zu lassen, was ihn seinen Posten kostete. Im Nachhinein stellte sich das als Misskalkulation heraus, hätte er doch im Amt weit mehr Unheil anrichten können, doch lernt man nun einmal am besten aus Fehlern. Eine grössere Herausforderung aber stellte zum Beispiel dar, den inneren Despoten aus einem scheuen Jüngling herauszukitzeln, der vor meinem Eingriff das Herz noch auf dem rechten Fleck gehabt hatte. Bald schon schickte er Heere los, gegen die Nachbarvölker und schließlich gegen das eigene Volk. Es bildete sich Widerstand gegen das Böse, den ich auch gleich infiszierte, und kaum war der einst scheue Jüngling enthauptet, wütete auch schon der Befreier mit seinen Guilloutinen unter den Befreiten. Mühsamer – in der Kumulation aber letztlich befriedigender – ist die Kleinarbeit, die ich täglich leistete. Das kleine Mädchen, das durch die Gassen hüpft, lächelt und Rosenköpfe abzwickt, wenn keiner schaut. Der Nachbar, der die Tür aufhält, immer ein aufmunterndes Wort hat und Katzen in Plastiktaschen abpackt, weil er ihnen gern beim Strampeln im Fluss zusieht. Der Ehemann, der seit seinem elften Geburtstag (als sein Pull einsetzte), davon träumt, Pilot zu werden, seine Maschine mit 227 Passagieren aber leider nur einmal ins Matterhorn steuern kann. Ich geniesse es, nach getaner Infektion im Internetcafé zu sitzen, Latte machiatto zu sippen und das Net auf die neuesten Erfolgsmeldungen abzusurfen. In genau einem solch erfüllten Augenblick aber geschah das Unerwartete. War ich zu siegesgewiss gewesen? Hatte sich der Pull gelöst? Gönnte ich Erikas Körper nicht die teuersten Salben und Crèmes, Drei-Uhr-Morgen-Peelings, Massagehände, die nur den Stars gut genug sind? Beim kleinsten Wehwehchen schon sah sich Erika im besten Walk-In-Wellness-Center; erwischte ich sie auch nur bei einem einzigen trüben Gedanken, war schon der Zenmediator mit seinem Genregenerator zur Stelle. Wo hatte ich versagt? Welches Schlupfloch hatte ich übersehen? War die Fieberkurve wirklich einmal unter 100.2 H gesunken, sodass sich der Pull gegen mich wenden konnte (*besorgtes Murmeln*)? Sie, die doch mich gerufen hatte, um in mir aufzugehen? Wann hat sie mich (*»Übernommen?« – »Oh nein!« – »Walpurgia hilf!« – Zischen, Brodeln, hektisches Stühlerücken, Hexenstillstand. Über die eine noch intakte Wellenlänge des Paranets erfolgt die automatische Durchsage: »Wegen akuter hexiotoxischer Infektion muss der XXI. World Witch Ageing & Generations Congress bis auf Weiteres unterbrochen werden.« Ätherisches Rauschen*). Bitte, bitte, bitte. Auch wenn ich mich über den Erfolg meines – wie angekündigt – mit der mir eigenen virulenten Dramatik vorgetragenen Papers freue, so muss doch allen klar sein, dass nichts geschehen ist. Schaut euch um: Der Hätterenwald ist intakt. Wir stinken noch immer zum Himmel (*aufatmendes Säuseln*). Ich reiste in Erika, nicht Erika in mir. Die Gefahr aber, und dies soll uns allen, nicht nur den körperreisenden Hexen, als Warnung dienen, besteht. Wir können nicht verschlafen genug sein. Der Pull kann rückkoppeln, und dann haben wir eine Walpurgisnacht, die wir nun wirklich nicht wollen. Faul ist fair, remember (*Klatschen*)? Danke, danke sehr für das zahlreiche Erscheinen. Ich hoffe sehr, dass es mir gelungen ist, die Atmosphäre zu vergiften. Wer an einer informellen Weiterführung der Diskussion interessiert ist, treffe sich mit mir gleich anschliessend in der gemütlichen Brockenstube auf Ahorn 9, Ast 12C. Es werden wie üblich Spatzenquiche- und Rattentouillehäppchen serviert (*vereinzeltes Stühlerücken. Es erklingt ›'Tis Now the Very Witching Time of Night‹ der Band* The Hex Is Cast).

Schubart nimmt die ausgestreckte Hand des anderen. Sie wiegt leicht in seiner Pranke.

Eva Wodarz-Eichner - Blaubeurens trübe Wasser

Einführung zu den Texten der Quo Vadis Autoren

Die nachfolgenden Geschichten drehen sich um das Leben und Wirken berühmter Persönlichkeiten, die im Umkreis des Bodensees lebten, wie der Arzt Franz Anton Mesmer, der Dichter Christian Friedrich Daniel Schubart oder Papst Johannes XXIII. und andere. Es geht in diesen Texten jedoch auch um einfache Leute oder fiktive Gestalten, um die eiskalte Bergwelt am Rande des Sees, um Mord und Intrigen, Gerechtigkeit, Krieg, Gelübde und natürlich immer wieder um die Liebe.

Die Verfasser sind allesamt Mitglied bei *Quo Vadis* – ein Zusammenschluss von etwa 100 Autoren, die sich mit Leib und Seele dem Historischen Roman verschrieben haben.

Angeline Bauer

Angeline Bauer – Kaltes Land

Bevor sich die Bärin in die Höhle zurückgezogen hatte, um ihren Winterschlaf zu halten und ihre Jungen auszutragen, war sie weit herumgekommen. Sie hatte in einem Land gelebt, in dem die Felsen noch schroffer waren als hier, die Hitze im Sommer erdrückend, die Kälte im Winter so beißend, dass nicht selten alte oder kranke Tiere und Menschen erfroren. Sie war über Grenzen gegangen, ohne zu wissen, was Grenzen sind und dass sie überhaupt existierten, und war so in dieses Land gekommen.

Im Frühjahr hatte sie einen anderen Bären getroffen. Seit Tagen war ihr sein Geruch in der Nase gewesen und hatte sie Zeichen gefunden, die er für sie hinterließ. Aufgekratzte Baumrinden, Urinspuren, Kot. So war er ihr bereits vertraut, als er plötzlich vor ihr stand. Auf zwei Beinen, zu ganzer Größer aufgerichtet. Sein Fell braun und glänzend im Sonnenlicht. Speichel troff ihm aus dem Maul, als er den Kopf zur Seite warf.

Wenn er näher kam, zeigte sie ihm die Zähne, und hielt ihn das nicht ab, ihr noch weiter auf den Pelz zu rücken, versetzte sie ihm ein paar Prankenhiebe.

Er folgte ihr durchs Gehölz, beobachtete sie. Wenn sie zu ihm hinübersah, stellte er sich auf die Hinterbeine oder rieb sich an den Bäumen. Immer wieder steckte er Prankenhiebe ein, nahm ihre schlechte Laune ergeben hin. Wollte er sich mit ihr paaren, brauchte er Geduld.

Als die Bärin endlich so weit war, sein Liebeswerben zu erhören, paarten sie sich und blieben ein paar Tage lang zusammen, dann gingen sie wie zuvor ihrer eigenen Wege.

In besagter Höhle, weit droben in den Bergen, brachte sie an einem Tag im Januar des Jahres 1898 drei Bären zur Welt. Kleine dunkelgraue Dinger, mit runden Köpfen und Ohren wie bei Mäusen, und so kurzen Härchen, dass sie einem nackt erschienen. Vor der Höhle pfiff ein eisiger Wind. So kalt war es, dass der Gebirgsbach, der sich unweit in kleinen Wasserfällen ins Tal ergoss, gefroren war, und dort, wo er über Kaskaden floss, aussah wie ein gezupfter Zuckerguss.

Am Fuße dieses Berges befand sich ein dunkles Hochtal, dort hatten Menschen weit verstreut ein paar Almhütten gebaut. Bis auf eine lagen sie im Winter still und verlassen da. Die Weiden, auf die im Sommer ein paar Monate lang das Vieh getrieben wurde, waren unter einer dicken Schneedecke verschwunden, das Wasser, das vor den Hütten aus hölzernen Rohren in steinerne Tröge floss, zu fantastischen Eisgebilden erstarrt. Die Hütten hatten Fenster, an denen sich wundersame Eisblumen bildeten. Eisblumen, wie Fußspuren von Feen. Eisblumen, wie Fächer oder Farne. Eisblumen, die glitzerten wie Diamanten! Es war eine stille, kalte Welt, von Menschen verlassen, einsam und karg.

Noch weiter drunten, wo das Land flach wurde und im Sonnenlicht ein großer See glitzerte, hatten die Menschen Städte gebaut. Dort war das Leben einfacher für sie. In den Häusern war es meist warm, und sie hatten Gas, um die Dunkelheit zu vertreiben, und Maschinen, die Dampf ausstießen und mit denen sie auf Schienen fuhren, um Dinge zu transportieren. Sie hatten Fabriken und Mühlen, hatten Schiffe, um den großen See zu überqueren, und einige von ihnen besaßen sogar Automobile, mit denen sie von einer zur anderen Stadt fahren konnten.

Es war eine fremde Welt, die die Bärin nicht kannte, und die Menschen in diesen Städten kannten keine Bären mehr, es sei denn solche, die sie hinter Gittern hielten, um sie anzugaffen.

Als es kälter wurde – und es sollte bitterkalt werden – brauchte die Bärin einen Platz für ihren Winterschlaf. Das Glück war ihr hold. Auf einem ausgetretenen Pfad, der nach Menschen roch, gelangte sie über einen Berggrat in eine Schlucht und von dort auf eine Anhöhe, wo sie den passenden Platz für ihre Unterkunft fand. Sie grub einen Gang, an seinem Ende eine Höhle, nicht viel größer als sie selbst – die Höhle eben, in der sie jetzt lag und ihre Jungen säugte.

Die Welt der Kleinen war noch dunkel, denn ihre Augen waren verschlossen. Sie bestand aus nichts als Gerüchen, dem wärmenden Fell der Mutter, ihren Zitzen, ihrer Zunge, die sie zärtlich leckte und dem Balgen und Wimmern der Geschwister, wenn sie hungrig waren. Noch wussten sie nicht, dass sie einmal sehen und herumlaufen würden, dass es Gefahren und quälenden Hunger gab, der nicht durch die Zitzen der Mutter gestillt werden würde. Ihre kleinen Mäuler waren zahnlos, und die Schnauzen, so rosa wie ihre Zungen, sahen aus wie die von neugeborenen Hunden.

Es waren zwei Männchen und ein Weibchen.

Bei ihrer Geburt hatten die Jungen nicht einmal ein Pfund gewogen, doch von Tag zu Tag wurden sie schwerer und größer. Irgendwann drang Licht in ihre dunkle und noch heile Welt. Ein Schimmer nur, kaum wahrzunehmen. Und doch war es etwas Neues, etwas, das ihre Aufmerksamkeit in Anspruch nahm. Sie hoben die Köpfe, sie drängten dem Schimmer entgegen, strauchelten und fielen, lagen auf ihrem Rücken, strampelten und sahen wieder nichts als Dunkelheit, wenn sich die Mutter über sie beugte und sie ihre Köpfe, ihre Schnauzen in das dichte warme Fell drückten.

Die alte Bärin hatte seit Monaten nichts mehr gefressen

und wurde mit jedem Tag schmächtiger. Sie brauchte Futter. Doch ihr Instinkt, ihr ausgeprägter Geruchssinn, mit dem sie andere Lebewesen oder Aas kilometerweit riechen konnte, sagten ihr, dass es zu früh war. Noch lag zu viel Schnee, noch würde sie hier oben kein Futter finden und wäre der Abstieg ins nächstgelegene Tal für ihre Jungen zu beschwerlich. Sie würde nichts riskieren, ihre Jungen waren ihr wichtiger als ihr eigenes Leben.

Doch eines Tages, gegen Mitte März, verließ die Bärin auf einmal die Höhle, und die drei Jungen machten ihre ersten Erfahrungen mit dem Gefühl des Verlassenwerdens. Wussten sie doch nicht, ob die Mutter zurückkehren würde! Fort war ihr Schutz, fort die wohlige Wärme, der vertraute Geruch, das Gefühl der Geborgenheit. Auch das Wimmern der Geschwister schien nun lauter, echote von den kalten Wänden der Höhle. Da wurde plötzlich die Erde erschüttert, ein Luftzug, ein Ächzen, und das warme weiche Fell der Mutter umfing sie wieder, ihre Zunge leckte über ihre Bäuche, ihre Zitzen gaben Milch, und alles war gut.

Als die alte Bärin wenige Stunden darauf die Höhle zum zweiten Mal verließ, folgten ihr die Jungen. Mutig steckten sie ihre Köpfe durchs Loch und zuckten im nächsten Moment zurück. Das grelle Licht blendete sie, die endlose Weite machte ihnen Angst. Und doch wagten sie nach einigem Zögern auch den letzten Schritt in ihr neues, unbekanntes Leben.

In Stille und Dunkelheit versunken lag das Hochtal da, bis plötzlich das Licht einer Laterne über den Weg heraufkroch. Es leckte über Bäume und Felsen, tastete sich über schwarzgründiges Almland, tanzte an einem Wegkreuz vorbei, verschwand in einer Mulde, tauchte wieder auf und bewegte sich auf eine Hütte zu. Sie lag abseits am

Ende einer Wiese, die auf zwei Seiten von Wald begrenzt wurde. Davor wuchs eine uralte, vierzig Meter hohe Tanne, daneben stand ein großer steinerner Trog, aus dem Wasser floss. Auch ein Stall mit einer kleinen Tenne war angebaut, doch es gab längst kein Vieh mehr darin. Gram und Armut waren zu Gast in dieser Hütte, ihre Besitzer lebten von dem, was der Wald hergab.

Der Mann, der die Laterne getragen hatte, hängte sie an einen Haken neben der Eingangstür, legte seine Büchse auf eine Bank, wuchtete seinen zerschlissenen Rucksack von den Schultern und betrat die Hütte. Kurz darauf kam er, von einer Frau und einem Hund gefolgt, wieder nach draußen. Er nahm den Rucksack, sie gingen um die Hütte und verschwanden im angrenzenden Stall.

Nun lag alles so still und so dunkel da wie zuvor, nur ab und zu war der Schrei eines Nachtvogels zu hören, und über den Gipfeln der Berge stieg langsam und erhaben die schmale Sichel des Mondes auf.

Einige Wochen blieb die Bärin mit ihren Jungen noch in der Nähe der Höhle, die ihnen vor allem nachts Schutz bot. Doch das Leben hier oben war auf die Dauer zu karg für die Alte. Hin und wieder konnte sie ein Schneehuhn oder eine Maus erlegen, aber wenn sie überhaupt etwas zu fressen fand, dann waren es meist nur Wurzeln oder ein paar Käfer unter der Rinde, die sie von den wenigen verkrüppelten Kiefern schälte. So zog es sie mit Macht ins Tal, wo es Wälder gab, wo an lichten Stellen der Schnee bereits geschmolzen war, wo sie vom letzten Herbst übrig gebliebene Nüsse und Eicheln finden und nach Würmern und Käfern graben konnte, und wo sie einen Bachlauf witterte, in dem sich allerhand Getier und vielleicht sogar Forellen abgreifen ließen.

Als die Bärin eines Morgens den Weg Richtung Tal einschlug, folgten ihr die Jungen ohne Arg. Sie kamen zu einem steilen Schneefeld. Die Alte überquerte es in schräger Richtung, die Jungen liefen ihr übermütig nach. Zu schnell! Sie gerieten ins Rutschen, glitten rückwärts auf ihren Bäuchen nach unten, überschlugen sich, jaulten auf, rutschten weiter, diesmal die Schnauze voran, bis es flacher wurde und sie sich endlich fingen.

Auch die Bärin blieb auf einmal stehen. Sie hob den Kopf, um zu wittern. Etwas an ihrer Haltung war neu und anders für die Jungen, eine Unruhe ging von ihr aus, die sie noch nicht kannten. Plötzlich wandte sie sich nach rechts, lief auf einen Wald zu, der sich unterhalb eines Steilhanges befand. Eis und Schneelasten hatten dort Bäume umgedrückt, die übereinanderlagen wie dahingeworfene Mikadostäbe. Und auf diesem Schneebruch hing ein abgestürzter, verendeter Steinbock.

Um an das Aas zu kommen, wollte die Bärin über die Bäume klettern, doch sie war zu schwer. Immer wieder brach sie durch, fiel in die Zwischenräume, hangelte sich nur mit Mühe wieder auf die dünnen, morschen Stämme. Als sie nah genug war, fing sie in heller Aufregung an, an einem der Bäume zu zerren. Nur er war ihr noch im Weg. Sie klapperte mit dem Kiefer, stieß wütend ihren Atem aus.

Ihre Jungen sahen ihr zu. Ihr aufgeregtes Wimmern heizte die Alte nur noch mehr an. Es gelang ihr schließlich, den Baum zur Seite zu drücken, und endlich konnte sie den Bock mit ihrem Maul an seinen Hörnern fassen. Sie zerrte an ihm, bis das Geäst ihn freigab und er vor ihr zu Boden sackte.

Die Bärin schaffte ihn in eine Mulde, öffnete ihm den Bauch und machte sich über die Eingeweide her.

Nie zuvor hatten ihre Jungen Fleisch solcher Art gesehen oder gerochen. Neugierig näherten sie sich, schnüffelten und leckten an dem Ding, das ihre Mutter in derartige Aufregung versetzte. Sie probierten auch ein wenig davon, doch es schmeckte irgendwie seltsam – die Milch der Mutter war jedenfalls besser.

Als die Bärin satt und zufrieden war, legte sie sich in der Nähe ihrer Beute auf den Rücken, breitete die Beine aus und ließ ihre Jungen an die Zitzen. Alles war gut, das Fleisch gab ihr Kraft! Hier würden sie nun ein paar Tage lang bleiben, bis die Bärin den Bock zur Gänze aufgefressen hatte.

Es war noch dunkel, als die Frau in der Hütte ihren Jungen weckte. »Der Vater geht jagen, er will, dass du mitkommst.«

Widerwillig warf er seine zerschlissenen Kleider über, nahm zum Frühstück einen Kanten trockenes Brot, tunkte ihn in ein Gebräu aus Kräutern, schlüpfte, als er auch den letzten Krümel gegessen hatte, in den alten Janker der Mutter, und folgte dem Vater und dem Hund.

Über einen schmalen Weg stiegen sie in ein karges, baumloses Gelände auf. Dort droben auf den Grasplätzen zwischen Felsnaben ästen um diese frühe Jahreszeit oft Gämsen. Mit etwas Glück würde der Vater eine schießen. Dass er das Wild nicht erlegen durfte und darüber hinaus Schonzeit war, interessierte ihn nicht. »Von etwas müssen wir schließlich leben«, hatte er zur Mutter gesagt, »immer nur Haferschleim und Pilzsuppen, davon wird keiner satt.«

So früh am Morgen glühte der Himmel rot. Die erste Sonne ließ schneebedeckte Felsspitzen erstrahlen, Schatten verhüllten, was in den Mulden lag. Hie und da hingen Nebelfetzen an den Felswänden, krochen an den Hängen hinauf, ließen Tannen und ganze Berge scheinbar schweben. Die Mörzelspitz, den Alpkopf, das Vorderhörnle. Doch all diese Schönheit sah der Junge nicht, er starrte auf die Büchse, die sein Vater über der Schulter trug. Auch wenn er Hunger litt und das Fleisch gerne aß, die Wilderei hasste er – und ja, er hasste den Vater.

Der Hund verhielt sich ungewöhnlich unruhig. Leise fiepend ging er neben seinem Herren her, blieb hin und wieder stehen, sah sich um, was ihm ärgerliche Tritte einbrachte.

Tatsächlich ästen einige Gämse auf dem Hang. Der Vater gab dem Sohn Zeichen, sich still zu verhalten. Der Wind stand günstig, die Tiere witterten sie nicht. Sie pirschten sich an, suchten Deckung hinter einem Felsen. Als unter der Sohle des Jungen ein Stein ins Rutschen kam und bergab rollte, schreckten die Tiere auf, aber sie beruhigten sich wieder und fraßen weiter. Zum Glück, denn der Vater hätte den Sohn ansonsten vor Wut über das verscheuchte Wild halb tot geprügelt.

Er entsicherte seine Waffe und legte an, atmete ruhig. Langsam krümmte sich sein Finger. Es klickte und schoss fast im selben Moment. Die Kugel traf, eins der Tiere sackte zusammen, die anderen flüchteten bergan und verschwanden hinter einer Felsnase.

Der Vater sicherte die Waffe, befahl dem Hund zu bleiben, dem Sohn mitzukommen. Er legte die Büchse und seinen Rucksack neben der Gams ab, nahm sein Messer, bog die Hinterläufe des Tieres nach vorne, stellte sich darauf und fing an, es aufzubrechen. Er fasste den Rand des Waidloches, hielt ihn auf Spannung, schärfte mit dem Messer zuerst um den Darm herum, dann die Bauchdecke auf, kappte die Luftröhre, trennte die Speiseröhre ab und verknotete sie. »Den Rest machst du!« Er legte das Messer hin und sah seinen Sohn an.

Der schüttelte den Kopf, kreidebleich starrte er auf den Boden vor seinen Füßen. »Nicht Vater«, flüsterte er.

»Du machst das jetzt! Du hast mir schon oft genug dabei

zugesehen. Fass da hinein und zieh das Geräusch mit dem Pansen heraus.«

Der Junge wusste, dass es keinen Sinn hatte zu widersprechen. Voller Ekel beugte er sich über das tote Tier. Es dampfte, roch nach Schweiß. Mit geschlossenen Augen fasste er hinein, fühlte die Eingeweide zwischen seinen Fingern, spürte das glitschige Blut, griff zu und wehrte sich gleichzeitig gegen das Würgen in seiner Kehle. Doch es war stärker als sein Wille. In hohem Bogen übergab er sich, fiel dann vornüber und brach schluchzend zusammen.

Als er die Augen wieder aufschlug, lag ein Rest der Eingeweide in einer Blutlache neben ihm, Herz und Leber hatte der Vater bereits verstaut, die Pansen und einen Teil des Gedärms hatte der Hund gefressen.

Der Vater starrte den Sohn voller Verachtung an. »Du bist und bleibst eine Memme!« Er kümmerte sich nicht weiter um den Jungen, packte das Wildbret in seinen Rucksack, pfiff den Hund zu sich und ging davon.

Seit Tagen trieb sich die Bärin mit ihren Jungen am Bach herum, jagte Frösche und Mäuse und grub Larven aus, fraß junges Borstgras, die ersten zarten Blüten der Segge oder das saftige, zuckerreiche Splintholz von Tannen und Kiefern. Auch wenn ihre Jungen noch kein Interesse an fester Nahrung hatten, beobachteten sie die Alte neugierig bei allem, was sie tat, und versuchten, ihr nachzueifern.

War die Alte satt und es wieder einmal an der Zeit, ihre Jungen zu säugen, setzte sie sich auf die Hinterbacken und streckte alle viere von sich, damit sie trinken konnten. Danach schliefen sie zufrieden ein, bis die Mutter sie wieder antrieb und das Gerangel von vorn begann.

Als sie an diesem Morgen vom Bach durch einen Wald auf eine Felswand zuwanderten, verhielt die Alte auf einmal ihren Schritt. Sie reckte die Schnauze in die Luft, warf den Kopf herum, stellte sich auf die Hinterbeine, landete wieder auf allen vieren. Sie witterte Blut und Fleisch.

Plötzlich war sie nicht mehr zu halten. Sie lief schneller, die Jungen hatten Mühe, ihr zu folgen. Es war noch früh am Tag, die Sonne stand nicht so hoch, als dass sie über die Gipfel der Berge scheinen konnte, deshalb blieb es düster im Forst. An schattigen Stellen lag noch Schnee, an anderen sprossen bereits die Maipilze aus dem Boden. Die Bärin beachtete sie nicht, das Aas lockte sie mehr. Unbeirrt folgte sie ihrer Nase, ließ den Wald hinter sich und erreichte bald das Gelände, mit dem kümmerlichen Rest der getöteten Gams.

Sie zauderte nicht lange, fraß alles auf, leckte die blutige Erde, warf den Kopf wieder in den Nacken und stieß den Atem aus. Es roch nach mehr. Es roch nach Mensch und Hund und Fleisch.

Die Spur führte bergab, noch weiter hinunter ins Tal. Die Jungen folgten der Mutter durch einen Wald, an einem Bach entlang, über eine Lichtung, um einen Fels herum, den sie erklomm. Von hier reichte der Blick weit. Unter ihnen lag ein Wald, dort, wo er endete, begann eine Wiese, an deren Rand eine Hütte stand. Vor dieser Hütte ging ein Mann.

Die Bärin setzte sich auf den Hintern und ruderte mit den Tatzen, als wolle sie einen unsichtbaren Feind vertreiben. Nun kamen auch die Jungen näher, folgten dem Blick der Mutter. Eine Hütte hatten sie noch nie gesehen, auch keinen Menschen.

Der Mann hatte seiner Frau Herz und Leber der Gams gegeben und das Wildbret zum Abhängen in die Scheune gebracht, dann war er zurück ins Haus gegangen.

Die Mutter stand am Herd in der Kuchl. Sie legte Holz

aufs Feuer. »Du hättest den Jungen nicht zwingen dürfen, die Gams auszuweiden.«

»Er hat zu tun und zu lassen, was man ihm sagt.«

»Er ist rachitisch.«

Die Faust des Vaters fuhr auf den Tisch nieder, dass es krachte. »Eine Memme ist er!«

Die Frau seufzte. Ihr Mann war hartherzig und verbittert –, er war kein guter Mensch.

Sie wischte sich die Hände an der Schürze ab, nahm den Korb, der neben dem Herd stand, und verließ das Haus, um Holz zu holen. Mit Unbehagen nahm sie zur Kenntnis, dass das Wetter umschlug, sah besorgt zum Gipfel hinauf, der bereits zwischen düsteren Schneewolken verschwunden war, und seufzte wieder.

Als sie am nächsten Morgen erwachten, war mehr als ein ganzer Meter Schnee gefallen, und es schneite immer noch weiter!

Der Mann begab sich hinaus und begann damit, an der Hütte entlang einen Pfad zur Tenne freizuschaufeln, in der die Gams hing und an deren Südwand das Holz für den Ofen aufgestapelt war. Der Hund ging mit ihm, lief winselnd hin und her, kroch seinem Herren vor die Füße und bellte. »Still!«, befahl der Mann. Der Hund kuschte, aber schon bald winselte er wieder, drehte sich um sich selbst, lief auf dem Pfad hin und her, sprang auf einmal in den Schnee und kämpfte sich laut bellend Richtung Wald voran.

»Hier her!«, schrie der Mann ihm nach. »Komm zurück!« Aber der Hund war nicht mehr zu halten.

Das dichte Schneetreiben nahm dem Mann die Sicht, er konnte den Hund nur noch bellen hören. Inzwischen musste er im Wald sein.

Das Bellen wurde heftiger, klang wütend und gleichzeitig voller Angst und Entsetzen. Ein jämmerliches Aufjaulen folgte, dann herrschte plötzlich Stille.

»Hier her!«, rief der Mann noch einmal.

Die Frau kam aus dem Haus. »Was ist los?«, fragte sie. »Was bellt er so?«

Der Mann gab keine Antwort. Er warf die Schaufel von sich und folgte der Spur seines Hundes, kämpfte sich keuchend durch die Schneemassen bis zum Waldrand. Hier, unter den Bäumen, war es leichter, voranzukommen, hier lag der Schnee nur knöcheltief.

Der Mann blieb stehen, verengte die Augen, um sie nach dem grellen Schneelicht an die Dunkelheit zu gewöhnen. Und dann schälte sich ein Bild aus dem Schemen, das ihm das Blut in den Adern gefrieren ließ – etwa hundert Meter entfernt stand ein Bär über dem Hund und fraß dessen Eingeweide!

Das Entsetzen packte den Mann, so sehr erschrak er sich, dass ihm ein Schrei entfuhr.

Als der Bär plötzlich aufsah, ergriff der Mann die Flucht. Es waren nur ein paar Schritte bis zum Waldrand. Wieder unter freiem Himmel, sackte der Boden unter seinen Füßen weg, als liefe er auf Stroh, und er fiel der Länge nach hin. Hinter sich nahm er einen Schatten wahr und fühlte im nächsten Moment, wie es warm zwischen seinen Beinen wurde. Dann blieb er bewusstlos liegen.

Aas konnte die Bärin über eine Entfernung von fünftausend Metern wittern, darum war es ihr ein Leichtes gewesen, dem Mann und seiner Spur zu folgen. Vielleicht wäre sie dem Haus ferngeblieben, wenn die Luft nicht nach Schnee gerochen hätte. Doch ein Schneeeinbruch bedeutete Hunger, und aus dem Haus kam dieser verlockende Aasgeruch. Sie wusste aber auch, dass Häuser und Menschen gefährlich waren. Häuser, weil sich Menschen in ihnen verbargen, Menschen, weil sie Dinger besaßen, mit denen sie aus großer Entfernung töten konnten. Also war sie vorsichtig, blieb im Wald in Deckung, wartete ab. Sie fand einen Baumschwamm, den sie fraß, Rinde und Samen, Käfer unter Steinen, die sie beiseite gewälzt hatte. Es war genug für heute, aber morgen würde sie wieder Hunger haben, und weiter droben braute sich bereits das Unwetter zusammen. Schwer hingen die Wolken über den Gipfeln und drängten herunter ins Tal.

Gegen Mitternacht fing es an zu schneien. Im Schutz der Dunkelheit wagte sich die Bärin mit ihren Jungen näher an die Hütte. Auf zwei Beinen stand sie am Waldrand und nahm Witterung auf. Das Aas schien sich im hinteren Teil der Hütte zu befinden. Noch zögerte sie, noch war der Hunger nicht groß genug, um bei den Menschen einzudringen. Sie stellte sich wieder auf alle viere, warf den Kopf in den Nacken, drehte sich um und lief in den Wald zurück.

Den Rest der Nacht verbrachte sie mit ihren Jungen in einer Mulde unter Wurzelwerk, ein geschützter Platz, der ihnen Sicherheit bot. Gegen Morgen lag ringsherum Schnee, auch das Fell der Bären sah aus wie mit weißem Puder bestäubt. Die Bäume ächzten unter ihrer kalten Last, die hin und wieder von den Ästen fiel, manchmal in einem Rutsch eine ganze Lawine, manchmal auch nur ein wenig davon, leise rieselnd, wie Mehl aus einem Sieb.

Die Bärin säugte ihre Jungen, dabei machten sie seltsame Geräusche. Wie ein Murmeln klang es, ein wohliges Gegrummel. Später grub die Alte nach Mäusen, schälte Rinde von den Bäumen, fraß die Käfer, die sie darunter fand. Der Geruch des Aases hing ihr dabei betörend in der Nase.

Hinter einer Wand von Bäumen und Schneetreiben konnte sie das Haus nicht sehen, aber riechen konnte sie es. Sie roch auch den Mann, der sich vor dem Haus aufhielt, und den Hund, roch seine Angst und Aufregung und hörte sein Bellen. Sie stellte sich auf die Hinterbeine, fauchte und klapperte mit dem Kiefer. Ihre Jungen hatten gelernt, dass sie wütend oder aufgeregt war, wenn sie solche Geräusche von sich gab. Als ob sie ihrer Mutter beistehen wollten, taten sie es ihr nach.

Da erschien plötzlich der Hund am Waldrand. Nur kurz blieb er stehen, reckte seine Nase in die Luft, schnupperte und lief weiter. Mit wütendem Gebell schoss er auf die Bärin zu und sprang sie an. Doch noch bevor seine gefletschten Zähne ihren Pelz überhaupt berühren konnten, schlug sie ihn mit einem einzigen Tatzenhieb tot. Er flog durch die Luft, prallte gegen einen Baum, fiel auf den Boden und blieb in einer seltsam verzerrten Haltung liegen.

Was wusste die Bärin schon von Hunden. Nicht mehr, als dass sie zu ihren Feinden zählten, und dass man sie fressen konnte. Dieser hier war ihr gleichsam zugeflogen – er war Futter, das sie gegen jeden, der es ihr streitig machen wollte, bis aufs Blut verteidigen würde. Als der Mann plötzlich am Waldrand erschien, warf sie deshalb den Kopf hoch, stieß drohend den Atem aus. Doch der Mann wich nicht zurück, und da rannte sie los.

Sie war um vieles schneller als ein Mensch, würde ihn in Sekunden eingeholt haben. Er war so gut wie verloren. Als sie jedoch aus dem dunklen Wald brach, wurde sie vom Licht geblendet und hielt plötzlich inne. Gerade da sackte der Mann wie tot vor ihr in den tiefen Schnee. Noch einmal fauchte sie. Doch weil er sich nicht mehr rührte, ließ sie ab, drehte sie sich um und lief zu ihrer Beute und ihren Jungen zurück.

Die Frau schlug ihrem Mann auf die Wangen. »Was ist mit dir? Wach auf!« Sie kniete neben ihm im Schnee.

Endlich kam er zu sich. Er starrte sie an, fuhr plötzlich hoch und blickte über die Schulter zurück. »Wo ist er?«

»Wer?«

»Der Bär!« Er versuchte aufzustehen, versank dabei im Schnee.

»Ein Bär?«

»Im Wald! Wir müssen hier weg!«

Von Panik getrieben kämpfte der Mann sich Richtung Haus, sank immer wieder ein, ruderte mit den Armen, erreichte endlich den freigeschaufelten Weg und rannte zur Tür. Erst dort blieb er stehen, sah sich nach seiner Frau um. Wie ein Schatten tauchte sie aus dem Schneetreiben auf.

»Ein Bär?«, keuchte sie. »Es gibt hier doch keine Bären mehr!«

Die sichere Tür im Rücken fand der Mann schnell zu seinem gewohnt harschen Ton zurück. »Glaubst du etwa, ich bin verrückt, Weib?«

Sie betraten das Haus. Er schloss ab, nahm seine Büchse vom Haken, lud und entsicherte sie. »Ich bring das Biest um!«, sagte er. Dass er sich vor Angst angemacht hatte, würde er dem Bären nie verzeihen.

Zwei Stunden später hörte es auf zu schneien. Sie hatten kein Holz für den Ofen mehr, es half nichts, sie mussten den Weg weiter freischaufeln. Diesmal nahm die Frau die Schneeschippe, der Junge half mit einer Schüssel. Der Mann, mit der Büchse im Anschlag, gab Acht. Sollte der Bär ruhig kommen, er würde ihn mit Wonne abknallen.

Die Bärin kam – aber nicht aus dem Wald, wie der Mann es erwartet hatte, sondern von hinten. Sie war so schnell bei ihm, dass er die Büchse nicht einmal mehr anlegen konnte. Der Schuss, den er abgab, ging in die Luft über die Bäume hinweg.

Der Mann war sofort tot. Die Bärin stellte sich auf zwei

Füße und klapperte mit dem Kiefer, die Frau und der Junge stürzten ins Haus und klemmten einen Besen unter die Klinke. Was draußen geschah, konnten sie nicht sehen, hörten nur das Krachen und Splittern von Holz. Die Stille, die folgte, war schier unheimlich.

Stunden vergingen, ehe die Frau und der Junge es wagten, nach dem Mann zu sehen. Er lag im blutroten Schnee, die Büchse neben ihm. Die Tür zur Tenne hing schief in den Angeln, die Gams war verschwunden. Sie weinten nicht. Sie schleiften den Mann in die Tenne, dort bahrten sie ihn auf.

Tags drauf machte sich die Frau mit ihrem Kind auf den Weg ins nächste Tal, wo sie Verwandte hatten. »Du kommst zu deinem Paten«, sagte sie, »ich verdinge mich als Magd.«

Ihren Mann ließ sie anderentags abholen und in einem Armengrab bestatten, die Bärin und ihre Jungen wurden nie mehr gesehen.

Als sich im 19. Jahrhundert bildende Künstler wie Franz von Defregger oder Gustav Courbet und Schriftsteller wie Ludwig Ganghofer der Gebirgs-Wildschützen als Motiv annahmen, wurde das Bild des Wilderers romantisch verklärt. Weil sie sich der verhassten Obrigkeit widersetzten, galten sie als Helden, wurden von Teilen der Bevölkerung geschützt, von anderen jedoch ebenso gehasst. Man sah sie als kühne Rebellen der Berge, sagte ihnen nach, besonders ›schneidig‹ zu sein, und stilisierte sie zu guten Liebhabern. In Wahrheit aber waren sie meist nichts anderes als Verbrecher, die sich nicht an Recht und Gesetz hielten und auch nicht zurückscheuten, einen Mord zu begehen.

In Deutschland wurde der letzte Bär 1835, in Tirol 1881, in der Schweiz 1904 geschossen. In Italien, Frankreich, Spa-

nien, Schweden, Norwegen, in den Karpaten, auf dem Balkan und im europäischen Teil Russlands leben noch heute Bären, in den Ostblockländern ist das Aufkommen sogar recht hoch. In ganz Europa gab es in den letzten zehn Jahren trotzdem nur etwa ein Dutzend tödliche Angriffe von Bären. Zum Vergleich: Allein in Deutschland sterben jährlich zwischen 4.000 und 5.000 Menschen bei Verkehrsunfällen und durch Nebenwirkungen von Medikamenten zwischen 20.000 und 60.000.

Menschen passen nicht in das Beuteschema eines Bären. Wenn überhaupt, wird ein Mensch von einem Bären getötet, weil der Bär glaubt, seine Jungen oder seine Beute verteidigen zu müssen.

Horst Bosetzky – Die Geburtsstunde des Doktor Mabuse

1.

ES WAR NACHTS. Etwa halb elf. Wir fuhren auf dem kleinen Dampfer durch das erschlaffte Leben des Hamburger Hafens. Als wir um den Kopf eines Kais drehten, sahen wir den großen Brasilienfahrer der Hamburg-Amerika-Linie ... Wie Monde standen die Ochsenaugen in langen Reihen in der steilen schwarzen Wand.

Das hatte er vor Jahren geschrieben. Brasilien war von jeher das Land seiner Träume, noch vor Deutschland, in das er 1901 geflüchtet war, um der Enge seines Heimatlandes zu entgehen, der ›Toteninsel‹ Luxemburg. Vier Jahre später war er auf dem Weg nach Rio de Janeiro. Der Reeder Albert Ballin, dem er in Hamburg begegnet war, hatte ihm die Überfahrt auf seinem Dampfer ›Rhätia‹ geschenkt.

Im Jahre 1912 ging es erneut hinüber nach Südamerika. Diesmal war es eine Hochzeitsreise. Nach der Scheidung von seiner ersten Frau, der Schauspielerin Olga Hübner, hatte er die Wienerin Margerite Samuely geheiratet, Tochter eines jüdischen Arztes und Sekretärin Arthur Schnitzlers. In anderthalb Jahren wollten sie die Welt umrundet haben.

Norbert Jacques war am 6. Juni 1880 in Luxemburg-Eich als Sohn des Kaufmanns François Jacques und seiner Ehefrau Marie auf die Welt gekommen, hatte sein Abitur am ›Kolléisch‹ in Diekirchen gemacht und war dann nach Bonn gegangen, um dort Jurisprudenz zu studieren. Aber seine Interesse wie seine Liebe galten ausschließlich der Kunst und der Literatur, sodass er die Wissenschaft der Paragrafen nach zwei Semestern über hatte und sich mit dem Gedanken trug, ein Privattheater zu eröffnen. Mit diesem Ziel trieb er sich viel in den bestehenden Theatern der Region herum und lernte dabei Olga Hübner kennen, der er nach Beuthen folgte, als sie dort ein Engagement angenommen hatte. Seinen Lebensunterhalt verdiente er sich als Journalist bei der Oberschlesischen Grenzzeitung. 1903 wurde er entlassen, weil einer seiner politischen Artikel Unwillen ausgelöst hatte. Es folgten, Schlag auf Schlag, die Scheidung, eine kurze Tätigkeit als Redaktionsmitglied im Berliner Büro der Frankfurter Zeitung, die Flucht an den Bodensee und der Neustart in Hamburg. Er schrieb nun Romane. Sein großes Thema war das Aufeinanderprallen von Fernweh und Heimatliebe. ›Funchal‹, 1909 bei S. Fischer erschienen, und ›Der Hafen‹, 1910 im selben Verlag herausgekommen, waren nicht unbeachtet geblieben.

»Aber der ganz große Wurf war noch nicht dabei«, sagte er zu Grete, wie er Margerite nannte.

Sie legte ihm den Arm um die Schulter und küsste ihn. »Lass nur, eines Tages wird er dir gelingen. Da begegnest du einem Mann, der dein Schicksal werden wird.«

Er schüttelte sich. »Hör auf! Das hört sich ja an, als würde einer kommen und mich ermorden wollen.«

Sie nahm die Sache leicht und lachte. »Wer weiß …«

2.

Gustav Adolph Zauke kannte sich im Scheunenviertel so gut aus, dass er nicht lange nach der Schnurrbartdiele suchen musste, einem der berüchtigsten Kellerlokale des kaiserlichen Berlins. Hier war 1890 von acht Männern, von denen keiner weniger als zehn Jahre im Knast verbracht hatte, der

›Reichsverein ehemaliger Strafgefangener e. V.‹ gegründet worden. Mitglied konnte nur werden, wer mindestens zwei Jahre Zuchthaus abgesessen hatte, allerdings nicht wegen Mordes oder wegen eines Sexualdeliktes. Die Sache sollte Schule machen, und bald waren etliche Vereine kleiner und mittlerer Ganoven entstanden, die sich zu einem Ring zusammenschlossen. Diese sogenannten Ringvereine hatten also nichts mit dem Sport zu tun, obwohl viele ihrer Mitglieder Ringer und Boxer waren.

Als Zauke die Stufen zur Schnurrbartdiele hinabgestiegen war und die Tür aufgezogen hatte, wurde er mit großem Hallo begrüßt.

»Hurra, hurra, der Spinner-Justav is' wieda da!«

Gustav Adolph Zauke war am 1. April 1873 in Lebus zur Welt gekommen, einem Städtchen an der mittleren Oder, das anfangs einiges Gewicht in der Region gehabt hatte, im Laufe der brandenburgisch-preußischen Geschichte aber deutlich hinter das etwa zehn Kilometer nördlich gelegene Frankfurt zurückgefallen war.

Vom Vater, einem Landmesser, hatte er nicht nur eine weit überdurchschnittliche Intelligenz geerbt, sondern auch eine Portion Hochmut und den Glauben, allen anderen Menschen überlegen zu sein, ja, geradezu vom Herrn berufen zu sein, ihnen den rechten Weg zu zeigen. Wer nicht so wollte wie er, der bekam nach dem Motto ›Und bist du nicht willig, so brauch ich Gewalt‹ schnell ein paar in die Fresse. Das, was die Psychologen später mangelnde Impulskontrolle nennen sollten, hatte ihm einige Haftstrafen eingebracht, insbesondere seine Schläge und Tritte gegen Polizeibeamte. Bei seiner letzten Verurteilung hatte ihm der Staatsanwalt eine anarchistische Ader unterstellt.

Spinner-Justav hieß er wegen seines Hanges zum Spiritistischen und Esoterischen, den er seiner Mutter zu verdanken hatte. Schon als Kleinkind hatte sie ihn mitgenommen, um Blumen in die Oder zu werfen. »Das sind Opfergaben für die Flussgeister, damit sie uns vom Hochwasser verschonen.« Bei ihnen im Garten wimmelte es von Erdgeistern und Wurzelgnomen, Luftgeistern und Baumelfen. Schwamm er in der Oder, musste er aufpassen, dass ihn der Hakenmann nicht nach unten zog, und lief er abends über die Landstraße, hatte er den Aufhocker zu fürchten, den koboldartigen Druckgeist, der Wanderer auf die Schultern oder den Rücken sprang und mit jedem Schritt schwerer wurde, bis sie unter Atemnot litten und zusammenbrachen. Da Zauke seine Freunde unaufhörlich vor bösen Geistern warnte, wurde ihm schnell nachgesagt, dass er eine Macke habe und plemm-plemm sei. »Selig sind die Bekloppten«, hieß es hinter vorgehaltener Hand, »denn sie brauchen keinen Hammer mehr.«

Im Mai 1912 stand er wieder einmal vor Gericht, angeklagt wegen versuchten Raubmordes. In einem Hauseingang in der Brüderstraße hatte er den 46-jährigen Geldbriefträger Georg Gutschmidt mit einem Messerstich in den Rücken schwer verletzt.

»Sie haben das getan, um sich seine Geldtasche mit mehreren tausend Reichsmark anzueignen!«, hielt ihm der Staatsanwalt vor.

»Nein, ich habe es getan, weil er ein Medium meines verstorbenen Vetters Gottfried ist und mir meine Lebenskraft aus dem Körper saugen soll.«

»Wie bitte?« Der Richter konnte ihm nicht folgen.

»Gottfried ist ein Nachzehrer«, belehrte ihn Zauke. »Und er hat die Gabe, andere für sich arbeiten zu lassen. Ein Nachzehrer kann ja sein Grab nicht verlassen, anders als ein Vampir. Es wäre ja alles nicht geschehen, wenn mir bei Gottfrieds Tod nicht ein schreckliches Malheur passiert wäre: Ich habe in seine Augen geschaut – und dadurch ist der telepathische Kontakt zwischen uns hergestellt worden. Jetzt weiß er immer, wo ich mich aufhalte und kann seine Büttel auf mich hetzen, wie diesen Briefträger zum Beispiel. Um ihn zu bannen, wollten wir Gottfried metallene Gegenstände auf die Brust legen, aber das hat uns der Pfarrer verboten. Ebenso hat er verhindert, dass wir ihm getrocknete Hülsenfrüchte oder Kieselsteine in den Sarg gelegt haben.«

»Aha. Was hätte das denn gebracht?« Zauke überhörte den ironischen Unterton.

»Nun, ein Nachzehrer muss die Erbsen oder die Kieselsteine erst zählen, bevor er mit seinem unheilvollen Treiben beginnen kann. Da er aber vom Teufel beseelt ist, kann er nie über zwei Erbsen oder Steine hinauskommen, weil er die geheiligte Zahl drei, das ist das Symbol der Dreifaltigkeit, nicht aussprechen darf.«

Aufgrund dieser und anderer Auslassungen ähnlicher Art entschied sich das Gericht, Zauke in die Irrenanstalt Wittenau, vordem Dalldorf, einzuweisen.

3.

NACH DER RÜCKKEHR von ihrer Hochzeits- beziehungsweise Weltreise war Norbert Jacques mit seiner Margerite an den Bodensee gezogen, und zwar hatte er sich ein nahe Wiilerbach gelegenes Schloss gemietet, das Schloss Luxburg. Der Weg zu seinem Anwesen zweigte von der Egnacher Luxburgstraße ab, und ging er die hinunter, hatte er einen herrlichen Blick auf die Luxburger Bucht und den ganzen Bodensee.

»Der Mann kommt von Luxemburg nicht los!«, lästerte Balder Olden, ein jüdischer Freund aus den Tagen bei der Oberschlesischen Grenzzeitung, der aus Hamburg zu Besuch gekommen war. Studiert hatte Balder Olden viel Geisteswissenschaftliches, aber eigentlich Schauspieler werden wollen, und nun arbeitete er als Journalist, nachdem sein Gegner ihn bei einem Duell im Gesicht so schwer verletzt hatte, dass eine Lähmung zurückgeblieben war.

»Luxburg ist nicht Luxemburg«, entgegnete Norbert Jacques. »Der Name Luxemburg leitet sich von Lucilinburhuc ab, aus dem dann später Lützelburg geworden ist. Lützel heißt klein bei uns, siehe das ›little‹ im Englischen oder ›lütt‹ bei euch im Norden. Um die kleine Burg herum hat sich dann das Großherzogtum Luxemburg gegründet. Die Luxburg hier hat allerdings nichts mit Luxemburg zu tun, die gehört einem alten Ratsgeschlecht aus St. Gallen, der Familie Girtanner, deren einer Spross als Ritter Girtanner Edler von Luxburg 1776 in den Reichsritterstand erhoben worden ist, später sogar in den Reichsgrafenstand. Woher das Lux hier kommt, weiß ich nicht, wahrscheinlich vom Lateinischen ›lux‹, das Licht.«

»Und das leuchtet dir nun hier am Bodensee«, sagte Balder Olden, als sie am Ufer angekommen waren.

»Irgendwie zieht es mich immer wieder her«, bekannte Norbert Jacques. »Es ist eine dunkle Kraft, eine Ahnung, das hier etwas geschieht, das für mein Leben zur entscheidenden Größe werden wird.«

Balder Olden wischte das mit einer abwertenden Handbewegung beiseite. »Geh mir mit diesem Mystischen! Der wahre Grund ist die Seensucht eines Luxemburgers, wo ihr bei euch zu Hause nicht mal so große Teiche habt, dass man darin ertrinken kann.« Olden kriegte sich gar nicht mehr ein ob seines Wortspiels.

Hinter sich hörten sie Schritte, und als sie sich umdrehten, sahen sie Margerite aufgeregt die Straße herunterkommen.

»Was ist denn los?«, fragte Norbert Jacques.

»In Sarajewo sind der Thronfolger Franz Ferdinand und seine Gattin erschossen worden!«

»Das bedeutet Krieg«, murmelte Balder Olden.

»Wenn, dann gehe ich als Kriegsfreiwilliger nach Berlin und kämpfe für Deutschland und den Kaiser!«, rief Norbert Jacques mit leuchtenden Augen.

Seine Frau war entsetzt. »Du bist Luxemburger! Und wenn du fällst – wir wollen doch noch Kinder haben!«

Norbert Jacques ließ sich nicht beirren und zitierte aus einem Gedicht des Feldmarschalls v. d. Knesebeck, geschrieben 1792: »Es leb der Krieg! Im wilden Kriegerleben, / Da stählet sich der Mut! / Frei kann die Kraft im Kriege nur sich heben; / Der Krieg, der Krieg ist gut. / Der Krieg ist gut! Er weckt die Kraft der Jugend / Und zieht in seinem Schoß / So manchen Sinn für hohe, wahre Tugend / Zu schönen Taten groß. / Er lehret uns entbehren und genießen, / Er würzt auch schwarzes Brot – / Und wenn durch ihn auch manche Tränen fließen. / Er gibt den schönsten Tod.«

4.

Am 11. November 1918 um 5 Uhr früh unterzeichneten die Kriegsparteien den Vertrag über den Waffenstillstand von Compiègne. Ab 11 Uhr schwiegen die Waffen. Am Tage zuvor hatte Kaiser Wilhelm II. abgedankt und war nach Doorn ins Exil gegangen. Deutschland litt unter einer Hungersnot, der Kampf um die Räterepublik entbrannte, im Reich herrschten bürgerkriegsähnliche Zustände, am 11. August 1919 trat die von der Nationalversammlung verabschiedete Reichsverfassung in Kraft und die Zeit der Weimarer Republik begann. Der Reichskanzler hieß Friedrich Ebert. Als man die Toten des 1. Weltkrieges zählte, kam man in Deutschland auf 1.808.000 Gefallene. Einer von ihnen war der Hauptmann Waldemar von Zeestow. Hinterlassen hatte er neben einigen Aktienpaketen und zwei Gütern in Schlesien eine 46-jährige und überaus lebenshungrige Witwe. Als Bürgerliche wurde sie von seiner Familie ebenso verachtet wie gemieden, hatte es aber mithilfe gerissener Anwälte geschafft, sich ein ansehnliches Erbteil zu sichern. Kurzum, Franziska von Zeestow konnte sich eine Villa in der Kolonie Grunewald, einen Reitstall und immer neue attraktive Männer leisten, zumeist junge Literaten, Maler und Musiker. Mit denen spielte sich nach Belieben und servierte sie wieder ab, wenn sie ihre Schuldigkeit getan hatten, nun aber hatte es sie noch einmal erwischt, nun war ein Mann in ihr Leben getreten, dem sie geradezu hörig war: der nicht mehr ganz so junge Nervenarzt Dr. Labuse, der in der Nähe der Friedrichstraße seine Praxis hatte und dem sie auf einem Mediziner-Ball begegnet war. Sie selbst war von Hause aus keine Ärztin, sondern Schauspielerin, hatte sich aber mit einer kleinen Geldspende eine Eintrittskarte verschaffen können. Da sie manchmal unter Atemnot und Herzrasen litt und schnell in Panik geriet, fühlte sie sich in der Nähe eines Arztes immer am wohlsten und in seinen Armen erst recht.

An diesem Tage unternahmen die beiden einen Spaziergang am Ufer des Teufelssees, und Dr. Labuse hielt ihr einen kleinen Vortrag über die Katatonie.

»Das ist eine Begleiterscheinung schwerer psychischer Erkrankungen. Zuerst ist sie von Karl Ludwig Kahlbaum beschrieben worden. Katatonie äußert sich in unnatürlichen, stark verkrampften Haltungen des ganzen Körpers. Wir unterscheiden mehrere Formen, zum Beispiel Stupor, Mutismus, bizarre Haltungsstereotypien und Negativismus.«

Franziska von Zeestow sah bewundernd zu ihm auf. »Das müssen Sie mir bitte erklären, lieber Doktor.«

Dr. Labuse deutete eine leichte Verbeugung an. »Nichts tue ich lieber als das, meine Gnädigste. Beginnen wir mit den bizarren Haltungsstereotypien. Da hatte ich einen Patienten, der verharrte stundenlang in der Pose ›Bismarck bei einer Rede vor dem Reichstag‹. Stupor meint die Starre des ganzen Leibes und Mutismus beharrliches Schweigen. Ein junges Mädchen, das zu mir in die Praxis kam, konnte stundenlang absolut bewegungslos auf einem Stuhl sitzen, ohne ein Wort zu sprechen. Sie blickte dabei immer auf denselben Fleck an der Wand, das Gesicht war dabei völlig ausdruckslos, obwohl sie mir später erzählte, dass sie heftige Halluzinationen und Wahnvorstellung gehabt hatte. Von Negativismus sprechen wir dann, wenn sich die Kranken aus Leibeskräften gegen alles wehren, was man von ihnen wünscht oder was man anordnet. Sie tun immer genau das Gegenteil. Auch gegen ihre eigenen Antriebe verhalten sie sich negativistisch. Sobald sie eine Handlung ausführen wollen, kommt es zu einer Sperrung oder einem Gegenantrieb. Bei jedem Gedanken denken sie zugleich zwanghaft das Gegenteil: ›Ich habe Hunger, nein, ich habe keinen Hunger.‹ Bei einer älteren Patientin wurde das des Öfteren lebensbedrohlich, da sie tagelang nichts trank und aß.«

»Das ist ja schrecklich!«, rief Franziska von Zeestow. »Solch' armen Menschen muss doch geholfen werden.«

Dr. Labuse stöhnte auf. »Ja ... Der eben schon erwähnte Kollege Kahlbaum hat in Görlitz eine Privatheilanstalt für Nerven- und Gemütskranke gegründet. Es ihm gleichzutun, ist mein großer Traum. Aber Sie wissen ja, Gnädigste, dass ich die finanziellen Mittel nicht habe, um ...«

Franziska von Zeestow war verliebt in ihn und damit bereit, ihm jeden Wunsch zu erfüllen. »Aber Sie haben mich, verehrter Doktor, und eine solche Heilanstalt zu stiften, wäre auch gut für meinen Ruf.«

Er nahm ihre Hand und küsste sie. »Ich darf also hoffen ...?«

»Sie dürfen.«

5.

KAM BESUCH AUS ANDEREN LANDESTEILEN, so verfuhr er sich oft, denn rief man den Leuten aus dem Autofenster fragend zu, wo denn wohl der Adelinenhof zu finden sei, so antworteten die einen, man solle in Siegmarszell nach ihm suchen, die anderen nannten Schlachters, und schließlich hieß es: »Thumen, Alte Landstraße«. Und das stimmte dann auch. Bis nach Lindau und zum Bodensee waren es noch zwischen 7,5 und 9 Kilometer, je nachdem, welchen Weg man wählte.

Der Adelinenhof war Anfang 1920 Norbert Jacques' neue Heimat geworden, nachdem er sich vorher mit dem Schloss Gaissberg finanziell etwas übernommen hatte.

Mit seinem Heldentod für Deutschland war es nichts geworden, weil man ihn 1914 als Kriegsfreiwilligen nicht genommen hatte.

»Ich bin mit heißem Herzen Deutscher!«

»Nein, Sie sind Luxemburger!«

Nun, so blieb ihm nichts anderes übrig, als Korrespondent der Frankfurter Zeitung von Frontabschnitt zu Frontabschnitt zu reisen und dem Deutschen Reich publizistische Schützenhilfe zu leisten. Sein luxemburgischer Reisepass sorgte dafür, dass er sich überall frei bewegen konnte. Seine Eindrücke verarbeitete er, Schnell- und Vielschreiber, der er war, zu den Werken ›Die Flüchtlinge. Von einer Reise durch Holland hinter die belgische Front‹, S. Fischer, Berlin 1915, ›London und Paris im Krieg. Erlebnisse auf Reisen durch England und Frankreich in Kriegszeit‹, S. Fischer, Berlin 1915, und ›In der Schwarmlinie des österreichisch-ungarischen Bundesgenossen‹, S. Fischer, Berlin 1916. Danach veröffentlichte er bei S. Fischer zwei Romane. 1917 erschien ›Piraths Insel‹, die Geschichte des Ingenieurs Peter Pirath, dem Erben einer Fabrik für Kokosfett, der in der Südsee dem Zauber einer mythisch-archaischen Gesellschaft erliegt, 1919 folgte dann mit ›Landmann Hal‹ die Glorifizierung des Landlebens.

Sein alter Freund Balder Olden lächelte. »Da ist jemand ganz schön auf der Flucht.«

»Ja, mir geht es um den Gegenentwurf zur zerfallenden, zur anomischen Gesellschaft des alten Europa, wo jeder nur der Wolf des anderen ist.«

»›Piraths Insel‹ verkauft sich ja ganz gut, siehe den Erwerb des Adelinenhofes hier …«

Norbert Jacques winkte ab. »Ja, schön und gut, aber noch bin ich einer unter vielen, der ganz große Wurf ist mir bis heute nicht gelungen: ein Werk, dessen Held in aller Munde ist, ein Stoff, der das Feuilleton stürmt und der in aller Welt wahrgenommen wird.«

Er hätte gern noch weiter ausgeholt, aber da kamen seine beiden Kinder angelaufen, Ulrich, der 1915 auf die Welt gekommen war, und die zwei Jahre jüngere Aurikel.

»Papa!«, drängelten sie. »Bitte, wir wollen zum Bodensee, Dampfer fahren, du hast es uns so sehr versprochen.«

6.

Die Jahre, die Gustav Adolph Zauke in der Irrenanstalt verbringen durfte, hatte er zur umfassenden Fort- und Weiterbildung genutzt, das heißt, er hatte sich alles an psychologischem und psychiatrischem Wissen angeeignet, das es damals gab, und nach seiner Entlassung im Frühjahr 1914 in der Berliner Friedrichstraße eine Praxis als Nervenarzt eröffnet. Dr. Labuse stand auf dem Schild unten am Hauseingang. Auf diesen Namen war er gekommen, weil er an seinem Geburtsort Lebus noch immer hing und weil die große Liebe seines Lebens, eine Tschechin, den Vornamen Libuse gehabt hatte. Sich gefälschte Papiere zu besorgen, war ihm bei seinen Verbindungen zu den verschiedensten Ringvereinen nicht schwergefallen.

Vielen Menschen hatten er helfen können, Hochstapler hin, Hochstapler her, nur sich selbst konnte er nicht heilen. Seine Angst vor seinem verstorbenen Vetter Gottfried war ein Trauma, gegen das er nicht ankommen konnte. Warum das so war, wusste keiner, aber seit sie sich als Krabbelkinder zum ersten Mal begegnet waren, hatte Gottfried versucht, ihn, Gustav, zu ärgern, zu schlagen und letztendlich zu vernichten. Die alten Bilder waren nicht auszulöschen …

… sie spielen als Sechsjährige am Oderdeich. Von Frankfurt her zieht ein Unwetter auf. Sie suchen Schutz unter einem schweren Fischerkahn, den zwei Männer hochgestemmt und mit einem Pfahl fixiert hatten, sodass er wie eine Hütte war. Gottfried stößt den Pfahl weg, sodass Gustav gefangen ist, und läuft davon. Angeblich um Hilfe zu holen. Er täuscht aber, als er nach Hause kommt, Erschöpfung und Ohnmacht vor und sagt nichts. Gustav wird erst nach fünf Stunden befreit … sie sitzen am Mittagstisch, es gibt Schlesisches Himmelreich. Gottfried ist zu Besuch, und er ist einen Moment allein in der Küche, wo gegessen wird. Gustav genießt sein Lieblingsgericht. Den ersten Bissen schlingt er geradezu hinunter. Da knirscht es fürchterlich zwischen seinen Zähnen. Als er ausspuckt, was er im Mund hat, finden sie kleine Glassplitter im Essen. »Daran kann man sterben!«, ruft die Großmutter. Im Krankenhaus pumpt man ihm den Magen aus … sie hantieren mit dem Gewehr von Gottfrieds Vater, der Jäger ist. »Es ist nicht geladen«, erklärt Gottfried und zielt auf Gustav. Ein Knall, die Kugel streift Gustavs rechte Schläfe.

Vielleicht hätte es keinen neuen Schub gegeben, wenn Zauke nicht Abonnent und Leser der Vossischen Zeitung gewesen wäre. Er saß allein am Frühstückstisch, als es geschah. Beim Durchblättern der hinteren Seiten stieß er auf eine Fotografie, die seinen Vetter Gottfried zeigte.

»Ist er also aus dem Grab gestiegen!«

Kein Zweifel, Gottfried war als Untoter unterwegs, um sein Werk zu vollenden, um ihm, Gustav, weiteren Schaden zuzufügen und ihn schließlich zu töten.

»Ich muss ihm zuvorkommen!«, schrie Zauke und riss das Foto, das den ganzen schrecklichen Mechanismus von Neuem ausgelöst hatte, aus der Zeitung.

Die Bildunterschrift lautete: ›Generalfeldmarschall Paul von Hindenburg empfängt den Schriftsteller Norbert Jacques‹.

7.

Dann zur fröhlichen Heimfahrt wandten sich alle befriedigt./ Andere noch, die zu Fuß am Morgen herübergekommen,/ Nahmen sie auf in das Schiff, bunt sitzend umher auf den Bänken / Oder gelehnt am Bord. So plauderte jedes und scherzte, / Während der Wind von Bregenz her, in stetigem Zuge / Sanft andringend, mit Macht auftrieb das gewaltige Segel. / Martin, der Klarinett wie ein Meister zu spielen gelernt war, / Machte Musik, frischauf, dass zur Rechten die blühenden Ufer / Drüben, im letzten Gefunkel des Tags, die verschobenen Buchten, / Reben- und Obstbaumhügel, die Schlösser, die Höfe, die Flecken, / Schneller sich drängten herbei, entgegen dem lieblichen Schalle. / Fels und Turm, gleichwie sie mit Lust ihr eigenes Abbild / Sahn in flüssigen Farben gemalt auf der glänzenden Fläche …

Aber die Gertrud saß am vorderen Ende des Schiffes / Auf Schilfblättern am Boden, wo dieser gelind sich emporhob, / Gegen die Sonne den Rücken gekehrt, damit sie nicht blende …

Innig tat ihm ihr Anblick wohl, wie sie saß und die Sonne, / Schon zur Hälfte versenkt dort hinter die Türme von Konstanz, / Ihr den Nacken erhellt'‹ und die rosige Wange noch streifte. / Und schon wallt'‹, ein lebendiges Meer, rotglühend in ganzer / Länge, hinunter der See, mit unendlichen Wellen erzitternd, / Bis wo die feurige Flut er gestadlos breit ausgießet / In das Gewoge des tief entzündeten Abendhimmels.

Norbert Jacques liebte es, auf dem Deck einer Fähre sitzend, Mörike zu lesen. Diesmal war es der 3. Gesang der Idylle vom Bodensee, in den er sich vertieft hatte. Und instinktiv machten sich seine Augen auf die Suche nach einem Mädchen, dass diese Gertrud sein konnte. Dabei erfasste sein Blick einen Mann, der, ein wenig abgesondert von den anderen, dicht an der Reling saß und ihm den Rücken zukehrte. Er schien die quecksilbrige Schiffsgesellschaft nicht recht zu mögen. Als der Mann sich umdrehte, hätte Norbert Jacques schwören können, ihn schon einmal gesehen zu haben. Wo aber? Auf der Straße vor dem Adelinenhof, am Bahnhof von Egnach, am Anlegesteg von Romanshorn …? Die Gesichtszüge des Fremden wirkten merkwürdig eingefroren. Norbert Jacques fragte sich ganz automatisch, dazu war er mit Leib und Seele Schriftsteller, was für eine Biografie dieser Mensch wohl haben mochte, welches Schicksal ihn in den tiefen Süden Deutschland getrieben hatte? Er hatte etwas Geniales an sich und zugleich etwas Dämonisches, und Norbert Jacques, immer auf der Suche nach Figuren für seine Romane, hätte ihn gern angesprochen und ein wenig ausgeforscht, aber etwas, wohl eine ungewisse Furcht, hielt ihn zurück, auf den Mann zuzugehen und ihn anzusprechen. Dabei wäre die Kontaktaufnahme vielleicht ein Leichtes gewesen, denn der andere musterte ihn, während sie sich Konstanz näherten, seinerseits immer wieder mit offensichtlichem Interesse. Norbert Jacques hatte sogar den Eindruck, der Mann würde versuchen, ihn mit seinen Blicken zu hypnotisieren. Schnell wandte er sich ab und überlegte, wie er diesem geheimnisvollen Menschen nähertreten konnte, ohne dass es peinlich wurde. Am besten, er bemühte den Zufall, das heißt, er trat dem anderen beim Verlassen der Fähre aus Versehen in die Hacken und entschuldigte sich dann in aller Form.

Als die Fähre in Konstanz angelegt hatte, wusste es Norbert Jacques so einzurichten, dass er dicht hinter den anderen zu stehen kam. Verließen sie den schmalen Steg, den die Schiffsleute herbeigeschleift hatten, um den Spalt zwischen Bordwand und Kaimauer zu überwinden, wollte er es wagen.

Doch er kam nicht mehr dazu, denn kaum hatte der Fremde seinen Fuß auf deutschen Boden gesetzt, traten zwei Kriminalbeamte auf ihn zu.

»Sind Sie der Nervenarzt Dr. Labuse aus Berlin?«

»Ja ...«

»Dann möchten wir Sie bitten, uns zu begleiten.«

8.

... EIN GROSSER MANN, etwas vorgebeugt, glatt rasiert und geschoren, ein breites Gesicht mit einer großen Nase und grauen großen Augen.

Er musste fort. Er raste gleich im Auto nach Haus. Alle Sinne blieben bei der Frau zurück, und sich von ihr entfernend, seinen Körper so von dem Blut losreißend, schrie er in der Fahrt, in der er, selber lenkend, die Straßen durchtoste, das Bild heraus, das in der Schlucht lag: »Mord und Verlangen! Mord und Verlangen!«

Mabuse sagte: »Das Glücksspiel ist die älteste Form, die stärkste und allgemeinste Form, in der der Mensch, dem nicht die Gabe einer Künstlerschaft gegeben ist, sich Künstler zu fühlen vermag.«

Die Frau erhob sich, als er kam. Sie war weiß wie das Leinentuch ihres Bettes. Sie ging ihm entgegen und sagte: »Es ist in der Nacht etwas mit mir geschehen, das außerhalb meines Bewusstseins liegt. Was haben Sie mit mir gemacht?«

Er hatte Frauenkleider angelegt und war fortgerudert. Er fuhr auf Nonnenhorn zu. Ein Motorboot kam, ein Fischer, der vom Schmuggel aus der Schweiz nach Hause fuhr. Mabuse hielt ihn an.

Norbert Jacques schreibt wie im Fieberwahn. Die flüchtige Begegnung mit dem angeblichen Nervenarzt Dr. Labuse auf dem Vorderdeck der Bodenseefähre nach Konstanz hat in ihm etwas ausgelöst, das ihm selbst unbegreiflich ist: den Zwang, einen Roman zu schreiben, angesiedelt im Umkreis des Bodensees, der so ganz anders ist als das, was er bisher veröffentlicht hat, einen Roman über einen skrupellosen Nervenarzt, einen bösen und von Herrschsucht zerfressenen, aber genialen Menschen. In leichter Abwandlung des Namens, den auf dem Schiff gehört hat, nennt er ihn Dr. Mabuse. Der will, und insofern steckt auch viel von Norbert Jacques in ihm, eine neue Gesellschaft schaffen, einen Gegenentwurf zum verrotteten Europa. In Brasilien (sic!) soll eine utopische Kolonie mit dem Namen Eitomomar entstehen, die Dr. Mabuse mit den Früchten seiner Verbrechen finanzieren will.

Der Roman ›Dr. Mabuse, der Spieler‹, der 1921 erscheint, wird ein Riesenerfolg. Innerhalb eines Jahres werden 110 000 Exemplare verkauft, und die Verfilmung durch Fritz Lang macht den Dr. Mabuse – zusammen mit den beiden anderen genialen Bösewichten Dr. Caligari und Nosferatu – gleichsam zum Weltkulturerbe. Neben ›Das Testament des Dr. Mabuse‹ und ›Die 1000 Augen des Dr. Mabuse‹, die von Fritz Lang inszeniert werden, gibt es bis 1964 fünf weitere Dr.-Mabuse-Filme, und die Dr. Mabuse-Romane stehen heute in jeder Stadtbibliothek und werden immer wieder neu aufgelegt.

Dass der Dr. Labuse, dem er auf der Bodenseefähre begegnet war, in Wirklichkeit auf den Namen Gustav Adolph Zauke hörte und als Hochstapler und Heiratsschwindler gesucht wurde, sollte Norbert Jacques nie erfahren, auch nicht, dass dieser Zauke bei seiner Überführung nach Berlin kurz vor Frankfurt am Main bei einem Fluchtversuch ums Leben gekommen war: ein entgegenkommender Zug hatte ihn erfasst.

Norbert Jacques (6. Juni 1880 in Luxemburg-Eich; † 15. Mai 1954 in Koblenz) war ein politisch sehr umstrittener Schriftsteller, der sich in seiner Liebe für alles Deutsche auch vor den Propagandakarren der Nazis spannen ließ und deswegen 1946 als Landesverräter für immer aus Luxemburg ausgewiesen wurde. Kaum jemand kennt heute seinen Namen, sein Dr. Mabuse aber kann als unsterblich gelten.*

Egnach ist ein Schweizer Dorf im Thurgau zwischen Arbon und Romanshorn. Die Landschaft ist geprägt von vielen alten Apfelbäumen und Streuobstwiesen.
Schloss Luxberg ist ein am Ende des 14. Jh. für die Familie Hainzel v. Tegelstein angelegter Adelssitz in der Nähe von Egnach.

Schlachters ist eine deutsche Gemeinde nordöstlich von Lindau.

Tanja Douglas – Der Rabe von Toggenburg

Idda zog die Nadel aus dem mit Leinen bespannten Stickrahmen. Der Seidenfaden glitt durch den feinen Stoff und fügte neben mehrere schwarze Schlaufen eine weißschimmernde hinzu.

Sie schaute unruhig in Richtung des kleinen Fensters ihres Bettzimmers, in dessen Nähe sie ihren geschnitzten Stuhl hatte aufstellen lassen. Abt Heinrichs lange Gestalt zeichnete sich im Gegenlicht ab. Würde er sie heute anhören?

Sie hatte den Gottesmann lange nicht gesehen. Sein Kloster, die auf der anderen Rheinseite von Konstanz liegende Abtei Petershausen, war ein gutes Stück von der Toggenburg entfernt. Die Strecke war selbst bei gutem Wetter innerhalb eines einzigen Tages kaum zu bewältigen.

»Übernachtet Ihr wieder in Fischingen, Abt?«, fragte Idda. Kloster Fischingen war eine Neugründung der Abtei Petershausen. Es lag in unmittelbarer Nähe der Toggenburg.

»Ja, Gräfin, gewiss«, antwortete der Gottesmann zerstreut.

Obwohl Idda sich sicher war, dass die Stirn des Mönchs Sorgenfalten trug und er ihr heute diesen überraschenden Besuch aus dringendem Grund abstattete, konnte er sich offenbar nicht entschließen, einen Schemel zu ergreifen und ihr gegenüber Platz zu nehmen. Stattdessen beugte er sich in die tiefe Fensterlaibung und schien gänzlich von dem, was er im Burghof erspähte, gefangen.

Sie zuckte zusammen, als die stumpfe Nadel sich in ihren Handrücken bohrte. Schreie, undeutliche Laute und Hufgeklapper drangen vom Hof herauf. Die feinen Härchen ihrer Arme richteten sich auf.

Herr, helft mir! Gebt mir innere Ruhe und Stärke zurück! Wie kann ich Euch dienen, wenn ich bei jedem Geräusch dieser Burg wie ein Reh zusammenzucke, dem die Hatz bevorsteht?

Sie verschloss sich dem Lärm und wandte sich mit Kraft wieder ihrer Arbeit zu. Es war ein milder, schöner Tag, der darüber hinwegtäuschte, dass der Sommer sich bereits seinem Ende entgegen neigte. Schon allzu bald würden in der Toggenburg die Rahmen mit den geölten Blasenhäuten in den Fenstern angebracht werden. Dann würde ihr Werk, das gutes Licht verlangte, nur noch langsam voranschreiten.

»Hat der Herr Graf Grund, unzufrieden mit seinem Jäger zu sein?«, fragte der Benediktinermönch beunruhigt, als er endlich vom Fenster zurücktrat. Er blinzelte, um seine Augen an das Halbdunkel ihres Schlafgemachs zu gewöhnen. »Vorhin, als ich ankam, schien mir, als führe er ein hitziges Wortgefecht mit ihm. Und jetzt kommt es dort unten gar zu Handgreiflichkeiten.«

Iddas Stimme klang spröde vor Anspannung. »Mein Gemahl ist im ganzen Land berüchtigt für sein hitziges Gemüt. Algard wird sich nicht zum ersten Mal damit abfinden müssen, ein paar Tage in Dunkelheit bei Wasser und Stroh zu verbringen, Abt. Wenn mein Gemahl allerdings einen schlechten Tag hat, und Weinseligkeit seinen Verstand umnebelt, ist es auch möglich, dass er seinen Jäger auspeitschen lässt – oder sonst jemanden, der das Unglück hat, sich zufällig auf seinem Weg zu befinden. Auch ich …« Idda brach ab, atmete tief ein und beendete ihren Satz. »Auch ich musste lernen, dass es ein höchst gefährliches Geschäft ist, sich in die Händel des Grafen einzumischen.«

Der Abt warf ihr einen Seitenblick zu. Sie hoffte auf eine

Nachfrage, ein paar teilnehmende Worte. Stattdessen beugte er sich über ihre Näharbeit. »Ist das ein Rabe, über dem Jesuskind, Gräfin? Mit einer einzigen weißen Feder? Ein ungewöhnliches Motiv für ein Altartuch!«

Idda zwang ein Lächeln auf ihre Lippen. »Wisst Ihr nicht, dass man sagt, der Rabe sei der erste, der von Jesu Geburt wusste?«

Der Abt hob die Brauen. »Ihr überrascht mich. Doch hattet Ihr nicht selber solch einen Vogel im Käfig, als ich Euch im Frühjahr an Sankt Georgen besuchte?«

Idda schlug mit den Lidern.

Ihre Hand, die sich zögernd dem Gitter nähert. Die klugen Augen über dem mächtigen Schnabel, die aufmerksam jeder ihrer Bewegungen folgen.

Heute müssen wir Abschied nehmen voneinander, mein Freund. Er behauptet, dass du Unglück bringst, dass mein Leib deshalb keine Frucht gebärt. Dein Leben ist nicht mehr sicher, ich habe den Blick in seinen Augen gesehen, als er dich betrachtete. Gott weiß, wie gut ich diesen Blick kenne, und was er bedeutet! Du musst fliehen, treuer Gefährte. Du magst zurückfliegen, in unser beider Heimat. Baue dort ein Nest und sei glücklich. Lebe wohl!

Idda sagte schnell: »Er ist mir entflohen, diesen Frühling, als ich leichtsinnig vergaß, seinen Käfig zu verriegeln.«

»Erzähltet Ihr nicht einmal, Ihr hättet das Tier aufgezogen?«

»Ich fand es nackt und zitternd am Fuße seines Nestes, als ich als junges Mädchen durch die Wälder meiner schwäbischen Heimat streifte.« Idda lächelte. »Als dem Vogel sein Federkleid wuchs, stellte sich heraus, dass er eine einzige weiße Feder besaß. Meine Amme, eine einfache, gute Frau, machte viel Aufhebens um diese Absonderlichkeit. Sie behauptete, Raben würden immer mit einer weißen Glücksfeder geboren, sie aber vernichten, um sie den Menschen, ihren Jägern, vorzuenthalten. Und dass mein Rabe aus Dank für sein Leben mir eines Tages ganz gewiss zu meinem Glück verhelfen würde.« Sie gab vor, zu lachen. »Als törichtes Mädchen habe ich tatsächlich lange erwartet, dass sich diese Prophezeiung erfüllt.« Sie zog einen letzten weißen Faden durch das Tuch, drehte es um und schnitt das Seidengarn ab. Nachdenklich betrachtete sie den Raben mit der weißen Feder, der neugierig auf der Krippe hockte. »Wisst Ihr, Abt Heinrich, was seltsam ist? Als der Vogel entflog, nahm er meinen Siegelring mit, den die Mägde zusammen mit anderen Kleinodien an mein Fenster gelegt hatten, um sie nach dem Säubern zu trocknen.«

»Das Tier bestahl Euch?«, entrüstete sich der Abt. »Und trotzdem verewigt Ihr sein Bild auf diesem Tuch?«

Idda verzog den Mund. »Der Ring bedeutete mir nichts. Der Vogel hingegen sehr viel.«

Ein lauter Schrei drang vom Burghof herauf. Idda zuckte zusammen, zwang sich aber, sitzen zu bleiben. Ihr Magen verknotete sich, und ihre Finger wurden feucht. Es war Zeit, ihre Arbeit wegzulegen, wollte sie keine Flecken auf den Stoff machen.

Abt Heinrich zog an seiner Kutte. Sein Blick flog zum Fenster und wieder zurück. Etwas zu hastig fragte er: »Es ist das Stück Leinen, das ich Euch letztes Mal mitbrachte, nicht wahr, Gräfin? Der Flachs, woraus er besteht, wuchs nur wenige Meilen vom See. In Konstanz wurde das Tuch gewalkt und gebleicht. Und nun vollbringt Eure Hand ein Wunder an diesem Stoff. Mit diesem Altartuch wird unsere Abtei endgültig den schrecklichen Brand vergessen, der sie vor zwanzig Jahren verwüstete.«

»Ihr schmeichelt mir.« Idda löste das Tuch aus dem Spannrahmen und hielt inne, um ihre Handarbeit, an der sie mehrere Monde gestickt hatte, zu betrachten. »Leider bin ich selber unzufrieden. Statt es, wie vorgehabt, zur Wiedereinweihung der Kirche Eurer Abtei fertiggestellt zu haben, laboriere ich nun schon mehrere Wochen am Kleid der Heiligen Jungfrau herum.«

»Ihr wart erkrankt, wurde mir berichtet.«

Endlich kam zur Sprache, was Idda auf der Seele brannte! Sie sah den Mönch geradeheraus an. »Ja. Ein altes Leiden, das mich seit meiner Heirat heimsucht. Diesmal fesselte es mich zwei Wochen auf mein Lager. Ihr wisst, wovon ich spreche, und wie dieses Leid geheilt werden könnte.«

Der Benediktiner wich ihrem Blick aus. »Unser Herr bürdet uns die Lasten auf, die wir tragen können. Er setzt viel Vertrauen in Eure Stärke.«

Idda bäumte sich unwillkürlich auf – und bereute es sofort, als ein messerscharfer Schmerz ihre noch immer nicht gänzlich verheilte Schulter durchfuhr. Sie unterband ein Stöhnen. »Ich möchte Gott dienen«, gestand sie den innigen Wunsch, der sie beseelte, seit jenen schrecklichen Tagen, als sie als Herrin in die Toggenburg eingezogen war. Sie sprach leise, um nicht von den beiden Mägden gehört zu werden, welche auf der ersten Stufe ihres Himmelbetts standen. »Mit all meinen Kräften. Ich würde Ihm mit Freude mein Leben opfern.«

Die Mädchen, die beide noch sehr jung waren und erst vor kurzem aus ihrem heimatlichen Dorf in Iddas Dienste getreten waren, kicherten. Würzige Düfte umschwebten sie, denn sie bespritzten sich mit Korianderwasser, das eigentlich zur Flohbekämpfung dienen sollte. Idda ertappte sich dabei, wie sie die beiden um ihren Leichtsinn beneidete. Erneute Schreie aus dem Hof unterbrachen das Spiel, und beide Mädchen stürzten zum Fenster.

Idda wandte sich wieder Abt Heinrich zu. Händeringend fuhr sie fort: »Ich kann mir nicht helfen: Ich will nicht glauben, dass es Sein Wille ist, dass ich mich täglich großem Unrecht und purer Willkür unterwerfe!«

Das Gesicht des Abts wurde abweisend. Er lehnte sich zurück. »Nehmt Euch in Acht vor der Sünde der Hoffart, Gräfin! Wollt Ihr Euch anmaßen, die Beweggründe Unseres Herrn zu erraten?«

»Tut Ihr denn nicht Schlimmeres, indem Ihr Euch weigert, zu sehen, dass Ihr Sein Werkzeug sein könntet, indem Ihr mir helft?« Sie ergriff sein Handgelenk. Ihre Stimme wurde flehend. »Abt, bitte! Ihr allein könnt mich dieser Hölle entreißen! Ich flehe Euch an, bringt mich in ein Frauenkloster! Heute noch! Ich will Gott mit ganzem Herzen dienen!«

Abt Heinrich löste behutsam ihre Umklammerung. »Ihr seid diesem Mann vor Gott anvertraut worden, Gräfin! Nur Unser Herr könnte diese Bindung lösen!«

Idda verbarg ihr Gesicht. Eine warme Hand legte sich auf ihre Schulter.

»Verzweifelt nicht, meine Tochter. Der Herr lässt die Seinen nicht im Stich. Ich bin überzeugt, dass Er einen Weg finden wird, Euch zu helfen. Bis dahin aber … Bis dahin könntet Ihr mir einen großen Dienst erweisen.«

Es dauerte etwas, bis Idda sich wieder beruhigt hatte und die Hände in ihren Schoß zurücksinken ließ.

»Oh, mein Gott!« Der Aufschrei kam von einer der beiden Mägde, die kreidebleich vom Fenster zurücktaumelte. Beide eilten nun auf Idda zu. »Herrin«, bat die dunkelhaarige Hadwig, »wollt Ihr nicht einmal unten nach dem Rechten schauen? Der Herr Graf hat Algard an das Pferd …«

»Nein!«, entfuhr es Idda. Sie atmete tief ein und aus. Dann fügte sie sanft hinzu: »Du bist noch nicht lange in unserem Dienst, Hadwig, und musst erst lernen, dich an die Gepflogenheiten dieses Hauses zu gewöhnen. So wisse denn, dass die Dämonen, die den Herrn treiben, sich noch nie haben abhalten lassen zu tun, was sie tun wollten.« Hadwig schlug ein Kreuz. Idda fuhr fort: »Und jetzt geht beide. Euren Dienst könnt ihr nachher wieder aufnehmen.«

Idda verspürte längst nicht die Sicherheit und Ruhe, die sie vorgegeben hatte. Ihr Magen schmerzte. Sie umklammerte die Armlehnen ihres Stuhles. Armer Algard ... Sollte sie nicht doch in den Hof gehen? Doch dann erinnerte sie sich an das letzte Mal, als sie ihrem Gemahl getrotzt hatte, und an den Verband auf ihrer Schulter. Es kostete sie ihre ganze Selbstbeherrschung, den Stuhl loszulassen und sich wieder ihrem Gast und dessen Belangen zuzuwenden. »Was liegt Euch auf dem Herzen, Vater?«, fragte sie mit einem angestrengten Lächeln. »Ist Euer Streit mit dem Bischof von Konstanz beigelegt? Habt Ihr ihn überzeugen können, dass Euer Kloster unmöglich die Summe bezahlen kann, die er verlangt?«

Der Abt strich sich müde über die Tonsur, ließ den Arm herabfallen. »Die Ausrichtung des bevorstehenden Festes verursacht Bischof Berthold schlaflose Nächte, Gräfin. Mehr als ein Dutzend italienischer Gesandte sowie die meisten Getreuen unseres Kaisers werden nächstes Jahr in Konstanz ihre Betten aufschlagen. Selbst eine Stadt, deren Leinwandwaren zusammen mit denen von Lindau, Ravensburg und Sankt Gallen bis nach Genua verkauft werden, kann diese Ausgaben kaum bewältigen.«

Idda nickte. Kaiser Friedrich, der von den Italienern den Beinamen Barbarossa bekommen hatte, schätzte Konstanz für dessen strategische Lage. Die Stadt war zusammen mit den Fähren von Überlingen, Uhldingen und Meersburg die Verbindung nach Italien, das über die Bündnerpässe zu erreichen war. Nach fünf Feldzügen, die der Kaiser Richtung Italien unternommen hatte, plante er im kommenden Jahr 1183 der Fleischwerdung des Herrn die Besiegelung eines Friedensvertrages. Eine Besiegelung, die die Abtei Petershausen an den Rand des Ruins treiben würde.

Idda legte sorgfältig das halbfertige Altartuch beiseite. Sie stand auf, mit sparsamen Bewegungen. Den kleinen Schlüssel, der an einem Bund an ihrem Gürtel befestigt war, steckte sie in das Schloss einer kleinen Eichenholzkiste mit Eisenbeschlägen und öffnete diese. Sie gönnte dem Inhalt keinen Blick.

»Nehmt es an Euch, Vater. Wenn mir der Weg in ein Kloster auch versperrt bleibt, will ich doch alles tun, um Euch zu helfen.«

Abt Heinrich war aufgestanden. Er starrte in die Richtung der Kiste, als ob der Inhalt, der in ihr verborgen lag, aus sich heraus glühen würde.

»Aber Gräfin, Euer Schmuck ...«

»Nehmt ihn, so findet er wenigstens Verwendung. Meine Haut ist nicht geeignet, funkelnde Kleinodien zur Geltung zu bringen.« Ihre Stimme klang bitterer als gewollt. Sie zupfte an ihrem Schleier, eine Geste, die ihr zur Gewohnheit geworden war. Ihr Stolz gebot ihr, sich stets zu bedecken, um nicht die Schande ihres Mannes zur Schau zu tragen.

»Danke vielmals, Gräfin. Wenn ich nicht fürchten müsste, Eure Güte übermäßig zu beanspruchen, würde ich Euch fragen, ob es Euch genehm wäre, mit Eurem Gemahl und mit Eurem Vater, dem Grafen von Kirchberg, ein Gespräch zu führen, um auf die Notlage unserer Abtei aufmerksam zu machen?« Abt Heinrich hatte die Hände vor seiner Kutte verschränkt und starrte auf seine nackten Zehen.

Idda verspürte Mitleid mit ihm, wie mit allen Kreaturen, die von Menschen zu etwas gezwungen wurden, das der Regung ihres Herzens wiedersprach. Er braucht mich.

Und auf einmal verstand sie, dass Abt Heinrich ihr nie verhelfen würde, aus der Hölle ihres Ehelebens auszubrechen, ganz gleich, wie oft sie ihn dazu noch anflehen würde. Weil sie ihm und seinen Brüdern wohlgesonnen war. Weil ihre Geburt und ihr Stand für Ansehen und Einfluss sorgten und sie als Schutzpatronin kostbar war für Mönche, deren Überleben allzu oft von der Gunst der Mächtigen abhing.

Sie fühlte, wie Verzweiflung und Hoffnungslosigkeit über ihr zusammenschlugen. Obwohl sie eine Meisterin der Selbstbeherrschung war, entfloh ein trostloser Laut ihren Lippen.

»Gräfin? Ist Euch nicht gut?«

Idda hob abwehrend die Rechte, während sie sich von dem Mönch abwandte. Ein hastiges Blinzeln, und ihr Blick war wieder klar. Schon drehte sie sich dem hageren Geistlichen wieder zu.

»Verzeiht, wenn ich Euch beunruhigt habe, Abt. Ein leichtes Unwohlsein, mehr nicht. Ich …«

Ein Frauenschrei, der ihr durch Mark und Bein fuhr, unterbrach sie. Es war das Grauenvollste, das sie jemals gehört hatte. Während Abt Heinrich sich hastig bekreuzigte, sprang Idda schon zur Tür.

Sie ignorierte alle Schmerzen ihres geschundenen Körpers, vergaß alle erlebten Demütigungen und Züchtigungen, als sie die Treppe zum Saal hinunterlief und von dort aus den Weg zum Hof einschlug. Sie wusste nur, dass sie sich nicht länger taub stellen konnte, dass sie eingreifen und nach dem Rechten sehen musste, koste es, was es wolle. Um ihrer Seele und ihrer Selbstachtung willen.

Im Türrahmen, der auf den Hof führte, blieb sie stehen. Der Anblick, der sich ihr bot, verschlug ihr den Atem.

Menschen standen herum – bleich, starr vor Schreck allesamt –, die ganze Dienerschaft, das ganze Gesindel der Burg war hier versammelt.

Eine Frau lag auf dem Boden, kreidebleich und leblos.

Johanna, die Köchin. Was war mit ihr geschehen? Nicht weit von ihr entfernt, wenige Schritte nur, stand er. Er griff nach den Zügeln eines wild umherspringenden Wallachs, bändigte nur mit Mühe das Pferd, das mit Schweißflocken bedeckt war. Immer wieder wand sich das Tier, scheute, und das Weiße seiner Augen leuchtete, als es versuchte, zu erblicken, was an seinem Schweif befestigt worden war und ihm offensichtlich eine schreckliche, unüberwindbare Angst einflößte, diese langen, groben Stricke, an deren Ende etwas hing, ein blutiger Fleischklumpen, nein, ein schrecklich entstellter Körper, die Hälfte des grünen Wams hing noch an den gefesselten Händen …

Idda stieß einen entsetzten Schrei aus. »Gütiger Gott, was habt Ihr getan?«

Mit einer Behändigkeit die man seinem kräftigen, gedrungenen Körper nicht zugetraut hätte, schnellte Diethelm, Graf von Toggenburg, herum. Er war schrecklich anzuschauen, das feinlederne Wams besudelt, der schulterlange Haarschopf wild und unbedeckt, das Gesicht entstellt vor Hass.

»Ah, endlich seid Ihr auch da, Verehrte! Schade, den ersten Teil habt Ihr verpasst, doch der zweite soll ihm nicht nachstehen!« Er ließ die Zügel des Wallachs los, der sofort wieder aufstieg. Ein herbeispringender Diener fing das Tier ein.

Endlich gelang es Idda, sich von dem Anblick des grausam verstümmelten Leichnams loszureißen. Die Sinne drohten ihr zu schwinden, während Diethelm drohend zu ihr aufschloss. Sie war im Nu schweißnass. Verzweifelt bemüht, Haltung zu wahren, drückte sie den Rücken durch und presste die Handflächen aufeinander. »Was habt Ihr getan?«, widerholte sie heiser. »Was, in Gottes Namen, hat Johannas Mann angestellt, um einen solchen Tod zu rechtfertigen?«

»Das fragt ausgerechnet Ihr, Idda? Ihr, die Ihr die Ursache seines Schicksals seid?«

Ein Beben ging durch Iddas Körper. Blanke Angst erfasste sie. Sie warf einen hilfesuchenden Blick um sich, doch keiner rührte sich. Sie wich einen Schritt zurück. »Wovon sprecht Ihr?«

»Wollt Ihr leugnen, dass Algard, der Jäger, Euer Geliebter war?«

»Mein Geliebter? Mein Gott, Ihr müsst endgültig den Verstand verloren haben …« Sie brach ab, als sie seinem Blick begegnete. Dieser Blick, der Schmerzen und Erniedrigung bedeutete und der sie bis in ihre nächtlichen Träume verfolgte! Noch bevor sie sich selber zur Vernunft ermahnen konnte, hatte sie kehrtgemacht und floh kopflos zurück in den Festsaal.

»Bleibt hier! Bleibt stehen! Ich befehle es Euch!«, brüllte es hinter ihr.

Sie lief so schnell ihre Beine sie trugen, doch längst war sie nicht mehr das junge Mädchen, das unbändig durch die heimatlichen Wiesen tollte. Diethelm holte sie ein, noch bevor sie die Treppe zu ihrem Zimmer erreichen konnte. Er packte ihren Arm und schleuderte sie gegen den Wandbehang des Saales.

»Wie konntet Ihr meine Ehre nur derart besudeln?«

»Ihr irrt, Herr, was auch immer Ihr entdeckt zu haben glaubt, es ist falsch!« Idda presste sich an den dicken Stoff hinter sich. Inzwischen bebte sie am ganzen Körper. Langsam, Zoll für Zoll schob sie sich von Diethelm weg. Plötzlich hinter ihrer Hüfte eine Leere – eines der Fenster.

Diethelms Faust flog auf ihr Gesicht zu. Sie schrie und wich mit dem Oberkörper aus. Ihr Ellenbogen suchte Halt auf der Laibung des Fensters.

»Hier! Seht!«, schrie Diethelm, und hielt ihr seine haarigen Finger vor Augen. »Diesen Ring hier entdeckte ich an Algards Hand! Wollt Ihr etwa vorgeben, den Schmuck, der mein Wappen trägt und den ich Euch zur Eheschließung schenkte, nicht zu kennen? Und wollt ihr leugnen, dass Ihr ihn dem Jäger als Liebespfand geschenkt habt?«

Idda riss die Augen auf. Es war der Ring, ja, der breite, goldene Siegelring mit dem Löwen und dem halben Adler, den Diethelm ihr an den Finger gesteckt hatte, als sie vor ihm kniete, und sie vor Gott zu seiner Frau geworden war. Der Ring, den ihr der Rabe gestohlen hatte, als sie ihm seine Freiheit zurückgegeben hatte! Wie um alles in der Welt kam er zurück an Diethelms Hand?

»Ich weiß es nicht! Ich verlor diesen Ring bereits im Frühjahr! Nie im Leben gab ich ihn dem Jäger! Wie kam Algard dazu, so eine ungeheuerliche Lüge zu verbreiten?«

»Der Mann erzählte mir eine muntere Geschichte, fürwahr! Von einem Raben, den er tötete, und in dessen Nest er diesen Ring gefunden haben wollte!« Diethelm spuckte auf den Boden. »Es war die letzte Mär, die dieser Bursche mir erzählte. Ein Graf von Toggenburg lässt sich nicht zum Narren halten!«

Treuer Freund, so du bist tot? Weshalb bist du geblieben? Weshalb hast du an diesem Unglücksort dein Nest gebaut?

Iddas Augen füllten sich mit Tränen. Diethelm stieß einen rauen Schrei aus. »Ihr wagt es, vor mir um Euren Geliebten zu weinen? Bei meiner Seele, so habt Ihr es nicht anders verdient!«

Idda wich zurück und kippte nach hinten, auf die breite Fensterlaibung. Als die Fäuste auf sie zuflogen, krümmte sie sich und rollte sich ein. Nun lag sie völlig auf der Steinkante. Ihr Mann griff nach ihr, doch sie wich ihm erneut aus, robbte immer tiefer in die steinerne Laibung …

Diethelm war nun vollends der Raserei verfallen, geiferte: »Eurer gerechten Strafe entkommt Ihr nicht, Luder!«

Idda schrie entsetzt auf, als sie fühlte, wie sie rutschte – sie kippte aus dem Fenster! Plötzlich Leere unter ihren Beinen ... Sie krallte sich am Stein fest, ihre Nägel verhakten sich in den Fugen ... Sie hing über dem Abgrund.

Gott, oh mein Herr, Ihr wisst, dass mein Herz rein ist! Rettet mich!

Sie weinte vor Angst, flehte. Dann hieb Diethelm auf ihre Finger.

Gott ...

Ein Wirbel. Luft, die einen zerriss. Ein Schrei, grell und lang.

Gott!

Und dann nichts mehr.

Friede. Endlich.

Der Himmel war grün und gelb und duftete betörend.

Idda lächelte. Alles war gut. Gott hatte sie endlich zu sich gerufen.

Sie versank erneut in Ohnmacht.

Als sie wieder erwachte, fröstelte sie.

Idda öffnete die Augen, schloss sie wieder.

Etwas bewegte sich in ihrem Blickfeld.

Finger. Meine eigenen Finger.

Schmutzig, mit zerbrochenen Nägeln. Allzu irdische Finger.

Ich lebe noch!

Sie verlagerte ein wenig den Kopf. Um sie herum kräftige Stiele und Blätter und gelbe Blüten, die nach Melisse dufteten. Alant.

Ich bin auf die Alantbüsche gefallen, die am Fuße der Burg blühen.

Vorsichtig bewegte sie Hände, Nacken und Arme. Richtete sich auf. Ihr ganzer Körper schmerzte. Und wahrscheinlich war jeder Zoll ihrer Haut mit blauen Stellen, Rissen und Abschürfungen bedeckt. Aber keines ihrer Glieder war gebrochen.

Etwas bewegte sich, etwas in ihrer Nähe. Ein großer Vogel. Ihr stockte der Atem. Eine weiße Feder leuchtete mitten im pechschwarzen Saum seiner Flügel.

Der Rabe legte den Kopf schief. Seine obsidianfarbenen Augen strahlten vor Klugheit. Sie sahen sich an, grüßten einander stumm.

Du lebst also auch noch?

Etwas anderes erweckte ihre Aufmerksamkeit. Links von ihr schoss der Fels empor, auf dem die Toggenburg thronte, rechts lag der Wald, der deren Zufahrt verbarg. Am Waldsaum erschien nun ein Mensch, der einen Esel durch die Fichten führte. Ein Mönch.

Abt Heinrich!

Der Geistliche ging langsam, fast zögernd, in gebeugter Haltung. Er machte den Eindruck, als müsse er eine schwere Last schleppen, dabei lag nur ein leerer Sack über seiner Schulter. Ab und zu blieb er stehen und ließ den Blick schweifen.

Er sucht mich!

Iddas Herz schlug schnell. Sie kam nur langsam und mühsam auf die Beine. Noch war sie zu verwirrt, um klare Gedanken zu fassen, um zu entscheiden, ob sie sich verstecken oder fliehen sollte.

Die Bewegung, die sie gemacht hatte, zog die Aufmerksamkeit des Mönchs auf sie. Abt Heinrich fuhr zusammen. Sekundenlang stand er da, wie zur Salzsäule erstarrt. Dann bekreuzigte er sich, stieß einen erstickten Ruf aus und hielt auf sie zu.

Schließlich stand er nur noch wenige Schritte vor ihr. Idda bebte. »Gräfin? Seid Ihr es wirklich? Ihr lebt?« Seine Stimme war verändert, ein wenig, als stecke eine Felchengräte in seinem Hals.

Idda machte eine leichte Kopfbewegung, unfähig, einen Ton herauszubekommen. Ihr Blick fiel auf seine Hand, die noch immer den leeren Sack umklammerte. Plötzlich verstand sie, was der Abt hatte aufsammeln wollen. Ihr Magen drehte sich um.

»Gelobt sei Jesus Christus! Ein Wunder ist geschehen!«

Der Blick, mit dem der Abt sie betrachtete, war scheu und erfüllt von heiliger Ehrfurcht. Er fiel auf die Knie und stimmte ein Gebet an.

Idda machte seine Reaktion sprachlos. Noch immer weigerte sich ihr Verstand, zu arbeiten. Bis sie den Kopf hob, und das Fenster suchte, aus dem sie gefallen war.

Noch nie hatte sie hier, inmitten der wilden Alantbüsche am Fuße der Burg, gestanden. Lange Zeit suchte sie vergeblich. Ihr Blick wanderte, hoch, immer höher. Bis sie endlich die von hier aus winzig erscheinende Öffnung entdeckte.

Mit einem Schlag platzte die Erkenntnis in ihrem Kopf.

Ein Wunder! Gott hat ein Wunder an mir vollbracht!

Auch sie fiel nun auf die Knie. Worte des Dankes flossen von ihren Lippen.

Es dauerte einige Zeit, bis der Mönch und sie sich wieder so weit gefasst hatten, dass sie aufstehen konnten. Und bis Idda den Mut fand, die Frage zu stellen, die ihr auf der Seele brannte.

»Wo ist er? Sucht er mich auch?«

Der Abt schüttelte den Kopf. »Niemand rechnet mit Eurer Rettung, Herrin. Der Graf hat den ganzen restlichen Tag sein Gewissen mit gewürztem Wein betäubt und liegt betrunken auf einer Bank. Er hat verordnet, dass ihr … dass keiner Eure Reste …« Er brach ab, fügte erbittert hinzu: »Aber mir hat der Graf keine Befehle zu erteilen. Ich verabschiedete mich aufs Eiligste von diesem unseligen Ort, um hier …« Er sah sie schmerzlich an. »Ich wollte Euch in geweihte Erde bringen, Gräfin.«

Idda lächelte und ergriff seine Hand. »Ihr seid ein treuer Freund, Vater. Ich danke Euch dafür.«

Der Mönch sah sie scheu an. »Seid ihr soweit?«

Etwas Dunkles, Schweres regte sich in Idda. »Soweit? Was meint ihr damit?«, fragte sie ahnungsvoll.

»Wir müssen dem Grafen Eure wundersame Rettung kundtun.«

Idda schwankte.

Abt Heinrich fügte schnell hinzu: »Ich werde das schreckliche Missverständnis des Ringes aufklären! Seid unbesorgt!«

Plötzlich flatterte es – der Rabe krächzte rau und scharf, als er aufflog.

Und auf einmal verstand Idda. Dass sie zum ersten Mal in ihrem Leben eine Wahl hatte. Und dass es in ihrer Macht stand, ihr Schicksal in die Hand zu nehmen.

Langsam schüttelte sie den Kopf. Jegliche Angst fiel von ihr ab.

»Nein, Abt«, antwortete sie. »Als ich stürzte, sandte ich ein Gebet zum Himmel. Diethelm hat mich als Frau verstoßen. Er hat kein Recht mehr auf mich. Lasst ihn ruhig im Glauben an meinen Tod. Von jetzt an bin ich eine Braut Christi. Ihr sagtet heute Mittag, Gott allein könne meine Bindung mit Diethelm lösen. Genau das hat Er getan.«

»Aber …«

»Ich kenne diesen Wald gut. In einiger Entfernung liegt eine Höhle. Dort will ich wohnen und mich von dem ernähren, was der Herr mir schenkt. Und ich werde nicht ruhen, den Herrn zu lobpreisen, bis Er bereit ist, mich zu sich zu rufen.«

»Ihr, Gräfin, allein im Wald?«

»Gott schützt mich«, antwortete Idda nur, und sah ihn unumwunden an.

Der Benediktiner zögerte. Dann nickte er schwer.

»Fürwahr, ja. Ich müsste ein gar stumpfer und unwürdiger Mensch sein, um das zu leugnen. Also gut, Gräfin …«, setzte er müde fort. »Ich werde dem Grafen kein Wort Eurer Rettung sagen. Aber lasst mich Euch wenigstens ab und an besuchen, in Eurer Einsiedelei, um Euer Leben etwas sanfter zu machen.«

Sie lächelte. »Ihr werdet immer bei mir willkommen sein. Allerdings fürchte ich, dass Ihr eine neue Schutzherrin für Euer Kloster suchen müsst. Zürnt mir deshalb nicht zu sehr.«

Sie drehte sich von ihm ab. Der Abt schwieg, als sie, zerschunden und doch leichtfüßig, den Weg in Richtung der Bäume einschlug.

Einzig ein Rabe folgte ihr, als der Saum des Waldes sie verschluckte.

Idda von Toggenburg lebte im 12. Jahrhundert zur Zeit Kaiser Friedrich Barbarossas. Ihre genauen Lebensdaten sind nicht bekannt. Sie war eine geborene Gräfin von Kirchberg und stammte aus der Nähe von Ulm. Nach ihrer Heirat mit Graf Diethelm von Toggenburg zog sie auf dessen Burg, in die Nähe von Fischingen im Thurgau, südwestlich von Konstanz.

Schon kurz nach ihrem Tod wurde Idda von Toggenburg als Heilige verehrt. Auf Bildern wird sie oft mit einem Raben dargestellt. Heute ist am früheren Standort der zerfallenen Toggenburg ein Wallfahrtsort entstanden.

Peter Erfurt – Konstanzer Blutnacht

Am Morgen von St. Agnes, am 21. Jänner im Jahre des Herrn 1356, pfiff eine kalte Januar-Brise von Osten über den Bodensee und wühlte die Oberfläche in Ufernähe so auf, dass die kleinen Eisschollen an der Mole von Konstanz gegen die Bordwände der Fischerboote knirschten. Der Wind zerrte an der dunklen Kutte eines Dominikaner-Mönches, der sich grimmig mühte, die widerstrebende Pforte des schiefen Fachwerkhauses neben der kleinen Krämerladen zu schließen. Bruder Jakobus wirkte von hinten wie ein junger Mann. Er war von schlanker, sehniger Statur und schritt beherzt aus, doch der graumelierte Haarkranz, der seine frisch rasierte Tonsur wie struppiges Unterholz umgab, verriet ebenso wie seine altersfleckigen Handrücken, dass er schon in reiferen Mannesjahren war.

»Diese gottlose Stadt! Möge der Herr die Gier ihrer Ratsherren bestrafen!« Leise schimpfend wandte er sich ab und schritt in Richtung des Münsters davon. Er war nach beschwerlichem Ritt am gestrigen Abend in Konstanz eingetroffen. Aus Avignon kommend trug er eine geheime Botschaft des Papstes für den Bischof Johann Windlock bei sich. Der Bischof, der seit ein paar Jahren versuchte, in der Stadt wieder christliche Zucht und Ehrlichkeit zum Sieg zu verhelfen, schwebte in wachsender Gefahr. Die Ritter und die reichen Patrizierfamilien dachten gar nicht daran, ihre Geldgier zu zügeln und ihren Lebenswandel zu bessern. Stattdessen versuchten sie den Bischof bei Papst Innozenz VI. zu diskreditieren, am liebsten hätten sie ihn einfach davongejagt und einen der ihren an seine Stelle gesetzt. Ihre Chancen standen gar nicht so schlecht, denn der Papst, ein Franzose, interessierte sich für die kleine Diözese Konstanz nicht sonderlich. Obwohl persönlich etwas bescheidener als seine prunksüchtigen Vorgänger, frönte der Papst doch dem Nepotismus und ernannte Verwandte ungeniert zu Kardinälen und Bischöfen. Wie andere Fürsten erwartete er für die Gewährung von Privilegien reiche Geschenke.

Der Bischof stand jedoch bei Herzog Albrecht von Österreich in Gnaden, das wirkte wie ein Schutzschild, auf den sich der Bischof verließ. Bruder Jakobus wusste jedoch nur zu gut, dass auch der stärkste Schild schwache Stellen haben konnte. Die Feinde des Bischofs hatten in Avignon bereits mehrmals Klage gegen ihn geführt.

Bischof Johann kniete in diesem Moment im Münster vor dem Altar und betete. Er tat dies täglich morgens und abends vor dem Mahl. Sich bekreuzigend flüsterte er: »Herr, gib mir die Kraft, die heilige Kirche wieder reinzuwaschen. Gib mir den Mut, die Gier und die Betrügereien des Rats in die Schranken zu weisen.«

Heinrich von Diessenhofen, ein mächtiger Domherr, stand mit anderen Geistlichen einige Schritte vom Bischof entfernt und blickte missbilligend auf den Knieenden. Er hatte ein paar Jahre zuvor selbst einmal zur Wahl gestanden, als es um die Neubesetzung des Bischofsstuhls ging, war damals aber in den Augen der anderen Domherren noch zu jung gewesen. Als wieder eine Wahl anstand, hatte Herzog Albrecht machtvoll seinen eigenen Kanzler als Kandidaten durchgesetzt. Von Diessenhofen, der sich als der rechtmäßige und bessere Herrscher über das Bistum empfand, hasste Johann Windlock, der vom ersten Tag an energisch regierte. Die Einkünfte des Bistums flossen nun nicht mehr in die tiefen Taschen mancher Domherren, sogar gegen einen Verwandten des Domherrn war Windlock erfolgreich zu Felde gezogen.

Die Glocke schlug zur neunten Stunde, als der Bischof die Kirche mit seinen Begleitern verließ. Über die Mauer, die den Münsterbereich vom Markt trennte, wehten die Stimmen der Frauen herüber, die wie üblich mit den Händlern stritten. Der Bischof, der nur eine härene Kutte trug, sog begierig die kalte Luft ein, doch er musste sofort husten. Seit Tagen schon quälten ihn die Schmerzen in seiner rauhen Kehle, das laute Sprechen der Gebete im Gottesdienst fiel ihm zunehmend schwer. Er fragte sich, wie lange sein Körper den Strapazen widerstehen würde.

»Der Teufel schnürt ihm schon die Kehle zu, diesem gottlosen Pfaffen!« Einer der Chorherren, die den Bischof begleiteten, bekreuzigte sich, als sein Nachbar Diessenhofen diese Worte murmelte. Johann Windlock fragte sich, wie lange er noch zu leben habe. Er war von kräftiger Statur, ein Husten sollte ihn nicht so rasch umwerfen, doch heute fühlte er sich müde und seine Knochen schmerzten. Er wusste sehr wohl, dass neben Diessenhofen auch einige andere Chorherren mit seinen Feinden sympathisierten.

Ritter Walter von Stoffeln spuckte verächtlich aus dem Fenster und wandte sich wieder dem Gespräch mit den Ratsherren Ulrich Roggwiller, Mathes Brantner und Johann Schwarz zu.

»Er muss fallen, dieser verfluchte Pfaffe! Wie kann er es wagen, sich unseren Plänen zu widersetzen? Weg mit ihm!«

Seine Zuhörer schwiegen einen Moment betreten, obwohl sie seine Meinung durchaus teilten.

»Wir müssen bedenken, der Habsburger könnte …« Der Ratsherr Roggwiller wand sich unter dem zornigen Blick des Ritters.

»Albrecht ist weit weg. Was soll der schon tun?«

»Mit Heeresmacht die Stadt zwacken und uns …«

Der Ritter schlug mit der Faust auf den Tisch, dass die

zinnernen Becher tanzten. Die Ratsherren zuckten zusammen. Ihnen, die ihre Geschäfte möglichst unauffällig abwickelten, missfiel zwar die laute prahlerische Art des Ritters, aber sie wagten nicht, ihm zu widersprechen, denn sie waren auf ihn angewiesen.

»Der Herzog hat ganz andere Probleme! Ihr wisst doch um die Lage in Österreich.«

Ratsherr Schwarz hob seinen Becher, verharrte einen Moment und trank ihn sodann in einem Zug leer. Er wischte sich mit dem Handrücken einen Weintropfen von der Lippe und schrie: »Heute Abend speisen wir mit ihm! Ich will zuvor mein Messer den Schleifstein schmecken lassen!«

»Und ich schärfe mein Schwert, dass es einen mächtigen Streich führen werde.« Berthold von Stoffeln, Walters Bruder, ballte die Faust.

»So sei es denn«, sagte Roggwiller. »Sind auch die anderen dafür gewonnen?« Die Männer nickten.

»Stocker ist dabei, und Steckborn ebenfalls.« Walter von Stoffeln zupfte sein Wams zurecht. »Der starken Arme sind genug. Sankt Agnes wird mit Blut zur Nachruhe geleitet!«

»Versündigt Euch nicht an den Heiligen!« Die Ratsherren brauchten einen wie ihn, der ohne Skrupel den ersten Streich führte. Vielleicht traf einer der Ritter sogar tödlich, sodass die Ratsherren selbst das Messer gar nicht mehr erheben mussten und sich so von jeder Blutschuld freihalten konnten. Mathes Brantner wollte sichergehen und die Prahler locken.

»Wem gebühret die Ehre des ersten Streichs?«

»Den Rittern!«, brüllte Berthold von Stoffeln sofort.

»Aber sollten wir nicht auch …« Der Ratsherr Schwarz tat nachdenklich.

»Keine Widerrede!« Ritter Berthold von Stoffeln sprang auf. »Mir, meinem Bruder Walter und Ritter Beham von Steckborn gebühren die ersten Streiche!«

Als gäben sie nach, neigten die anwesenden Ratsherren das Haupt, während ein kaum wahrnehmbares Lächeln um ihre Lippen spielte und sie sich heimlich erleichterte Blicke zuwarfen.

»So sei es denn.«

Die dicke Liese, deren Ohr auf der anderen Seite der Zimmertür alles mitgehört hatte, bekreuzigte sich. Die hoch edlen Herren wollten dem Herrn Bischof an Leib und Leben. Was für eine schreckliche Sünde! Was sollte sie nur tun? Wem konnte sie sich anvertrauen? Sie war bleich und zitterte am ganzen Körper, als sie wie von bösen Geistern gehetzt in die Küche stolperte.

»Du siehst aus, als wärest du dem Teufel persönlich begegnet!«

»Oh, Annele, wenn du wüsstest, was ich soeben gehört habe, schrecklich.«

Die Köchin lachte schrill und warf sich ein schmutziges Tuch über die Schulter. Anna zog sie rasch zur Seite, Liese war auch wirklich zu dumm.

»Du weißt doch, das sind nur die Ratten, die solche Geräusche machen.«

»Aber ich erlauschte hinter der Tür, wie der Herr sagte, dass er …«

»Still!« Die Köchin hob drohend eine Schopfkelle. »Deine Neugier bringt dich noch um. Ratten, nichts als Ratten hast du mich verstanden!«

»Das mögen wohl große Ratten gewesen sein!« Sie drehte sich um und ging schniefend in den Hof. Warum drohte Annele ihr so? Annele hatte selbst Angst, seit der Herr sie einmal in seine Kammer gezerrt und sie gewaltsam genommen hatte. Liese versuchte stets, dem Herrn aus dem Weg zu gehen, denn sie hatte seinen lüsternen Blick gespürt.

Vielleicht hatte die Köchin ja recht, wenn sie Liese immer

wieder mahnte: »Kümmer dich nur um dein eigene Sach und nimm die Ohren von den Türen, sonst klebst du eines Tages fest. Gott hat sie an ihren hohen Platz gestellt. Wir dienen.« Ja, dienen diesen Gaunern an unserem niederen Platz, fügte Liese in Gedanken zornig hinzu. Laut aber wagte sie nichts mehr zu sagen, denn vorlaute Mägde waren den Herren ein Dorn im Auge. So wie die rothaarige Kati, die man vor einem Jahr als Hexe ertränkt hatte. Dabei hatte sie nur laut gesagt, dass ein Pfaffe sich an ihr vergangen hatte.

»Hüte deine Zunge!« Annele hatte nur geweint, als sie gedemütigt aus der Kammer des Ratsherren gekommen war. Aber musste sie den Bischof nicht warnen? War es nicht eine Sünde zu schweigen? Kati hatte nicht geschwiegen und nun war sie tot. Es war eine schreckliche Warnung für alle vorlauten Weiber gewesen, hatte der Ratsherr damals zufrieden gesagt.

Doch auch wenn sie schweigend ihre Arbeit verrichtete, so brannte das Feuer der Entrüstung weiter in ihr. Es musste doch einen Weg geben, den Bischof zu warnen, damit die gottlose Tat verhindert werden möge. Aber sosehr sie sich den Kopf zermarterte, sie sah keinen Weg.

Bruder Jakobus trat ans Tor der Bischofspfalz und klopfte dagegen. Nach mehrmaligem Klopfen hörte er schlurfende Schritte und ein mürrischer Knecht öffnete das Tor einen Spalt. Er war schon alt und die grauen Haare hingen ihm wirr und schmutzig über die Ohren. Er starrte den Mönch aus trüben Augen an.

»Was will er denn?«

»Ich muss zum Bischof!«

»Der will heute niemanden mehr sehen.«

»Ich muss ihn treffen!«

»Morgen vielleicht.«

»Sofort!«

Der Alte lachte heiser und schlug Bruder Jakobus das Tor vor der Nase zu.

»Öffnet sofort!«, rief Jakobus erzürnt, doch der Alte entfernte sich kichernd. Man hörte im Haus eine Tür schlagen und dann war es still.

Ein in ein teures buntes Wams gekleideter Herr, der ihn beobachtet hatte, näherte sich ihm.

»Der Bischof herrscht mit Willkür, da seht Ihr es selbst!«

Bruder Jakobus starrte ihn misstrauisch an. Was wollte dieser offenbar wohlhabende Mann von ihm, einem Bettelmönch?

»Ihr seht mich verwundert an.« Der Mann streckte die Brust, auf der eine silberne Kette glänzte, heraus. »Ich bin Mathes Brantner, Kaufmann allhier.« Dann senkte er die Stimme zu einem Flüstern. »Ihr kommt aus Avignon. Wohl mit einer päpstlichen Botschaft?«

»Ich kenne Euch nicht.«

»Es genügt, wenn ich Euer Begehr kenne.« Der Kaufmann trat einen Schritt zurück. »Avignon ist weit. Zu weit. Nehmt Euch hier in Acht, der Rat und die Ritterschaft dulden keine Einmischung in ihre Stadt.«

»Wollt Ihr mir drohen?«

Der Kaufmann hob abwehrend die Hände. »Ich bin kein Mann der Gewalt. Warnen wollte ich Euch, mehr nicht. Seht selbst, wo Euer Vorteil liegt.«

»Vorteil?« Bruder Jakobus räusperte sich, als wolle er ausspucken. »Ich diene Gott, nicht dem Vorteil.«

»Ihr solltet mit dem Domherren Heinrich von Diessenhofen sprechen. Er hat Einfluss.«

»Diessenhofen? Oh ja, seine Ränke sind bis nach Avignon gedrungen.« Jakobus ballte seine Fäuste.

»Ich wasche meine Hände in Unschuld!« Der Kaufmann schüttelte den Kopf und wandte sich zum Gehen. Er drehte sich dann aber noch einmal um und wiederholte eindringlich: »Unschuld! Merkt Euch das!«

Bruder Jakobus blickte ihm nachdenklich hinterher. Was mochte der Kaufmann gemeint haben? Drohte dem Bischof so große Gefahr? Etwa für Leib und Leben? Der Papst hatte ihm seine geistliche Unterstützung gesandt und den Bischof ermächtigt, das Interdikt, das er über einige der unbotmäßigen Adeligen verhängt hatte, aufrechtzuerhalten und sogar noch zu erweitern. Wollten sie ihr Seelenheil retten, so mussten sie nun vor dem Bischof das Knie beugen.

Jakobus seufzte, ging langsam weiter und beschloss endlich, bis zum anderen Tag zu warten. Er würde den Bischof schon noch früh genug treffen können. Die Stadt wirkte ruhig. In der Ferne bellte ein Hund und in einem Innenhof, an dem er vorbeiging, stritten sich zwei Knechte. Der Mönch murmelte ein stilles Gebet und schritt kräftig aus.

Johann Windlock saß derweil in seinem Arbeitszimmer in der Bischofspfalz und ließ sich von seinem Gehilfen Adalbert, einem jungen Priester aus adeligem Haus, einige Pergamente reichen, um sie zu siegeln.

»Herr, wollt ihr es Euch nicht noch einmal überlegen?« Adalbert blickte dem Bischof fest in die Augen. »Ich fürchte um Euch.«

Der Bischof lehnte sich in seinem Stuhl zurück und betrachtete den jungen Mann. Er mochte Adalbert. Ein intelligenter Bursche, aufrecht im Glauben und klar in seinen Ansichten.

»Warum zögerst du nun?« Der Bischof betrachtete des bischöfliche Siegel. »War es nicht auch deine Ansicht, die Kirche und die Stadt zu reinigen?«

»Ja, Herr.« Adalbert ging einen Schritt weg vom Tisch und blickte den Bischoff ernst an. »Es ist und bleibt richtig, aber ist es auch klug? Gerade jetzt?«

»Was meinst du damit?«

»Ist es wirklich klug, es jetzt zu tun? Man reizt den Stier nicht unnötig. Solltet ihr nicht noch warten?«

»Warten? Worauf denn?«

Adalbert zeigte nach Osten in Richtung Österreich.

»Ach, ich soll auf den Herzog warten?«

»Ja, das wäre sicherer für Euch.«

Johann Windlock stand auf und ging zum Fenster. Er wusste sehr wohl, dass er in Gefahr schwebte. Zwar hatte er ein paar Bewaffnete in seiner Nähe, aber an deren unbedingte Treue wagte er nicht zu glauben. Deshalb wollte er den Unruhestiftern zuvorkommen. Sie strafen und so zurückdrängen, diese arroganten Ratsherren, Händler und Ritter. Deshalb hatte er sie zum abendlichen Mahl in seine Residenz gebeten. Auge in Auge wollte er mit ihnen sprechen. Er drehte sich zu Adalbert um.

»Hätte unser Herr vor dem letzten Abendmahl auch gezögert?«

»Versündigt Euch nicht, indem Ihr Euch mit unserem Herrn Jesus vergleicht!« Adalbert bekreuzigte sich.

»Bewahre, das würde ich nie tun.« Der Bischof schloss die Augen. »Doch erwartet er nicht Festigkeit im Glauben und Handeln von uns?«

»Schließt das die notwendige Klugheit aus?«

Der Bischof straffte sich. »Nein, aber Feigheit.«

»Ist das hier von Bedeutung?«

Der Bischof überhörte das. »Feigheit werden diese Gauner mir nicht nachsagen können. Ich stehe fest und weiche nicht. Niemals!«

Adalbert teilte zwar die Ansicht des Bischofs, dass wieder mehr Ehrlichkeit in die Kirche und die Stadt einziehen sollte, doch er war auch klug genug, dies nicht ohne ausreichende Macht tun zu wollen. Die Hartnäckigkeit des Bischofs ging ihm ab, er versuchte lieber geschmeidig zu verhandeln, auch dann, wenn es sinnlos schien. Er sah einfach keinen Sinn darin, sein Leben aufs Spiel zu setzen, diese Stadt war es nicht wert, für sie zum Märtyrer zu werden.

»Ich tue nur meine Pflicht, wenn ich Euch warne!« Adalberts Stimme war nun kühl, was dem Bischof nicht entging. Also auch er würde ihn verlassen. Für einen Moment griff Angst nach dem Herzen des Bischofs. Noch konnte er zurück, noch war es nicht zu spät, noch …

»Wenn ich jetzt nachgebe, dann ist alles verloren. Nein, diesen Triumph werde ich meinen Feinden nicht gönnen.«

Adalbert reagierte verärgert. »Geht es Euch nur darum?«

»Nein, es geht um die Gerechtigkeit Gottes. Für diese muss ich stehen …«

»… und fallen?«

»Ja, wenn es sein muss, dann muss ich Gottes Urteil erwarten. Ich bleibe fest, Ihr könnt gehen und meine Botschaft an die Kirchenpforte nageln!«

Adalbert schlug die Hände vor das Gesicht und lief hinaus. Der Bischof setzte sich wieder an den Tisch und erwärmte sein Siegel über einer Kerze, bevor er es energisch auf das Wachs in der Siegelkartusche senkte.

Lise trat aus dem Tor, ein Windstoß fegte durch die Gasse. Sie zog den dünnen Schal fester um die Schultern und ging festen Schrittes in Richtung Markt. Als sie um die Ecke bog, stieß sie mit einem jungen Priester zusammen. Der Mann starrte sie einen Moment verwirrt an. In diesem Moment erinnerte sich Lise daran, dass dieser Priester beim Gottesdienst stets hinter dem Bischof gestanden hatte. Als er sich anschickte weiterzugehen, hielt sie ihn spontan am weiten Ärmel seiner feinen Kutte fest.

»Verzeiht mir, Herr, aber ich muss Euch etwas sagen.«

Kalt sagte er: »Kommt in die Kirche zur Beichte.«

»Nein, Herr, jetzt, es muss jetzt sein. Ich flehe Euch an, bitte!«

Adalbert seufzte. »Nun denn, macht schnell, ich bin heut in Eile.«

»Fällt das, was ich Euch sage, unter das Beichtgeheimnis.«

»Ja, ja, aber sprecht endlich!«

»Herr, der Ratsherr Roggwiller und ein paar Ritter wollen den Bischof töten.«

»Geschwätz.« Doch es lief ihm kalt den Rücken herunter.

»Nein, Herr, ich habe es genau gehört. Noch heute Nacht soll es getan werden. Noch heute!«

Adalbert starrte sie sprachlos an. Was sollte er tun? Er ahnte, dass sie die Wahrheit sprach, ja, er wusste es.

»Ihr müsst es dem Bischof sagen, Ihr müsst ihn warnen! Rasch. Bitte!«

Er nickte nur stumm und schlug das Kreuz. Sie dankte ihm und lief zitternd davon. Sie hatte es gewagt. Lise war stolz und voller Angst zugleich.

Der Priester blieb verwirrt zurück. Was sollte er jetzt tun? Einige Domherren einweihen? Dem Roggwiller sagen, dass sein Plan verraten sei? Er beschloss, gar nichts zu tun und abzuwarten, denn schließlich hatte er den Bischof schon mehrfach gewarnt und Johann Windlock hatte auch heute nicht auf ihn hören wollen. Am Ende war der Bischof doch selber schuld. Damit versuchte er sein Gewissen zu beruhigen. Er ging zuerst langsam, dann immer rascher weiter durch die menschenleere Gasse. Als er am Ende der Gasse um die Ecke bog, stieß er mit einem Mann von kräftiger Gestalt zusammen.

Der in einem feinen Wams mit einem verzierten Gürtel gekleidete Mann schlug seinen von einer goldenen Fibel zusammengehaltenen Mantel zurück und legte die Hand auf seinen Schwertgriff. »Was fällt dir ein, Pfaffe?« Aus dem vom kalten Wind – oder nach seinem Atem zu schließen, vom Wein – geröteten Gesicht des Bewaffneten schlug Adalbert ein hasserfüllter Blick entgegen.

An dem Wappen auf der Brust erkannte der Priester, dass er den Ritter Beham von Steckborn vor sich hatte. Der galt als rauflustig und schreckte vor keiner Gewalttat zurück. Adalbert, der unbewaffnet war, beschloss vorsichtig zu sein. »Ich bitte um Vergebung, edler Herr, ich habe Euch übersehen.«

»Übersehen?«, brüllte der Ritter. »Mich übersieht man doch nicht, Pfäfflein, mich nicht!«

Adalbert, der selbst aus einer adeligen Familie stammte, hasste es, wenn man ihn herablassend Pfäfflein nannte, wollte schon aufbrausen. Doch er beherrschte sich und schluckte seinen Zorn wie bittere Galle herunter, trat hastig einen Schritt zurück und sagte mit gepresster Stimme: »Möge der Herr Euren Tag segnen!« Dann eilte er rasch weiter, um der gefährlichen Situation zu entkommen. Der Ritter blieb einen Moment unschlüssig stehen, kratzte knurrend seinen vom Wein benebelten Kopf und setzte dann, an seinem flatternden Mantel zerrend, seinen Weg fort.

Am Nachmittag riss der Himmel auf und eine schwache Wintersonne erhellte Konstanz. Bruder Jakobus dachte an die Bauernregel: ›Sonnenschein am Agnestag, die Frucht wurmstichig werden mag.‹ Er fasste das als schlechtes Omen auf. Obwohl nur die Römer an Omen glaubten und ein wahrer Christenmensch sich von derlei Aberglauben fernhalten sollte, kam es Jakobus in den Sinn, dass die heilige Agnes eine junge Römerin gewesen war.

Da fiel ihm seine Tante Agnes ein, die außerhalb der Stadtmauern mit ihrem Mann, einem freien Bauern, einen großen

Hof führte. Er beschloss, sie zu besuchen. Bei Agnes gab es stets reichlich zu essen, und er hatte seit Tagen nicht mehr üppig gespeist. Das Wasser lief ihm im Mund zusammen und das beschleunigte seine Schritte in Richtung des Mietstalles, wo er seit seiner Ankunft aus Avignon sein Pferd untergestellt hatte.

Die abendlichen Gäste des Bischofs hatten sich vor dem Tor der Bischofspfalz versammelt. Sie standen in zwei halblaut diskutierende Grüppchen getrennt, auf der einen Seite die Chorherren in ihren weiten Gewändern, auf der anderen die Ratsherren und Adelige. Pünktlich zur achten Stunde öffnete der alte Diener des Bischofs das Tor und geleitete die Gäste durch einen Gang bis zur Treppe, die in den ersten Stock zum Speisesaal der Pfalz führte.

Die eintretenden Männer erwarteten den Bischof vorzufinden, doch er ließ sie einige Minuten warten. So verteilten sie sich dem Zufall gemäß um die karg gedeckte Tafel, an deren Stirnseite der reich geschnitzte Sessel des Bischofs stand. So kamen die Ritter zu seiner rechten und linken Seite zu sitzen, danach folgten die Ratsherren und am unteren Ende der Tafel nahmen die Domherren Platz.

Als der Bischof durch eine kleine seitliche Pforte den Saal betrat, erhoben sich alle, die Ritter als letzte, da sie sich als Adelige im Rang über den anderen wähnten. Johann Windlock trug eine helle Kutte, die auf der Brust nur von einem schweren Bischofskreuz geschmückt wurde, welches er an einer schmalen goldenen Kette um den Hals trug.

Der Bischof trat vor seinen Sessel, bekreuzigte sich und sprach ein kurzes Tischgebet. Obwohl die Ritter unruhig waren, senkten sie das Haupt und murmelten am Ende des Gebetes gehorsam Amen. Windlock lud seine Gäste mit einer Handbewegung zum Sitzen ein und schwieg, bis sich alle niedergelassen hatten. Dann führte er mit der Rechten das

Kreuz an die Lippen, küsste es inbrünstig und blickte schließlich von einem zum anderen. Alle schwiegen betreten, keiner wagte als Erster zu sprechen. Schließlich raffte sich Heinrich von Diessenhofen auf und ergriff das Wort.

»Viele aufrechte Männer sind besorgt, dass ihr der Kirche und der Stadt schadet. Es ist nicht gut, wenn sich die Menschen verfeinden.«

»Das könnte ich auch so sagen.« Der Bischoff lächelte. »Wenn ich das Gut des Bistums verteidige, tue ich nur meine Pflicht, wie mein Amt, welches von Gott, mir auferlegt ist.«

Heinrich von Diessenhofen lief rot an. »Ihr hab das Amt nur durch Bestechung erhalten, lasst Gott aus dem Spiel!«

Der Bischof winkte ab. »Das habt Ihr doch bereits bei meinem Vorgänger behauptet.«

»Wahr bleibt es dennoch!« Der Chorherr sah sich hilfesuchend um. Doch seine priesterlichen Kollegen senkten das Haupt und schwiegen.

Ulrich Roggwiller stand auf und zeigte mit dem Finger auf den Bischof. »Ihr habt eine Fehde gegen uns begonnen. Wie konntet ihr dies wagen? Wir fordern die Rücknahme aller Eurer Anordnungen, die Rückgabe der vom Steckborn geraubten Ländereien, sonst …«

»Alle meine Befehle waren rechtens und der Steckborn musste nur zurückgeben, was er zuvor der Kirche geraubt hatte.« Der Bischof lehnte sich zurück. »Was wollt Ihr denn tun? Beim Papst meine Absetzung fordern? Habt Ihr das denn nicht schon getan?«

Heinrich von Diessenhofen schrie erbost: »Genug der unnützen Reden. Ich verhänge das Interdikt über Euch, Johann Windlock!«

Der Bischof lachte. »Da ich über Euch alle bereits das Interdikt verhängt habe, könnt ihr das gar nicht tun.«

Der Chorherr schlug mit der Faust auf den Tisch. »Ihr lügt!«

»Geht an die Kirchen der Stadt. Seit dem späten Nachmittag hängt dort mein Interdikt gegen Euch. Jeder Bürger wird es mittlerweile wissen.«

Ratsherr Roggenwiller wurde bleich. »Wie könnt Ihr das wagen? Ich habe doch nichts getan.«

»Ihr wisst sehr wohl, was ich meine.« Windlock beugte sich vor. »Oder habt Ihr etwa das Zusammentreffen in Eurem Haus heute Morgen vergessen?«

Roggenwiller ließ sich kreidebleich zurückfallen und schlug die Hände vor das Gesicht. »Verrat!«

Mathes Brantner flüsterte dem neben ihm sitzenden Ritter Berthold von Stoffeln zu: »Jetzt! Ihr müsst jetzt handeln!«

Heinrich von Diessenhofen rief verwirrt: »Wovon redet er überhaupt?«

Ulrich Goldast rief dem Chorherren zu: »Worauf wartet Ihr noch? Belegt ihn endlich mit der Acht!«

Diessenhofen senkte den Kopf und sagte halblaut, als wäre es ihm peinlich: »Da ihr uneinsichtig seid, Johann Windlock, belege ich Euch nun mit der Acht.«

Walter von Stoffeln sprang auf, seine Hand fuhr zum Schwertgriff, während er zu Diessenhofen gewandt fragte: »Die Acht? Er ist also vogelfrei?«

Ulrich Schwarz fügte hinzu: »Ab sofort?«

Heinrich von Diessenhofen schwieg, aber dann senkte er doch das Haupt zu einem kurzen Nicken. Da rissen die Ritter die Schwerter und die Dolche aus der Scheide und schlugen und stachen auf den Bischof ein, der vergeblich versuchte, sich zu erheben, aber unter den Hieben zusammenbrach.

Diessenhofen schlug die Hände vor das Gesicht und murmelte: »Das habe ich nicht gewollt. Nicht so!« Die anderen Chorherren sprangen auf und rannten in Panik aus dem Saal, einer schrie auf der Treppe: »Mord! Sie haben den Bischof ermordet!« Unten liefen die Diener zusammen, und als sie ›Mord‹ hörten, liefen einige von ihnen aus dem Gebäude hinunter in die Stadt und verkündeten die Untat.

Die Ritter wischten Ihre Schwerter und Dolche am Gewand des toten Bischofs ab. Mathes Brantner ließ seinen Dolch in der Brust des Bischofs stecken. Beham von Steckborn sagte, »Lasst uns für ein paar Tage die Stadt verlassen, bis sich alles beruhigt hat.«

Rasch leerte sich der Saal. Als die Ratsherren und Adeligen die Pfalz verlassen hatten, wagten sich die Diener in den Saal. Sie fanden den Bischof neben seinem Sessel auf dem Rücken liegend, die Arme ausgebreitet. Seine Hände, die im Versuch einer Abwehr schützend vor seine Brust gehalten hatte, waren beide von den Dolchen der rasenden Mörder durchstochen worden.

»Seht, der Herr Bischof trägt die Wundmale Christi!«, sagte eine alte Magd. »Das ist ein Zeichen! Er ist ein Heiliger!« Die anderen bekreuzigten sich und murmelten ebenfalls: »Ein Heiliger.«

Mathes Brantner hastete in Panik durch die Nacht hinunter zum Hafen. Er begegnete schattengleich aufgeregten Menschen, die je nach Einstellung riefen: »Der arme Bischof, man sollte die Mörder vierteilen und verbrennen« oder »Er hat bekommen, was er verdiente!«. An der Mole band er ein Ruderboot los, stieg hinein und ruderte hastig davon. Doch ein heftiger Wind kam auf, und Mathes Brantner, der mit Booten nicht geübt war, verlor zuerst ein Ruder, dann schlug das Boot quer. Er versuchte aufzustehen, doch da ließ eine Welle das Boot kentern. Brantner fiel rücklings ins Wasser und ging unter. Als sein Kopf wieder an der Oberfläche erschien, schrie er um sich schlagend verzweifelt um Hilfe. Doch niemand hörte ihn, denn alle waren zur Bischofspfalz gelaufen. Nur die alte Lise, die den Kaufmann vom Ufer aus beobachtet hatte, wurde Zeuge, wie er gurgelnd in den schwarzen Fluten versank.

Sie bekreuzigte sich und sagte mit einem Stoßseufzer: »Wenigstens ein Mörder weniger!«

Historischer Hinweis: Der Konstanzer Bischof Johann Windlock (1351-1356) machte sich durch seine energische Regierung viele Feinde. Am 21. Januar 1356 wurde er während eines abendlichen Mahls mit zwölf Gästen in seiner Residenz ermordet. Die Aussagen der Zeitgenossen über den Hergang der Tat widersprechen sich allerdings beträchtlich, doch werden in den Chroniken als Tatbeteiligte u. a. Walter von Stoffeln, Berthold von Stoffeln, Ulrich Schwarz, Ulrich Goldast gen. Strübli, Ulrich Roggwiller, Johann Schwarz und Beham von Steckborn genannt. Domherr Heinrich von Diessenhofen versuchte in einer Chronik die Tat als vom Bischof selbst verschuldeten Tyrannenmord zu rechtfertigen. Die Täter wurden vom Nachfolger des Bischofs begnadigt.

Viktor Glass – Die Brücke von Bischofszell

Ob Agnes von Hohenzorn wirklich gelebt hat, ist nirgends verbürgt. Nicht einmal ihr Name ist garantiert – es gibt unterschiedliche Schreibweisen, und in manchen Quellen heißt es, ›Hohenzorn‹ sei eine Verballhornung des Namens ›Hohenzollern‹. Doch ihre Geschichte, die Geschichte des Brückenbaus in Bischofszell, wird von Generation zu Generation weitererzählt, und mancher Reisende, der die Brücke überquert, denkt an den Mut und die Ausdauer dieser Frau, und vielleicht bleibt er sogar stehen und spricht ein Gebet für sie und ihre Söhne.

Frau Agnes spürte ihren schlechten Schlaf noch in allen Gliedern, als sie sich lange vor Tagesanbruch aus ihrem Bett erhob. Es war eine Unruhe im Haus, die Luft war feucht und schwer, sie konnte fast nicht atmen. Noch bevor sie sich von einer Magd beim Ankleiden helfen ließ, öffnete sie das Fenster ihrer Schlafkammer und atmete tief ein. Die Nachtluft brachte ihr keine Linderung.

»Was ist das für ein Lärm da unten?«, fragte sie.

»Ihre Söhne, Herrin«, gab die Magd zurück. »Sie brechen zur Jagd auf.«

Gräfin Agnes von Hohenzorn stieß einen langen Seufzer aus. »Ich werde sofort mit ihnen sprechen. Bring mir einen warmen Apfelwein.«

Sie eilte nach unten in die Halle, wo ihre beiden Söhne, bereits fertig zur Jagd gekleidet, mit Bögen und prall gefüllten Köchern versehen, auf die Tür zustrebten. Jörg, schlank und gut aussehend, drehte sich zu ihr um und sah sie mit diesem stolzen, leicht verächtlichen Blick an, der charakteristisch für den Achtzehnjährigen war. Dabei war er im Umgang nie so überheblich, wie es den Anschein hatte. Seine Miene täuschte nur darüber hinweg, dass ihn der verfrühte Tod seines Vaters schwerer getroffen hatte, als er zuzugeben bereit war, und dass ihm die vorzeitige Verantwortung eine Last bedeutete. Sein zwei Jahre jüngerer Bruder Endres war kleiner, stämmiger und kam mehr nach seinem Vater, auch was seine Unbekümmertheit betraf. Die beiden Söhne waren alles, was sie liebte – genau gesagt, alles, was ihr geblieben war, nachdem man ihr vor fünf Jahren Utz, ihren Ehemann, vor die Füße gelegt hatte, als er mit seinem Rappen bei einem Wegabbruch in die wilden Wasser der Thur gestürzt war und sich das Rückgrat gebrochen hatte.

»Ihr reitet zur Jagd?«, sagte sie. »Mir scheint, dies ist der falsche Tag dazu. Es kommt ein Unwetter auf.«

»Ach was«, sagte der Jüngere, »das ist die Hitze der letzten Tage, die sich im Tal aufgestaut hat und auch bei Nacht nicht verfliegen will.«

»Die Morgenluft wird uns gut tun«, bekräftigte Jörg. »Ich habe die Pferde bereits satteln lassen. In zwei Stunden sind wir zurück. Seit einer Woche beobachten wir einen Hirschen, der soll heute endlich unser werden.« Er sprach's und war schon zur Tür hinaus, und Endres folgte ihm. Frau Agnes hatte schon lange keine Macht mehr über ihre Söhne.

Als sie gleich darauf am Fenster ihrer Kammer saß, einen Becher gewärmten Apfelwein in der Hand, den sie morgens statt eines Frühstücks zu sich nahm, sah sie, wie die beiden jungen Männer den Fluss über die flachen Steine querten und dann auf der anderen Seite den bewaldeten Hang hinauf ritten. Der Morgen graute schon, und hinter den Hügeln zeigte sich ein erster rötlicher Streif. Die Vögel übertönten mit ihrem Gesang das Rauschen des Wassers, schienen aber bei Weitem nicht so munter wie sonst. Sie hörte, wie die Knechte sich auf der Hofseite etwas zuriefen, doch sie gab nicht Acht darauf. Ihr Blick, in die Ferne gerichtet, nahm den schmalen Wolkenrand wahr, der sich kaum merklich emporschob und den ein Unbedarfter für den fernen Kamm des Hochgebirges halten konnte. Wer aber ein zweites Mal hinsah, konnte entdecken, dass sich dieser dunkle Streifen kaum merklich veränderte.

Ihr Verwalter kam, um mit ihr wichtige wirtschaftliche Dinge zu besprechen. Es drohte ein Rechtsstreit mit einem Bauern, über dessen Wiese man ein paar Fuhren Holz abtransportieren musste, und außerdem hatte der Bischof von Konstanz wieder einmal seine Abgabenforderungen erhöht. Das alles würde große Löcher in die Kasse reißen, aber Frau Agnes tat es mit knappen Worten ab. Dem Bauern sollte ein guter Wegzoll gezahlt werden, und dem Vogt des Bischofs sollte der Verwalter widersprechen, wenigstens für eine gewisse Zeit. Ihre Gedanken waren aber bei ihren Söhnen.

Als der Verwalter gegangen war, schaute sie wieder aus dem Fenster. Die Sonne musste längst aufgegangen sein, war aber nicht zu sehen. Es herrschte ein eigenartig düsteres Licht. Die Wolken in der Ferne hatten sich aufgebaut wie eine Festungsmauer, schwarz und undurchdringlich, aber mit hohen Türmen versehen, die weiß und glänzend in den Himmel ragten. Man hätte sie schön und prächtig nennen können, hätten sie nicht von drohendem Unheil gekündet. Es konnte nicht mehr lange dauern, bis ein gewaltiger Sturm über das Land fegte. Jörg und Endres mussten sich sofort auf den Rückweg machen, aber wenn sie durch den Wald ritten, würden sie den Sturm nicht rechtzeitig bemerken.

Natürlich gab es Möglichkeiten, wo sie sich in Sicherheit bringen konnten. Schon oft hatten die beiden in einer Höhle oder unter Felsvorsprüngen ausgeharrt, bis das Unwetter vorbei war, versuchte Frau Agnes sich zu beruhigen, doch sie spürte eine zunehmende Enge in der Brust, die von einer beklemmenden Furcht herrührte. Sie ließ sich ihren Umhang bringen und lief hinaus.

Sogleich stand sie am Ufer der Thur, dort wo die großen, flachen Steine lagen, auf denen man zu Pferde leicht übersetzen konnte, und starrte in den Wald auf der anderen Seite hinauf. Bisweilen glaubte sie, dumpfen Hufschlag auf dem Boden des Waldes zu hören, und horchte auf, doch es war immer nur Donnergrollen, das stetig näher kam und bedrohlicher wurde. In der Ferne musste es bereits heftig zu regnen begonnen haben, denn die Wasser des wilden Flusses schwollen immer mehr an, bis sogar die höchsten der sichtbaren Steine bedeckt waren. Das Rauschen der Fluten war längst zu einem wilden Tosen geworden, die Farbe hatte von einem frischen Grünblau zu einem bedrohlichen Braun gewechselt.

Am Himmel schoben sich schwarze Wolken über die Wipfel des Waldes, als versuchte der Höllenfürst persönlich, die Welt mit seinen rußigen Händen zu bedecken. Gräfin Agnes kniete nieder und begann zu beten.

Sie wusste nicht, wie viel Zeit vergangen war, als der Regen auch hier einsetzte, zuerst in schweren, dicken Tropfen, dann plötzlich in einer Wasserwand, die mit lautem Rauschen hernieder prasselte. Sie war auf der Stelle durchnässt. Es dauerte nicht mehr als einen kurzen Moment, und dann, mit einem Donnerschlag, ließ der Wolkenbruch nach und machte einem gleichförmigen, noch immer wasserreichen Regen Platz. Das jenseitige Ufer war wieder zu erkennen, und jetzt sah Frau Agnes zwei Gestalten zu Pferde aus dem Wald kommen. Das mussten ihre Söhne sein. Die Pferde scheuten, und die Männer stiegen ab, verschwanden mit den Tieren im Wald und kehrten bald darauf ohne sie zurück.

Jetzt erkannte sie die beiden trotz des Regens sicher: die schlanke Gestalt Jörgs, hinter ihm den stämmigeren Endres. Die beiden gingen auf die Silhouette einer Weide zu, an der ein kleiner, flacher Kahn befestigt war, der oft als Fähre diente, wenn es etwas zu transportieren galt.

Frau Agnes ahnte, was die beiden vorhatten. »Nein!«, rief sie heiser und blickte voller Angst den Fluss hinauf. Immer stärker war das Wasser angeschwollen, und dort, wo die Steine lagen, brandete eine hohe, wilde Gischt auf. Es brodelte und brauste, kochte und wirbelte. Jeder, der sich in den Fluss wagte, musste darin verloren sein. »Bleibt drüben!« Sie legte ihre ganze Kraft in diesen Ruf.

Die Söhne schienen sie nicht zu verstehen. Sie winkten fröhlich, als ob ihnen dieses Unwetter nichts ausmachte, und begannen, das Boot loszubinden. Endres war der erste, der es bestieg.

»Nicht aufs Wasser!«, rief Frau Agnes verzweifelt. »Sucht euch einen Unterstand!«

»Wir kommen!« Die Stimme des Jüngeren drang schwach durch das Rauschen von Flut und Regen.

»Bleibt da!«, rief sie. »Bleibt da! Die Flut!«

Doch ihre Söhne schienen sie nicht zu hören oder kümmerten sich nicht um ihre Worte, was das Wahrscheinlichere war. Agnes schickte ein Stoßgebet zum Himmel, als sie sah, dass jetzt auch Jörg das flache Boot bestieg und es vom Ufer abstieß. Es drehte sich einmal im Kreis, schien sich nicht vom festen Land lösen zu wollen, doch dann war es plötzlich in der Strömung und schoss pfeilschnell dahin.

»Herrgott, steh ihnen bei!«, schrie Agnes verzweifelt, als sie sah, dass Jörg mit gegrätschten Beinen aufrecht stehen geblieben war und versuchte, das Boot mit dem langen Staken zu steuern. Das dünne Holz, das nur bei ruhigem Wasser zur Fortbewegung nützlich war, brach schon nach einem kurzen Moment, und das Boot trieb steuerlos durch Strudel und Gischt. Auf der Strömung aber schoss ein Baumstamm heran, schnell wie ein Pfeil. Gleich darauf drang ein Krachen durch den Lärm der Flut, ein Splittern und Bersten, und entsetzt sah Agnes eine Planke durch die Luft fliegen. Sie schrie, als ihre Söhne in den Fluten verschwanden und fortgerissen wurden. Sie sah noch einen Arm verzweifelt in die Luft greifen, dann raubte der Regen ihr die Sicht.

Wasser prasselte auf sie nieder, als sie sich zu Boden warf und ihre Hände in den groben Kies grub. Ihr war, als müsse sie die ganze Erde schütteln, damit sie ihre Söhne wieder von sich gab, irgendwo am Ufer der rauschenden Thur.

*

Drei Tage lag Agnes von Hohenzorn im Fieber. Man hatte sie ins Schloss getragen und ihre Kleider gewechselt, man hatte ihr heißen Hollertrank mit Honig eingeflößt und ihr Gesicht mit dampfenden Tüchern bedeckt. Man hatte nach ihren Söhnen gesucht, während sie selbst im Wahn um sich schlug, als sei sie es, die sich gegen die Fluten wehren musste.

Am Abend des dritten Tages wurde sie ruhig und schlief ein paar Stunden fest. Als sie endlich erwachte, stand ihr Verwalter im Zimmer und schaute zu Boden, neben sich zwei völlig durchnässte Taglöhner, die ähnlich betretene Gesichter machten.

Sie brauchten nichts zu sagen. Die Herrin musste wissen, was ihr Kommen zu bedeuten hatte, und es dauerte auch nur einen Augenblick, bis Frau Agnes erkannte, dass sie nun ganz allein auf der Welt war.

Sie erhob sich. Wie eine Puppe an unsichtbaren Fäden bewegte sie sich zum Fenster, stieß es auf und starrte hinaus auf die Wasser der Thur. Sie flossen wieder dahin, als wäre nichts geschehen, doch Frau Agnes glaubte noch die reißende Flut zu sehen, die ihr die Söhne genommen hatte. Sie hob die Faust und wollte einen Fluch aussprechen, doch im letzten Moment hielt sie sich zurück, als hätte ein Unsichtbarer ihre Hand inmitten der Bewegung festgehalten. »Du hast mir meine Söhne genommen«, zischte sie leise in Richtung des Wassers, »und vor Jahren bereits meinen Mann. Ich werde dich besiegen.«

Sie würde den Kampf gegen diesen heimtückischen Fluss aufnehmen, denn es gab in ihrem Leben nichts anderes mehr für sie zu tun. Nicht nach Rache stand ihr der Sinn, sondern nach Höherem: dem Sieg über die Gewalt der Natur. Nie wieder sollte die Thur ein Menschenleben fordern. Nie wieder sollte eine Mutter oder eine Ehefrau das Leid durchmachen, das sie zu erleben gezwungen war. Die flachen Steine der Furt müssten zu einem sicheren Übergang erhöht werden, dachte sie und stellte sich vor, wie die Menschen, die durch ihre Geschäfte gezwungen waren, Tag für Tag den Fluss zu überqueren, selbst bei einem Unwetter von Fels zu Fels sprangen.

Für die Kaufleute war das allerdings nichts, dachte sie. Die mussten ihre Weinfässer und Stoffballen, ihre Getreidesäcke und Töpferwaren weiterhin einem Boot oder Floß anvertrauen. Warum also nicht einer Brücke?

Es hatte bis vor etwa hundert Jahren sogar eine gegeben, ein hölzernes Bauwerk, das die Fluten irgendwann mit sich gerissen hatten. Eine solche Brücke würde nur ein paar Jahre halten, und wenn das Wasser oder die Zeit sie zerstörten, wäre alles wieder wie jetzt. Man musste eine Brücke aus Stein bauen. Stein war etwas Ewiges, eine Wohltat für die Menschen und zugleich ein Grabmal für die, die Agnes verloren hatte.

»Meldet mich beim Vogt«, sagte sie zu ihrem Verwalter.

Der Vogt des Bischofs musste dafür sorgen, dass eine Brücke gebaut wurde. Schließlich kassierte er Jahr für Jahr Geld für die bischöfliche Schatulle. Das durfte nicht alles nach Konstanz fließen, es musste auch den Menschen hier zum Nutzen sein. Der Bischof war im Gegenzug zu seinem Steuerrecht schließlich auch gezwungen, die Menschen hier zu schützen, und das galt nicht nur im Krieg gegen fremde Soldaten, sondern im Frieden auch gegen die Gewalt der Natur.

Der Vogt ließ sie zunächst abweisen und ihr mitteilen, er habe wichtige Amtsgeschäfte zu erledigen und sei nicht zu sprechen, doch Frau Agnes suchte ihn noch am gleichen Tag auf und verlangte, vorgelassen zu werden. Der Vogt, der sich nicht nachsagen lassen wollte, er habe einer trauernden Mutter und Witwe kein Gehör geschenkt, gab schließlich nach und ließ sie in sein Kontor führen. Nachdem er ihr sein Beileid ausgedrückt hatte, trug sie ihr Anliegen vor. Man müsse eine Brücke über die Thur bauen, aus Stein, damit sie nicht gleich von der nächsten Flut wieder fortgerissen würde. Gleich morgen müsse man damit anfangen.

»Unmöglich«, sagte der Vogt. »Das wird der Bischof in Konstanz nie genehmigen, weil es viel zu teuer ist.« Bei Bischofszell sei das Wasser viel zu wild, der Fluss habe mehrfach sein Bett verlegt, und so eine Brücke würde schon beim Bau das eine oder andere Menschenleben fordern.

Agnes von Hohenzorn ließ seine Einwände nicht gelten. Sie wies darauf hin, dass Seine Eminenz den Bürgern von Bischofszell hohe Einnahmen zu verdanken habe, die ihn auch zu Gegenleistungen verpflichteten.

Was sie denn meine, wie viel allein die Unterhaltung von Schutztruppen koste, hielt er ihr entgegen, ganz zu schweigen von den Verpflichtungen der Bürger gegenüber der Kirche, und es entstand ein Streitgespräch, für das keine Lösung in Sicht schien. Schließlich wurde es dem Vogt zu viel, er hatte am Abend wichtige Gäste und musste diese Frau loswerden, ohne dass sie allzu sehr verärgert war. Sie besaß nicht nur ein hohes Ansehen in der ganzen Umgebung, sondern hatte auch das Mitgefühl auf ihrer Seite. Das müsse man durchrechnen, beschied er ihr. Der Bau einer steinernen Brücke koste viel Geld, bringe aber auch Brückenzoll ein, und wenn es sich lohne, könne man darüber nachdenken.

Sie gab sich zunächst damit zufrieden und kehrte heim. Es war schon viel erreicht, wenn der Vogt und sein Bischof darüber nachdachten. Aber Brückenzoll? Gewiss, der wurde überall erhoben und führte dazu, dass die Kaufleute diese Kosten in ihre Preise einrechneten, hatte aber auch zur Folge, dass Reisende oder wandernde Tagelöhner sich das Überqueren eines gefährlichen Flusses über eine Brücke nicht leisten konnten. Sie würden auch hier wieder auf die Benutzung eines Nachens oder auf die noch gefährlichere Flussquerung über die unsichere Furt angewiesen sein.

Wie sich herausstellte, würden die Zolleinahmen nicht einmal so weit reichen, dass sich der Bau der Brücke nach hundert Jahren bezahlt machte. Man konnte ja nicht zu viel verlangen, denn sonst würden die Kaufleute und Reisenden einen anderen Weg wählen, zumal die jetzige Furt gewiss vom Brückenbauwerk in Anspruch genommen würde. Der Vogt ließ ihr ausrichten, dass alles so bleiben müsse, wie es jetzt sei, denn der Bau würde wohl mehrere Jahre dauern, und man müsse Fachleute und teures Material von weit her kommen lassen. Damit künftig niemand zu Schaden käme, könne man die Reisenden in die eigene Verantwortung nehmen und zugleich zu deren Sicherheit das Überqueren des Wassers bei ungeeignetem Wetter bei Strafe verbieten.

Frau Agnes wurde bei dieser Auskunft zornig. Was war denn schon Geld, wenn es Menschenleben zu bewahren galt? Was war das für ein Bischof, dem Geld mehr bedeutete als das Leben der ihm Anbefohlenen? Ihre Drohung, die sie dem reißenden Fluss zugerufen hatte, kam ihr immer mehr wie ein Schwur vor, und den wollte sie einlösen. Es war ein heiliges Versprechen an die, die sie verloren hatte, und ihr Gelöbnis war das einzige, was ihren Schmerz lindern konnte.

Sie diktierte einen Brief an den Bischof, den sie ihm über den Vogt zuleiten lassen wollte. Sie könne fast ihr gesamtes Vermögen für dieses Vorhaben opfern, versprach sie – nur ihr Wohnhaus und eine winzige Leibrente wollte sie behalten, alles andere wollte sie einsetzen.

Das sei sehr großzügig, aber bei Weitem nicht genug, erhielt sie zur Antwort.

Die Gräfin gab sich nicht damit zufrieden. Sie sorgte dafür, dass der Briefwechsel sich in der kleinen Stadt herumsprach, und dann suchte sie die Reichen und weniger Reichen auf, die Honoratioren und die Handelsleute, die Bauern der Umgebung und die Handwerker, die Jäger und Fischer. Jedem erklärte sie, welchen Nutzen er vom Bau einer steinernen Brücke hatte, von der Bewahrung des eigenen Lebens und dem seiner Familie bis zu Vorteilen in seinem Gewerbe, und bald war sie in Bischofszell und der ganzen Umgebung wegen ihrer Beredsamkeit bekannt und gefürchtet, denn sie schaffte es, einem Jeden einen Geldbetrag zu entlocken, der höher war als der, den zu geben er vorher beizutragen bereit gewesen war. Jeder wusste, wie ernst es ihr mit ihrem Anliegen war, und fast alle ließen sich überzeugen. So kam es, dass sie nach kaum einem Jahr dem Vogt das gesamte Geld vorlegen konnte, das für den Bau der Brücke gebraucht wurde.

Der Bischof erhielt Nachricht und schützte weitere Einwände vor, von der Gefährlichkeit des Brückenbaus an sich bis hin zu militärischen Bedenken. Nachdem er vernommen hatte, mit welcher Hartnäckigkeit die Gräfin sich eingesetzt hatte, wagte er aber nicht mehr, das Unternehmen gänzlich abzulehnen, zumal ihr Ruf inzwischen bis weit ins Land vorgedrungen war. Er musste um den seinen fürchten, wenn er nicht nachgab.

So wurde die Genehmigung erteilt, es wurden Messungen vorgenommen und Handwerker angeworben, Sträflinge eingesetzt und Baufachleute herbeigeholt. Frau Agnes machte sich auf den Weg nach Konstanz, um dem Bischof zu danken. Dort erfuhr sie, dass für die Benutzung der Brücke ein respektabler Zoll vorgesehen sei.

Unmöglich, wandte sie ein. Sie habe jedem, der Geld zum Bau beigetragen habe, versprochen, dass diese Brücke zollfrei sein solle, frei für jedermann. Immerhin diene sie vor allem der Sicherheit der Menschen. Es entspann sich ein Streit, der ohne Lösung blieb, und schließlich machte sie sich auf den Heimweg nach Bischofszell.

Auf halbem Wege geriet sie in ein Unwetter, das so heftig war wie jenes, in dem ihre Söhne ums Leben gekommen waren. Blitze zuckten, der Regen stürzte wie eine Wasserwand herab, Sturm bog die Bäume und machte ihr Vorwärtskommen unmöglich. Als sie um eine Wegbiegung kam, schlug der Blitz in einen Baum, das Holz splitterte und krachte. Sie versuchte, ihr Pferd zu zügeln, weil sie fürchtete, der Baum werde umstürzen, doch der Hengst gehorchte nicht, sondern preschte voran. Kaum hatte sie den Baum passiert, stürzte ein schwerer Ast herab und landete genau da, wo sie hatte anhalten wollen. Wäre sie an dieser Stelle geblieben, wäre es um sie geschehen gewesen.

Unweit davon kam sie an eine kleine Kapelle. Das Unwetter ließ nach, und sie hielt an, um ein Dankgebet zu sprechen. Gerade als sie das Vaterunser beendete, kam ihr etwas in den Sinn, und plötzlich wusste sie, wie sie den Streit mit dem Bischof beenden konnte. Er sollte seinen Zoll bekommen – einen Brückenzoll, den auch der ärmste Mensch bezahlen konnte.

Noch am Abend, als sie in ihrer Kammer bei einem gewärmten Apfelwein saß, ließ sie einen Brief an den Bischof schreiben. Er solle selbstverständlich seinen Brückenzoll erheben, ließ sie ihn wissen, aber da sie es sei, die durch ihre Sammlung und ihr eigenes Vermögen die Kosten aufgebracht habe, könne sie auch die Höhe des Zolls vorschlagen. Sie habe überlegt, dass er doch ein Mann der Kirche sei und stets den Wert des Gebets hochhalte, also sei es nur billig, wenn der Brückenzoll aus einem Gebet bestünde. Sie schlage deshalb vor, dass jedermann, der die Brücke nutze, in deren Mitte niederknien solle, um ein Vaterunser zu sprechen – dieses Gebet sei zugleich eines für die Seelen ihrer beiden Söhne, die durch ihren Tod den Anlass zur Errichtung des Bauwerks gegeben hatte. Den Brief ließ sie noch an diesem Abend dem Vogt überbringen, las ihn aber auch einigen Gästen vor, die sie zum Essen geladen hatte.

*

Sieben Jahre später saß Gräfin Agnes von Hohenzorn an einem Herbstmorgen am Fenster ihrer Kammer, in wärmende Decken gehüllt. Sie fühlte sich schwach, denn eine schleichende Krankheit hatte sie vorzeitig altern lassen. Es war ein schönes Jahr gewesen, sie hatte viele sonnige Tage genießen dürfen, einen milden Frühling voller Blüten und einen Sommer, der den Bauern ringsum eine reiche Ernte gebracht hatte – ein liebreiches Jahr, wie geschaffen für einen freundlichen Abschied. Sie beobachtete die Händler auf der Brücke tief unter ihrem Fenster, die mit ihren Waren in die Ferne zogen, die Reisenden, die mit schwer beladenen Pferden aus der Fremde kamen, die Wandersleute, die auf der Suche nach einer Arbeit von Ort zu Ort zogen, die Jäger, die mit reicher Beute aus den Wäldern heimkehrten. Sie strebten einer steinernen Brücke zu, die mit majestätischen Bögen auf kräftigen Pfeilern ruhte, leicht in die Strömung gekrümmt, sodass es aussah, als gäbe es in der Mitte einen Knick. Alle, alle hielten sie auf dieser Brücke an und knieten vor dem Kreuz nieder, um mit einem Gebet ihren Zoll zu entrichten. Gräfin Agnes von Hohenzorn sah all dies mit Wohlwollen und mit Stolz. Es war ihr Lebenswerk, das sich hier erfüllte.

Jetzt fiel ihr eine Gruppe von Reitern auf, die aus dem Wald am jenseitigen Ufer kam und auf die Brücke zustrebte. Etwas an den drei Männern schien ihr bekannt, die Umrisse vielleicht, oder die Körperhaltung. Sie bemühte sich, mehr zu erkennen, doch ihr geschwächter Leib hielt sie in einer Müdigkeit gefangen, die verhinderte, dass sie sich vorbeugen konnte. Erst als die Männer in der Mitte der Brücke anhielten, um von ihren Pferden zu steigen, erkannte sie sie: Es waren Jörg und Endres, ihre Söhne, die von der Jagd heimkehrten, ohne Beute. Den erlegten Hirschen hatten sie gewiss im Wald in einer Höhle versteckt, als sie ihren Vater trafen, denn die hohe Gestalt, die Agnes in der Mitte erkannte, war Utz, ihr geliebter Mann. Er erkannte sie, als er sie am Fenster sitzen sah, und winkte ihr zu. »Ich komme zu dir«, flüsterte sie und beschloss, in die Halle hinunter zu gehen, um ihre Lieben zur Begrüßung zu umarmen. Einen Moment hatte sie noch Zeit, bis die drei an der Tür eintrafen. Für diese Minuten konnte sie noch einmal die Augen schließen und ein wenig Kraft sammeln.

So fand man sie am Abend, als man ihr das Essen bringen wollte – sanft entschlafen, mit einem Lächeln auf den Lippen.

Rita Hausen – Teufelsaustreibung in Meersburg

Am 12. Juli 1774 ging wie ein Lauffeuer die Kunde durch die Stadt, dass der Exorzist Gaßner auf dem Weg nach Meersburg sei, seine Kutsche war schon kurz hinter Hagnau gesichtet worden. Dem Schweizer Theologen ging der Ruf voraus, dass er durch bloße Handauflegung und nach den Regeln des kirchlichen Exorzismus zu heilen vermochte.

Als die Kutsche durch das Stadttor fuhr, jubelten ihm die Menschen zu, die scharenweise zusammengelaufen waren.

Am nächsten Tag drängten sich Leidende und Gebrechliche in die Räume des Priesterseminars, wo Gaßner seine Heilungen vollbrachte.

Zur Behandlung kamen eine taube Frau aus Landsee, ein blinder Pfarrer, ein gelähmter Kaplan und viele mehr. Neben Beschwörungen und Gebeten berührte Gaßner die Patienten an der Stirn und an den Stellen, an denen sich ihre Gebrechen zeigten. Den Kaplan schüttelte er kräftig durch, damit der Teufel umso sicherer ausfahren konnte. Der Geistliche, der sich seit einem Jahr in einem Sessel tragen lassen musste, konnte danach tatsächlich laufen. Zögernd zunächst und mit etwas Unterstützung schaffte er es bis zum ›Wilden Mann‹ in die untere Stadt, um seine Genesung zu feiern.

Der aufgeklärte Kirchenfürst Kardinal von Rodt stand diesem Treiben äußerst skeptisch gegenüber, dennoch konnte er nicht darüber hinwegsehen, dass Gaßner tatsächlich wundersame Heilungen vollbracht hatte. Er wandte sich an einige Bischofskollegen sowie an verschiedene Wissenschaftler und bat sie um Stellungnahme. Schließlich nahm sich ein katholischer Geistlicher, der an der Münchener Akademie lehrte, der

Sache an. Pater Sterzinger war der neue Teufelsspuk und das geistliche Theater Gaßners schon lange ein Dorn im Auge. Er regte an, diese Vorgänge wissenschaftlich zu untersuchen, denn er vermutete, dass eine natürliche Kraft die Heilungen bewirkte. Er wandte sich an den in Wien lebenden Arzt Franz Anton Mesmer, der im Auftrag der Akademie ein Gutachten über Gaßners Heilungen erstellen sollte. Dieser Arzt war nämlich durch eine ungewöhnliche Behandlungsmethode und einige spektakuläre Heilungen berühmt geworden.

Am 2. August 1775 stand Mesmer auf der Mole, an die hölzerne Rampe gelehnt und fütterte die Möwen. Sanfter Wind strich über den See und kühlte die Luft des heißen Augusttages. Der Himmel war blassblau, auf ihm trieben weiße Wolken dahin wie auf dem See die Fischerkähne mit ihren Segeln. Mesmer sah auf die weite schimmernde Fläche, vertiefte sich gedankenverloren in das leichte Kräuseln der Wasseroberfläche. Er dachte an seine Kindheit zurück, als er in Iznang zur Schule gegangen war und seine freie Zeit häufig am See verbracht hatte. Quellen und Wasser hatten ihn immer besonders fasziniert, kein Wunder, dass er die Kraft, die er gefunden zu haben glaubte, ›Fluidum‹ nannte. Es war eine fließende, lösende und starke Kraft, die alles Lebendige durchzog, man musste diese Kraft nur wecken oder in Harmonie bringen, um von den meisten Krankheiten geheilt zu werden. Er wandte sich um und sah über den Hang mit den Reben hinauf zur Oberstadt, die von der alten Burg gekrönt wurde.

Er war hier, um sich über die Teufelsaustreibungen von Gaßner ein Bild zu machen, Sterzinger hatte ihm geschrieben:

»Am Bodensee kursieren merkwürdige Krankengeschichten. Die Leute haben sich von einem Possenmacher weismachen lassen, sie seien vom Teufel besessen. Dabei bedient er sich vermutlich einer unbekannten geheimnisvollen Kraft aus dem Reiche der Natur, einer magnetischen, elektrischen oder sympathischen Kraft, die zusammen mit der Einbildungskraft das Ihrige tut, die nicht bestreitbaren Wirkungen bei den Kranken hervorzurufen. Wir suchen nun gelehrte Männer, um den wahren Grund für die Heilungen zu ergründen.«

Am nächsten Tag ging Mesmer die Steige zur Oberstadt hinauf, zwischen Fachwerkhäusern, am grauen Quadergestein des Schlosses, an der Mühle vorbei, deren gewaltiges Rad sich drehte und die Luft mit Rauschen und Klappern erfüllte. Er strebte zum Priesterseminar hin, wo der Exorzist erneut seine Teufelsaustreibungen vornehmen wollte. Es war nicht leicht, bis dorthin vorzudringen, da die Straße voller Menschen war. Auf den Plätzen zwischen dem Neuen Schloss und dem Priesterseminar harrten die Leidenden, bis sie an die Reihe kamen. Sie hockten meist in sich gekehrt, apathisch und erschöpft auf dem Boden, gelegentlich hörte man auch Schreie und lautes Stöhnen.

Mesmer drängte sich zwischen den zusammengeknäulten Menschen durch die drei Tore und die drei Innenhöfe zum Seminar. Es hatten sich mehrere Bischöfe und Fürsten eingefunden, sowie Vertreter aus allen Ständen, die großenteils mit entrückten Blicken an dem Wundertäter hingen. Dieser saß an einem kleinen Tisch, auf dem ein Kruzifix stand und verkündete seine Lehre.

»Die Macht des Teufels ist ungeheuer, er plagt und versucht die Menschen in vielerlei Formen. Drei Arten von Gepeinigten sind zu unterscheiden: Angefochtene, Verzauberte und Besessene. Auf vielerlei Art wirkt der Teufel auf sie ein: durch wirkliche oder eingebildete Schmerzen, durch zahlreiche Krankheiten des Körpers oder des Gemütes. Die meisten dieser Übel sind nur durch geistliche Mittel zu vertreiben.«

Mesmer lehnte in einer Fensternische und ließ die Rede des frommen Mannes auf sich wirken, dann schaute er auf den Bodensee hinunter und dachte an die vielen Scheiterhaufen, die hier in der Gegend gebrannt hatten und von denen er hoffte, dass sie endgültig erloschen seien.

Die Tonart des Teufelsbeschwörers klang nun zunehmend grollend. Das war nicht mehr der friedliche Gottesmann, der vom Mitgefühl für die Kranken erfüllt war, sondern ein Eiferer, der für die Verfolgung der Gottlosen eintrat, ja sogar die Verbrennung von Hexen und Irrlehrern verteidigte.

Mesmers Widerwille verstärkte sich zunehmend, und er fühlte sich mehr denn je als Sohn des aufgeklärten Zeitalters dazu berufen, gegen diesen Geist der Irrationalität und des Aberglaubens vorzugehen. Dies war nicht die Stimme eines wunderlichen, harmlosen Heilsprediger, der gekommen war, die Menschen gesund zu machen, oder es zumindest vorzugeben, sondern jemand, der einen schändlichen Wahn, den Mesmer längst als überwunden angesehen hatte, wieder neu beleben und auf die Menschheit loslassen wollte. Geheimnisvolle Naturkräfte, die es zu erforschen galt, wurden von ihm missbraucht und falsch gedeutet.

Nun begann Gaßner mit seinen eigentlichen ›Operationen‹. Er ließ sich einen Kranken nach dem anderen vorführen, sprach seine Exorzismen und Gebete, berührte die Kranken zuweilen, und wenn der Teufel nicht sogleich ausfahren wollte, schrie er ihn gewaltig an, so dass der Kranke zusammenfuhr und zu zittern begann. Sodann verließen die Gebrechlichen den Raum, dem Anschein nach mit einer deutlichen Besserung oder auch vollständig geheilt.

Die Tür öffnete sich, und der Türwächter meldete den Grafen Foucault. Von seinem Diener mehr getragen als gestützt, wankte er auf Krücken herein. Er setzte sich unter Ächzen in einen Sessel. Mesmer trat aus seiner Nische, um die Handlung genauer beobachten zu können.

Der Graf schilderte seine Leiden: »Seit zehn Jahren bin ich nicht imstande gewesen, mich allein an- und auszuziehen, seit vier Jahren habe ich das Zimmer nicht mehr verlassen. In guten Stunden konnte ich mit einiger Anstrengung meinen Namen schreiben, aber auch das ist nun nicht mehr möglich. Man muss mich füttern wie ein kleines Kind und Schmerzen peinigen mich Tag und Nacht.«

Mesmer hatte in Wien einen ähnlichen Fall gehabt und vermutete eine besonders heftige Arthritis, wie sie so oft bei Adeligen vorkam, die zu viel Alkohol und Fettiges in ihrem Leben genossen hatten.

Gaßner fragte den Kranken, ob er glaube, dass seine Leiden vom Teufel herrühren.

»Woher denn sonst, Herr Pater«, erwiderte der Graf, »hätten nicht sonst die Unmengen der mir von besten Ärzten verordneten Arzneien, die vielen Bäder und Wickel helfen müssen? Stattdessen wird es immer schlimmer.«

Der Geistliche begann daraufhin mit dem Exorzismus, er richtete seine Worte geradewegs an den bösen Geist, beschimpfte ihn als verfluchte Höllenbestie und schrie ihn an, er solle die Glieder des Grafen sofort verlassen. Dann berührte er den Kranken an den Schultern. Nichts geschah. Gaßner legte ihm die Stola auf den Kopf und rief: »Im Namen Gottes: Weiche Satanas!« Es trat keinerlei Wirkung ein.

Der Heiler erklärte daraufhin: »Wenn eine Besessenheit all dieser machtvollen Behandlung zum Trotz nicht weichen will, so handelt es sich um eine natürliche Krankheit, die sich meinem Einfluss entzieht. Ich rate Euch, einen tüchtigen Arzt aufzusuchen, denn ich bin keiner. Ich bin nur ein schlichter Priester.«

Die Enttäuschung war dem Kranken ins Gesicht geschrieben, Tränen rannen ihm über die Wangen, er winkte seinem Diener und machte Anstalten den Saal zu verlassen.

Ohne lange zu überlegen trat Mesmer vor und sagte: »So lasst mich hier meine Kunst versuchen.« Die Beteiligten waren so überrascht, dass sie nicht antworteten und nicht reagierten. Mesmer suchte den Blick des Kranken, der von starken Schmerzen getrübt war. Als er in die dunklen Augen des Arztes sah, fühlte er sogleich Linderung seiner Qualen. Mesmer beugte sich zu ihm und sagte leise: »Vertrauen Sie mir.« Der Graf seufzte, und mit leichtem Kopfnicken erlaubte er Mesmer die weitere Behandlung. Dieser strich ihm nun über Arme und Beine, Hände und Füße, über die Gelenke und ertastete jeden Muskel und jeden Nerv. Der Kranke zuckte mehrere Male sehr heftig. Dann bat Mesmer ihn aufzustehen, was ihm ohne Hilfe gelang. Doch als der Arzt ihm die Hand auf die Stirn legte, sank er wie leblos in seinen Sessel zurück. Ein Raunen des Unmuts ging durch die Anwesenden.

Gaßner war während der Behandlung Mesmers ärgerlich beiseite getreten, nun fand er seine Sprache wieder und schrie: »Was erlauben Sie sich! Sehen Sie, was Sie angerichtet haben!«

Mesmer, der sich über den Kranken gebeugt hatte, richtete sich in voller Größe auf und sagte ruhig: »Schreien Sie Ihre Teufel an, nicht mich. Haben Sie nicht nach einem tüchtigen Arzt gerufen? Nun, der bin ich.« Er wandte sich zu den Menschen im Saal und erklärte: »Ich habe ihn in einen Heilschlaf versetzt. Wenn er aufwacht, wird er sich besser fühlen. Aber diese Krankheit ist nicht durch eine einzige Behandlung zu heilen. Ich müsste sie in gewissen Abständen wiederholen. Und es ist auch keine Wunderheilung, sondern beruht auf magnetischen Kräften, die – richtig gebündelt und angewandt – Gesundung herbeiführen können.«

Gaßner kündigte eine Pause an und verließ hastig den Saal. Mesmer wollte noch bei dem Kranken ausharren und ihn nach einer angemessenen Zeit aus seinem Schaf zurückholen. Die Zuschauer flüsterten miteinander, manche gingen hinaus.

Mesmer trat wieder in die Fensternische zurück und sah auf seine Taschenuhr. Er schaute hinaus auf den See und dachte an gar nichts. Nach etwa einer halben Stunde trat er zu dem Grafen und berührte ihn mit zwei Fingern an der Stirn, genau zwischen den Augen. Foucault seufzte und kam langsam zu sich. Er sah Mesmer an, schaute irritiert um sich, als müsse er sich mühsam besinnen, wo er war. Mesmer erklärte ihm seine Behandlungsmethode und bot ihm an, ihm weiterhin zur Verfügung zu stehen. Dann reichte er dem Kranken die Hand. Der Graf erhob sich und verkündete mit leuchtendem Gesicht, dass er keinerlei Schmerzen mehr verspüre. Frei und ohne Stütze ging er zur Tür und unter den Zuschauern brach Jubel aus.

Auch Mesmer verließ nun den Saal. Als er die Halle erreicht hatte, wurde er von zwei Herren eingeholt, die sich als Dr. Harter und Medizinalrat Weitenauer aus Konstanz vorstellten. Mesmer stellte sich ebenfalls vor und Harter lächelte. »Also ist meine Vermutung richtig gewesen, der werte Medizinalrat wollte mir nicht glauben. Wir haben aber beide schon von Ihnen gehört. Was halten Sie von diesem Spuk?«

»Meine Herren, das sollten wir in Ruhe bei einem guten Essen besprechen.«

So gingen sie gemeinsam hinunter zum Wilden Mann und diskutierten schon auf dem Weg lebhaft miteinander.

Als sie am Tisch saßen und sie den ersten Schluck Wein gekostet hatten, ergriff Weitenauer das Wort und wandte sich an Mesmer: »Was haben Sie da gemacht, verehrter Kollege? Mit Verlaub – es sah nicht so viel anders aus als das, was Gaßner vollführt, wenn man von den Teufelsbeschwörungen absieht.«

Mesmer hob die Augenbrauen und sagte: »Aber das ist der entscheidende Unterschied. Ich erforsche eine geheime Kraft der Natur, Gaßner verharrt in einem Aberglauben, der gefährlich ist.«

Harter warf ein: »Man hört, Sie heilen mit Magneten. Ist das nicht auch Hokuspokus?«

»In den Magneten lebt die Urkraft, die unteilbar ist, weil sie im geringsten Teil die Eigenschaft des Ganzen hat. Die Gestirne gehorchen ihr, das Meer und die Wolken sind ihr untertan, der Saft in der Pflanze und das Blut im Menschen. Diese Kraft bewirkt auch im Körper etwas Ähnliches wie Ebbe und Flut, sie berichtigt die verwirrten Ströme des Nervenfluidums und stellt die gestörte Harmonie wieder her. Ich habe mit meiner Behandlung schon vielen Patienten geholfen, sogar solchen, die von anderen schon aufgegeben wurden.«

Mesmer kostete genüsslich von dem Fisch, der aufgetragen worden war.

»Wie gehen Sie vor? Schildern Sie uns doch diese Methode«, hakte Harter nach.

»Gut. Ich hatte eine Patientin, 18 Jahre, sehr zart. Sie wurde ganz plötzlich von einer merkwürdigen Krankheit befallen. Sie äußerte sich in gelegentlicher Blindheit und Taubheit, in furchtbaren Schmerzen im ganzen Körper, in unerträglicher Migräne und wütendem Zahnweh. Keines der herkömmlichen Mittel führte zum Erfolg oder wenigstens zu einer Linderung. Als wieder ein Anfall bei ihr im Anzug war, legte ich ihr einen Magneten in die Herzgrube und zwei andere an ihre Fußsohlen. Dadurch wurde zunächst der Schmerz gesteigert. Ich leitete durch Streichungen meiner Hände knapp über dem Körper den Schmerz durch ihre

Extremitäten ab, und allmählich wurden die Anfälle gelinder. Schließlich schlief sie ein. Als sie erwachte, waren die Schmerzen fort.

Ich führe die Patienten sozusagen in eine Krise, um die Wende zum Besseren herbeizuführen. Die Behandlung kann also sehr schmerzhaft sein. Und sie muss mehrere Male hintereinander erfolgen. Ich konnte das Mädchen völlig von seinen Leiden befreien. Und auch vielen anderen habe ich auf diese Weise geholfen. Allerdings habe ich bald festgestellt, dass ich die Magnete nicht unbedingt brauche. Diese Naturkraft ist auch in meinen Händen. Wie Sie heute gesehen haben, habe ich bei dem Grafen keine Magnete verwendet.«

Harter betrachtete Mesmers große, aber feingliedrige Hände, die nun geschickt mit Fischmesser und Gabel hantierten.

»Hm«, meinte der Medizinalrat, »mit oder ohne Magnet, das hört sich sehr befremdlich an.«

Mesmer wollte zu weiteren Erklärungen ausholen, als ein Bote des Fürstbischofs an ihn herantrat und ihm ein Billet aushändigte, in dem stand, dass der Kardinal sich freue, ihn um 15 Uhr in seinem Schloss begrüßen zu dürfen.

»Wie auch immer sie darüber denken, meine Herren, ich bin von der Münchener Akademie zum Gutachter im Fall Gaßner bestellt und habe nachher eine Audienz beim Kardinal.«

Der Medizinalrat beeilte sich zu erklären: »Ich wollte Ihnen keineswegs zu nahe treten. Ein Disput unter Kollegen, Sie verstehen? Ich würde gerne mehr über Ihr Behandlungskonzept erfahren.«

Mesmer lächelte verbindlich und erhob sein Glas. Er leerte es auf ihre Gesundheit und verabschiedete sich.

Er ging in sein Zimmer, um sich für den Besuch bei dem Fürstbischof umzukleiden. Er legte seine einfache Reisekleidung ab und zog ein feines Hemd mit Spitzenjabot, eine Weste aus Seide und einen bestickten dunkelblauen Galarock an.

Erneut stieg Mesmer in die Oberstadt, blieb kurz stehen, um das Wahrzeichen Meersburgs, die alte Merowingerburg, auf sich wirken zu lassen, ein Mahnmal der Vergangenheit und ein Zeichen weltlicher und kirchlicher Macht. Das Schloss gehörte dem Hochstift Konstanz, ungezählte Bischöfe hatten hier residiert. Aber die lebensfrohen Kirchenfürsten des achtzehnten Jahrhunderts lehnten es ab darin zu wohnen. Es war ihnen zu finster und zu gespenstisch. Die Herren von Stauffenberg, von Schönborn und von Rodt konnten es darin nicht aushalten und hatten sich unmittelbar daneben den Prachtbau mit den freundlichen hellrot getönten Mauern geschaffen samt majestätischer Freitreppe und dem Wunderwerk des schmiedeeisernen Tores.

Immer noch belagerten Kranke den Schlossplatz, Mesmer bahnte sich einen Weg durch die Menge und betrat durch das Hauptportal das Neue Schloss.

Eine andere Welt nahm ihn auf, eine Welt der Heiterkeit, der Schönheit und der Freude. Die Treppe war aus weißem Marmor, der mit roten Teppichen belegt war. Farbenfrohe Fresken zierten Wände und Deckengewölbe.

Ein Lakai führte Mesmer in ein dämmeriges Vorzimmer, in dem er warten musste, bis ein Diener die große Flügeltür öffnete, um ihn zum Fürstbischof hineinzubitten. Mesmer trat ein. Ströme von Sonnenlicht fluteten durch den Raum. An einem der weit offenen Fenster stand eine hohe, schmale Gestalt im roten Ornat. Kardinal von Rodt lächelte ihm entgegen.

»Ich freue mich, Sie hier begrüßen zu können, Herr Doktor Mesmer.« Er wies mit der Hand hinaus. »Ist das nicht schön?«

Der See lag flimmernd und blendend da wie eine ungeheure Schale aus Opal, am anderen Ufer erhoben sich majestätisch die Schweizer Berge.

»Nehmen Sie Platz, Herr Doktor. Zufällig erfuhr ich von Ihrer Anwesenheit in Meersburg. Man sagt, Sie haben unserem Teufelsaustreiber Konkurrenz gemacht.« Der Kardinal schmunzelte, und sie ließen sich auf zwei goldbefußten Stühlen am Fenster nieder.

»Nun, diese Kunde hat sehr schnell den Weg zu Euch gefunden, Eminenz!«

»Solche Dinge erfahre ich immer sofort«, antwortete von Rodt verschmitzt. »Was halten Sie von Ihrem priesterlichen Konkurrenten, Herr Doktor Mesmer?«

»Wünschen Eminenz eine wissenschaftliche Antwort? Die theologische Einschätzung möchte ich lieber Euch überlassen«, antwortete Mesmer vorsichtig.

»Ich bitte Sie, nur frei von der Leber weg!«

»Ohne Zweifel bewirkt Gaßner echte Heilungen, in diesem Sinne ist er kein Betrüger. Dennoch bereitet mir sein Vorgehen großes Unbehagen. Er verkündet, dass es Teufel gibt, die in Menschen fahren und sie krank machen, ja sich in ihnen festsetzen können. Da ist der Weg nicht weit, diese Menschen zu verfolgen. Erst kürzlich wurde drüben in Glarus eine Frau als Hexe verbrannt. Ich befürchte, dass es bald wieder Inquisitionsgerichte und Scheiterhaufen geben könnte.«

Bedrückt schaute Mesmer aus dem Fenster und dachte an den Kampf, den er aufgenommen hatte. Die Wiener Ärzte und Professoren waren vielleicht auch eher bereit an Teufel zu glauben als daran, dass es Naturkräfte gibt, die nur noch nicht richtig erkannt waren oder die man sich nicht zunutze zu machen wusste, dass Ströme und Strahlen durch das Weltall fluteten, die der Mensch noch nicht erforscht hatte.

Der Kardinal antwortete lächelnd: »In meinem Bistum werden keine Scheiterhaufen mehr brennen, da möchte ich Sie beruhigen. Aber wie erklären Sie sich die wundersamen Erfolge von Gaßner?«

»Es sind eben keine Wunder, Eminenz, weder höllische noch himmlische. Vermutlich hat er eine besondere Gabe zu heilen, eine starke magnetische Kraft, die seinen Händen, seinen Blicken, seinen Worten entströmt. Er ist sich darüber aber nicht klar und deutet dieses Phänomen falsch. Und gerade diese falsche Deutung halte ich für so gefährlich. Es handelt sich hier um Kräfte, die meiner Ansicht nach in allen Menschen schlummern, nur mehr oder weniger stark. Wie Ihr ja gehört habt, habe ich dieselben Heilungen bewirkt, ohne die himmlischen Heerscharen dabei zu bemühen. Es ist einfach eine unbekannte Naturkraft, es ist das, was ich als ›tierischen Magnetismus‹ bezeichne. Diese Bezeichnung ist vielleicht nicht besonders glücklich gewählt und natürlich einstweilen auch noch nicht genügend erforscht.«

Der Fürstbischof stand auf und verkündete: »Sie haben mich überzeugt. Es ist besser, diesem Gaßner seine weitere Tätigkeit zu untersagen. Es schadet dem Ansehen der Kirche mehr als dass es ihm nützt. Ich habe da auch mit Pater Sterzinger gesprochen, und er hat mir versichert, dass die Art der Gaßner'schen Exorzismen sich nicht mit der Liturgie der Kirche deckt. Schon darum kann man sie nicht anerkennen.

Ich danke Ihnen jedenfalls für Ihre Ausführungen, Herr Doktor Mesmer, ich finde sie außerordentlich interessant.«

Mesmer erhob sich ebenfalls, verbeugte sich und äußerte bewegt: »Eminenz, Eure Entscheidung freut mich zutiefst. Darf ich einen Vorschlag machen? Mir tun die vielen Menschen leid, die da draußen ausharren und sich Heilung erhoffen. Ich würde gerne meine ärztliche Kunst einsetzen, um ihnen zu helfen.«

»Dazu haben Sie meinen Segen. Benutzen Sie einfach die gleichen Räume wie Gaßner.«

Noch am gleichen Tag wurden Gaßner weitere Teufelsaustreibungen untersagt, und zeitgleich ließ Mesmer verkünden, dass er in den folgenden zwei Wochen Kranke behandeln werde.

Es gelang ihm, einen Fall von Blutspeien zu heilen, Krämpfe zu lösen, Wahnvorstellungen zu beseitigen, Geschwüre zu kurieren. Er konnte sogar einem Mann helfen, der vom Schlagfluss getroffen worden war und schon lange darnieder lag, von Aderlässen und anderen Kuren geschwächt.

Allerdings benötigte seine Methode mehrere Behandlungen und konnte schon deshalb nicht als Wunderheilung gelten. Die beiden Ärzte beobachteten ihn kritisch, und nach den ersten Erfolgen sagte der Medizinalrat bissig zu Harter: »Wenn Heilungen so vonstattengehen, brauchen wir eigentlich nicht mehr jahrelang die Universitäten zu besuchen und dort zu studieren. Er gebärdet sich wie ein Medizinmann, ich sehe da keinen großen Unterschied zu Gaßner. Nur dass er es als wissenschaftliche Methode ausgibt.«

In der Zeitung jedoch war zu lesen:

Der durch die Entdeckung verschiedener neuer Wirkungen des Magnets und besonders des tierischen Magnetismus berühmte Dr. Mesmer weilt derzeit in Meersburg, um daselbst die wunderbare Macht, die er über alle Menschen ausübt, bei denen der Nervensaft in Unordnung ist, zu beweisen. Durch bloße Berührung der Hände der Patienten verstärkt er deren Symptome, um sie dann verschwinden zu lassen. Er erweckt diese Erscheinungen sogar ohne Berührung aus der Entfernung von mehreren Schritten.

Dr. Mesmer beteuert, dass diese bewunderungswürdige Kraft nicht seiner Person allein zu eigen ist. Alle Menschen seien mehr oder minder magnetisch und könnten diese Gabe zur Heilung einsetzen.

Die zahlreichen Heilerfolge zeigen die Wirksamkeit seiner Entdeckung und sind eine große Wohltat für die Menschheit.

Mesmer kehrte nach Ablauf der zwei Wochen nach Wien zurück und war dort trotz oder gerade wegen seiner Heilerfolge heftigen Auseinandersetzungen und Anfeindungen ausgesetzt, die ihn jedoch nicht von seinem Ziel und seiner Idee, eine bahnbrechende Entdeckung zum Wohle der Menschheit gemacht zu haben, abgebracht hat.

Franz Anton Mesmer war ein umstrittener Arzt im 18. Jahrhundert, der mit Magnetismus zu heilen versuchte und damit einige Erfolge hatte. Man vermutet heute, dass seine Heilungen auf Suggestion, Hypnose und einer Vorform der Psychotherapie beruhten.

Er wurde 1734 in Iznang am Bodensee geboren, promovierte 1766 in Wien und heiratete 1768 eine reiche Witwe. Als er in Wien zunehmend Verleumdungen und Anfeindungen ausgesetzt war, ging er nach Paris (1778-1790).

Nach den Wirren der französischen Revolution kehrte er nach Wien zurück, geriet 1793 in den Verdacht Jakobiner zu sein, wurde eingekerkert und nach drei Monaten wieder freigelassen. Fortan wirkte er an verschiedenen Stätten am Bodensee und starb 1815 in Meersburg.

Alf Leue – Der Gast des Steinhauers

Noch war es nicht Tag geworden, noch hing die Kühle der vergangenen Nacht in den Gassen von Breisach, auch wenn die schwache Frühlingssonne das erste Licht bereits über die Stadtmauern der Stadt sandte. Eine vermummte Gestalt von auffallend kräftiger und groß gewachsener Statur, die Kapuze des Umhangs tief ins Gesicht gezogen, schlüpfte unbemerkt durch die Pforte des hospitii publici. Ihm folgte ein Mönch, der die Tür des öffentlichen Gasthauses leise hinter sich ins Schloss zog. Er war in eine braune Kukulle gehüllt, hatte seinen Kopf jedoch nicht bedeckt, sodass sein Gesicht in der Morgendämmerung zu erahnen war. Zusammen machten sie sich auf den Weg hinab in Richtung der Stadtmauer am Rheinufer, wo der mächtige Strom an Breisach vorbeifloss. Hastigen Schrittes eilten sie durch die engen Gassen und sahen sich von Zeit zu Zeit verstohlen um, als befürchteten sie, entdeckt zu werden. Doch niemand war zu sehen. Noch war die Stadt wie ausgestorben an diesem 25. April im Jahre des Herrn 1415, dem Tag des Heiligen Markus.

Der Große zuckte zusammen. Eine streunende Katze war auf der Jagd nach einer Maus quer über die schlammige Gasse gehuscht, hatte seinen Weg gekreuzt und ihn fast zum Stolpern gebracht. Schwer atmend stützte er sich an der lehmverputzten Wand eines Hauses ab. Im Takt seines Atmens entstiegen seinem Mund feine Wolken. Der Mönch schloss auf, fasste ihn vertraut an der Schulter und drängte ihn leise zum Weitergehen: »Es ist keine Zeit zu verlieren, Herr. Wenn man Eure Flucht bemerkt, könnte es zu spät sein.«

Der Angesprochene wandte sich um. Der Schatten der

Kapuze verdeckte sein Antlitz. Er nickte bedächtig und flüsterte: »Ihr habt Recht, Wolfram.« Seine Stimme klang dünn, erschöpft, gehetzt, sie passte nicht zu seiner gewaltigen Statur. Die beiden Männer setzten sich wieder in Bewegung und durchmaßen die Gasse mit großen Schritten, bis sie an deren Ende um eine Ecke im Dunst des Morgennebels verschwanden.

Ihr Ziel, das Rheintor, lag nur fünfzig Ruten entfernt und nahe des Flusses, der jenseits der Stadtmauer von einer auf steinernen Bögen ruhenden Brücke überspannt wurde. Die Torwächter blickten auf, als sie die Männer näherkommen sahen, und stellten ihre Hellebarden lotrecht. Einer von ihnen trat einige Schritte vor.

»Lasst mich reden, Herr«, raunte der Mönch seinem Begleiter zu und schob sich an ihm vorbei. Die Wache beäugte die Ankömmlinge argwöhnisch.

»Geheiligt sei Jesus Christus«, grüßte der Geistliche und mühte sich, seiner Stimme einen belanglosen Klang zu verleihen.

»In Ewigkeit Amen«, grummelte der Stadtsoldat, ließ aber seinen Blick nicht von den beiden Männern.

»Habt Ihr wohl die Güte, uns passieren zu lassen?«

»Nein«, entgegnete der Wächter bestimmt. »Wir sind vom Rat angehalten worden, niemanden herauszulassen und solange diese Anweisung gilt, kommt keiner durch dieses Tor.«

»Ich bin lediglich ein geringer Diener Gottes und auch mein Begleiter ist ein harmloser Geselle«, widersprach der Mönch und verlegte sich aufs Flehen: »Ich bitte Euch, werter Herr. Gewiss will man irgendwelcher Halunken oder Beutelschneider habhaft werden, wir aber, die wir hier vor Euch stehen, sind weiter nichts als einfache, gottesfürchtige Leute.«

Der Soldat schüttelte vehement den Kopf. »Nein und nochmals nein. Es bleibt dabei: Hier könnt ihr nicht passieren. Sucht euch eine Schenke am Marktplatz und trinkt ein Paar Würzbier, bis man die Tore wieder freigegeben hat, dann könnt ihr ziehen, wohin ihr wollt.«

Der Geistliche warf seinem Begleiter einen enttäuschten Seitenblick zu, bevor er sich von der Wache verabschiedete: »Es ist, wie es ist. Gehabt Euch wohl und der Herr sei mit Euch.«

Der Torwächter nickte und sah den beiden Männern nach, bis sie eine Seitengasse verschluckt hatte.

»Verflucht«, zischte der Große, »sie suchen uns bereits. Wie hat man davon erfahren, und, wie konnte diese Kunde so schnell die Wachmannschaften erreichen?«

Ratlos zuckte der Mönch mit den Achseln. »Ich weiß es nicht, Herr. Mir fällt nun kein anderer Ausweg mehr ein, als auf Gottes Gnade zu hoffen.«

»Gottes Gnade«, wiederholte der andere verächtlich. »Hätte ich stets nur darauf vertraut, wäre ich bereits vor Wochen festgesetzt worden. An Gott glauben ist eins, Wolfram, aber auf seine Gnade hoffen? Nein, das habe ich aufgegeben. Wir sollten ...«

»Kann ich euch vielleicht helfen?«, fragte es plötzlich aus dem Dunkel der Gasse und ein Mann in zerschlissener, schmutziger Bekleidung trat hinzu.

Die beiden Männer fuhren erschrocken herum und betrachteten diese krumme, von harter Arbeit gebeugte Gestalt, die sich ihnen unbemerkt genähert hatte.

»Was machen wir jetzt?«, zischte der Begleiter des Mönches.

»Ihr seid Fremde und sprecht unsere Sprache nicht«, bemerkte der Hinzugekommene, der gute Ohren zu haben schien.

Wolfram antwortete rasch: »Ich schon, nur mein Begleiter ist ein Welscher.«

»Ein Welscher?«, wunderte sich der Fremde.

»Ja, in der Tat«, gab der Mönch unwirsch zurück. »Doch nun lass uns zufrieden, wir haben Besseres zu tun, als mit dir zu schwätzen.«

Unbeeindruckt von dem barschen Ton, den der Geistliche angeschlagen hatte, wandte der Mann ein: »Der Richter hat schon für die Breisacher wenig Verständnis, wenn diese sich etwas zuschulden kommen lassen, aber mit Fremden macht er kurzen Prozess.«

»Was willst du damit sagen?«, entfuhr es Wolfram ungehalten.

»Nun«, erklärte der Fremde, »vorhin konnte ich zufällig beobachten, wie du mit den Wachen sprachst und mir war, als wäret ihr gerne durch das Rheintor aus der Stadt gelangt. Vermummt und zu dieser frühen Stunde, wird dein welscher Freund gewiss seine guten Gründe dafür haben, von hier zu verschwinden, um die ich gar nicht wissen will, aber ich kann euch möglicherweise helfen, sofern ihr drei Pfennige für den armen Steinhauer Ludger übrig hättet.«

Mit diesen Worten verbeugte er sich und hielt Wolfram lächelnd seine geöffnete Hand entgegen.

*

Ludger führte die beiden Männer teils durch verschlungene, finstere Gässchen, teils auf schmalen Pfaden, die sich zwischen der Stadtmauer und den Rückseiten der angrenzenden Gebäude fort vom Rheintor entlangzogen. Die Häuser und der Zustand der Wege wurden zusehends ärmlicher und verwahrloster. Mehr und mehr kroch ein beißender Gestank von Kot, Urin und Unrat in die Nasen der Männer. Dem

Mönch und seinem Begleiter stand das Unwohlsein deutlich ins Gesicht geschrieben, besonders Letzterer schien noch beunruhigter zu sein als der Mönch. Ludger bemerkte das und forderte Wolfram auf: »Sag deinem Freund, dass es hier zwar nicht so fein ist wie im Viertel vor dem Rheintor, aber dafür verirrt sich auch niemand hierher.«

Der Geistliche nickte und übersetzte Ludgers Worte, doch sein dicklicher Begleiter wirkte nicht sonderlich beruhigt. Mit fahriger Hand fuhr er sich unter die Kapuze, wischte sich den Schweiß von der Stirn und blickte sich fortwährend um. Der Steinhauer schüttelte verständnislos den Kopf, bis er um die Ecke einer heruntergekommenen Kate bog und plötzlich wie erstarrt stehen blieb. Nur einen Augenblick später sprang er einen Schritt rückwärts und drückte sich an das morsche Holz der Hütte. Er fuchtelte mit den Armen und bedeutete seinen Begleitern, sich ebenfalls zu verbergen.

»Da hol mich doch der Teufel«, zischte er und nickte den anderen auffordernd zu, die nicht begriffen, was ihren Führer so in Schrecken versetzt hatte. Vorsichtig lugten sie um die Wand der Kate und, als hätten sich ihre schlimmsten Befürchtungen bewahrheitet, konnten sie in einiger Entfernung einen Trupp gerüsteter Soldaten erblicken. Sie konnten von Glück sagen, nicht entdeckt worden zu sein. Durch die engen Gassen zwischen den Bretterbuden und Verschlägen, die sich hier im ärmsten Viertel Breisachs an die Stadtmauer duckten, waren sie für die Bewaffneten schwer auszumachen. Diese suchten etwas. Jemanden. Sie klopften an die Hütten oder drangen einfach ungefragt ein, sprachen mit den Menschen, packten die, die sich zu verstecken trachteten oder wortkarg gaben, am Kragen und schüttelten Antworten aus ihnen heraus.

Der dicke Mann begann zu zittern. Ludger hingegen war wütend. Nur mühsam beherrschte er seine Stimme. »Wer seid ihr, verflucht, dass sie sogar unseren Stadtteil durchkämmen? Ihr hättet mir sagen müssen, dass ihr so gefragt seid!«, presste er hervor und warf Wolfram einen bösen Blick zu.

»Ein Mönch und ein Fremder, nicht mehr«, antwortete der wenig überzeugend.

Ludger gab einen verächtlichen Laut von sich. »Ich glaube dir kein Wort. Ich will zwei ganze Groschen für meine Hilfe«, forderte er, »einen sofort und einen, wenn es gelingt oder wir vergessen das Ganze. Das ist mir zu gefährlich.«

»Was will er?«, fragte der Dicke.

Der Mönch blieb seine Antwort schuldig. Stattdessen zog er wortlos eine silberne Münze aus der Geldkatze hervor, die er verborgen unter seiner Kukulle am Gürtel festgemacht hatte, und reichte sie dem Steinhauer.

Sein Begleiter verstand und lächelte: »Könige, Päpste, Geringe und Tagelöhner. Es ist immer dasselbe, wonach der Mensch trachtet.«

»Was hat er gesagt?«, wollte nun Ludger von Wolfram wissen.

»Nichts von Belang«, antwortete der. »Du hast dein Geld. Können wir weiter?«

Der Steinhauer nickte. »Hier entlang«, flüsterte er und eilte geduckt durch einen Gang zwischen den Holzhütten in Richtung Stadtmauer voran.

*

Sie schlichen sich noch rund fünfzig Ruten durch das Armenviertel, bis Ludger schließlich vor einem windschiefen Häuschen haltmachte. Dünner gräulicher Dunst stieg aus dem Rauchloch in dem mit Holzschindeln leidlich gedeckten Dach. Ludger trat ein. Die Männer folgten ihm rasch ins Innere der Hütte und selbst der kleinere Mönch musste sich ducken, um nicht mit dem Kopf am niedrigen Türbalken anzuschlagen.

Ludger wies seinen Gästen zwei Schemel an, die an einem grob gezimmerten Tisch standen. Er selbst schritt indes zur Hintertür und ging hinaus. Für einen Augenblick fiel Tageslicht in die düstere Behausung, das Gackern einiger Hühner war zu vernehmen, dann fiel die Tür zu und die beiden Männer waren allein.

»Ich weiß nicht, ob es ein guter Gedanke war, diesem Mann zu folgen«, gab der Dicke zu bedenken und zog die Kapuze vom Kopf. Ein fleischiges Gesicht kam zum Vorschein. Die hohe Stirn bot Platz für buschige Augenbrauen und klare Augen, die jedoch müde und dunkel umrandet in ihren Höhlen saßen. Er war bleich, wirkte ermattet und rastlos; nervös spielte er mit seinen Fingern. Und doch bemerkte Wolfram, dass sein Gegenüber die ihm eigene Würde, welche von einer gewissen Arroganz getragen wurde, noch nicht verloren hatte. Nach all den Strapazen und der wochenlangen Flucht, die dieser hatte erdulden müssen, erschien es dem Mönch wie ein Wunder, dass sein Begleiter noch nicht aufgegeben hatte.

Der Geistliche legte dem Mann behutsam die Hand auf den Unterarm. »Ich weiß es auch nicht, Signore Cossa«, versuchte er ihn zu beruhigen, »aber wohin hätten wir gehen sollen? Wir kennen niemanden hier in Breisach, im hospitio publico hätte man uns gewiss als Erstes gesucht, und der Weg durch die Tore, die Flucht aus der Stadt, war uns verwehrt. Wir können nur beten, dass man annimmt, wir seien bereits verschwunden und irgendwann die Tore wieder freigibt. Dann gehen wir.«

Cossa verscheuchte eine Fliege, die aus einem Kübel mit altem Obst aufgestiegen war und sich auf seinem Arm niederlassen wollte. Bestimmt schüttelte er den Kopf. »Darauf kann ich nicht warten. Ich muss schleunigst aus der Reichweite Sigismunds entfliehen. Geht zu Heinrich Millauner«, wies er den Geistlichen an. »Vielleicht kann er mir helfen.«

»Der Kanzler seiner Gnaden kommt in die Stadt?«, fragte Wolfram überrascht.

»Das munkelte man jedenfalls gestern, als ich meine Getreuen empfing«, erklärte der Dicke. »Man sagte mir, er solle zur Mittagsstunde hier eintreffen.«

Die Hintertür öffnete sich und Ludger trat ein. Ihm folgte eine junge Frau, die ein Kind mit einem schmutzigen Leinentuch vor die Brust gebunden trug. »Die ist mein Weib Berblin«, stellte er sie vor.

Die Frau blickte verschüchtert auf. Ihr Gesicht war voll Dreck und Ruß, die Haare, die ihr bis auf dem Rücken herabhingen, strähnig und fettig. Cossa wandte angewidert den Blick ab, doch Wolfram begrüßte die Frau: »Gott zum Gruße Berblin. Wie heißt dein Kind?«

»Johannes«, antwortete diese leise und zögerlich.

Beide Männer am Tisch hoben erstaunt den Kopf, als sie den Namen des Jungen hörten.

»Ein göttliches Zeichen oder bloß ein Zufall, was meint Ihr?«, erkundigte sich Cossa zweifelnd.

Wolfram zuckte mit den Achseln. »Die Wege des Herrn sind unergründlich.«

»Das sind sie in der Tat«, pflichtete ihm der Dicke bei und fuhr fort: »Fragt den Mann, wie er darauf gekommen ist, seinen Sohn so zu nennen.«

Wolfram tat, was ihm aufgetragen worden war.

Ludger sah zuerst verwundert drein, doch dann erklärte er: »Drei Söhne habe ich meiner Frau gezeugt, so wahr ich hier stehe und alle haben wir auf den Namen Thomas getauft, weil uns der Pfaffe erklärt hat, man solle sich den Namen eines Heiligen aussuchen, doch alle meine Söhne sind nach höchstens einem Jahr gestorben. Als meine Frau dann wieder niedergekommen ist, im letzten Sommer, da habe ich dem Pfaffen gesagt, er solle sich zum Teufel scheren und dass seine Empfehlung uns nur Tod und Verderben für unsere Söhne gebracht hatte. Wir sind dann zur Taufe ins Kloster Marienau zu den frommen Zisterzienserinnen gegangen, die uns Johannes als Namen vorgeschlagen haben. Johannes ist der Name eines Papstes«, erläuterte der Steinhauer weiter und nicht ohne Stolz über sein Wissen. Er fuhr fort: »Allerdings hat man den Mann mittlerweile abgesetzt und bezichtigt ihn der Ketzerei.«

»Das ist uns bekannt«, bemerkte Wolfram und übersetzte das Gesagte seinem Begleiter, der, kaum dass er die Worte vernommen hatte, zynisch lächelte und feststellte: »Recht habt ihr getan. Johannes ist ein guter Name, der Name des Papstes.« Dann fügte er leise hinzu: »Auch wenn ihn euer kleiner Bastard mit seiner Existenz entwürdigt.«

Bevor noch der Mönch die ersten beiden Sätze Cossas übersetzen konnte, hämmerte jemand unvermittelt mit der Faust an die Tür zur Hütte des Steinhauers und donnerte: »Macht auf, im Namen des Breisacher Stadtrates! Öffnet unverzüglich die Tür!«

Geistesgegenwärtig sprang Ludger zu Cossa an den Tisch, packte den überraschten Mann am Arm, zog ihn mit sich fort zur Hintertür und verschwand hinaus auf den Hof. Draußen stieß er ihn unsanft in einen Holzverschlag und deutete auf einen Haufen Dreck aus Steinsplittern, Rindenstücken und allerlei Scherben: »Los, versteck dich dahinter und halt dein Maul, sonst sind wir beide fällig, verstanden?«

Cossa nickte. Auch wenn er die Worte nicht verstehen konnte, so begriff er doch den Ernst der Lage und auch, was ihm der Steinhauer bedeutet hatte, als er auf den hüfthohen

Berg von Unrat in seiner Werkstatt zeigte. Ludger machte eine nachdrückliche Geste mit der Hand, dann schlug er hastig die Tür des Verschlages zu und eilte zum Haus zurück. Er schob ein gackerndes Huhn unsanft mit dem Fuß beiseite, doch noch bevor er die Hintertür aufziehen konnte, drängten bereits zwei Stadtbüttel heraus.

»Was treibst du hier?«, herrschte ihn einer der Männer an. »Wir stehen draußen und müssen uns die Seele aus dem Leib schreien, bis uns dein Weib endlich öffnet. Fast hätten wir dir die Tür eingetreten. Hast du uns nicht gehört?«

»Ich habe gearbeitet«, erklärte der Steinhauer. Keiner der Soldaten bemerkte, wie sich in seinem Nacken feine Schweißperlen vereinten und ihm den Nacken hinab in sein Hemd rannen.

»Wo?«

Ludger deutete auf den Verschlag.

»Überprüfen«, wies der Büttel seinen Untergebenen an, der sich sofort zum Verschlag begab, die Tür öffnete und hineinspähte.

»Hier ist nichts«, schallte es nach kurzer Zeit aus der Werkstatt und der Mann trat wieder auf den Hof. »Nichts außer Steinen, Werkzeug und einem Haufen Dreck«, präzisierte er seine Beobachtungen.

Der Anführer nickte. »Gut, dann wollen wir es dabei belassen und weitergehen, aber das nächste Mal«, wandte er sich nun an Ludger, »das nächste Mal öffnest du gefälligst schneller die Tür, wenn Gesandte der Obrigkeit davorstehen, sonst denkt man noch, du hättest etwas zu verbergen.«

»Natürlich«, gab sich der Steinhauer untertänig und senkte den Blick. »Das nächste Mal gewiss.«

Er folgte den beiden Soldaten ins Haus und weiter bis zur Eingangstür. Draußen auf der Gasse warteten weitere Büttel, die ihrem Anführer zum nächsten Gebäude folgten.

Ludger schlug die Tür zu und zischte: »Das war knapp!«

»In der Tat«, pflichtete ihm Wolfram bei. »Gott sei's gedankt! Wo ist er?«

»Ich hole ihn«, antwortete der Steinhauer und begab sich wieder zur Hintertür hinaus.

Kurz darauf kehrte er mit Cossa zurück, der einen jämmerlichen Anblick darbot: Das Haar zersaust, Gesicht und Umhang über und über mit Spänen und Steinmehl behaftet, die Augen gerötet vom Staub, sah er aus, als sei er selbst ein Geselle des Handwerkers. Würde und Überheblichkeit in seinem Ausdruck hatten Resignation und Verzweiflung Platz gemacht. Bevor er eintrat, klopfte er sich mit beiden Händen den Staub aus dem Stoff seiner Gewandung und rieb sich die ledernen Stiefel an den Beinkleidern sauber. Schließlich schritt er zu Wolfram hinüber, der sich bemühte, ihn nicht mitleidig anzusehen. »Sucht mir Heinrich Millauner«, sagte Cossa leise und ließ sich kraftlos auf dem zweiten Schemel nieder.

»Ja, Signore, das werde ich sofort tun«, nickte der Mönch dienstbeflissen und erhob sich sofort. »Pass mir gut auf ihn auf«, wies er Ludger noch an, bevor er zur Haustür eilte, diese einen Spalt breit öffnete, hinauslugte und einen Moment später hindurch schlüpfte und verschwand.

*

Baldassare Cossa starrte stumm vor sich hin. Nur von Zeit zu Zeit hob er seinen Kopf und blickte sich um. Die armselige Hütte, deren Einrichtung aus nicht mehr bestand, als dem Tisch, an dem er auf einem der beiden wackligen Schemel saß, einer verkohlten Feuerstelle, über der ein alter eiserner Topf hing, einem Brett, auf dem abgestoßene Krüge und Schüsseln standen und der strohgefüllten Krippe des kleinen Johannes, die in der Nähe des Hinterausgangs aufgestellt war.

Der Handwerker lehnte Cossa gegenüber mit verschränkten Armen an der Wand und betrachtete seinen Gast ebenso schweigend, während Berblin sich auf den strohbedeckten Holzboden setzte und begann, Johannes zu säugen. Der Junge schmatzte gierig und schlug seinen kleinen Fingerchen in das Fleisch der ihm dargebotenen Brust. Cossa beobachtete dieses ihm so befremdliche Schauspiel interessiert. Johannes, schoss es ihm durch den Kopf. Kleiner Johannes am anderen Ende von Gottes Ständen, du nichtsnutziges kleines Geschöpf und doch bist du nicht geringer als ich. Die Hölle wartet mit Geschenken auf mich, der Himmel mit Strafen.

Er seufzte.

»Willst du etwas trinken?«, fragte ihn Ludger in die Stille hinein und führte dabei erklärend seine halb geöffnete Hand zum Mund, als hielte sie ein unsichtbares Trinkgefäß. Cossa verstand, schüttelte aber den Kopf und beobachtete weiter, wie Johannes sog und schluckte.

Als Berblin keine Milch mehr hatte, schob sie ihre Brust ins Kleid zurück, legte sich Johannes auf die Schulter und stand vom Boden auf. Nun klopfte sie ihm so lange behutsam auf den Rücken, bis er nach einiger Zeit vernehmlich rülpste. Die Mutter lächelte und wollte ihn eben in seine Krippe betten, da hob Cossa beide Arme an und streckte sie Berblin entgegen. Verwundert und unsicher blickte sie zuerst auf ihn, dann auf ihren Mann. Der zögerte, doch schließlich nickte er. Daraufhin trat sie mit dem Kleinen an den Tisch und reichte ihren Sohn an Cossa weiter, der diesen vorsichtig entgegennahm, ihn in seinen Armen barg und stumm betrachtete. Johannes lächelte. Der dicke Mann, so viel mächtiger und gewaltiger als der Säugling, starrte mit einer Mischung aus Hilflosigkeit und Liebe auf das Kind, das in dem Stoffgebirge seines Umhanges nahezu verschwand, sich aber wohlzufühlen schien. Ja, es war Liebe, die in Cossa aufkeimte, er fühlte es, doch vermochte er nicht zu sagen, was er liebte. War es die Schöpfung, das Wunder des Lebens und die Kraft der Hoffnung oder schlicht, dass er in seinem ganzen Leben nie in solchen Verhältnissen hatte leben müssen? Er wusste keine Antwort.

Es klopfte.

Ludger und Berblin zuckten zusammen. Cossa hielt ungerührt Johannes weiter fest in seinen Armen.

Die Tür öffnete sich und Ludger atmete erleichtert aus, als er sah, wer eintrat. »Musst du uns so einen Schreck einjagen. Ich dachte schon, die Büttel wären zurückgekehrt«, knurrte er.

»Das sind sie auch«, entgegnete Wolfram, doch als er sich des erschrockenen Gesichts des Steinhauers gewahr wurde, beeilte er sich zu erklären: »Aber dieses Mal in guter Absicht. Der Kanzler seiner Gnaden Friedrich von Österreich, Heinrich Millauner, hat beim Stadtrat freies Geleit für mich und meinen Herrn erwirkt. Wir können ziehen und dir und deinem Weib wird kein Leid geschehen.«

»Der Kanzler von wem?«, rief Ludger aus, unsicher, ob er sich nicht verhört hatte.

»Seiner Gnaden Friedrich von Österreich«, wiederholte der Geistliche ruhig, unterließ es aber, dem Steinhauer weitere Erläuterungen zu geben. Stattdessen betrachtete er mit äußerster Verwunderung, wie Baldassare Cossa mit dem Säugling in den Armen auf dem Schemel saß. »Wir können ziehen, Herr«, forderte er ihn drängend auf.

Doch Cossa schien diese Worte gar nicht wahrgenommen zu haben. Er rührte sich nicht. Endlich pflichtete er Wolfram bei: »Ja, das sollten wir tun«. Dann stand er auf und übergab Johannes wieder an seine Mutter.

»Hier, dein anderer Groschen«, sagte Wolfram an Ludger gerichtet und hielt ihm ein Silberstück in der geöffneten Hand entgegen.

»Wofür ist das?«, mischte sich Cossa ein und deutete mit ausgestrecktem Arm auf das Geldstück.

»Das ist die andere Hälfte des vereinbarten Entgelts für seine Dienste«, erklärte der Mönch.

»Ein Groschen?«

»Ja, Herr ein Groschen, also zwei insgesamt.«

Cossa dachte einen Augenblick lang nach. Dann nickte er und beschloss: »Dafür ist es angemessen.« Kaum waren seine Worte verklungen, schritt er erhobenen Hauptes aus dem Haus, ohne die Anwesenden noch eines Blickes zu würdigen.

Verwundert blickte Wolfram ihm nach, fasste sich aber schnell wieder und gab Ludger die Hand. »Wir danken dir für deine Hilfe«. Dann verschwand auch er aus der Tür und folgte seinem Herrn, der im Geleit eines halben Dutzend Stadtsoldaten die Gasse hinab in Richtung des nahegelegenen Specktors schritt, um endlich Breisach zu verlassen.

Ludger sah dem Zug, wie so viele, die von dem Auflauf vor ihren Häusern auf die Gasse gelockt worden waren, neugierig nach, bis er aus seinem Blickfeld verschwunden war.

Er schloss die Tür und schüttelte den Kopf. »Was für ein seltsamer Besuch«, sagte er zu seiner Frau und lächelte. »Aber wir haben zwei ganze Groschen bekommen. Das war es wert.«

Ludger hatte sich gerade ein Dünnbier eingeschenkt und sich an den Tisch gesetzt, da klopfte es erneut. Entnervt ließ der Steinhauer von seinem wohl verdienten Trunk ab, stand auf, schritt zur Tür und öffnete sie.

Wolfram stand davor.

»Mein Herr meint, dass zwei Groschen gewiss genug für deine Dienste seien«, erläuterte dieser dem erstaunt dreinblickenden Handwerker sein Erscheinen. »Aber dafür, dass dein Sohn Johannes ihm die Augen geöffnet und einen göttlichen Augenblick des Glücks geschenkt hat, sollst du das hier erhalten.« Mit diesen Worten hielt Wolfram dem verdutzten Mann ein prall mit Münzen gefülltes Ledersäckchen unter die Nase.

Zögerlich griff Ludger danach und wog es in seiner Hand. Es war schwer.

Ungläubig und trunken vor Glück fragte er: »Aber wer seid ihr, in Gottes Namen? Wer ist dein Herr?«

Der Geistliche sah ihm fest in die Augen und holte tief Luft: »Mein Herr ist Baldassare Cossa, Sohn des Grafen von Troia, Namensgeber deines Sohnes. Du wirst ihn nur unter einem anderen Namen kennen: seine Heiligkeit Papst Johannes XXIII. Und nun leb wohl und vergiss, dass wir jemals hier gewesen sind.«

*

Kurz nach seiner Flucht aus Breisach wurde Baldassare Cossa alias Johannes XXIII. im Auftrag König Sigismunds gefasst und festgesetzt. Bemerkenswerterweise lenkte er, der sonst als starrsinnig und machthungrig bekannt war, ein, indem er den vom Konstanzer Konzil ernannten Papst Martin V. anerkannte und sich diesem sogar einige Jahre später zu Füßen warf. Ob man den Gerüchten Glauben schenken konnte, die daraufhin im Klerus kursierten, der Aufenthalt in der Hütte eines Breisacher Steinhauers hätte diesen Sinneswandel vollzogen, ist nicht belegt.

Der Grafensohn Baldassare Cossa, besser bekannt als Papst Johannes XXIII., wurde um 1370 in Neapel geboren. Seine Amtszeit ab 1410 wurde jedoch vom großen abendländischen Schisma, der Spaltung der katholischen Kirche, überschattet, wodurch er seine Macht nie festigen konnte. Zum Gegenpapst degradiert wurde er schließlich 1415 auf dem Konstanzer Konzil für abgesetzt erklärt und nach einer über viele Stationen gehenden spektakulären Flucht auf Weisung König Sigismunds von Kurfürst Ludwig III. von der Pfalz ergriffen und mehrere Jahre festgesetzt. Die geschilderte Geschichte in Breisach hat sich, einigen Auzeichnungen zufolge, so ähnlich zugetragen. Tatsächlich soll ein Breisacher Steinhauer dem verkleideten Papst einige Zeit Unterschlupf gewährt haben, als man ihn daran hinderte, die Stadt zu verlassen. Auch hat Heinrich IV. Millauner, Kanzler des Herzogs Friedrich von Österreich, welcher aus machtpolitischen Interessen fast bis zum Schluss zu Cossa stand, das Entkommen Cossas aus Breisach tatsächlich erwirkt. Lediglich die anderen Personen der Geschichte sind den Gedanken des Autors entsprungen. Auch die des kleinen Johannes.

Christiane Lind – Aber die Jüngste war die Allerschönste …

Annette von Droste-Hülshoff auf der Meersburg, erinnert von Jenny von Laßberg

GESTERN HABE ICH sie ein letztes Mal gemeinsam spazieren gehen sehen. Am Bodensee. Gut war er für ihre Gesundheit, der Bodensee. Gut war er für die Poesie, der Schücking. Beides wird keinen Bestand haben, fürchte ich.

Meine kluge Schwester, die so weltfremd ist, sobald der Mann ins Spiel kommt. Arme Annette. Heute ist er abgereist, der Schücking. Meine Schwester ist in ihrem Zimmer verschwunden, eingeschlossen. Ich wage nicht, sie zu fragen, ob er zurückkehren wird. Zu sehr fürchte ich die Antwort. Wie gerne würde ich ihr helfen. Doch sie leidet stumm. Wie stets.

Ach, Annette, warum muss jede deiner Lieben traurig enden? Vielleicht, weil du dich nicht bescheiden kannst und auf den Prinzen hoffst? Doch wer bin ich, dass ich ihr Vorwürfe machen könnte. Verzehrte ich mich nicht lange in Liebe zu Wilhelm, wohlwissend, dass wir nie ein Paar würden. Wie viele Märchen habe ich für den Ungetreuen gesammelt. Gemeinsam mit Annette. Zuarbeiten, damit die Brüder Grimm Ruhm finden.

Wie gerne würde ich Annette beistehen, doch ich fürchte die Zurückweisung. Ach, liebste Schwester, mein Laßberg sagte mir, dass die Künstlerseele eben so sei. Einmal himmelhochjauchzend, dann zu Tode betrübt. Ich lächelte ihn an. Als ob ich es nicht wüsste, lebte ich doch lange genug mit dir und kenne die Launen einer Dichterin. Launen, in der Schücking meiner Schwester gleichkommt. Wie ein kleines Kind. Geht es nicht nach seinem Willen, dann schmollt es. Mit vorgeschobener Unterlippe. Meine Schwester betrachtet ihn mit Entzücken, wenn er sich so benimmt. Ich betrachte ihn mit Schrecken und freue mich umso mehr über einen verständigen Gemahl wie meinen.

Auf meinen Wunsch holte er den Schücking auf unser Schloss. Bibliothekar sollte er sein. Mein Wunsch. Nein, Annettes Wunsch. Sie erhofft wohl, ihn damit zu binden und gemeinsam mit ihm hier auf der Meersburg zu dichten und zu leben.

Schücking erwies sich als Bereicherung für unseren Haushalt. Mein Laßberg schätzte die Gespräche mit ihm. Annette liebte die Spaziergänge mit ihm und ich war zufrieden, die beiden Menschen glücklich zu sehen, die mir die liebsten sind. Wie schön war unsere gemeinsame Zeit hier auf dem Alten Schloss. Wie sehr ist Annette aufgelebt. Beinahe schien es mir, dass sie alle Beschwernisse und Krankheiten im Rüschhaus zurückgelassen hatte. Frei und stark bewegte sie sich bei ihren Spaziergängen, stützte sie sich nur um der Nähe willen auf den kräftigen Arm des jungen Schücking. Und unsere Abende. So heimelig und friedlich.

Wir saßen in trauter Runde vor dem Kamin. Annette, der Schücking und ich – mein von Laßberg widmete sich lieber seinen Sammlungen. Abwechselnd lasen sie einander und mir ihre Gedichte vor. Dann ging es ans Diskutieren. Oh, wie oft waren wir unterschiedlicher Ansicht. Was dem Schücking gelungen, erschien mir geschwollen. Was ich lebendig fand, nannte er eine schiefe Metapher. Die arme Annette. Kopfschüttelnd saß sie zwischen uns, aber lächelte, glücklich, wie ich sie lange nicht mehr gesehen.

Bald jedoch zog sich der Schücking aus unseren Abenden zurück. Er hätte zu wenig Zeit zum eigenen Dichten. Annettes Augen verdunkelten sich, aber sie sprach von Verständnis. Von den Schaffensphasen des Dichters, denen sie sich nicht in den Weg stellten wollte. Also diente ich meiner Schwester als Spiegelbild, dem sie abends vorlas. Ohne Teilnahme würde sie nur in die Luft arbeiten, sagte sie. Und ich schätze ihre Poesie. Die Stärke der Bilder.

Über die Meersburg schrieb sie nach einem Spaziergang mit Schücking. Sie kam wieder, hochrote Wangen, die Augen glänzten. Wind hatte die Haare zerzaust und sie roch nach Schnee.

»Bitte, liebe Schwester«, sprach sie und ihr Blick ging in Fernen, die ich nie erahnen würde. »Die Musen haben mich geküsst.«

»Die Musen oder der Bibliothekar?«, fragte ich im Scherz.

Sie liebe ihn nicht. Nicht wie einen Prinzen, versicherte mir Annette wieder und wieder. Wie einen Bruder oder einen Sohn. Keine Leidenschaft beflecke ihre dichterische Freundschaft.

»Wie kannst du so etwas nur denken, Jenny!« Vor ihrem Vorwurf fühlte ich mich klein.

»An dir zweifele ich nicht«, sagte ich, um sie zu beruhigen. »Doch bist du gewiss, dass der Schücking keine … keine tieferen Gefühle hegt?«

»Ich habe es ihm eindeutig geschrieben.« Stolz reckte sie ihre zarte Gestalt, wandte sich ab und suchte nach etwas auf dem Tisch, der ihr als Sekretär diente. »Hier lies.«

Gegen meinen Widerspruch drückte sie mir das Papier in die Hand.

›Aber wenn Sie deshalb glauben, oder jemals sich einbilden, ich wäre verliebt in Sie, ich wäre eine Törin und würfe mich Ihnen an den Hals, so sind Sie nicht nur ein eitler

Geck, sondern Sie sind etwas Schlimmeres: ein verdorbener Mensch, der von einem reinen und edlen Verhältnis keinen Begriff hat‹, las ich voller Erstaunen.

»Diesen Brief wirst du ihm doch nicht wirklich geben wollen?«, fragte ich voller Bangen und erinnerte mich an Bökendorf.

»Oh nein, wo denkst du hin.« Glockenhell und fröhlich klang ihr Lachen. »Levin und ich sprechen durch die Poesie. Das ist ein Stück, den ich für seinen Roman geschrieben habe.«

Sie für ihn. Mit Missvergnügen sah ich, wie Schücking das Talent meiner Schwester gut zu nutzen wusste. Balladen und Erzählungen forderte er von ihr, ganze Kapitel schrieb sie für ihn. Aber wenn es sie doch glücklich machte. Schon da fürchtete ich, dass ihr Glück nicht von Dauer sein könnte.

Ich möchte zu Annette eilen, sie in den Arm nehmen und trösten. Mein schlechtes Gewissen plagt mich. Immer noch meldet es sich und wirft mir meinen Eigensinn vor, wollte ich doch nie eine Schwester. Ich wünschte mir, Einzelkind zu bleiben. Als Kind neidete ich Annette die Aufmerksamkeit, die Zuwendung, all die Fürsorge, die sie bekam. Anna Elisabeth Franzisca Adolphina Wilhelmina Ludovica Freiin von Droste zu Hülshoff. Vielleicht gaben die Eltern ihr so einen bedeutenden Namen, weil sie ein so schwächliches Kind war. Ein Siebenmonatskind. Die Schwäche hat sie ihr Leben lang begleitet. Mich immer zur Stärkeren bestimmt.

»Du musst dich um deine kleine Schwester kümmern«, sagte die Plettendorf, ihre Amme, als sie entdeckte, wie ich zweifelnd den schreienden Säugling betrachtete.

Nachdem unser Bruder geboren wurde, fand ich mich damit ab, die Älteste zu sein. Nie wieder die alleinige Aufmerksamkeit der Mutter zu bekommen.

Die Vernünftige, die Zuverlässige. Mein Neid wich einer stillen Freude, eine Schwester zu haben, zart wie eine Puppe und auf mich angewiesen. Doch bald schon erhob er wieder sein hässliches Haupt. Als meine Schwester brillierte.

»Unsere Jenny, die ist eher praktisch veranlagt«, pflegte Mutter mich vorzustellen. »Annettchen lieben die Musen.«

Wie golden sah ihre Zukunft damals aus. Die talentierte Kleine, deren Gedichte allen wohlgefielen und die so viel Aufmerksamkeit in Münster erregten. Als Onkel Werner von Haxthausen Annette eine kleine Sappho nannte, drohte ich vor Neid zu platzen. Wie sehr erinnerte unser Leben mich an die Märchen, denen wir bald nachspürten. Die Älteste, die Vernünftige, und die Jüngste, die war die Allerschönste. Die Zarte. Die Poetin.

Doch bald sollte meine Schwester den Preis für ihre Feinnervigkeit zahlen. Ach, liebste Annette, hätte ich sie damals nur schützen können. Vor der gemeinen Intrige, die unsere dummen, dummen Verwandten gegen sie gesponnen haben. Die Intrige, die sie die Liebe kostete und ihre Freiheit.

Bökendorf. Nun muss ich die Geschichte wohl erzählen, so sehr sie auch schmerzt. Eine üble Geschichte von Drachen und bösen Feen und falschen Prinzen, die sich als Gauner entpuppten. Ein Märchen von eitlen Männern und neidischen Frauen. August von Arnswaldt und Heinrich Straube, Hoffnung der Dichtkunst, so meinten sie von sich. Als sie Annettes Gedichte lasen, mussten sie erkennen, wie begrenzt das eigene Talent war. Da erdachten sie eine Gemeinheit, um die Dichterin zum Schweigen zu bringen. Selbst unsere Verwandten, August von Haxthausen und Anna, seine Schwester, das Biest, beteiligten sich an der Demütigung. Gar klug sponnen sie das Netz, in dem die romantische und unerfahrene Annette sich fangen sollte.

Beide Männer warben um meine Schwester. Weltfremd und schwärmerisch gestand sie jedem von ihnen die Liebe. Die falschen Prinzen verfassten einen Brief, in dem sie Annette die Freundschaft und – schlimmer noch – Straube jegliche Verbindung zu ihr kündigten. Was für ein Skandal! Mit fliegenden Fahnen musste Annette zurückkehren in die Einsamkeit des Rüschhauses, galt als nicht mehr ehefähig. Wie viele Tränen flossen in dieser bitteren Zeit.

Ach das Rüschhaus. Das Witwenhaus, in dem wir Frauen saßen, abgeschoben nach Vaters Tod. Annette, unsere Mutter und ich, miteinander gefangen für den Rest unseres Lebens, einander auf Gedeih und Verderb ausgeliefert. Wir waren eine traurige Gesellschaft, wir drei Frauen. Eine kränkelte stets und die anderen standen zur Pflege bereit. Brave Töchter, die wir waren.

Nie habe ich Annette gebeichtet, wie sehr ich sie dort um ihre Poesie beneidete. Im Rüschhaus, in der Enge und Langeweile endloser Tage. Meine Schwester konnte fliehen, ihr Glück im Reich der Dichtkunst finden. Mir blieben der Garten, das Gebet und die Handarbeit. So schien mein Leben vorgezeichnet. Tochter und Schwester.

Die Liebe meidet die Droste-Frauen, habe ich früher gedacht. Meiner Schwester hat sie im Gegenzug für die Enttäuschung, die sie so jung erleiden musste, immerhin die Poesie geschenkt, doch mir …? Ich war die Brave, die Vernünftige. Mutters Stütze, gesünder als Annette.

Wie klar sah ich mein Leben vor mir, eine gerade Straße ohne Berge und Täler, ohne Abenteuer oder goldene Kugeln. Als er dann doch noch kam, mein Prinz, wollte ich es erst nicht glauben. Den Sepp von Eppishausen nannte ihn mein Onkel. Nun gut, der alte Mann, der sich für mich interessierte, entsprach so wenig dem Helden auf dem weißen Pferd wie ich einer Prinzessin, eingesperrt im Turm. Und doch, wir haben geheiratet und er führte mich auf dieses Schloss.

Selbst mein Gemahl, der sich so spät für mich fand, musste auf Mutters Wunsch drei Jahre werben, bis sie mich freigeben wollte. Drei Jahre, in denen ich jeden Tag fürchtete, dass der von Laßfeld sich verabschiedete, dass ihm eine alternde Jungfer das Warten nicht wert schien.

»Warum willst du uns verlassen?« Wie jammerte die Mutter, als mein von Laßberg um meine Hand anhielt. »Annette, du und ich, wir leben doch glücklich hier.«

So glücklich, dass ich schreien könnte. Annette konnte in ihre Dichtung flüchten, mir blieb nur das Altern.

»Aber, Jenny, Liebling, warum?« Mutters große Augen wirkten vor Qual unergründlich. Sie hustete und kränkelte in den drei Jahren mehr als je zuvor. »Wie kannst du deine sensible Schwester und mich allein lassen?«

»Ach Mutter«, antwortete ich. »Hast du nicht immer gesagt, die Ehe sei die edelste Pflicht einer Frau?«

Geschlagen mit ihren eigenen Waffen musste sie nachgeben und mich ziehen lassen. Nach Eppishausen. Weiter weg vom Westfälischen konnte es mich kaum ziehen, warf die Mutter mir vor. Im Stillen gab ich ihr recht. Aufatmen konnte ich dort. Mein Prinz, mein Schloss. Eppishausen, wie gerne erinnere ich mich an unsere ersten Jahre. Die Zwillinge sind hier geboren, aber dennoch: als Joseph die Meersburg kaufte, stand ich ihm zur Seite. Mein Prinzessinnenreich entdeckte ich dort. Mein Märchen. Ich schätzte Eppishausen und die guten Erinnerungen, doch die Meersburg, die Ritterburg, liebte ich vom ersten Ansehen. Den Blick auf den Bodensee. So viele Töne von Blau. Die Insel Mainau mit ihren Gärten.

Ich liebe die Burg. Liebe die Holzbrücke, die über den Burggraben führt. Die Felsen, denen unsere Vorfahren das

Schloss abtrotzten. Am schönsten ist es in der Nacht. Im Licht von Laterne und Sternen funkelt der Bodensee. Die Lichter Meersburgs senden ihren Gruß zu uns.

»Wie romantisch«, rief Annette aus, als sie unser Schloss das erste Mal sah. »Wie in einem Märchen.«

Der von Laßberg lächelte voller Besitzerstolz und auch mir wurde warm ums Herz. Mir richtete mein Gemahl eine Halle ein, in der ich meine Lieblinge hegen und pflegen konnte. Palmen, Lorbeerbäume und Oleander konnte ich dort wachsen sehen. Eine kleine Tanne pflanzte ich im Hof.

Das Glück schien über mir und meiner Familie und ich hoffte so für Annette. Doch das Schicksal scheint uns Droste-Schwestern nur eine begrenzte Portion Glück zu gönnen. Ich erblühte. Ein freundlicher Gemahl. Hildegard und Hildegund, meine wunderbaren Zwillinge, die jeden Tag bereichern. Die Goldmarie.

Jede Goldmarie braucht eine Pechmarie. Als wir auf die Meersburg zogen, brachte Annette ihren ersten Gedichtband heraus. Wie traurig war meine Schwester nach dessen Erscheinen. Ihr Herzblut hatte sie in das Büchlein gegossen und unsere Verwandten und Freunde haben es erst nicht einmal angesehen. Bis … ja bis Bökendorf. Immer wieder Bökendorf. Es bringt Annette niemals Gutes. Sie hatte dort eine Demütigung erduldet, ihr erstes Büchlein musste dort Schmach und Neid erleiden. Ferdinand von Galen warf sich in die Brust, nannte alles Plunder, konfus und unverständlich. Wie muss Annette gelitten haben. Wie sehr habe ich bedauert, dass ich ihr nicht zur Seite gesprungen bin. Dass ich mein eigenes Leben führte und nicht weiter ihre Stütze sein konnte.

Tapfer lächelte meine Schwester. Sie suche keinen Ruhm, sagte sie. Nicht heute. Unvergessen für immer, wolle sie sein.

Augenblick, sie hat es treffender formuliert, in den Worten einer Dichterin.

›Ich mag und will jetzt nicht berühmt werden, aber nach hundert Jahren möchte ich gelesen werden‹, schrieb sie einer Freundin.

Unsere Briefe überbrückten die Zeit, bis die Zwillinge und ich nach Westfalen reisten, der Mutter eine Freude zu schenken. Wie sehr erschreckte ich mich über die Gesundheit meiner Schwester. Stets schwächlich, schien sie dem Verlöschen nah wie eine heruntergebrannte Kerze. Gar lange flehte ich die Mutter an, Annette mit mir auf die Reise zu schicken.

»Reicht es nicht, dass du mich verlassen hast?«, klagte die Mutter und griff sich ans Herz.

»Ach, liebste Frau Mama.« Ich wollte den alten Zwist nicht schüren. »Die Ärzte wünschen, dass Annette ein milderes Klima findet.«

»Dann schicke ich sie nach Köln. Das ist nicht so weit.«

»Meersburg ist bekannt für sein lungenfreundliches Klima.«

Lange zog sich unser Disput hin, bis sie endlich nachgab. Nun musste ich nur noch die Schwester überzeugen. Das Versprechen, auch Schücking an den Bodensee zu holen, half.

Beinahe wäre unser schöner Plan gescheitert, gemeinsam den Winter im milden Klima des Bodensees zu verbringen. Als wir abreisen wollten, überkam die Mutter erneut ein Unwohlsein, das Annette sehr besorgte. Nur mit Mühe konnte ich meine Schwester dazu zwingen, mich zu begleiten und an ihre eigene Gesundheit zu denken.

Die Fahrt erwies sich als anstrengender und ich fürchtete, meiner kränkelnden Schwester einen schweren Schaden zugefügt zu haben. Doch das milde Klima, das schöne

Städtchen und die Aussicht, Levin Schücking zu sehen, ließen sie auf der Meersburg bald gesunden. Ein goldener Herbst erwartete uns alle.

Ein Herbst und Winter der Literatur und Poesie, dachte ich. Doch es wurde eine Zeit der Liebe. Mit Sorge sah ich, wie meine Schwester dem Schücking an den Lippen hing. Ihren Dichterfreund nennt sie ihn. Manches Mal möchte ich sie nehmen und schütteln. Ihr Verstand in den Kopf schütteln. Wie kann eine Frau, die so kluge Gedichte schreibt, nur so blind sein? Sie schreibe wie ein Mann, hatte es in einer Kritik zu ihrem Gedichtband geheißen. Voller Stolz hat sie mir das präsentiert. Stolz, eine starke Stimme zu besitzen und nicht weiblich zu schreiben. Was immer das auch sein mag.

Ich fürchte so sehr, dass der Schücking ihr Herz brechen wird. So wie damals der Straube. Vielleicht muss das bei Dichterinnen so sein. Vielleicht müssen sie ihr Herz an den Falschen verlieren und in ihr Unglück laufen, damit starke Bilder aus Schmerz geboren werden. Ich weiß es nicht. Ich bin die Schwester, die Märchen sammelt, aber nicht erdenken kann. Ich bin die Schwester, die ihr Gewächshaus pflegt. Ich bin die Schwester, die schließlich und endlich, im hohen Alter, wie Mutter mit vorwurfsvoller Stimme zu sagen pflegte, doch noch eine gute Partie machte.

Heiraten wird er sie nie, der Schücking. Eine junge wird er sich suchen. Eine Hübsche, weniger klug als er. Eine, die zu ihm aufsieht. Keine Dichterin. Nein, kein Mann vermochte die Konkurrenz im Haus ertragen. Sie himmeln die Poesie an und heben sie auf ein Podest. Genauso wie die Dichterin. Oder, ich will nicht gar zu schlecht von dem Schücking denken. Vielleicht wird er eine Dichterin wählen, aber sicher eine, die jünger ist als meine Annette. Wie jung er ist. Er könnte ihr Sohn sein, aber ich fürchte, dass Annette das nicht sieht, nicht einmal bemerkt, dass der geschäftstüchtige

Jüngling ihr Talent für sich nutzt. Oh, was ist nur mit uns Droste-Frauen, dass wir stets den Männern dienen, ihnen helfend zur Seite stehen und unsere Neigungen, ja unsere Liebe gar, verstecken. Ach, Wilhelm, nie gab es ein Zeichen. So lange schon schreiben wir uns. Niemals hast du um meine Hand angehalten.

Ich fürchte, es wird kein gutes Ende nehmen mit dem Schücking. Er mag sie sogar lieben. Auf seine Art. Er liebt ihren Genius, ihr Talent. Aber er sieht meine arme Schwester nie als Frau. Oder nein, er sieht sie dann als Weibchen, wenn er die fraulichen Tugenden benötigt. Das Dienen, das Zuarbeiten, die Geduld mit seinen Stimmungen.

Doch wenn sie ihn zaghaft anlächelt, ihm ihre Liebe bekundet, gekleidet in sanfte Gedichte, in schöne Worte, ja dann, dann lächelt der Schücking und weist sie auf einen unrunden Reim hin oder auf ein schiefes Bild.

Gestern fand ich einen Brief an Schücking: ›Mich dünkt, könnte ich Dich alle Tage nur zwei Minuten sehn – o Gott, nur einen Augenblick! –, dann würde ich jetzt singen, daß die Lachse aus dem Bodensee sprängen und die Möwen sich mir auf die Schulter setzten!‹

Wie glücklich war sie in den Wintermonaten hier auf der Meersburg. Mehr geschrieben als in den letzten Jahren hat sie. Gedichte, Novellen, Erzählungen. Mit leuchtenden Augen hat sie mir daraus vorgelesen. Hätte es nur so bleiben können.

Nun, wo Schücking abgereist ist, wirkt sie wieder kleiner, leichter, und Traurigkeit zieht in ihr schmales Gesicht. Wieder und wieder spricht sie von Abreise. Ohne den Schücking hat sie ihre Sonne verloren. Ihren Mut und ihre Poesie. Doch ihre Worte werden bleiben. Ihre wundervollen und starken Worte.

Das alte Schloß

Auf der Burg haus' ich am Berge,
Unter mir der blaue See,
Höre nächtlich Koboldzwerge,
Täglich Adler aus der Höh',
Und die grauen Ahnenbilder
Sind mir Stubenkameraden,
Wappentruh' und Eisenschilder
Sofa mir und Kleiderladen.

Schreit' ich über die Terrasse
Wie ein Geist am Runenstein,
Sehe unter mir die blasse
Alte Stadt im Mondenschein,
Und am Walle pfeift es weidlich,
- Sind es Käuze oder Knaben? -
Ist mir selber oft nicht deutlich,
Ob ich lebend, ob begraben!

Mir genüber gähnt die Halle,
Grauen Tores, hohl und lang,
Drin mit wunderlichem Schalle
O Langsam dröhnt ein schwerer Gang;
Mir zur Seite Riegelzüge,
Ha, ich öffne, laß die Lampe
Scheinen auf der Wendelstiege
Lose modergrüne Rampe,

Die mich lockt wie ein Verhängnis,
Zu dem unbekannten Grund;
Ob ein Brunnen? ob Gefängnis?
Keinem Lebenden ist's kund;

Denn zerfallen sind die Stufen,
Und der Steinwurf hat nicht Bahn,
Doch als ich hinab gerufen,
Donnert's fort wie ein Orkan.

Ja, wird mir nicht baldigst fade
Dieses Schlosses Romantik,
In den Trümmern, ohne Gnade,
Brech' ich Glieder und Genick;
Denn, wie trotzig sich die Düne
Mag am flachen Strande heben,
Fühl' ich stark mich wie ein Hüne,
Von Zerfallendem umgeben.
(Annette von Droste-Hülshoff, veröffentlicht 1844)

Sie schriebe wie ein Mann, lautete die Meinung zeitgenössischer Literaturkritiker über Annette von Droste-Hülshoff. In der Poesie konnte die westfälische Freiin (1797-1848) sich ausleben. Im Leben musste sie den Regeln ihres Standes und den weiblichen Tugenden der Restaurationszeit folgen.

Freiheit erlebte sie auf der Meersburg, dem Wohnsitz ihrer Schwester Jenny. Deren Ehemann Josef von Laßberg hatte das Alte Schloss 1838 gekauft. Drei Jahre später besuchte die Droste erstmalig die Meersburg und schrieb, unterstützt von Levin Schücking, wie im Rausch.

Alessa Schmelzer – Sohn des Mars

Ich lausche seinem Atem. Es ist nicht mehr als ein leises Keuchen. Er presst seine Hand auf die Wunde, aus der unaufhörlich Blut hervorquillt. Mit beharrlicher Zähigkeit hält er an seinem kläglichen Dasein fest. Ich empfinde weder Mitleid mit ihm noch Reue über meine Tat, denn die Bilder von damals lassen mich nicht los. Er hat mein Leben zerstört.

Nie zuvor hatte ich meinen Vater Helius enttäuschter erlebt als an jenem Morgen vor zwei Jahren. Er stand mit dem Rücken zur Werkbank. Seine rauen Finger umklammerten den Griff des Messers mit der halbmondförmigen Klinge so fest, dass die Gelenkknochen weiß hervortraten. Seine grauen Augen musterten Divico wie ein eitriges Geschwür.

»Jetzt bist du einer von ihnen, Divico. Du solltest meine Werkstatt übernehmen und meine Tochter Silva heiraten. Stattdessen bist du nun ein Reiter der Auxiliaren*. Geh«, die Stimme meines Vaters bebte. »Geh und komme niemals mehr wieder.«

Ich erinnere mich nicht mehr an alle Beleidigungen, mit denen Divico meinen Vater an diesem Tag überschüttete. Eine jedoch prägte sich unauslöschlich in meine Gedanken ein: »Sohn einer Wölfin!« Divicos Stimme kippte. Danach verschwand er aus unserem Vicus. Und obgleich mein Vater ihn all die Jahre wie seinen eigenen Sohn geliebt und gefördert hatte, verlor er nie wieder ein Wort über ihn. Es war als habe es Divico niemals gegeben.

Bis er plötzlich wieder in unserer Werkstatt auftauchte.

* Hilfstruppe, hier Reiterei

Die feinen Schuhe des Helius waren selbst über die Grenzen unseres Vicus' bekannt. Jeder, der etwas auf sich hielt, kam mit seinen Wünschen zu uns. Einmal im Monat reiste ich nach Vitodurum, einer Siedlung weiter östlich in der Nähe des Lacus Brigantium*, um bestelltes Leder abzuholen. Seit ich denken kann, verwendet mein Vater das Leder dieses Gerbers. Nicht, dass wir in der Aquae Helveticae** keinen Gerber gehabt hätten. Doch seit mein Vater diesen öffentlich einen »Stümper!« genannt hatte, war das Verhältnis zu ihm merklich abgekühlt. Der Gerber unseres Vicus blieb auf seinem Leder sitzen, was ihn in die Trunksucht trieb und seine keifende Frau in den Wahnsinn. Sie versuchte sogar, unseren Schuppen anzuzünden. Wild schwenkte sie die Fackel über ihrem Kopf und schrie immerzu: »Helius! Komm raus! Helius!« Jemand schickte nach dem Ädil und dieser brachte sie fort. Ich habe sie erst wieder gesehen, nachdem die einundzwanzigste Legion unseren Vicus in Schutt und Asche gelegt hatte. Sie wirkte seltsam ruhig und als sie mich erkannte, flüsterte sie plötzlich: »Nur der Tod ist gerecht. Selbst die ärgsten Verbrecher können sich nicht vor ihm schützen.«

Kurz darauf begannen die Verfolgungen. Schonungslos jagten die Legionäre der Einundzwanzigsten jene Helvetier, die an der Schlacht beteiligt gewesen waren. Ich schlug mich bis nach Brigantium*** durch, wobei ich es ohne unsere beiden Sklaven nicht geschafft hätte. Sie haben mich vor dem Schlimmsten bewahrt. Sie sind es, denen ich mein Leben verdanke.

Ich konnte gerade sprechen, da reichte mir mein Vater ein Stück Leder und forderte mich auf: »Erzähl mir seine Geschichte, Silva.« Bedächtig rieb ich es zwischen meinen

* Bodensee

** Baden bei Zürich

*** Bregenz

Fingern, strich es sachte über meine Wange, roch daran und überlegte. Es war wie ein Spiel. Heute erfasse ich die Beschaffenheit des Leders mit einem einzigen Blick. Ich kann sehen, ob es die Haut eines Zickleins ist, die eines ausgewachsenen Hirschen oder die eines Rindes. Auch Divico verfügte über diese Fähigkeit. Häufig hockten wir beide mit offenen Mündern vor meinem Vater, versunken in diesem seltsamen Spiel. Damals habe ich nicht begriffen, dass sein Wissen sein Vermächtnis an uns beide war. Im Gegensatz zu Divico habe ich meinen Vater nicht enttäuschen wollen. Ich habe ihn sogar niemals enttäuscht, bis zu dem Tag als Divico zurückkehrte und Lucius Calpurnius Fabatus, Tribun der einundzwanzigsten Legion, mitbrachte.

Divico hatte sich äußerlich kaum verändert. Er mochte jetzt an die dreißig Jahre alt sein. Sein fröhliches Lachen und das Aufblitzen seiner hellen Augen erinnerte mich wehmütig an unsere gemeinsame Vergangenheit. Wir machten alles gemeinsam. Streiften durch die Wälder, schwammen im Fluss und liefen zum Lager Vindonissa*. Das Marschieren der Legionäre nahm Divico gefangen, besonders das Auftreten der Centurionen begeisterte ihn.

Bei unserem ersten Wiedersehen, nach dem Streit mit meinem Vater, trug Divico sein blondes Haar kurz geschnitten. Eine fingerlange Narbe über dem rechten Auge trennte die dichte Braue. Die Verletzung schien frisch zu sein, denn sie schimmerte rötlich. Das tägliche Üben mit der Waffe, das stundenlange Marschieren und Reiten hatte die Muskeln seines Körpers gestählt.

Bereits als Junge mochte er Pferde. Er schwang sich mit einer einzigen fließenden Bewegung auf ihren Rücken und verschmolz augenblicklich mit dem Tier. Ich war mir sicher, dies hatte sich nicht geändert, sonst würde er die ledernden

---

* Windisch

Hosen eines Reiters nicht tragen. Sie reichten bis knapp unter seine Knie und gewährten einen Blick auf seine strammen, gebräunten Waden. Über der senfgelben Tunika, der Farbe der Auxilia, glänzten die metallenen Ringe seines Kettenhemdes. Es schmiegte sich an seinen muskulösen Oberkörper wie eine zweite Haut. Er schien das schwere Gewicht gar nicht wahrzunehmen.

»Ich habe es dir gesagt, werter Lucius«, sagte Divico und blickte zu dem jungen, gut aussehenden Mann hoch. Lucius stand auf dem Tisch, um meinen Vater Maß für die Leisten nehmen zu lassen.

»Helius' Schuhe sind zwar teuer aber die besten. Du wirst es nicht bereuen.«

»Ich bin ein armer Tribun, Divico. Vergiss das nicht.«

»Bitte deine Mutter um das Geld. Sie ist stolz auf ihren Sohn, den Tribunen«, Divico warf meinem Vater einen leicht vorwurfsvollen Blick zu. »Schon gehören die wunderschönen Hirschstiefel dir.«

Mein Vater brummte. Er wandte sich brüsk an Lucius. »Was ist nun?« Nach wie vor vermied es mein Vater, Divico anzusehen.

»Es ist viel Geld, Helius«, begann Lucius von Neuem.

Mein Vater stöhnte leise auf. »Hör zu, Tribun. Ich lasse sie dir für vierzig Denare. Wenn sie fertig sind, bringt mein Sklave sie dir ins Lager. Weder du noch dein Gefährte da«, mein Vater nickte knapp in Divicos' Richtung, »braucht noch einmal herzukommen.«

Schnaubend stürmte Divico hinaus, streifte dabei die Schulter meines Vaters und riss ihn fast zu Boden. Lucius fing ihn auf.

»Es ist schon gut«, murmelte mein Vater unwirsch und befreite sich aus dem Griff.

Lucius lächelte verlegen und strich sich das dunkel gewellte Haar aus der Stirn.

»Verzeih, Helius. Offenbar teilt ihr ein Geheimnis, von dem ich nichts weiß.«

Bevor Lucius die Werkstatt verließ, trafen sich unsere Blicke. Er dauerte nicht länger als einen Lidschlag, aber dieser eine Blick reichte aus, um mein Innerstes aufzuwühlen. Ein Zucken durchlief meinen gesamten Körper und überrascht von der Macht dieses Gefühls wich ich zitternd zurück.

Kaiser Claudius gab der einundzwanzigsten Legion den Befehl nach Vindonissa zu marschieren, als Ablösung für die Legio Gemina, die fortan in Pannonien* kämpfen sollte. Die Legionäre der Einundzwanzigsten überprüften und besserten das gesamte Straßennetz von Helvetien aus, sicherten vorrangig die helvetische Provinz nach Norden und Osten ab und suchten Kastelle der Hilfstruppen und der eigenen Reiterei auf. In Vindonissa reparierten sie die Wasserleitung, schlugen Holz in den Wäldern und schafften Steine herbei. Sie erneuerten das Lager von Grund auf, bauten Tore aus Stein, setzen die Gräben instand. Sie errichteten neue Thermen, eine steinerne Principia** und ein Valetudinarium, wo sie ihre Kranken versorgten. Selbst das in Flammen aufgegangene Amphitheater vor dem Lager bauten sie wieder auf. Die Rapax, so der Beiname der einundzwanzigsten Legion, war zahm geworden. Und so lebten wir friedlich miteinander. Selbst mein Vater verlor im Laufe der langen Jahre seinen Groll gegen die Legionäre. Er fertigte den Tribunen und Centurionen Schuhe. Holzsandalen für die Thermen und leichtere Ledersandalen. Vor allem die stets wechselnden Tribune kamen zu ihm, allesamt junge Männer aus reichen Familien. Dennoch hätte ich mich ihm nicht anver-

---

* röm. Provinz zwischen Ostalpen, Donau und Save
** Verwaltungs- und Kultzentrum römischer Militärlager

trauen können, als ich mich in Lucius verliebte und anfing, mich mit ihm zu treffen.

»Verliebe dich niemals in einen römischen Legionär.« Dies hatte mein Vater mir schon gesagt, als ich gerade zwölf geworden war und den Tribunen bewundernde Blicke zuwarf. »Du bist ein unbedeutendes Mädchen«, schärfte er mir ein.

In den vergangenen Nächten habe ich mich immer wieder gefragt, ob er es nicht doch geahnt hatte. Das Schicksal lässt sich nicht überlisten.

Wir trafen uns in einer alten Hütte, die ein wenig abseits der Straße nach Vindonissa umgeben von alten Bäumen liegt. Verwunschen sieht es dort aus. Wie eine eigene, abgeschiedene Welt. Wann immer ich konnte, schlich ich dorthin. Ich ertrank in seinen sanften Augen, erlag dem weichen Klang seiner Stimme wie seinen zärtlichen Berührungen. Ich war machtlos und wollte es sein. Die Geschmeidigkeit seiner Bewegungen erregte mich und selbst jetzt, nach allem was geschehen ist, spüre ich wie mein Atem schneller geht, wenn ich nur daran denke. Ich fühle seine weichen Lippen an meinem Hals, höre immer wieder sein gehauchtes »Silva« in meinen Ohren. Wir liebten uns leidenschaftlich, wild und ungestüm. Dann wieder liebte er mich sanft und zärtlich als sei ich zerbrechlicher als Glas. In dieser alten Hütte war ich glücklicher als jemals zuvor. Es gab nur Lucius und mich. Tief in mir wusste ich jedoch, diese Liebe konnte nicht von Dauer sein.

Unsere alte Sklavin merkte es vor mir.

»Du musst der Göttin opfern«, sagte sie eines Morgens zu mir. »Erbitte dir ihren Schutz.«

»Wofür?«, fragte ich sie erstaunt.

Sie lächelte nachsichtig. »Für dich und dein ungeborenes Kind.«

Es ist Lucius' Kind, welches ich in mir trage. Und so opferte ich der Göttin, betete für unser Kind und bat insgeheim niemals von Lucius getrennt zu sein. Aber diesen Wunsch verwehrte mir die Göttin.

In jenen Tagen stiegen düstere Wolken auf, kamen auf unseren Vicus zu und entluden sich in einem tosenden Gewitter. Boten jagten hin und her. Sie kamen aus Rom und ritten gen Germanien, Gallien und Vindonissa. Alles war in Aufruhr, alles in vollkommener Veränderung. Vindex, der Statthalter von Gallia Lugdunensis* begehrte gegen den Kaiser auf. Nero, der Lyra spielende Jüngling von einst, der seine Senatoren auf die Sitze seines Theaters zwang, damit sie seiner klaren Stimme lauschten, und die er töten ließ, wenn sie einschliefen, dieser wahnhafte Jüngling riss alle römischen Tugenden in den Schmutz, indem er sich als Wagenlenker feiern und reihenweise die Mitglieder der reichsten Familien töten ließ. Nero gefährdete das Imperium. In Gaius Sulpicius Galba fand Vindex einen Verbündeten. Galba reiste nach Rom und wurde dort von den Senatoren als Princeps bestätigt. Boten brachten daraufhin die Kunde, Nero habe sich das Leben genommen.

Im Vicus huldigten wir bereits dem neuen Kaiser Galba. Die Gefahr jedoch ging vom Lager in Vindonissa aus. Lucius, mit dem ich mich nun immer seltener traf, schwärmte in den höchsten Tönen von ihrem neuen Legaten Aulus Caecina Alienus.

»Caecina ist der Mann der Stunde. Du solltest ihn hören. Die Legionäre hängen an seinen Lippen. Sie würden alles für ihn tun.«

Während die Bewohner meines Vicus Galbas Bilder aufstellten, ließ Caecina sie von seinen Legionären in den Schmutz werfen.

---

* gallisch-römische Provinz mit Lyon (Lugdunum) als Hauptstadt

Mich kümmerte das nicht. Meine Gedanken kreisten einzig um Lucius und um unser gemeinsames Kind. Wüsste er von seinem Kind, dachte ich, gäbe es Hoffnung für uns. Ich schickte ihm eine Nachricht ins Lager und bat um ein Treffen in unserer Hütte. Statt Lucius' erschien sein Sklave, überreichte mir eine versiegelte Wachstafel und verschwand. Meine Hände zitterten so stark, dass ich Mühe hatte, das Siegel zu brechen. Zögernd klappte ich sie auf. Die eingeritzten Worte verschwammen vor meinen tränenverschleierten Augen zu einer einzigen Masse. Ich biss die Zähne aufeinander.

›Lucius grüßt seine Silva

Du musst stark sein, kleine Silva. Stark wie einer dieser mächtigen Bäume, die unsere Hütte umgeben und deren Ästen selbst der stärkste Sturm nichts anhaben kann. Ich muss ebenso stark sein wie du, meine Silva. Glaube nicht, dass mir unser Abschied leicht fällt.

Mein Vater hat eine Frau für mich gefunden. Auch wenn ich sie nicht liebe, nicht einmal kenne, so muss ich mich seinem Wunsch beugen. Treue und Gehorsam zeichnet einen Römer, einen römischen Tribun aus. So auch mich. Meine Liebe wird immer nur dir gehören. Unsere Liebe wird ewig währen.

Die Zeiten, in denen wir leben, meine Silva, sind unruhig. Unser Kaiser ist ein alter Greis von nunmehr siebzig Jahren. Seine Entscheidungen ähneln in ihrer Naivität jenen des Nero. Er ist müde und träge. Sein Geist ist verwirrt. Unseren Legionären verweigert er die versprochenen Geschenke. Es wird Krieg geben. Jedoch nicht hier. Du und dein Vater, ihr seid in Sicherheit. Sei unbesorgt. Aber mein Platz, meine Silva, ist nun an Caecinas Seite. Er führt uns nach Rom. Sterbe ich auf dem Schlachtfeld, Geliebte, so sei versichert, gilt mein letzter Gedanke dir. Lucius‹

Ausgerechnet Divico bot mir seine Hilfe an. Keinen meiner Zweifel ließ er gelten. Sachte legte er seine kräftige Hand auf meinen Bauch und sagte mit einem Lächeln: »Bei mir seid ihr sicher, Silva. Auch Helius muss das einsehen.«

Zum ersten Mal weinte ich hemmungslos. Ich presste mein Gesicht an seine Brust und schluchzte. Divico tröstete mich, streichelte mein Haar und wog mich wie ein kleines Kind. Meine Liebe zu Lucius war nicht erloschen, er wusste das. Dennoch reichte er mir in meiner schwersten Stunde seine Hand. Ich brauchte sie nur zu ergreifen.

Am darauffolgenden Abend ritt ich noch einmal zur Hütte. Ich musste Abschied von Lucius und unserer Welt nehmen, wollte ich fortan mit Divico leben. Verwundert stellte ich fest, dass draußen Pferde angebunden waren und drinnen das flackernde Licht der Öllampen brannte. Lautlos schlich ich hinüber an eines der seitlichen Fenster.

»Morgen kann die Rapax zeigen, wozu sie fähig ist«, bellte eine laute Stimme. »Sendet Galba einen Boten! Der tattrige Greis soll erfahren, mit wem seine angeheuerten Gladiatoren zu kämpfen haben.« Gelächter erfüllte den Raum. »Was ist mit deinen Männern, Divico? Stehen sie geschlossen hinter uns?«

»Wie ein einziger Mann, Caecina.«

»Bei Mars! Morgen kann mir die Rapax beweisen, ob sie meiner Führung würdig ist.«

Plötzlich kam Bewegung auf. Die Männer verließen die Hütte. Nur Divico war zurückgeblieben.

»Morgen ist dein großer Tag, Divico.«

Ich erschrak als ich Lucius' Stimme hörte.

»Wenn es dir gelingt, dass alle an einen Aufstand der

Hilfstruppe glauben, erhältst du von Caecina dein Geld und eine baldige Beförderung.«

»Ich habe an alles gedacht. Es kann nichts schiefgehen.«

»Und Silva? Glaubt sie dir?«

»Sie ist mir ausgeliefert. Helius wird toben. Eine schönere Rache kann ich mir nicht denken. Ich danke dir, Lucius.«

»Deine Silva ist eine schöne Frau, Divico. Ich musste kein Opfer bringen. Auch wenn ich zugeben muss, dass mir die Gallierinnen von allen am besten gefallen. Was wird mit dem Kind?«

»Was glaubst du!« Divico lachte grimmig. »Ich werde es aussetzen.«

Meine Sklavin treibt mich zur Eile an. Überall lauert die Gefahr. Sie war nicht einverstanden damit, dass ich noch einmal in unseren alten Vicus zurückkehren wollte. Dennoch ist sie mitgekommen.

Bevor Divico starb, erzählte er mir das Geheimnis meines Vaters. Er war der Sohn eines Legionärs, der seine Mutter mit den Kindern verlassen hatte. Um meinen Vater und seine Geschwister zu ernähren, bot sie sich den Legionären in Brigantium an. Mein Vater hat das nie verwunden. Deshalb hielt er mich von den Legionären fern. Deshalb sollte Divico seine Werkstatt übernehmen und mich heiraten. Stattdessen ging Divico zu den Auxilia. Damit hat er uns alle ins Unglück gerissen.

Jetzt ist er tot. Nein, ich bin keine Mörderin. Ich tue, was das Schicksal von mir verlangt. Divico hat seinen Tod verdient.

In den Wirren des Vierkaiserjahres führte A. Caecina Alienus auf Befehl des A. Vitellius, der gegen G. Sulpicius Galba opponierte u. a. die XXI LEGIO RAPAX über die Alpen, um gegen die Truppen Galbas zu kämpfen. Einige Historiker glauben heute (entgegen Tacitus, Die »Historiae«), der Aufstand der Helvetier sei von Caecina inszeniert worden, um die Kampfstärke der Rapax zu testen. Weite Teile Helvetiens (darunter die Siedlung Aquae Helveticae) sind zerstört worden. Lucius Calpurnius Fabatus ist historisch belegt. Er war Tribun der Rapax. Sein Grabstein wurde in Como gefunden. – Söhne des Mars nannte man die Legionäre.

Susanne Wahl – Ambe, Terne und Quaterne

Am 7. Juni des Jahres 1786 vergoldeten die ersten Sonnenstrahlen den hell gekalkten Glockenturm der Aacher Stadtkirche St. Nikolaus und ließen ihn vor dem strahlend blauen Himmel wie ein prunkvolles Gemälde leuchten, während unten im Tal die Hütten der Dorfbewohner noch im tiefen Schatten lagen. Vermutlich eine streunende Katze hatte die Amseln in dem Haselgebüsch am Ufer der Aach aufgeschreckt. Ihr Gezeter weckte Josefina. Widerstrebend öffnete sie die Augen. Die Umrisse ihrer Umgebung hoben sich in der Morgendämmerung noch nicht klar hervor, und im diffusen Licht wirkte die spärliche Einrichtung nicht ganz so erbärmlich. Noch sah man nicht, dass die Beine des großen Holztisches mit Wurmlöchern so durchsetzt waren, dass sie jeden Tag in sich zusammenfallen konnten; die Steinguttöpfe alle angeschlagen und die Vorhänge vor den zwei winzigen Fenstern aus Stoffresten zusammengesetzt waren, die sie vom Lumpenhändler erbettelt hatte.

Josefinas erster Blick ging automatisch zu dem Verschlag neben der Feuerstelle, in dem die beiden Kinder sich einen Strohsack und eine mottenzerfressene Wolldecke teilten. In anderen Familien schliefen alle gemeinsam in dem großen Kastenbett, und so hatten sie es früher auch gehalten. Früher – als ihr Mann Erwin noch nicht so vollkommen dem Branntwein und dem Lotteriespiel verfallen gewesen war.

Seit er eines Nachts im Rausch so wild nach ihnen getreten hatte, dass die Kleinen tagelang Blut spuckten, hatte Josefina ihnen stillschweigend den Platz neben der Feuerstelle eingerichtet. Das Kind in ihr bewegte sich. Sollte sie wünschen, dass es am Leben bliebe oder wäre es nicht besser für alle, wenn es bei der Geburt sterben würde? Was hatte das arme Würmchen hier schon zu erwarten?

Das letzte Kind, das sie zur Welt gebracht hatte, – der kleine Frieder –, hatte den Winter nicht überlebt. Nachdem er wochenlang erbärmlich gehustet hatte, war er in der Nacht auf Epiphanias gestorben. Josefina hatte es erst am Morgen bemerkt, als sie das Feuer anschüren wollte.

»Stell dich nicht so an, Frau«, hatte Erwin, gleichgültig gegenüber ihren Tränen, bemerkt. »Ein Esser am Tisch weniger kommt uns doch ganz zupass.«

Auch der Pfarrer hatte kaum Tröstlicheres zu sagen gehabt. »Der Herr hat's gegeben, der Herr hat's genommen. Der Name des Herrn sei gelobt«, hatte er eilig gemurmelt und man hatte ihm angemerkt, dass er in Gedanken bereits in der warmen Wirtsstube bei seinem Branntwein-Eierpunsch saß. Selbst die älteren Kinder hatten sich mehr für die Brotreste in Milch interessiert als für den toten Säugling.

Neben ihr unterbrach Erwin sein Schnarchen und drehte sich auf die andere Seite. Für den heutigen Tag war er zum Dienst bei der Treibjagd eingeteilt und Josefina überlegte kurz, ob sie ihn daran erinnern sollte. Lieber nicht. Das letzte Mal hatte er sie so hart geschlagen, dass die alte Lene ihr vorgeschlagen hatte, ihn zu verwünschen. »Willst du warten, bis er dich totschlägt? Was soll dann aus deinen Kindern werden?«, hatte die Nachbarin, die mit Hellseherei und selbst gebrauten Kräutertinkturen ihren Unterhalt bestritt, sie gefragt. »Ich mache dir auch einen Sonderpreis.«

Lenes Fähigkeiten im Aufspüren gestohlener oder verlorener Gegenstände waren legendär. Ihre Verwünschungen waren es ebenfalls; allerdings nur unter der Hand, denn niemand wollte zugeben, an solche Hexenkünste zu glauben. Insgeheim jedoch zweifelte niemand daran, dass der überraschende Tod von Viehhändler Bohnenstengel letzten Herbst und das Siechtum der Witwe Bauernfeind nur auf eine entsprechende Verwünschung zurückgeführt werden konnte. Wusste doch jeder, dass die Witwe Lene ihren Lohn für die letzten Sitzungen nicht gezahlt und dass der Viehhändler sie öffentlich der Scharlatanerie und Betrügerei bezichtigt hatte.

Ob sie beim Tod der besten Milchkuh von Bauer Trippel die Finger im Spiel gehabt hatte, darüber gingen die Meinungen auseinander. Auf jeden Fall war es besser, Lene nicht zu verärgern.

»Nein, lieber nicht«, hatte Josefina ängstlich abgewunken und den Umschlag aus Beinwellblättern und einigen anderen Zutaten aus Lenes Hexenküche auf ihr geschwollenes und nachtblau verfärbtes Auge gedrückt. »Ich möchte nicht im Fegefeuer schmoren. Der Pfarrer sagte neulich, schon böse Gedanken seien eine schwere Sünde.«

»Papperlapapp«, hatte Lene verächtlich gemurmelt, war aber nicht weiter in sie gedrungen.

Jetzt kam ihr die Unterhaltung nicht zum ersten Mal wieder in den Sinn. Der Keim des bösen Gedankens hatte Wurzeln geschlagen. Wie so oft hatte sie sich bei dem Wunsch ertappt, Erwin möge etwas zustoßen. Etwas wirklich Schlimmes. Etwas so Schlimmes, dass er nicht mehr nach Hause zurückkehrte.

Anfangs war sie zutiefst erschrocken über sich gewesen. Mit der Zeit jedoch war ihr dieser Gedanke immer vertrauter geworden. Ein Bündel Sonnenstrahlen hatte seinen Weg durch die Flickengardine gefunden und zeigte an, dass schon wieder ein neuer Tag begann. Mit einem unhörbaren Seufzen setzte Josefina sich auf. Ihre Zehen krümmten sich bei der Berührung mit dem kalten Lehmfußboden. Aber ihre Holzschuhe mussten für den Winter geschont werden. Ebenso wie die Kinder ging sie von Ostern bis Martini barfuß. Rasch schlüpfte sie in Rock und Mieder und ging zur Feuerstelle.

Das morsche Holz, das ihre Tochter Lotte in der Umgebung der Gänseweide gesammelt hatte, brannte schlecht. Mehrmals musste Josefina trockenen Feuerschwamm nachlegen und kräftig pusten, bis endlich Flammen aufzuckten. Ihr Husten hatte die Kinder geweckt. Mit einem warnenden Blick bedeutete sie ihnen, dass ihr Vater noch schlief. Stumm und so leise wie möglich erledigten sie ihre jeweiligen Aufgaben. Jakob, der Älteste, nahm den großen Krug und eilte zu Bauer Rimmeles Kuhstall, um dort dem Melkknecht zur Hand zu gehen. Zum Lohn füllte der gutmütige Mann ihm den Krug bis zum Rand mit frischer Milch. Normalerweise gab es zum Frühstück Habermus. Josefina sah bedrückt in die fast leere Vorratsdose, während sie abzuschätzen versuchte, wie viel von dem Schrot sie nehmen konnte, damit sie die nächsten Tage noch etwas übrig hatten.

Diese Zeit, in der die Vorräte zur Neige gingen, doch draußen noch nichts Essbares zu finden war, war jedes Jahr schwierig. Sobald die Walderdbeeren reif wurden, und sie sie nach Engen auf den Markt bringen konnten, war das Schlimmste überstanden. In der Stadt waren sie begehrt genug, um einen guten Preis zu erzielen. Aber bis dahin würden sie den Gürtel noch enger schnallen müssen. Glücklicherweise war Jakob äußerst geschickt darin, Vogelnester aufzuspüren und sie auszunehmen. Mit den Vogeleiern und dem »Guten Heinrich«, den die Kinder tagsüber sammelten, konnte sie wenigstens hier und da eine sättigende Mahlzeit auf den Tisch bringen. Wie es allerdings auf Dauer weitergehen sollte, wusste niemand zu sagen. Ihr

Blick schweifte zu dem Hügel aus rot-weiß-kariertem Stoff, unter dem ihr Mann immer noch vor sich hin schnarchte.

»Ein Nichtsnutz. Lass dich nicht mit ihm ein, Mädchen!«, hatte Lene sie damals gewarnt, als sie mit roten Wangen von dem hübschen, jungen Schneidergesellen ihres Vaters erzählt hatte, der um sie warb. »Es steht ihm auf der Stirn geschrieben, dass er zu nichts taugt.«

Hätte sie nur auf sie gehört!

Stattdessen hatte sie nur zu bereitwillig seinen Küssen und Schmeicheleien nachgegeben. Erwin Hasenfratz hatte gewusst, wie man eine Frau umwirbt.

»Bist du sicher, Kind? Ich habe immer geglaubt, du würdest eines Tages den Johannes nehmen«, hatte ihr Vater nur geistesabwesend gemurmelt, als sie ihn von ihren Absichten in Kenntnis gesetzt hatte. »Aber ich habe deiner lieben Mutter auf dem Sterbebett versprochen, dir freie Hand zu lassen. Wenn es also dein Wille ist, werde ich gleich morgen beim Rat vorsprechen.«

Josefina verstand nichts von diesen Dingen. Dass die mageren Ersparnisse ihres Vaters und sogar der Louis d'or, den jemand aus dem Hochzeitstross der Marie Antoinette geworfen und den er wie einen Reliquie gehütet hatte, für Erwins Bürgerrecht und eine bescheidene Hochzeitsfeier ausgegeben wurden, war ihr egal. Sie war glücklich. Über alle Maßen glücklich. Ihr Mann hatte ihr schöne Kleider und Lederschuhe und eine Dienstmagd versprochen. Wann?

»Bald, Liebste, bald.« Er tat immer sehr geheimnisvoll, wenn er für Tage verschwand, aber wenn er wieder auftauchte, hatte er nichts in seinem Beutel, als eine Seidenschleife oder ähnlichen Tand.

»Er sollte sich lieber um die Arbeit in der Werkstatt kümmern«, hatte ihr Vater mehr als einmal verärgert gebrummt.

»Meine Augen sind nicht mehr so gut wie früher. Ich könnte ihn hier gut gebrauchen. Oder wenigstens dir auf dem Acker helfen. In deinem Zustand …«

»Ich kann das sehr gut alleine«, hatte sie abgewehrt und sich bemüht, ihren vom Kartoffelhacken schmerzenden Rücken so unauffällig wie möglich zu strecken. »Erwin hat Großes vor. Du wirst sehen, er wird alle überraschen.«

Zwei Wochen später war Jakob geboren worden und vier Monate später ihr Vater im Schlaf gestorben.

Noch am Tag der Beerdigung hatte Erwin von ihr die Börse mit dem Haushaltsgeld verlangt. »Wozu brauchst du das Geld?«, hatte sie gefragt, als sie ihm den speckigen Lederbeutel aushändigte. »Für die Schneidergilde?«

Erwin hatte laut gelacht. »Sehe ich aus wie ein Narr?«, hatte er verächtlich zurückgefragt. »Ich denke nicht daran, mich krumm zu schuften. Ich habe eine bessere Verwendung dafür.«

Bald war klar geworden, was er damit gemeint hatte.

Josefina hatte davon gehört: das Lotteriespiel. Dabei versuchte man aus neunzig Zahlen im Voraus die fünf zu erraten, die gezogen werden würden. Hatte man richtig geraten, gab es einen Gewinn. Wer mitspielen wollte, musste entsprechende Lose kaufen. Dafür gab man entweder einem der freiberuflichen Kollekteure das Geld und erhielt eine Quittung, oder man sandte es per Post an eine der großen Lotteriestellen, in der alle zehn Tage die Zahlen gezogen wurden. Oder, wenn man wie Erwin sowohl den Kollekteuren als auch der Post misstraute, ging man persönlich zu den öffentlichen Ziehungen nach Radolfzell.

Ihr Mann schien sich gut damit auszukennen: Er warf mit Ausdrücken wie Ambe, Terne und Quaterne, bestimmten und unbestimmten Auszügen nur so um sich, als er ihr erklärte, dass er bei einem Einsatz von 55 Kreuzern mindestens mit einem Gewinn von 247 Gulden und 30 Kreuzern rechnete. Bei einer Quaterne, also vier richtigen Zahlen würden er sogar 55.000 Gulden erhalten. Und vier Zahlen – das war doch nicht schwierig.

Erwin war so überzeugt, in absehbarer Zeit einen großen Gewinn ausbezahlt zu bekommen, dass Josefina davon angesteckt wurde. Es klang ja auch äußerst plausibel: Irgendwann musste man gewinnen, wenn man es nur lange genug versuchte. Der erwartete Gewinn wollte sich jedoch partout nicht einstellen. Hier und da warf Erwin ein paar Münzen auf den Tisch und prahlte, dass er auf dem richtigen Weg sei. Er spüre es ganz deutlich, dass der große Wurf kurz bevorstünde. »Das ist viel besser, als sich vom Morgengrauen bis zur Abenddämmerung abzurackern. Das nächste Mal kommen meine Zahlen in der Quaterne!«

Um die Lose bezahlen zu können, wurde erst das Stück Ackerland verkauft, dann verschwand Stück für Stück des Mobiliars aus dem Haus und eines Tages war nichts mehr da, das verkauft werden konnte. Josefina erinnerte sich an den Tag, als sei es gestern gewesen. Wie betäubt hatte sie die damals gerade halbjährige Lotte an sich gedrückt, als könne der wimmernde Säugling ihr Halt geben. »Wovon sollen wir denn jetzt leben?«

Ohne mitleidige Nachbarn wie Bauer Rimmele wären sie wohl schon längst im Armenhaus gelandet. Bei ihm und ein paar anderen arbeitete sie als Näherin, oder packte dort mit an, wo eine Hand gebraucht wurde. Dafür erhielt sie außer Naturalien sogar hier und da ein paar Kreuzer oder abgelegte Kleider. Damit hatte sie sich und die Kinder bisher mehr schlecht als recht über Wasser gehalten. Ihr Mann war meist unterwegs, um als wandernder Zweckschneider die Münzen zu verdienen, für die er dann, sobald er genug beisammen hatte, Lotterielose erstand.

Wenn er nach der Ziehung nach Hause kam, – meist betrunken, denn ein Gewinn musste gefeiert, ein Verlust begossen werden, – war es ratsam, ihm möglichst aus dem Weg zu gehen. So wie heute.

Das plötzliche Grunzen vom Bett her ließ sie zusammenfahren.

»Durst!«, krächzte Erwin und setzte sich langsam auf. »Wasser!«

Lotte war noch nicht wieder zurück. Aber wenn er nicht sofort bekam, was er verlangte, würde er sie wieder schlagen. Verzweifelt glitten ihre Augen durch den Raum. Sie musste ihm etwas geben, das ihn besänftigte. Sofort!

Ihr Blick fiel auf den alten Krug ganz oben auf dem Tellerbord, in dem sie die Läusetinktur angesetzt hatte. Lene hatte ihr eingeschärft, sie ja nicht herumstehen zu lassen. »Wenn die Kinder davon kosten, würde es ihnen übel ergehen. Mit Wolfskraut ist nicht zu spaßen.«

Erwin war ein erwachsener Mann. Und wenn es ihm danach tatsächlich nicht so gut ginge, würde er es sicher dem Branntwein zuschreiben. Ohne zu zögern reckte sie sich nach dem Krug. Die zerkleinerten Wurzelstücke hatten sich unten abgesetzt. Dem Wasser darüber war nichts anzusehen. Es wirkte so klar und frisch wie es in einem schmutzigen Krug möglich war. Behutsam goss sie es in den großen Steingutbecher um.

»Los, gib schon her«, drängte Erwin. »Wieso dauert bei dir immer alles so lange?« Ohne sie eines weiteren Blickes zu würdigen, riss er ihr den Becher aus der Hand und stürzte seinen Inhalt hinunter. »Bäh«, er schüttelte sich. »Das schmeckt ja widerlich. – Komm her, Junge, schenk mir von der Milch ein«, befahl er, kaum dass Jakob über die Schwelle getreten war. Der Junge gehorchte und sein Vater trank in gierigen Zügen zwei Becher von der schäumenden Milch. »Jetzt geht's mir besser«, stellte er, untermalt von einem lauten Rülpsen, fest und ließ sich nach hinten sinken. »Was hast du da unter dem Arm versteckt?«

»Brot«, erwiderte Jakob stolz. »Und der Bauer hat mir noch mehr versprochen, wenn ich keine der Gänse an den Fuchs verliere.«

»Hör mir gut zu, mein Sohn: Du wirst dem alten Rimmele sagen, dass er sich seine Gänse sonst wohin stecken kann.« Erwins Augen glitzerten triumphierend. »Wir werden bald reich sein. Sehr reich.«

Josefina unterdrückte ein Seufzen. Von Hirngespinsten wurde niemand satt. Aber sie schwieg und auch Jakob hatte schon vor langer Zeit gelernt, dass es besser war, dem Vater nicht zu widersprechen. »Ihr glaubt mir nicht?« Erwin runzelte ungehalten die Stirn. »Gib mir meinen Rock, Bengel.«

Jakob beeilte sich, die abgetragene, schwarze Wolljacke von dem Haken neben der Tür zu holen. »Hier …« Sein Vater wollte gerade ein knisterndes Stück Papier aus der Brusttasche ziehen, als er unvermittelt erstarrte und seine Hände vor die Augen hielt. Das Kleidungsstück glitt unbeachtet zu Boden. »Das gibt es doch nicht«, murmelte er zu sich selbst. »Ich könnte schwören, ich spüre Ameisen auf Händen und Armen.« Mit einem Ruck warf er das Deckbett ab und inspizierte seine nackten Füße und Waden. »Es kribbelt und brennt, als ob ich in einem Ameisenhaufen liege«, beschwerte er sich. »Verdammt noch mal, was soll der Scheiß?«

Josefina beschlich ein ungutes Gefühl.

Kaum ein Vaterunser später krümmte Erwin sich bereits vor Schmerzen. »Etwas zerreißt mich«, keuchte er zwischen Krämpfen. »Helft mir!«

Lotte hatte sich verschreckt auf den Strohsack geflüchtet.

Jakob harrte mutig bei seiner Mutter aus, aber auch ihm war anzusehen, dass er schreckliche Angst hatte.

»Hol Lene«, sagte Josefina hastig und schob ihn aus der Tür. Den Arzt aus Engen zu rufen kam nicht infrage. Er kam nur zu Patienten, die ihn bezahlen konnten. Die Heilerin wohnte nur ein kleines Stück weiter die Straße hinunter, aber es schien Josefina eine wahre Ewigkeit, bis sie sich unter dem niedrigen Türsturz bückte und fragte: »Was ist los? Holt ihn endlich der Teufel?«

In der Zwischenzeit hatte sie wirklich den Eindruck gehabt, der Gottseibeiuns wäre in Erwin gefahren. Dem ersten Krampfanfall waren weitere gefolgt, einer schlimmer als der vorherige. Sein Körper hatte sich entleert. Es stank so erbärmlich, dass Josefina nicht erstaunt gewesen wäre, plötzlich den Schwefeldunst der Hölle dazwischen zu riechen. Lene verzog angewidert das Gesicht. »Nimm deine Schwester und geht zu Bauer Rimmele«, wies sie Jakob an. »Was hast du ihm gegeben?«, fragte sie hastig, sobald die Kinder außer Hörweite waren. »Rattengift?«

»Woher hätte ich das haben sollen?« Josefina vermied es, sie anzusehen. »Er wollte unbedingt etwas zu trinken. Aber ich hatte doch nur die Läusebrühe da«, flüsterte sie und wies auf den angeschlagenen Steinkrug.

Lene griff danach und inspizierte mit zusammengekniffenen Lippen die darin verbliebene Flüssigkeit. Kurz entschlossen füllte sie ihn dann erneut mit dem frischen Wasser, das Lotte gerade geholt hatte. Ehe Josefina fragen konnte, was sie damit bezweckte, zog ein heiseres Röcheln vom Bett her ihre Aufmerksamkeit auf sich. Erwin krümmte sich wie eine Bogensehne, während sich seiner Kehle gequälte Laute entrangen. Dann sackte er auf einmal schlaff zusammen, als hätte ein Puppenspieler alle Schnüre einer Marionette durchtrennt.

Lene trat ans Bett, beugte sich über die reglose Gestalt und hielt eine Hand vor den halb offen stehenden Mund.

»Ist er …?« Josefinas geflüsterte Frage war kaum zu hören, doch Lene nickte. »Wer hätte gedacht, wozu Läusebrühe alles gut ist?«, murmelte sie grimmig. »Sie hilft sogar gegen zweibeinige Läuse!«

»Willst du sagen, ich habe ihn wahrhaftig damit vergiftet?« Josefina wurde leichenblass. »Ich schwöre dir, er hat nicht mehr als einen Becher davon getrunken!«

»Das hat ausgereicht.« Lene überlegte angestrengt. Schließlich verzog sich ihr faltiges Gesicht zu einem listigen Grinsen. »Wir werden dem Pfarrer sagen, dass er schon länger kränkelte.«

»Aber das hat er doch gar nicht getan«, wandte die Jüngere ein. »Erwin war noch keinen Tag in seinem Leben krank!«

Lene fixierte sie ärgerlich. »Stell dich nicht dümmer als du bist! Gattenmord ist ein Kapitalverbrechen. Willst du für den Drecksack da baumeln?«

Josefina sackte so plötzlich zusammen, dass sie sie gerade noch auffangen konnte. »Gattenmord?«

»Was wird der Herr Amtmann denn sonst wohl denken?«

Eilige Schritte näherten sich und mit einem Schwall Weihrauchduft, der seinen Kleidern entströmte, trat der Pfarrer in die Hütte. »Zufällig bin ich gerade … Oh, mein Gott!«. Unwillkürlich fuhren seine Hände zum Gesicht, um Mund und Nase zu bedecken, während er heldenhaft gegen den Würgereiz ankämpfte.

»Kommen Sie nur näher, Herr Pfarrer«, sagte Lene ruhig. »Kein schöner Anblick, nicht wahr?«

»Was ist geschehen? Ist er tot?« Der Pfarrer schluckte angestrengt.

»Er ist gerade eben zu seinem Schöpfer heimgegangen.«

Lene senkte die Stimme zu einem vertraulichen Flüstern. »Er hat dem Branntwein wohl zu sehr zugesprochen. Es ging ihm schon seit Monaten schlecht. Die letzten Male, als er bei mir eine Magentinktur holte, habe ich ihm dringend geraten, den Arzt aufzusuchen. Aber Hochwürden wissen ja …«

Der Pfarrer nickte nur und beeilte sich, den Ritus der letzten Ölung durchzuführen. Dabei raffte er sorgsam seine Soutane, um den Saum nicht mit den Exkrementen und dem Erbrochenen zu beschmutzen.

»Er hat den Köder geschluckt samt Haken und Schnur«, stellte Lene zufrieden fest und sah dem Pfarrer nach. »Nur gut, dass die feinen Herren sich besser mit Büchern auskennen als mit der Natur!«

Stumm und verbissen machten die beiden Frauen sich an die Aufgabe, Erwin zu waschen und die Hütte zu säubern. Erst, als sie ihm die schwarze Jacke überstreiften, erinnerte Josefina sich wieder an das rätselhafte Stück Papier. »Was ist das?«, fragte Lene überrascht, als sie es aus der Rocktasche zog.

»Ein Lotterielos«, erwiderte Josefina und betrachtete fast verwundert den so harmlos wirkenden Abschnitt. »Erwin hat viel Aufheben darum gemacht.«

Lene schnaubte verächtlich. »Das kann ich mir denken! – Leg ihn beiseite, vielleicht hat er ja wirklich ein paar Kreuzer gewonnen. Die könntest du jetzt gut gebrauchen.«

Das Rumpeln unbereifter Holzräder kündigte das Erscheinen von Hans, dem Totengräber, und Martin, dem Zimmermann, an. Die beiden hatten sich nicht die Mühe gemacht, ihre schwarzen Anzüge anzuziehen. Für einen wie den hergelaufenen Zweckschneider taten es die Arbeitskittel und der schäbigste Armensarg.

»Seid ihr Weibsleute fertig mit ihm?«, brummte Hans

und kaute gleichmütig auf seinem Pfriem. »Der Herr Pfarrer meinte, da ihr ja keine Totenmesse bezahlen könnt, wird er ihn gleich nach der Abendmesse aussegnen. Alle Wetter – der ist ja schon ganz steif!«

Zu zweit trugen sie ihn keuchend zum Karren. Josefina sah zu, wie der Karren mit Erwins Leichnam langsam davon rollte. Sie empfand nichts. Keine Trauer, keinen Schmerz wie beim Tod der Eltern. Nicht einmal Erleichterung. Einfach nichts.

Lene weckte sie aus der Erstarrung. »Komm, iss etwas«, drängte sie und hielt ihr eine Scheibe von dem Brot hin, auf das Jakob so stolz gewesen war. »Du musst jetzt bei Kräften bleiben.«

So ähnlich äußerten sich auch die Bäuerin Rimmele und einige andere mitleidige Nachbarinnen, die kamen, um ihr Beileid auszusprechen.

Als sie endlich allein war, sank sie erschöpft auf den wackligen Stuhl. Ihr Blick fiel auf die Bettstatt, den zusammengerollten Ballen schmutziger Bettwäsche. Wenn sie sich beeilte, konnte sie die Wäsche wenigsten noch auswringen, bevor die Abendglocke läutete. Gerade bückte sie sich danach, als ein Hüsteln sie aufsehen ließ.

»Gott zum Gruß, junge Frau. Bin ich hier richtig bei Erwin Hasenfratz?«

Verblüfft musterte sie den jungen Mann in städtischer Kleidung, der höflich abwartend in der Tür stand. Er hielt seinen Hut in der Hand und die Nachmittagssonne ließ seine blonden Locken leuchten wie ein reifes Weizenfeld. Josefinas Augen weiteten sich überrascht, während sie seine ansehnliche Erscheinung musterte. Sein Rock aus feinem Tuch mit glänzenden Messingknöpfen umspannte kräftige Schultern, seine Hose aus Hirschleder muskulöse Schenkel. Dazu sprach er mit leiser, angenehmer Stimme. Josefina fiel kein Grund ein, weshalb dieser vornehme Herr nach Erwin fragen sollte. Aber er hatte es getan.

»Es tut mir leid, mein Herr«, sagte sie leise. »Aber mein Ehemann ist heute morgen verstorben.«

Der junge Mann runzelte fast verärgert die schön geschwungenen Brauen. »Da hätte ich mir den Weg ja sparen können!«, murmelte er mehr ärgerlich als betroffen. Dann kam ihm offensichtlich ein Gedanke. »Ihr sagtet, er wäre euer Ehemann gewesen?«, erkundigte er sich und sah sich in der Hütte um, als fiele es ihm schwer, das zu glauben.

»Vor Gott und den Menschen«, bestätigte Josefina. »Ihr könnt den Pfarrer fragen. Er hat uns getraut.«

»Hm.« Ganz waren seine Zweifel nicht verschwunden, aber er schien sich zu einem Entschluss durchgerungen zu haben. »Euer Gatte hat gestern eine große Summe bei der Lotterie gewonnen«, teilte er ihr ohne Umschweife mit und legte einen schweren Lederbeutel mitten auf die Tischplatte. »Wenn Ihr mir das Los aushändigt, ist der Beutel euer.«

Keines Wortes mächtig konnte Josefina ihn nur anstarren.

»Ihr habt es doch nicht etwa weggeworfen?«, fragte er ungläubig.

Josefina schüttelte immer noch stumm den Kopf, ging zum Herd und holte das Lotterielos aus dem Brotkasten. Ihre Finger zitterten heftig, als sie es ihm reichte. Er verglich die Zahlen mit einem ähnlich aussehenden Zettel aus seiner Rocktasche und nickte zufrieden. »Das stimmt. Als seiner Witwe steht der Gewinn nunmehr Euch zu. Herzlichen Glückwunsch!«

»Wie viel …?«, brachte Josefina flüsternd heraus.

»O, ein hübsches Sümmchen. Etwas über 5000 Gulden.«

»Das ist ja ein Vermögen!«, stammelte Josefina und versuchte, ihr Glück zu fassen. Sie waren tatsächlich reich … nein, sie war reich, denn Erwin war ja tot. Wie im Traum öffnete sie den Beutel und schüttete die Münzen auf die Tischplatte. Ein schimmernder, glänzender Haufen türmte sich vor ihren Augen auf.

»Das ganze Geld – es gehört wirklich alles mir?« Josefina sah ängstlich zu ihm auf.

»Das tut es«, bestätigte er. »Ich würde es allerdings lieber verstecken.«

Er hatte recht. Wenn Lene es sah, würde sie sicher von ihr verlangen, all die Tinkturen und Tees zu bezahlen, die sie ihr so überlassen hatte. Hastig füllte sie die Gulden wieder in den Lederbeutel und schob ihn unter die durchgelegene Rosshaarmatratze. Dort würde niemand einen Schatz vermuten.

»Ein so großer Gewinn verändert das Leben vollständig«, sagte der junge Mann ernsthaft. »Wisst Ihr schon, was ihr damit anfangen werdet?«

»Zuerst kaufe ich neue Kleidung und Schuhwerk für mich und die Kinder.« Das hatte sie sich schon lange gewünscht.

»Dann werden alle Nachbarn wissen, dass Ihr zu Geld gekommen seid«, warnte er sie. »Möchtet Ihr, dass sie alle ihre alten Schulden einfordern?«

Josefina erschrak. »Was soll ich denn tun?«, fragte sie unsicher.

Er lächelte beruhigend. »Ich stehe Euch gerne mit Rat und Tat zur Seite! Und mein erster Rat ist: behaltet auf jeden Fall Euer Glück für Euch. Wenn ich darf, werde ich übermorgen wiederkommen und Euch einen Vorschlag unterbreiten.« Sein Lächeln wurde breiter und er hob vielsagend eine Braue.

Unwillkürlich erwiderte Josefina sein Lächeln. Er gefiel

ihr ausnehmend gut, dieser nette Herr von der Lotterie. Und so ließ sie es zu, dass er sie mit einem schelmischen Zwinkern ins Kinn kniff, ehe er sich formvollendet verabschiedete. Sie sah ihm nach, bis seine Gestalt hinter der Scheune von Bauer Rimmele verschwand. Ihr Herz klopfte heftig und ihre Wangen waren immer noch gerötet vor Aufregung über diese letzte Wendung.

Gedankenverloren strich sie über ihren vorgewölbten Leib. Es war nicht gut, dass sie ausgerechnet jetzt ein Kind trug. Sollte sie Lene fragen? Sie konnte den Absud ja zu sich nehmen, ohne zu wissen, was sie trank. Dann war es keine Sünde. Oder?

Das Lotteriespiel, genauer gesagt das Zahlenlotto oder »Lotto di Genua«, war bei der einfachen Bevölkerung äußerst beliebt. 5 von 90 Zahlen wurden gezogen. Man konnte auf bis zu vier, selten auch auf alle 5 zu ziehenden Zahlen wetten, auf Auszug, Ambe, Terne, Quaterne oder Quinterne. Bei Auszug und Ambo war es zudem möglich, auf die Reihenfolge zu wetten (bestimmter Auszug). Man gewann:

Beim unbestimmten Auszug das 15fache des Einsatzes
Beim bestimmten Auszug das 75fache
Bei der unbestimmten Ambe das 270fache
Bei der bestimmten Ambe das 5400fache
Bei der Terne das 5400fache
Bei der Quaterne das 60000fache

Wenn man bedenkt, dass ein Gulden etwa ein bis zwei Tageslöhnen entsprach, dann war ein theoretisch möglicher Gewinn von 55 000 Gulden bei einem Einsatz von 55 Kreuzern einfach märchenhaft!

Ist es da verwunderlich, dass gerade die unteren Einkommensschichten sich einen solchen erträumten? Und sie ließen sich diesen Traum einiges kosten: Die üblichen Einsätze bewegten sich zwischen 12 Kreuzern und 2-3 Gulden.

Natürlich war die Gewinnchance nicht höher als heutzutage. Nicht umsonst lautete ein anfangs des 19. Jahrhunderts verbreiteter Spruch »Lotterielose sind Eingangszettel ins Armenhaus«. Staatlicherseits wurde damals versucht, zumindest den als »minorenn« angesehenen Teil der Bevölkerung durch strikte Verbote von diesem Glücksspiel abzuhalten. Allerdings wurde das Verbot immer unterlaufen durch Kollekteure ausländischer Lottogesellschaften, die den Kontakt zwischen den Ziehorten und den Spielern herstellten.

Quelle: Bönisch, Monika, Opium der Armen, 1994, Tübingen und Stuttgart

Constanze Wilken – Eine Quittensuppe für Monsieur de Montaigne

Wir hatten den Rhein bei der Stadt Kaiserstuhl überschritten. Von dort waren wir durch eine recht hübsche Landschaft gereist, eben und nicht ärmlich. An einer Stelle zerschäumt sich Vater Rhein, wie die Leute den großen Strom nennen, an Felsen, fällt ein Stück weit hinab und schwillt machtvoll an. Diese Fälle werden Katarakte genannt, ganz wie beim Nil. Das Wetter spielte uns nicht allzu übel mit und im Grunde war unser buntes Grüppchen guter Dinge. Monsieur de Montaigne ist ein Herr, wie man ihn sich besser nicht wünschen kann. Klug und tolerant gegenüber jedem Wesen, das unseren Weg kreuzt. Ich meine, jedem Wesen, denn Monsieur ist der einzige Herr, den ich je hatte, der auch den Tieren Respekt entgegenbringt. Unsere Reisegruppe bestand aus vier adligen Herren, mit denen Monsieur eine Freundschaft pflegte, des Weiteren ein Diener und meine Wenigkeit. Zwei der Adligen waren beritten, die anderen beiden reisten, wie ich, im Wagen mit. Vor Huftieren jeglicher Größe habe ich seit Kindesbeinen den höchsten Respekt und setze mich nur auf eines, wenn es die Umstände zwingend erfordern. Der Diener hält sich wacker auf seinem Maultier, um das ich ihn wahrlich nicht beneide.

Es ereignete sich nun am Bodensee ein kleiner Zwischenfall, der Erwähnung finden soll, weil er die durchweg lobenswerte Natur von Monsieur de Montaigne aufs Schönste zeigt. Es war Mitte Oktober und Monsieur hatte beschlossen, einen Abstecher nach Lindau zu machen. Das kleine Städtchen liegt wohl hundert Schritt weit draußen vom

Ufer des großen Sees entfernt und ist zur Gänze von Wasser umgeben. Der einzige Zugang führte uns über eine stark befestigte Brücke, eher ein Damm. Vor uns ragte ein Turm auf, an dem Wachen die eingeführten Güter kontrollierten und Zoll kassierten. Wir kamen hinter den bereits Wartenden zum Halten und nutzten die Pause, uns die müden Beine zu vertreten. Welch hübscher Anblick sich uns bot!

Vom Ufer aus hatte man wegen der feinen Nebelschwaden, die über den See zogen, die Gestalt des Inselchens nicht erfassen können. Nun sahen wir, dass sich Lindau aus dem Wasser erhob, eingefasst von einer mit roten Ziegeln bewehrten Mauer. Sehr hübsch und sauber reihten sich die Häuser mit ihren ebenfalls roten Dächern um die Kirchtürme, derer es zwei gab. Da ich aus dem Elsass stamme, bin ich der deutschen Sprache ein wenig mächtig und unterhielt mich mit einem jungen Mann, der mit seiner Kappe und dem schwarzen Mantel ganz den Eindruck eines Studenten machte.

»Ei, guter Mann, Ihr seht mir aus wie einer, der sich dem Studieren von Büchern verschrieben hat?«, begann ich das Gespräch.

Unter der Kappe stahlen sich blonde Locken hervor und rahmten ein ansehnliches Männerantlitz, aus dem mich blaue Augen neugierig und gleichzeitig traurig musterten. Der Jüngling klopfte auf seinen geschulterten Ledersack. »Ich bin Student der Rechtswissenschaften von der Universität in Ingolstadt. Woher kommt Ihr? Frankreich?«

Ich nickte. »Mein Herr dort, Monsieur de Montaigne, ist ein großer Gelehrter! Er verkehrt mit den gekrönten Häuptern und ist als Diplomat und Philosoph tätig. Es liegen schwere Verhandlungen in Paris hinter uns. Katharina de Medici und Heinrich von Navarra halten große Stücke auf das Urteil meines klugen Herrn.«

Der Student war sichtlich beeindruckt und zog ehrfürchtig seine Kappe. »Welche Ehre.«

Monsieur de Montaigne war unser Wortwechsel nicht entgangen. Er gab mir einen scherzhaften Klaps auf die Schulter. »Was spinnst du da schon wieder für Märchen über mich zusammen? Ich kenn' dich doch, Mathieu, bist ein Aufschneider. Die Leute denken, ich wäre ein Baron oder dergleichen!«

»Ah, bisher sind wir gut mit meiner Koordination gefahren! Denkt nur an das schäbige Quartier vor Baden. Rattendreck im Bett! Und kaum habe ich ein wenig mit dem Wirt geplaudert, da wussten sie, wen sie vor sich hatten!«, verteidigte ich mich.

Monsieur lachte. »Ja, schon gut. Ich wollte dich nur mahnen, dass du nicht über die Stränge schlägst.« Damit wandte er sich seinen Begleitern zu, doch ich sah, wie er sich an den Leib griff und schmerzvoll die Lippen zusammenkniff.

»Es wird Zeit, dass wir die Bäder erreichen.«, sagte ich zu mir und als der Student mich höflich wartend ansah: »Monsieur de Montaigne trägt schwer an einem Blasen- und Nierenleiden. Regelmäßig wird er von grässlichen Schmerzen heimgesucht, Koliken, die ihn mit Fieber und Krämpfen quälen. Das ist der Grund unserer Reise. Wir hoffen, dass mein Herr in den Thermen von Lucca Linderung erfährt.«

»Lucca in Italien? Jaja, von diesen Thermen habe ich reden hören. Heilendes Wasser soll wahre Wunder bewirken. Ich wünsche Eurem Herrn von Herzen Besserung. Krankheiten sind eine Strafe!«

»So sieht mein Herr das nicht. Er sagt, dass man nicht wehklagen soll über das, was allen widerfahren kann. Im Gegenteil lassen uns die Krankheiten die Gesundheit umso dankbarer schätzen.«

Der angehende Jurist überlegte kurz und lächelte. »Ein wahrhaft weiser Mann, Euer Herr. Aber es fällt nicht immer leicht, das Gute im Schlechten zu finden. Dazu braucht es ein Maß an Einsicht, das manchem abgehen wird.«

Ein klägliches Quaken erregte unsere Aufmerksamkeit. Ich schaute mich um und entdeckte in einer Nische der gemauerten Brücke einen Vogel. Beim Näherkommen sah ich, dass es sich um eine Ente handelte. Der Schwimmvogel hockte da in diesem steinernen Loch und riss ganz erbarmungswürdig den Schnabel auf.

»Ein feiner Braten sitzt da und wartet nur darauf, dass wir ihn schlachten!«, rief jemand hinter mir, doch der Student stellte sich zwischen mich und die Neugierigen, die Beute witterten.

Dunkle Knopfaugen sahen mich ängstlich an. Das schillernde Gefieder war von Erde verschmutzt und es sah so aus, als hätte die Ente sich einen Fuß gebrochen. »Es ist krank.«

»Die Ente stirbt an ihrem Leiden oder die gierigen Leute hier drehen ihr den Hals um. Ihr solltet sie mitnehmen«, schlug der Student vor.

Ich zögerte. »Aber wir sind Reisende. Was soll ich denn mit dem Tier machen?« Da war ich schon an der Nische und hob das quakende Entlein vorsichtig heraus. Es kuschelte sich ganz vertraut an mich.

Monsieur war der kleine Tumult nicht entgangen und als er mich jetzt mit dem Entlein im Arm sah, erstrahlte sein Gesicht und er schlug lächelnd die Hände zusammen. »Mathieu, mein Lieber! Bist du doch eine mitfühlende Seele. Ich wusste, aus dir wird noch etwas. Messieurs, kommen Sie her!« Der Herr rief seine adligen Freunde herbei.

»Was sehen Sie?«

Die Aristokraten wechselten irritierte Blicke. »Euer Sekretär hat eine Ente auf dem Arm«, bemerkte einer.

»Der hängt ein Bein schief. Man sollte sie töten und als Braten mit Orangensauce servieren«, sagte ein anderer.

Monsieur schürzte entrüstet die Lippen. »Keinen Sinn für eine hilflose Kreatur, die Herren. Mathieu, was hat das Tier?«

»Ein gebrochenes Bein, denke ich, Monsieur.«

»Nun, würde man Sie töten lassen, nur weil eine Ihrer Gliedmaßen gebrochen ist, mes amis?«, wandte sich Montaigne an seine Freunde.

Zwei schauten betreten zu Boden, die anderen beiden hoben die Schultern. »Sind wir Erpel?« Sie lachten.

»Vielleicht wäre Ihr Leben von größerem Nutzen für die Menschheit, wenn Sie als Erpel zur Welt gekommen wären. Tiere sind in dem, was sie tun, vollkommen und uns in ihren Werken weit überlegen. Haben Sie das bedacht?« Mein kluger Herr schaute sich um und breitete seine Arme aus, so als wolle er alles einschließen, was in seinem Gesichtskreise sei. »Ist es nicht so, dass Menschen, die blutrünstig den Tieren gegenüber sind, einen natürlichen Hang zur Grausamkeit zeigen? Ich nenne ein Beispiel: In Rom hatte man sich kaum an das öffentliche Schauspiel von hingemetzelten Tieren gewöhnt, da kamen schon die Menschen, die Gladiatoren an die Reihe. Nennt mich weich, ich schäme mich meines Mitgefühls für alle Kreaturen nicht!«

Mein Herr lächelte und sein ebenmäßiges Antlitz, das von einem ergrauten Bart geziert wurde, strahlte. Er sprach mit dem Herzen und der Weisheit des Philosophen und berührte diejenigen, die ihm zuhörten. Ich sah es an den Gesichtern der Adligen, die das Entlein auf meinem Arm mit verändertem Ausdruck bedachten. Kälte und Gier wichen nicht sofort dem Mitgefühl, welches mein Herr ihnen vorlebte, doch ein Verstehen breitete sich aus.

»Es gibt eine Verbindung zwischen allem, was die Erde

für uns bereithält. Alles ist auf sichtbare oder unsichtbare Weise miteinander verknüpft«, fuhr mein Herr fort. »Wir schulden den Menschen Gerechtigkeit, aber genauso sind wir allen empfindsamen Kreaturen gegenüber verpflichtet und sollten ihnen Wohlwollen und Freundlichkeit entgegenbringen. Was wären wir ohne die Bäume und Pflanzen? Und so steht es auch mit den Tieren. Schützt Ihr Hund Sie nicht vor Feinden, trägt Ihr Pferd Sie nicht klaglos über weite Strecken? Ich könnte diese Liste endlos fortsetzen. Dieses Entlein hat nach Hilfe gerufen. Wollen Sie es ihm vergelten, indem Sie es herzlos abschlachten?«

Es kam Bewegung in die Wartenden und unser Kutscher winkte. »Es geht weiter, Messieurs!«

»Mathieu, nimm die Ente mit. In Lindau finden wir jemanden, der sie versorgt«, ordnete Monsieur de Montaigne an und ich folgte seinem Befehl allzu gern.

Der Student verabschiedete sich am Tor von uns, nicht ahnend, dass wir uns sehr bald wieder sehen würden.

Die meisten Städte dieser Gegend sind protestantisch. Angenehm fiel auf, dass auch die Katholischen toleriert wurden. Beide Religionen durften ausgeübt werden und Mischehen waren durchaus häufig anzutreffen. Als wir nun in Lindau das Stadttor passiert hatten, ging es zuerst auf den Platz mit einer schönen Kirche, die St. Stephan geweiht war. Es stellte sich heraus, dass es außer den zwei Türmen, die wir von ferne gesehen hatten, noch weitere schmucke Kirchlein gab, darunter eine, die den Schutzheiligen der Fischer geweiht war.

»Wie heißt das Gasthaus, in dem wir heute nächtigen, Mathieu?«, fragte Monsieur de Montaigne und begutachtete die Architektur der Stadt. Es war ihm wichtig, möglichst viel über die Besonderheiten jeden Ortes zu erfahren, den wir durchreisten.

»Wir logieren in der Krone, Monsieur. Ah, ich glaube, dort vorn ist es bereits.« Mein Entlein quakte als der Wagen hielt und ruckelte.

In einer Seitenstraße, nicht weit von St. Stephan, stiegen wir vor einem hübschen Gasthaus aus. Es hatte einen stufigen Giebel, einen hölzernen Treppenaufgang und war mit gemalten Wappenschildern verziert. Da es kurz vor Mittag war, stand die Sonne noch hoch und tauchte Lindau in vorteilhaftes Licht. Es gab einen Hof und Stallungen. Einer der Pferdeknechte zeigte auf meine Ente und lachte, doch Monsieur de Montaigne blieb unbeeindruckt und sagte zu mir: »Mathieu, frag den alten Kerl dort hinten, ob er was von Tieren versteht.«

Ich spähte ins Schummerlicht des Stalles und entdeckte einen Alten, dem die drahtigen Haare unter der Kappe hervorstachen. Er trug Leinenzeug und eine lederne Schürze. An seinem Gürtel hing ein Beutel und es steckten verschiedene Zangen und Messer darin. Der Alte hielt eine Hand vor die Nüstern eines Maultieres und sprach leise auf das Tier ein. Hin und wieder schnaubte das Maultier, doch wurde es immer ruhiger, bis es sich die Berührung des Alten gefallen ließ. Da erst machte sich der Alte an den Ohren des Tieres zu schaffen, murmelte vor sich hin, griff in seinen Beutel und rieb eine Tinktur in das anscheinend kranke Ohr.

»Gott zum Gruße, werter Herr«, begann ich und die Ente quakte.

Augenblicklich drehte sich der Alte um und machte ein mürrisches Gesicht. »Was willst du?«

»Ich habe diesen Vogel gefunden und möchte von dir wissen, ob du ihn gesund machen kannst.«

»Was bist du denn für ein Närrischer?« Kopfschüttelnd nahm er die Ente, die jetzt nervös flatterte, aus meinen Händen. Als er sie streichelte und wieder mit seinem Gemurmel begann, wurde das Tier ruhig. Er tastete sacht das Bein ab. »Warum hast du sie nicht in den Bratentopf geworfen, wie jeder andere das getan hätte?«

Hilfesuchend drehte ich mich nach Monsieur um, der jedoch mit den Adligen ins Gasthaus ging. »Mein Herr dort ist ein großer Gelehrter und Freund von Mensch und Tier. Es widerstrebt ihm, eine hilflose Kreatur zu töten, wenn Hoffnung auf Genesung besteht.« Ich holte einen Silbertaler aus meiner Geldkatze. »Hier, guter Mann, nimm das, pfleg das Entlein und lass es noch eine Weile seine Runden auf dem großen Gewässer ziehen.«

Der Alte führte die Münze zwischen die Zähne, grinste und nickte. »Das Bein ist gebrochen, lässt sich aber schienen. So etwas habe ich schon viele Male gemacht. Wie heißt dein Herr?«

»Monsieur de Montaigne.«

»Gott mit dir und deinem Herrn.« Dann strich er dem Entlein über den Kopf und ging davon.

Den Silberling würde mir der Herr erstatten, dessen war ich gewiss und stapfte durch Stroh und Mist zum Hintereingang der Krone. Man ging an der Küche vorbei durch einen schmalen Korridor, von dem ein Treppenaufgang wohl zu den Schlafkammern führte und weiter in einen Speisesaal, der seinesgleichen suchte. Monsieur de Montaigne und seine Begleiter saßen an einem der großen Tische, auf dem zwei Krüge Wein, Becher und ein Brotkorb standen. Auch an den übrigen Tischen, von denen es wohl zwanzig gab, saßen zahlreiche Gäste und schwätzten munter, während das Essen aufgetragen wurde. Was mich aber so faszinierte, waren nicht die Speisen, die an Vielfalt und Qualität ausgezeichnet schienen, sondern eine ganz sonderbare Konstruktion von Vogelkäfigen, dergleichen ich noch nie gesehen hatte! Es war in das Tafelwerk des Saales ein riesiger Vogelkäfig eingefügt worden, von dem zwei aus Messing geflochtene Schwebegänge zur anderen Seite des Saales führten. Die Vögel konnten darin also von einer Seite des Raumes zur anderen spazieren gehen! Das war ein sehr ergötzlicher Anblick!

Ich musste recht dümmlich dreingeschaut haben, denn ein hübsches Mägdlein begann herzlich zu lachen, als sie mich da so Maulaffen feilhalten sah. »Hat der Herr noch nie einen Vogelkäfig gesehen?«

»Ah, schon ja, aber nicht so einen!«

»Mein Vater hatte die Idee dazu. Auf einem Gemälde, welches das Morgenland zeigt, hat er Vergleichbares gesehen«, zwitscherte das Mädchen munter. Sie war schlank, wusste sich auszudrücken, hatte weiße Zähne, weizenblondes Haar und die hellsten blauen Augen.

»Ihr seid die Wirtstochter?«

»Nicht auf den Kopf gefallen, der Herr aus Frankreich. Euer Akzent verrät Euch, auch wenn Euer Deutsch recht passabel ist.« Sie zog die Schleifen ihrer blütenweißen Schürze gerade und warf immer wieder heimliche Blicke zur Tür.

»Schönes Fräulein, haltet Ihr nach etwas oder gar jemandem Ausschau? Nach einem Liebsten vielleicht?«

Plötzlich straffte sich ihr Körper, die Augen leuchteten und sie benetzte ihre Lippen. »Gottfried«, flüsterte sie.

Eifersüchtig, obgleich ohne Recht, spähte ich nach dem Angebeteten und erblickte zu meinem Erstaunen den Studenten der Rechtswissenschaften, wie er fast schüchtern in den Saal kam. »Das ist Euer Gottfried?«

»Schsch!« Hastig legte sie den Finger an die Lippen. »Mein Vater will nicht zulassen, dass wir uns vermählen. Ich soll den Sohn vom Tuchhändler Riebert heiraten. Geld zu Geld.« Ein tiefer Seufzer entfuhr ihr, der mir durch und durch ging, so von Herzen traurig war er.

»Aber der Gottfried scheint ein anständiger Bursche. Wir haben uns zufällig vor dem Stadttor unterhalten. Als Rechtsgelehrter wird er einen ehrbaren Beruf ausüben. Was spricht gegen ihn?«

»Er ist arm wie eine Kirchenmaus! Außer einer Anstellung als Notar oder Berater bei einem hohen Herrn ist in den ersten Jahren nichts zu erwarten. Oh, mir macht das nichts! Ich weiß, dass er klug ist und es zu etwas bringen wird. Aber mein Vater lässt in der Sache nicht mit sich reden ...« Erneut entrang sich der jungfräulichen Brust ein kläglicher Seufzer.

»Albrun! Was treibst du da? Komm sofort her!«, rief eine barsche Männerstimme von hinten.

Die Gerufene flog herum, nicht ohne dem Geliebten eine Kusshand zuzuwerfen, denn der hatte sie entdeckt, als ihr Name fiel. Als ich den armen Studenten mit hängenden Schultern und sehnsuchtsvollem Blick dort stehen sah, überkam mich ein tiefes Mitgefühl. Ich winkte ihm und ging rasch zu meinem Herrn.

»Monsieur, seht Ihr dort den Studenten?«

Er wandte den Kopf. »Gewiss.«

Ich schilderte kurz die Situation und betonte, dass ich Gottfried für einen ehrbaren Mann hielt. »Wäre es nicht freundlich, ihn an unseren Tisch zu bitten?«

Monsieur de Montaigne, der ein geselliger und neugieriger Mensch war, nickte zustimmend. Als Gottfried sich mit einem schüchternen Gruß zu uns setzte, erklärte Monsieur seinen Begleitern die Umstände.

Graf M., selbst ein Schwerenöter, warf entzückt die Hände in die Luft. »Bravo, Messieurs! Une affaire de cœur! Wir stehen in der Pflicht!«

Gottfried hörte aufmerksam zu und sah mich fragend an.

»Ich habe deine Albrun gesehen und von eurem Dilemma gehört«, sagte ich.

Erschrocken wehrte Gottfried ab. »Sprecht nicht davon. Es gibt nur böses Blut, wenn ihr Vater erfährt, dass wir uns noch immer sehen. Er hat uns jeden Kontakt verboten!«

»Aber Ihr seid hier!«

»Er weiß nicht, wie ich aussehe, nur, dass ich existiere. Lieber Himmel, mich ihm vorzustellen hätte Albrun nie gewagt. Er hätte mich wegen Mundraub oder unsittlichen Betragens angezeigt und in den Turm werfen lassen.« Ängstlich sah er über seine Schulter in Richtung der Küche.

Da ich ihm gegenüber saß, hatte ich Einblick in die Küche und auf den vorgelagerten Tresen, hinter dem ein großer Mann mit strenger Miene die Aktivitäten in der Küche, sowie das Heraustragen der Speisen überwachte. Die Schankmägde hatten schwer an ausladenden Tabletts zu schleppen, auf denen sich Teller und Schüsseln mit duftenden Speisen türmten. Albruns Vater war ein stattlicher Mann. Sein Hemd war weiß und sauber, genau wie der prächtige farbige Überrock. Er hatte es in seinem Gewerbe zu Wohlstand gebracht und wollte diesen durch eine entsprechende Verheiratung seiner Tochter mehren. Verdenken konnte man es dem Manne nicht, doch wenn die Ehe seiner Tochter das reinste Unglück für sie bedeutete, dann musste dem Mädchen geholfen werden.

Eine kräftige Schankmaid stellte ein Tablett auf unseren Tisch und hob eine Platte mit gebratenem Ferkel und eine mit Fischen herunter. Was uns nicht sehr zusagte, war das eingelegte Kraut, das es hier allerorten gibt. Das Brot war mit Fenchel gebacken und wurde mit Kümmel bestreut, dann reichte man Käse und zu guter Letzt trug man Schüsseln mit Äpfeln, Birnen und Nüssen herbei und servierte dazu eine Suppe. Monsieur de Montaigne war sehr angetan von den Speisen und hob erwartungsvoll den Deckel der Terrine. In einer milchigen Konsistenz schwammen kleine Klöße und Fruchtstücke.

Mit geschlossenen Augen schnupperte er an der Suppe. »Hmm, bitte, riecht und sagt mir, was Ihr davon haltet.«

Graf M. sagte: »Süß, denke ich und es sind Apfelschnitzel darinnen. Wir sollten einfach kosten, dann wissen wir mehr.«

Gottfried sah uns lächelnd zu. »Ihr kennt dieses Gericht nicht? Das ist eine Spezialität der Gegend.«

»Was ist es?«

»Probiert und sagte es mir.« Er selbst lud sich den Teller voll, weshalb wir mutig seinem Beispiel folgten.

Das einsetzende Schweigen, währenddessen alle den ungewohnten Geschmack auf der Zunge zergehen ließen, sprach für sich. Nachdem Monsieur zwei Klöße mit drei Löffel Sirup gegessen hatte, lehnte er sich zurück und leckte sich genießerisch die Lippen. »Wenn ich nicht wüsste, dass ich auf der Insel Lindau bin, würde ich mich in meinem schönen Heimatlande wähnen, dessen Küche ich bisher allen vorzog. Ein wahrhaft göttlicher Genuss dieses Milchsüppchen. Mathieu, frag unseren liebeskranken Studenten nach dem Rezept.«

Ich gab die Frage weiter und Gottfried lächelte traurig. »Diese Quittensuppe wird nach einem Rezept von Albruns Großmutter gekocht. Nur die Frauen der Familie kennen es.«

»Ah, aber für durchreisende Fremde, die dem Wirt keine Konkurrenz sein können, wird sie eine Ausnahme machen.« Ich hielt nach der hübschen Wirtstochter Ausschau und winkte sie herbei.

»Gottfried, was machst du hier?«, fragte Albrun leise und stellte sich so, dass er ihre Hand greifen konnte.

Der Student hielt zärtlich die Hand der Geliebten und Tränen standen ihm in den Augen als er sagte: »Ich musste dich noch einmal sehen. Im nächsten Monat mache ich Examen in Ingolstadt und habe eine Stelle bei einem Herzog im Holsteinischen in Aussicht.«

Entsetzt riss Albrun die Augen auf. »Im Holsteinischen? Aber das ist ja ganz im Norden! Da sehe ich dich nie wieder!«

»Liebes wertes Fräulein, wir werden uns Eurer Sache annehmen, seid dessen versichert. Aber vorher müsst Ihr uns das Rezept für diese außergewöhnlich schmackhafte Quittensuppe verraten«, unterbrach ich die beiden.

Sie entzog Gottfried ihre Hand und runzelte die Stirn. »Das Rezept für die Quittensuppe? Das ist geheim und wird seit Generationen nur von der Mutter zur Tochter weitergegeben.«

Monsieur und die anderen beobachteten uns und Graf M. schien zu begreifen, was vorging, denn er sagte zu mir: »Sag ihr, dass wir Franzosen uns auf Liebesdinge besser verstehen als jede andere Nation und dass der Preis für ihr Glück gering ist. Ein Suppenrezept für ihr Lebensglück! Mon Dieu!«

Ich räusperte mich. »Also, liebes Fräulein Albrun, diese Herren und meine Wenigkeit werden dafür Sorge tragen, dass Euer Vater in die Ehe mit Eurem Gottfried einwilligt. Meint Ihr, dass ein Quittensuppenrezept dafür ein zu hoch angesetzter Preis ist?«

Verärgert zog sie die Brauen zusammen und stemmte die Hände in die Hüften. Ihr fester kleiner Busen wogte unter dem Mieder. »Ihr macht Euch über mich lustig. Wie wollt Ihr das anstellen? Habt Ihr meinen Vater gesehen? Er ist kein Mann, mit dem es sich scherzen lässt!«

Der Kronenwirt hatte seine Tochter bei uns erspäht und kam hinter seinem Tresen hervor. »Er kommt her!«, sagte ich und setzte mein freundlichstes Lächeln auf.

Der Mann war einen Kopf größer als ich und die Herren unserer Gesellschaft, Gottfried eingeschlossen. Besitzergreifend legte er seine kräftige Hand um Albruns Schultern. »Haben die Herren besondere Wünsche? Dann schicke ich Ihnen eine Schankmaid vorbei. Meine Tochter parliert nur gelegentlich mit den Gästen.«

»Diese Herren kommen aus Frankreich. Ich habe mein Französisch, von dem der Magister Hubertus sagt, dass es passabel ist, praktiziert«, erklärte Albrun rasch.

»Und der dort? Ist das auch ein Franzose?« Der Kronenwirt zeigte auf Gottfried, der sich am liebsten in der Bank verkrochen hätte.

»Dieser Rechtsgelehrte ist unser Freund, werter Herr. Wir haben ihn um rechtlichen Rat gebeten und sind ein Stück Wegs gemeinsam gereist«, sprang ich dem armen Gottfried zu Hilfe. »Darf ich Euch den edlen Monsieur de Montaigne vorstellen. Seines Zeichens Berater der Königinmutter Katharina de Medici, Gelehrter, Diplomat und in höchst wichtiger Mission nach Italien unterwegs«. Ich gab auch den adligen Freunden von Monsieurs eindrucksvolle Positionen und der Wirt wurde zusehends stiller.

Schließlich deutete er eine Verbeugung an. »Ich hatte ja keine Ahnung, wer heute unter meinem Dach nächtigt. Haben Sie bereits Quartier genommen? Ich werde dafür sorgen, dass Sie die besten Räumlichkeiten erhalten. Albrun, unterhalte dich ruhig noch ein wenig mit den Herren. Ich lasse einen Krug Wein auf Kosten des Hauses bringen.«

Der Kronenwirt machte einen Kratzfuß und ging eilig davon.

Nachdem ich übersetzt hatte, lachten wir herzlich, doch Albrun schien nicht glücklich und sagte in ihrem etwas unbeholfenen Französisch: »Lasst euch nicht täuschen. Mein Vater wittert nur ein gutes Geschäft. Dafür würde er dem Teufel die Hand zum Pakte reichen.«

»Dann soll er das Gefühl haben, auch mit Gottfried einen

Goldfisch in sein Netz zu bekommen!«, kam es im Brustton der Überzeugung von Monsieur de Montaigne, in dessen Augen der Schalk blitzte. »Ah, und was kommt jetzt?«

Eigentlich waren wir von dem üppigen Mahl bereits gesättigt, doch die Schankmaid brachte den vom Kronenwirt versprochenen Wein, zu dem kleine Schüsseln mit verschiedenen Spezereien gereicht wurden.

»Kräuterbällchen, Dörrpflaumen und das Kleingebäck wird mit Zimt und Koriander gewürzt. Das fördert die Darmtätigkeit«, erklärte Albrun, die sichtlich stolz auf die Feinheiten der hauseigenen Küche war.

Monsieur de Montaigne ließ sich seinen Becher voll schenken und kostete den Wein, der von ausgezeichneter Qualität war. »Sagt Eurem Vater Dank, mein Fräulein und schreibt das Rezept nur gleich auf. Wenn wir morgen früh abreisen, wird Gottfried der favorisierte Ehekandidat Eures Vaters sein.«

Ungläubig musterte Albrun unser illustres Grüppchen, beugte sich zu Gottfried und ließ ihre Hand kurz auf seiner Schulter ruhen. »Bleibst du über Nacht hier?«

Wir hatten die Sache begonnen und mussten sie nun zu einem glücklichen Ende bringen. »Ja, er nimmt mit uns Quartier«, sagte ich.

Mit einem Seufzer und einem zweifelnden Blick, der uns galt, entfernte sich die schöne Wirtstochter. Gottfried sank mutlos in sich zusammen. »Eine Übernachtung in der Krone kann ich mir nicht leisten, und wie wollt Ihr dieses Wunder vollbringen? Ist das ein Vergnügen, dass sich französische Herrschaften mit armen Schluckern machen, Hoffnungen wecken und sie dann ins Bodenlose stürzen lassen?«

Gottfried wirkte verzweifelt und ihm standen Tränen in den Augen. Womöglich stürzte er sich von einem der Türme oder ging ins Wasser. Das musste verhütet werden!

Ich wandte mich an Monsieur de Montaigne. »Es ist noch Zeit für eine Besichtigung der Stadt. Gottfried könnte uns herumführen und wir überlegen uns eine Finte, den Wirt zu ködern.«

»Fabelhafte Idee, Mathieu.« Monsieur liebte Stadtbesichtigungen und war schon manches Mal auf einen örtlichen Gelehrten getroffen, der ihn in einen fruchtbaren Disput verwickelt hatte.

Da unser Student aus der Gegend stammte und sich öfters heimlich mit Albrun getroffen hatte, kannte er sich tatsächlich in Lindau aus und zeigte uns die alte Stadtbefestigung. Der Hafen befand sich auf der Südseite der Insel und wurde von einem fünfstöckigen Turm gesichert, der nur über eine Zugbrücke zu erreichen war.

»Den nennt man den Mangenturm, weil das Tuch- und Manghaus gleich dort liegt«, erklärte Gottfried.

Monsieur betrachtete den mächtigen wehrhaften Turm, der an die zwanzig Meter hoch sein durfte. »Wird dort oben ein Leuchtfeuer entzündet?«

Ich gab die Frage weiter und Gottfried nickte. Seine blonden Locken wurden vom Wind zerzaust und seine grünen Augen schweiften gedankenvoll über die dunkle Weite des Sees. »Das hier ist der älteste Leuchtturm der Insel. Am anderen Ende könnt Ihr die Spitze des Diebsturms sehen. Lindaus Gefängnis. Dann gibt es noch den Pulverturm an den Schanzen.«

Monsieur nahm mich mit ernster Miene bei Seite. »Mathieu, du kennst meine Ansichten zur Ehe. Eine gute Ehe soll auf Freundschaft gegründet sein, Vertrauen und Beständigkeit machen sie aus, nicht rasendes Liebesverlangen. Vielleicht waren wir voreilig und haben uns im Überschwang hinreißen lassen. Das arme Mädchen ist womöglich besser bei dem reichen Tuchhändler aufgehoben.«

Mir schnürte sich der Magen zusammen. Das konnten, nein durften wir diesen jungen Liebenden nicht antun. Hier hatten wir die Möglichkeit, einen gesegneten Bund zu stiften, in dem sich Tugend, Schönheit und Ehrenhaftigkeit vereinten. Ob ich damals von der romantischen Stimmung auf der zauberhaften Insel angesteckt wurde? Ich weiß es nicht mehr, doch sind mir die beiden jungen Leute noch deutlich vor Augen. »Monsieur, ich verstehe Eure Bedenken sehr wohl, doch bin ich der festen Überzeugung, dass wir hier die Liebe in ihrer reinsten Form antreffen und es wäre ein Frevel, ihr nicht zu ihrem Recht zu verhelfen.«

Mein weiser Herr atmete tief ein und strich sich über den Leib. »Ach, mein gefühlsduseliger Mathieu. Was ist alle Philosophie, alles kluge Parlieren gegen die Jugend und die Liebe? Ist der Tod nicht immer gegenwärtig? Entschwinden wird einem jeden das Glück und niemals mehr lässt es sich zurückrufen. Was ist gewiss?«

Wir standen an der Stadtmauer und schauten auf das Wasser hinunter, auf dem Fischerboote nach draußen fuhren und ein Entenpaar sich von den sanft anschwellenden Wellen schaukeln ließ.

»Können wir die Liebe abweisen?«, sagte mein Herr plötzlich und seine Augen streiften über die schöne Gegend. »Es wäre vermessen, dies zu tun. Was sagt Ihr, mein lieber Freund?«

Graf M. trat näher. Er hatte ein schmales aristokratisches Gesicht mit blitzenden Augen unter geschwungenen Brauen und einem keck gestutzten Bart. Die Frauenherzen flogen ihm naturgemäß zu, worum ich ihn insgeheim beneidete, war es um meine Physiognomie doch nicht ganz so vorteilhaft bestellt, was nicht heißen soll, dass ich in Liebesdingen erfolglos war.

»Mathieu!« Der Graf riss mich aus meinen Gedanken. »Wir haben einen Plan. Nicht genial, aber erfolgversprechend.«

Auf der restlichen Wanderung durch die liebliche Stadt Lindau besprachen wir die Einzelheiten unserer kleinen Scharade und kehrten bester Stimmung in die Krone zurück. Dort hatte man unser Gepäck tatsächlich in weitaus größere und besser ausgestattete Räume gebracht. Unsere Betten waren zwar nicht vorgeheizt, wie es in Frankreich üblich ist und was wir sehr vermissten, doch war das Bettzeug sauber und mit Daunen gefüllt.

Wir ließen uns Bäder richten, kleideten uns um und waren gerade mit Duftwässern besprüht und zum Abendessen bereit, als es an der Tür klopfte. Der Wirt persönlich stand mit einem aufwendig versiegelten Brief dort.

»Hochverehrte Herren. Ich wollte es mir nicht nehmen lassen, Ihnen dieses wichtige Schreiben, das soeben von einem fürstlichen Eilboten überbracht wurde, persönlich auszuhändigen.« Der große Mann machte einen Kratzfuß und ich nahm das Schreiben entgegen, dessen Inhalt uns wohl vertraut war, hatten wir ihn doch am Nachmittag ausgeheckt.

Monsieur de Montaigne tat überrascht und erbrach das Siegel. »Meiner Treu! Wer hätte das für möglich gehalten!« Dann sprang er auf und umarmte den artig wartenden Gottfried, der seine Nervosität kaum verbergen konnte, war er doch eine grundehrliche Seele, was nicht die beste Voraussetzung für seinen zukünftigen Berufsstand war.

Ich übersetzte dem neugierigen Wirt, was Monsieur und Graf M. sich überlegt hatten: »Wir berichteten, dass dieser junge Advokat uns in Rechtsdingen behilflich war? Nun ja, das trug sich bei unserem Aufenthalt in Baden zu. Es kam zu einem unschönen Zwischenfall mit dem Fürsten S. Allein dem Verhandlungsgeschick und den Rechtskenntnissen dieses trefflichen jungen Mannes haben wir es zu verdanken, dass Monsieur eine ärgerliche Gerichtsverhandlung erspart blieb. Der Fürst zahlt nun sogar eine Entschädigung. Bravo!«

Ich schlug Gottfried auf die Schultern und er lächelte zaghaft.

»Wollt Ihr denn nun die Stelle bei unserem Freund in Frankreich annehmen, junger Freund?«, fragte ich.

Gottfried hob die Brauen. »Ich wurde eigentlich ins Holsteinische bestellt …«

»Aber was! In den tristen Norden wollt Ihr nicht gehen. Es werden sich großartige Möglichkeiten für einen begabten Mann wie Euch auftun. Überlegt gut, wie Ihr Euch entscheidet. Unsere Empfehlungen sind Euch in jedem Falle sicher.«

Monsieur und der Graf bekräftigten meine Worte, deren Sinn sie ahnten durch eifriges Kopfnicken. »Lasst uns essen gehen und feiern!«

Der Kronenwirt musterte Gottfried mit großem Interesse und man konnte förmlich sehen, wie es hinter seiner Stirn rotierte. Ein Schwiegersohn von Reputation mit Verbindungen in höchste Kreise wäre durchaus einem ansässigen Tuchhändler vorzuziehen. »Sagt, junger Herr, habt Ihr das Eheversprechen schon gegeben?«

Innerlich einen Freudensprung machend, knuffte ich Gottfried in die Rippen und folgte Monsieur und den anderen. Wir feierten noch lange an diesem Abend und nie werde ich den Abschied am nächsten Morgen vergessen. Albrun kam zu uns in den Hof und drückte mir einen Brief in die Hand – das Rezept für die Quittensuppe. Wir haben diese herrliche Suppe in späteren Jahren noch oft bei Monsieur de Montaigne gegessen und jedes Mal der Liebenden von Lindau gedacht.

Michel de Montaigne (1533–1592), Politiker, Philosoph und Begründer der Essayistik, reiste 1580 über Deutschland und die Schweiz nach Italien. Über diese Badereise in die Thermen von Lucca, die vor allem der Kurierung seines Nierenleidens dienen sollte, führte Montaigne ein Tagebuch. In diesem Reisetagebuch verzeichnete der gelehrte Mann persönliche Erlebnisse, beobachtete Sitten und Gebräuche und beschrieb Sehenswürdigkeiten. Montaigne begegnete allem Neuen, Fremden mit Wohlwollen und Toleranz und zeigt in seinen Essays eine bemerkenswert respektvolle Haltung den Tieren gegenüber. Montaigne gilt als Meister in der Kunst, das Leben zu lieben.

Eva Wodarz-Eichner – Blaubeurens trübe Wasser

Christian Friedrich Daniel Schubart, Neujahrswunsch auf das Jahr 1775: »Gib mir weit mehr ungestümes Feuer in meinen Busen, daß die Wahrheit nicht kalt, wie Wasser von der Felsenwand, sondern heiß siedheiß wie Lava am Vesuve von mir herabströme! Wills alsdann nicht achten, wenn der Dümmling wider mich schreyt, wenn der Fanatismus mich angrinzt, die Schüler des Aberglaubens in den Hüllen der Nacht auf mich lauern; – ist's nur wahr, ist's nur vaterländisch, was ich geredt habe.«

Verrat liegt in der Luft. So deutlich, als stünde er vor ihm, die Mephisto-Fratze verhüllt, die Gestalt im schwarzen Umhang versteckt, zum Greifen nahe. Fast ist er versucht, nach diesem Nachtalb zu greifen, ihn zu schütteln, bis er sich im kalten Januarnebel auflöst und im Nichts verschwindet.

Nachtalb – welcher Unsinn! Schließlich ist er ein vernünftiger Bürger, ein Journalist, der von der Wahrheit schreibt und nicht von irgendwelchen Traumgesichten …

Und doch, es ist grässlich. Er kennt dieses Gefühl, wenn ihn die Angst mit kalten Klauen umfängt und das Grauen ihm die Haare zu Berge stehen lässt. Schon manches Mal ist es ihm so ergangen, und jedes Mal hat sich kurz darauf etwas Schreckliches ereignet – was würde es diesmal sein …?

Abergläubisch – ein Christian Friedrich Daniel Schubart? Er, der Dichter, Musiker, Prediger; er, der die Welt so sieht, wie sie sich nicht im Fürstenspiegel zeigt; er, der sich nicht schrecken lässt von Soldaten und Spitzeln, von Pfaffen und

Philistern – er soll vor Angst zittern an diesem trüben 22. Januar 1777, nur weil Nebelfetzen um ihn wabern und ihm die eisige Luft fast den Atem nimmt?

Entschlossen zieht Schubart den Mantel fester um seine massige Gestalt, schlägt den Kragen hoch und wickelt sich den langen Schal einmal mehr um den Hals. Die weiche Wolle hat etwas Tröstliches, das Bild der Frau, die den Schal für ihn gestrickt hat und das jetzt vor ihm aufsteigt, auch. Seine Frau. Die Mutter seiner beiden Kinder. Die Frau, deren Tränen so oft geflossen sind – seinetwegen. Wegen der verfluchten Trinkerei. Wegen der Huren in den Bordellen. Die Frau, die ihn mehr als einmal verlassen hat und die seinen neuen Schwüren doch immer wieder geglaubt hat. Aus Liebe. Wenn er heute heimkäme, würde er ihr sagen, dass er sie so sehr liebt wie nichts anderes auf der Welt, und er würde es ehrlich meinen, von ganzem Herzen.

Zum Glück ist der Weg nicht weit. Das Wirtshausschild baumelt im Wind, und krachend fällt die Tür hinter ihm ins Schloss, als Schubart den Schankraum betritt. Ein paar Männer sitzen darin, im Kamin knistert ein Feuer und aus der Küche duftet es verlockend. Nebel und Nachtalb bleiben draußen, und kaum merklich atmet Schubart auf. Das hier ist die Realität, ist die Gegenwart, in der für Gespenster kein Platz sein kann.

Wie sieht er noch mal aus, der Klosteramtmann Scholl? Gut kennt er ihn nicht, und er war durchaus überrascht gewesen, als ihm der Kirchenmann aus Blaubeuren die Einladung zum Mittagessen schicken ließ. Schubarts Blick wandert durch die gemütliche kleine Gaststube und bleibt an der schmächtigen Gestalt an dem Tisch ganz hinten in der Ecke hängen. Ein dünnes Lächeln spielt um die Lippen des kleinen, grauhaarigen Mannes, der sich langsam erhebt und Schubart an seinen Tisch winkt.

»Mein lieber Schubart, Sie haben Wind und Wetter getrotzt, um unsere Verabredung einzuhalten!«, sagt Scholl, die Hände theatralisch erhoben, als wolle er den großen, wuchtigen Mann vor sich an seine schmale Brust pressen.

»Es ist mir eine Freude!«, bringt Schubart heraus – welche Lüge! Tausend Tode ist er auf dem Weg hierher gestorben … Aber die schreckliche Vorahnung scheint umsonst gewesen zu sein. Es ist kein Todesengel, der auf ihn wartet; kein Verräter, nur ein schmächtiger grauer Pfaffendiener mit fast unnatürlich hoher Stimme. Grau das Haar, grau alles, was er anhat, bis auf die roten Flecken auf den Wangen grau selbst sein Gesicht. Grau wie der Nebel vor den Butzenscheiben der Gaststube – mir graut …

Entschlossen verscheucht Schubart diese Gedanken, in denen wieder Gespenster lauern. Hier ist Ulm, hier ist die Freie Reichsstadt, die ihm zur Zuflucht geworden ist. Nachdem er seine Heimat Württemberg verlassen musste, ausgewiesen wurde wegen seiner freiheitlichen Schriften, die dem Herzog ein Dorn im hochwohlgeborenen Auge sind. Doch auch Karl Eugen von Württemberg hatte nicht verhindern können, dass er zuerst in Augsburg, später in Ulm weitgehend unbehelligt schreiben und publizieren konnte, dass seine politisch-künstlerische Wochenschrift, die »Teutsche Chronik«, erscheinen konnte. Und dass sie gelesen wurde – von mündigen Bürgern, die den Mut hatten, sich ihres Verstandes zu bedienen …

Ein Grinsen huscht über Schubarts Gesicht. Karl Eugen hat ihm mehr als einmal Stoff für seine Satiren und Spottlieder geliefert. Als ›Sklavenplantage‹ hat er dessen ganzen Stolz bezeichnet, die vom Herzog gegründete Hohe Karlsschule, in der eine württembergische Elite herangezüchtet werden sollte. Viel zu oft für den Geschmack der bedauernswert gedrillten Eleven vertrieb sich Karl Eugen die Zeit damit, in seiner Schule nach dem Rechten zu sehen. Was hatte er ihm einmal auf den Leib geschrieben? Als Dionys von Syrakus / Aufhören muss, / Tyrann zu sein, / Da ward er ein Schulmeisterlein …

Ein stechender Blick trifft ihn. Doch sofort weicht er einem Lächeln auf Scholls schmalen Lippen.

»Nehmen Sie eine von den geräucherten Forellen, lieber Schubart – die sind exzellent hier«, rät der Klosteramtmann. »Ich hatte schon mehrmals mein Vergnügen mit ihnen, und sie sind immer superb auf den Tisch gekommen.«

Forelle? Warum nicht – er schätzt den delikaten Geschmack des Fisches und hatte schon lange keinen mehr gegessen. Zustimmend nickt er.

»He, Bedienung! Zwei Forellen – und einen Krug vom besten Trollinger!«, ruft Scholl dem hübschen jungen Mädchen hinter dem Schanktisch zu, das kurz darauf den Wein bringt.

»Ein Gruß aus Württemberg, mein lieber Schubart. Vermissen Sie die Heimat nicht manchmal?«, fragt Scholl und hebt sein Glas, als wolle er einen Trinkspruch ausbringen.

Was soll die Frage? Natürlich vermisst er sie – und das hat er dem verdammten Herzog zu verdanken …

»Nein, ich vermisse Württemberg nicht. Ulm ist mir zur neuen Heimat geworden, Ulm mit seiner reichsstädtischen Freiheit. Und einen guten Tropfen haben die Wirtshäuser ja auch hier«, antwortet Schubart und erhebt ebenso sein Glas. »Auf Ulm!«

Die Gläser klirren, und beide trinken. Schleppend kommt ein Gespräch in Gang, plaudert man über die Sehenswürdigkeiten der Stadt, über den unvollendeten Turm des Münsters, über die Donau. Und über die Forelle – sie ist in der Tat superb, mit festem Fleisch und zartem Rauchgeschmack.

»Mein lieber Schubart, Sie könnten mir einen sehr großen Gefallen tun«, setzt Scholl plötzlich an, als das Mädchen die Teller abgeräumt hat.

»Gern. Woraus besteht denn dieser Gefallen?«, fragt Schubart. Allmählich war die Spannung von ihm gewichen, aber jetzt ist sie wieder da.

»Keine große Sache für Sie. Es ist nur so, dass mein Schwager, Professor und begeisterter Leser Ihrer Chronik, zurzeit bei mir in Blaubeuren zu Besuch ist und Sie so gern kennenlernen würde. Bitte machen Sie uns doch die große Freude und besuchen Sie uns morgen.«

Morgen? Ausgeschlossen. Die neue Ausgabe der Chronik muss fertig gemacht werden, und das möglichst schnell. Andererseits – nach Blaubeuren ist es nicht weit, und mit einem geneigten Leser lässt es sich immer gut plaudern. Gerade, wenn ihm ein gebildeter Kopf auf den Schultern sitzt, wie das wohl bei einem Professor der Fall sein dürfte. Und überhaupt – das Kloster Blaubeuren am sagenhaften Blautopf will er wirklich gern einmal sehen. Es steht auf württembergischem Boden …

Und wenn schon. Karl Eugen sitzt in Stuttgart, und Stuttgart ist weit. Nie und nimmer würde der Herzog erfahren, dass er widrigerweise sein Land betreten hätte – und wenn, dann lange, nachdem er schon wieder hinter die sicheren Mauern der Freien Reichsstadt Ulm zurückgekehrt war.

»Kommen Sie, Schubart, schlagen Sie ein! Ich schicke Ihnen morgen früh eine Kutsche, die Sie zu uns bringt.«

Schubart nimmt die ausgestreckte Hand des anderen. Sie wiegt leicht in seiner Pranke. Kalt ist sie und ein wenig feucht, und schnell zieht Scholl sie wieder zurück.

»Also gut, abgemacht. Ich werde kommen. Aber wenn Sie mich jetzt entschuldigen wollen – ich habe heute noch ein Konzert zu spielen.«

Noch ein Handschlag, noch ein Nicken, dann greift Schubart nach Mantel, Hut und Schal und tritt hinaus auf die Straße. Scholl blickt ihm versonnen nach. Seine Hand tastet nach dem Brief in seiner Rocktasche. Wie oft hat er ihn gelesen – hundert Mal, tausend Mal? Es ist kein Brief, es ist ein Befehl. Ein Befehl, dem es zu folgen gilt.

*

Längst hat sich der dichte Nebel verzogen, und sacht fallen Schneeflocken vom Himmel. Ihre weiße Pracht verdeckt die schmutzigen alten Schneeklumpen, die sich auf den Straßen türmen, und hüllt die Welt barmherzig in ihren weichen weißen Mantel.

Eigentlich mag sie den Winter. Liebt sie den Schnee, der die Welt leise macht und zum Glitzern bringt. Doch heute wird sie von einer ängstlichen Unruhe getrieben, die von nichts gelindert werden kann. Christian – was hat er eben erzählt? Dass dieser seltsame, graue Klosteramtmann Scholl ihn für morgen nach Blaubeuren eingeladen habe, um seinen Schwager kennenzulernen? Soweit sie sich erinnert, hat er Christian schon einmal getroffen, vor ein paar Jahren. Und lebt er nicht in Stuttgart? In der Residenzstadt Karl Eugens …

Helena vergräbt den Kopf in ihren Händen und schließt die Augen. Kann es eine Falle sein? Kann der unscheinbare graue Wicht einen Pakt mit dem Herzog geschlossen haben? Droht Christian wirklich Gefahr von ihm?

Helena springt auf. Sie hält es nicht mehr im Haus – sie muss zu ihm, muss ihn warnen. Er darf morgen nicht nach Blaubeuren fahren, nicht württembergisches Land betreten. Hastig wirft sie sich ihren warmen Umhang um, steckt die Haube fester und schnürt die Stiefel. Ihr Blick wandert zur Uhr auf dem Kaminsims – noch ist das Konzert nicht zu

Ende, aber sie will ihn noch ein wenig spielen hören. Und dann mit ihm zusammen nach Hause gehen, ihn warnen.

Vorsichtig öffnet sie die Tür zum Zimmer, in dem Ludwig und Julie schlafen. Leise Atemzüge verraten, dass alles in Ordnung ist. Gern lässt sie die Kinder nicht allein – aber mit ein bisschen Glück würden die beiden gar nicht merken, dass sie fort ist …

Es dauert nicht lange, bis Helena die Kirche erreicht. Warmes Licht fällt aus den hohen Fenstern auf die Winterlandschaft und tut ihrem Herzen wohl. Vielleicht ist doch noch nicht alles verloren, vielleicht sieht sie Gespenster, wo keine sind …

Unbemerkt schlüpft sie in die Kirche. Er spielt so wunderbar … Christian, ihr Mann, den sie so lange kennt und den sie immer noch liebt. Trotz allem oder wegen allem; vielleicht, weil er gerade der Mann ist, der er eben ist. Der so viele Facetten in seinem Wesen hat – Lehrer, Prediger, Journalist, Dichter, Organist – das allein sind seine Berufe. Leidenschaftlich und laut ist er, jähzornig und von seinen politischen Ideen besessen. Und was hat es ihm und ihnen allen gebracht? Flucht und Verbannung, und immer diese Angst vor den Schergen des Herzogs … Und doch lohnt das Leben an der Seite ihres Mannes. Sie liebt seine Musik, seine Gedichte, sie liebt seinen dröhnenden Bass und seinen wachen Geist, der sich nicht in Fesseln schlagen lässt. Sie liebt ihn …

Die letzten Töne der Orgel verklingen, und Helena erwacht wie aus tiefem Schlaf. Sie muss sich beeilen – nicht, dass sie ihn noch verfehlt! Eilig drängt sie sich an den Menschen vorbei, die die Kirche verlassen, steigt auf die Empore und seufzt vor Erleichterung: Er ist noch da, schickt sich gerade zum Gehen an, da fliegt sie in seine Arme.

»Lass uns nach Hause gehen, schnell – die Kinder sind allein! Aber ich wollte dich so gern spielen hören …« Freude blitzt in Schubarts Augen auf, und sacht berühren seine Lippen ihre Wangen.

Nur ein paar Augenblicke später sind sie draußen in der Winternacht. Unaufhörlich fällt der Schnee vom Himmel, doch beiden ist der Weg leicht. An seinem Ende wartet ihr Zuhause.

*

Tiefe Dunkelheit liegt über der Freien Reichsstadt Ulm, als Schubart jäh aus dem Schlaf hochfährt – war es ein Traum, der ihn schreckte, oder ein Spuk? Oder ein Mensch, der ihm Böses will, ein Scherge Karl Eugens?

Im Zimmer ist es still, nur Helenas leise Atemzüge sind zu hören. Er ist ein glücklicher Mann, eine Frau wie sie an seiner Seite zu haben! Die Sorge um ihn hatte sie in die Kirche getrieben, und sie hatte ihn beschworen, nicht nach Blaubeuren zu fahren. Bis seine Küsse sie verstummen ließen …

Und wenn sie doch recht hat? Wenn das eine Falle ist? Plötzlich ist die Angst wieder da, die Angst vor der Teufelsfratze des Verrats. Sie hockt in den schwarzen Ecken des Zimmers, streift ihn mit ihren Fledermausflügeln. Sie werden kommen …

Schubart hält es nicht im Bett. Entschlossen wirft er die Decken von sich, entzündet die Kerze, deren Licht lange Schatten wirft. Leise tritt er ans Bett, in dem seine Kinder schlafen. Sie halten sich an den Händen, wie so oft. Lange starrt er sie an, als wolle er sich das Bild fest einprägen. Seine Kinder, seine Familie, sein höchstes Gut.

Irgendwann sinkt Schubart in die Kissen zurück. Er ist ein glücklicher Mann.

*

Es ist eine gelblich-trübe Sonne, die den 23. Januar 1777 erhellt. Noch immer schneit es, und Stille herrscht in Ulm, nur vom leisen Knirschen des Schnees unterbrochen, wenn jemand dem Winter trotzt und auf den weißen Straßen unterwegs ist. Hin und wieder gleitet ein Schlitten durch die Stadt, manchmal sogar eine Kutsche auf Kufen. Wie die, die vor Schubarts Haus zum Stehen kommt, als sich der Dichter im Haus gerade den Mantel überstreift – jetzt ist es soweit, dass Scholl ihn abholen lässt. Helena steht neben ihm, den Schal in der Hand. Sie tritt näher zu ihrem Mann, schlingt ihn ihm selbst um den Hals.

»Kann dieser Fremde nicht zu uns kommen, musst du wirklich nach Blaubeuren fahren?«, fragt sie. Überrascht sieht Schubart, dass in ihren blauen Augen Tränen stehen.

»Ich muss. Wie stehe ich denn da, wenn ich den Wagen wieder fortschicke. Keine Angst! Ich bin heute Abend zurück!«

Im gleichen Moment klopft es an der Tür – der Kutscher!

»Ich muss fort. Sag den Kindern Adieu von mir, wenn sie aufwachen!« Ein letzter Kuss, dann öffnet Schubart die Tür. Kaum kann er den Mann erkennen, der ihm die Kutschtür aufhält – er ist ganz in Schwarz gekleidet, Schal und Hut verdecken sein Gesicht fast ganz. Wegen der Kälte, oder weil er nicht erkannt werden will?

Schnell schiebt Schubart den Gedanken fort. Natürlich wegen der Kälte ... Nur einen Augenblick später zerschneidet ein Peitschenknall die Winterluft und die Kutsche setzt sich in Bewegung, gleitet fort von seinem Haus, fort aus Ulm, fort von allem, das ihm lieb und teuer ist. Schnell und schneller fliegt sie durch den Schnee, vorbei an einzelnen Gehöften, an Wäldern und Dörfern, sogar an zwei Burgruinen, die sonst Schubarts Fantasie beflügelt hätten. Heute aber hat er keinen Sinn dafür. Lange kann die Fahrt nicht mehr dauern – was wird an ihrem Ziel auf ihn warten?

*

Die weißen Flocken toben so dicht um sein Gesicht, dass Schubart kaum das Amtshaus in Blaubeuren erkennt, vor dem die Kutsche zum Stehen kommt. Die vermummte Gestalt reißt den Wagenschlag auf, deutet mit der Reitgerte auf das Haus und brummt etwas – Schubart steigt aus und will gerade die dunkle Holztür öffnen, als diese von selbst aufgeht, knarrend und langsam. Seltsam – heute ist alles noch unheimlicher als gestern, und es sollte ihn nicht wundern, wenn der schwarze Nachtalb plötzlich vor ihm stünde …

Zögernd betritt Schubart die Stube. Sie ist leer, ein Feuer brennt hell im Kamin, und fast hätte er sich ein Lächeln erlaubt – doch kein Albtraum, doch kein Gespenst … Er streift die Handschuhe ab, öffnet den Mantel und lässt sich auf einen Stuhl fallen. Sicher würden sein Gastgeber und der Professor gleich erscheinen.

»Christian Friedrich Daniel Schubart! Im Namen des Herzogs Karl Eugen von Württemberg, erheben Sie sich!«

Hat er das jetzt wirklich gehört, oder spielt ihm der Wahnsinn einen Streich? Wo –

»Haben Sie nicht gehört? Stehen Sie auf!«

Die Stimme kommt von hinten, von der anderen Seite des Raumes. Schwerfällig erhebt Schubart sich. Die Stimme kennt er. Fieberhaft versucht er, sie einzuordnen, hoch, schrill, fast unnatürlich für einen erwachsenen Mann. Langsam dreht sich Schubart um – Gott im Himmel, da steht kein Mensch, das ist der Teufel selbst …

Mit ein paar behänden Schritten steht die schwarz verhüllte Gestalt vor ihm. Das Gesicht unter einer spitzen

Kapuze verborgen, reicht sie ihm kaum bis zur Schulter. Es bedürfte nur einer einzigen Handbewegung, um dem Wesen die Kehle zuzudrücken ... Schubart versucht, das Gespenst von sich zu stoßen, seine Hände zu heben, aber sie gehorchen ihm nicht. Stumm vor Entsetzen starrt er die Gestalt an, die einen zerlesenen Brief hervorzerrt und wieder zu sprechen beginnt.

»Hören Sie zu, Christian Friedrich Daniel Schubart! Auf Wunsch unseres allergnädigsten Landesherrn, unseres Herzogs Karl Eugen von Württemberg, wurde folgende Order erlassen: Dieser Mann – das sind Sie, Schubart! – hat es in seiner Unverschämtheit so weit gebracht, dass fast kein gekröntes Haupt und kein Fürst auf dem Erdboden ist, so nicht von ihm in seinen herausgegebenen Schriften auf das freventlichste angetastet worden, welche Seine Herzogliche Durchlaucht auf den Entschluss gebracht, dessen habhaft zu werden, um die menschliche Gesellschaft von diesem unwürdigen und ansteckenden Gliede zu reinigen.«

Mit schwarz behandschuhten Händen stopft das Gespenst den Brief zurück in die Falten seines Umhangs und kommt noch einen Schritt näher.

»Und deshalb sind Sie verhaftet, Schubart! Auf allerhöchsten Befehl werden Sie unverzüglich in den Kerker der Burg Hohenasperg gebracht!«

Endlich weicht die Starre aus Schubarts Gliedern. Er packt die dürre Gestalt, dort, wo er die Arme vermutet – es ist ein Mensch aus Fleisch und Blut, keine Schattengestalt! Und er weiß auch, wer da vor ihm steht!

»Sind Sie zu feige, Ihr Gesicht zu zeigen, Scholl, wenn Sie mit einem aufrechten Bürger reden? Mit einem, der nicht vor Herzögen und Pfaffen im Staube kriecht? Ich will Ihnen in die Augen sehen, wenn Sie mich verhaften!«

Ein Röcheln ist die Antwort. Schubart riecht die Angst

des anderen förmlich, die seine eigene möglicherweise noch übertrifft. Wut, entsetzliche Wut steigt in ihm auf. Wie konnte es diese Wanze wagen, Hand an ihn zu legen, wie konnte er selbst so dumm sein, in diese Falle zu tappen? David hat Goliath einmal mehr gefordert – doch noch ist er nicht besiegt!

Wie von Sinnen beginnt er, an der schwarzen Kapuze des anderen zu zerren. »Zeig mir dein Gesicht, Satan! Ich will dich mit meiner Tinte ertränken, vor der du solche Angst hast – weil sie die Wahrheit schreibt! Weißt du überhaupt, was Wahrheit ist?«

Was ist Wahrheit? Hatte Pilatus nicht diese Frage an Christus gerichtet? Als Christus hinging und sich auslieferte; er, der einzig Reine, der ohne Sünde war und die Wahrheit selbst – der seinen Mund nicht auftat wie ein Lamm, das zur Schlachtbank geführt wird …

Gott im Himmel, warum fällt ihm das jetzt ein? Seit Jahren predigt er diese Worte, ohne ihren Sinn zu erfassen. Warum sieht er jetzt den leidenden Christus vor sich; er, der Sünder?

Mit der Linken schüttelt Schubart die schwarze Gestalt, während die Rechte in seinem Mantel nach dem kleinen Tintenfass tastet. Er will Scholl das Verrätermaul damit stopfen – wo ist nur das verdammte Fass?

Spar dir deine Tinte auf für Wichtigeres, Christian. Du wirst so bald keine mehr bekommen, flüstert eine ruhige Stimme in seinem Inneren. Christus, Helena, sein eigener Wahnsinn?

Es stimmte. Sie würden ihm nichts zu Schreiben geben. Gottlob hatte er sein Notizbuch heute früh noch eingesteckt.

Zögernd zieht Schubart die Rechte aus dem Mantel und legt sie Scholl um den dürren Hals.

»Habe ich mich verkauft um eine Forelle, so wie Esau es für einen Teller mit Linsen getan hat? Weiche von mir, Satan!«

Schubart ist stark, und der Zorn verleiht ihm Bärenkräfte. Scholls Wimmern hilft ihm nicht, als die Pranken des anderen abermals nach ihm greifen und ihn gegen die Wand schleudern.

»Hören Sie sofort auf, Schubart! Nicht er verhaftet Sie, sondern wir!«, dröhnt es im gleichen Augenblick. Der Raum ist voll von Soldaten in württembergischer Uniform, die Degen auf Schubart gerichtet. Verblüfft starrt er den Trupp junger Burschen an. Halbe Kinder, zweifellos einige von ihnen Eleven der Sklavenplantage Karl Eugens. Jäh bricht ihm der kalte Schweiß aus – was sollte aus seiner Frau, seinen Kindern werden? Er hat keine Chance – vielleicht kann er dieser Ratte Scholl mit bloßen Händen das Genick brechen, aber was würde dann mit seiner Familie geschehen?

Ruhe legt sich über ihn. Er ist ein Sünder, aber er ist der Pater Familias. Er muss tun, was er kann, um sie zu retten. Vielleicht ist noch nicht alles verloren.

Er strafft die Schultern, sieht dem jungen Soldaten, der eben gesprochen hatte und dessen Uniform ihn als Hauptmann ausweist, gerade ins Gesicht.

»Hauptmann, ich habe Frau und Kinder. Können Sie mir garantieren, dass ihnen nichts geschieht, wenn ich ohne Gegenwehr mit Ihnen komme?«

Etwas wie Hochachtung blitzt in den Augen des Hauptmanns auf und er wagt es, vor dem Gefangenen zu salutieren. »Mehr noch. Der Herzog hat verfügt, dass Ihrer Frau eine Rente ausgesetzt wird, von der sie mit ihrer Tochter gut leben kann. Ihr Sohn soll in allen Ehren auf die Hohe Karlsschule aufgenommen werden.«

Helena und Julie der Gnade des Herzogs ausgeliefert, und

Ludwig Eleve auf Karl Eugens Sklavenplantage … Schubart kann kaum verhindern, dass ihm Tränen in die Augen schießen. In seinem Magen rumort es – ist es der Ekel oder die verfluchte Forelle?

Seine Hand zittert, als er sich die Schweißtropfen von der Stirn wischt. Er nickt müde.

»Lassen Sie uns fahren. Der Weg zum Hohenasperg ist weit.«

*

Die Sonne sinkt. Unablässig rieseln Flocken um den Wagen – eine geschlossene Kutsche mit Kufen, die fast lautlos über die dicke Schneedecke gleitet. Längst liegt Blaubeuren hinter ihnen. Und Ulm, Helena, Ludwig und Julie. Sein ganzes Leben liegt hinter ihm, und vor ihm nur Ungewissheit und Grauen. Er, der aufgeklärte, der mündige Bürger, ist in die Falle getappt. Ist so jämmerlich betrogen worden …

Eine Träne rinnt Schubart über die Wange, und sein Magen knurrt. Hätte er es gestern für möglich gehalten, dass die Forelle sein letztes Essen in Freiheit gewesen sein könnte? Sie ist genauso betrogen worden wie er, gefangen von einem, der dazu kein Recht hatte. Nachdenklich schließt Schubart die Augen. Er tastet nach seinem Tintenfass, findet es rasch. Wie gut, dass er es Scholl nicht in den Rachen geworfen hat. Auch Feder und Notizbuch stecken noch in seinem Mantel, und mit klammen Fingern kritzelt er Worte in sein Notizbuch, solange er im Dämmerlicht die eigene Schrift erkennen kann.

Würde es das Letzte sein, was er jemals geschrieben hat? Sein Vermächtnis – ein Gedichtchen über einen Fisch, und doch viel mehr. Langsam wandert sein Blick noch einmal über die eben dahin geworfenen Verse:

In einem Bächlein helle,
Da schoss in froher Eil'
Die launige Forelle
Vorüber wie ein Pfeil.
Ich stand an dem Gestade,
Und sah in süßer Ruh'
Des muntern Fisches Bade
Im klaren Bächlein zu.

Ein Fischer mit der Ruthe
Wohl an dem Ufer stand,
Und sah's mit kaltem Blute
Wie sich das Fischlein wand.
So lang dem Wasser Helle,
So dacht' ich, nicht gebricht,
So fängt er die Forelle
Mit seiner Angel nicht.

Doch plötzlich war dem Diebe
Die Zeit zu lang. Er macht
Das Bächlein tückisch trübe,
Und eh' ich es gedacht, –
So zuckte seine Ruthe,
Das Fischlein zappelt dran,
Und ich mit regem Blute
Sah die Betrogne an.

Dunkelheit hat die Kutsche schwarz umhüllt. Schubart klappt sein Notizbuch zu, schiebt es in die Manteltasche zurück, verstaut Feder und Tintenfass sorgfältig und schließt die Augen. Die Kutsche rast weiter durch die Nacht.

Sie war gewiss eine der spektakulärsten Entführungen des 18. Jahrhunderts: Die Gefangennahme Christian Friedrich Daniel Schubarts (1739 – 1791) im Kloster Blaubeuren am 23. Januar 1777. Ursprünglich war Schubart Organist und Musikdirektor am württembergischen Hof und wurde aufgrund seiner freiheitlichen Schriften von Herzog Karl Eugen des Landes verwiesen. Er lebte danach in Augsburg und Ulm, wo er mit großem Erfolg seine Zeitschrift »Teutsche Chronik« herausgab und mit seinen Schriften auch den jungen Schiller inspirierte. Ohne Gerichtsverhandlung wurde er für zehn Jahre auf dem Hohenasperg inhaftiert. Bernd Jürgen Warneken hat in seinem Buch »Schubart. Der unbürgerliche Bürger« (Eichborn Verlag, Frankfurt am Main 2009) sein Leben und Wirken jüngst anschaulich dargestellt. Seelisch gebrochen, war Schubart nach der Haft bis zu seinem frühen Tod Musik- und Theaterdirektor von Karl Eugens Gnaden in Stuttgart.

Dass er ihre Gefühle erwiderte, war das erste Wunder, dass er sie nicht verstecken wollte, das zweite.

Evelyn Leip – Annas Kleid

Einführung zu den Texten der Gewinner des Quo Vadis Kurzgeschichtenwettbewerbs

Im Wechsel mit dem Sir Walter Scott Literaturpreis schreibt die Autorenvereinigung *Quo Vadis* alle zwei Jahre einen Kurzgeschichtenwettbewerb aus. 2011 fand er in Zusammenarbeit mit dem Gmeiner-Verlag aus Meßkirch statt. Durch das sehr enggesteckte Thema ›Drei Tagesritte vom Bodensee‹ (die Handlung musste sich in einem Umkreis von höchstens 100 Kilometer des Bodensees abspielen) wurden relativ wenige Geschichten im Vergleich zu anderen Literaturausschreibungen eingesandt, dafür war die Qualität der eingereichten Geschichten erfreulich hoch.

Wir, die Juroren, hatten nun die Qual der Wahl. Um einige der Geschichten, die aus der Wertung fielen, tat es uns dann auch sehr leid, in manchen Fällen ging es wirklich nur um einen Punkt. Doch am Ende musste die Entscheidung fallen. 25 Geschichten schafften es auf unsere Longlist, davon wählten wir nach einem Punkteverfahren die zehn besten zur Veröffentlichung in der vorliegenden Anthologie aus.

Wir wünschen Ihnen nun viel Spaß beim Lesen!

Die Juroren und Autoren historischer Romane, Caren Benedikt, Guido Dieckmann und als Leiterin der Jury Angeline Bauer

Annette Amrhein – Gottfried Keller erwartet Post

Das Blatt der Wasserlilie lag quer über ihrem Gesicht, verdeckte eines ihrer Augen. Das andere starrte tot an ihm vorbei, wie immer in diesem Tagtraum. Keller schüttelte sich, um das Bild zu verscheuchen. Er hatte sie nie so gesehen, es war reine Fantasie und viele Jahre her. Warum dachte er plötzlich an sie?

Er trat ans Fenster, sah auf die Straße hinunter. Der Postmann würde bald kommen. Vielleicht hatte Lisa geantwortet. Er setzte sich an den Schreibtisch zurück, starrte auf die Überarbeitung des ›Grünen Heinrich‹. Es war kalt. Er schrieb und dachte an Lisa. Sie hatte kräftige lange Finger, spielte Klavier an dem Tag, an dem sie ihm begegnet war. Er stellte sich vor, wie diese Finger den Stift hielten, einen Brief an ihn schrieben.

Keller lauschte auf seine Schwester. Regula lief über den Flur, machte sich am Ofen des Nebenzimmers zu schaffen, doch sicher leerte sie ihn nur. Seine Schwester war geizig mit dem Feuerholz und zankte um jedes Stück mit ihm. Er rieb sich die Arme, er fror erbärmlich. Trotzdem hoffte er, Regula platzte nicht gerade jetzt ins Zimmer, um zu heizen. Falls sein Brief kam, wollte er ihn allein annehmen.

Es rumpelte am Ofen hinter der Wand.

Keller stand erneut auf und trat zum Fenster. Und da sah er den Postmann! Er stapfte durch den Schneematsch und ging zielstrebig auf Kellers Haus zu. Mürrisch sah er aus und schrie etwas. Das tat er eigentlich nur, wenn zu wenig Porto auf einem Brief war. Jetzt zeterte er so laut, dass Regula es sicher gleich hörte. Keller riss das Fenster auf, hielt den Finger an den Mund, zischte: »Leise!« Aber zu spät. Schon klappte in seinem Rücken die Tür, schon fegte seine Schwester heran. Er spürte den Luftzug, den ihr Rock hervorrief, als sie an ihm vorbeilief. Sie schob Keller beiseite, als wäre er nichts. Bös' schaute sie nach unten, während der Postmann schrie: »Jungfer Keller, da hat wieder einer nicht genug frankiert!* Vierzig Pfennig Strafporto!«

Sie nahm das Postkörbchen, kramte Geld hervor und legte es hinein.

»Vierzig Pfennig? Ein Brief aus dem Ausland also!«, moserte sie, während sie langsam den Korb aus dem dritten Stock am Faden hinabließ. »Vielleicht eine von den Autographenjägerinnen, wie sie uns aus Österreich oft schreiben, so ein Backfisch eben?«

Keller stockte der Atem. Aus dem Ausland? Lisa wohnte im Badischen, es war bestimmt ihr Brief!

»Den nächsten Brief dieser Art wird man sicherlich nicht mehr annehmen!*«, krakeelte Regula auf den Boten hinab und begann, das Körbchen wieder heraufzuziehen.

»Briefe nicht annehmen? Du wirst nicht des Teufels sein!*«, schimpfte Keller. »Natürlich nehmen wir jeden Brief an«, rief er dem Boten zu. Dann stellte er sich hinter Regula, um zu sehen, von wem Post gekommen war. Es dauerte zermürbend lange, auch quälte ihn, dass noch mehr kalte Luft ins Zimmer strömte. Seine Finger waren blau.

Bevor er zugreifen konnte, hatte Regula den Brief geschnappt, hielt ihn sich vor die Augen und versuchte, den Absender zu entziffern.

»Theodor Storm! Immer dieser Storm! Kannst du ihm

---

* Alle mit Sternchen markierten Aussagen Kellers sind entnommen aus: Karl Ernst Laage (Hrsg.): Theodor Storm Gottfried Keller: Briefwechsel. Erich Schmidt Verlag 1992, S.42–43

schreiben, er soll genug Porto draufkleben? Kannst du das?«

Keller nickte und nahm ihr den Brief aus der Hand. »Sonst war nichts?«, fragte er.

»Nein«, brummte sie und zeigte auf das leere Körbchen. Er schloss endlich das Fenster, während sie ihm mürrisch die Holzscheite wegnahm, die er sich geholt hatte. Der Raum hatte kaum acht Grad Réaumur!

»Lass das Holz hier!«, rief er und zog ihr ein Scheit aus dem Arm, die anderen aber hielt sie fest und schlug die Tür zu, bevor er nach dem nächsten langen konnte.

Diese säuerliche alte Jungfer! Er stampfte zum Stuhl zurück, setzte sich und riss Theodor Storms Brief auf.

»Hoffentlich sitzen Sie jetzt in warmer Winterbehaglichkeit ... und schreiben den friedlichen Schlussakt Ihres ›Grünen Heinrichs*‹«, wünschte der. Behaglich und friedlich?

Ja, wenn man wenigstens raus könnte! Winter und Schnee hatten ihn seit Tagen nicht vor die Tür gehen lassen und das Wirtshaus fehlte ihm, die Geselligkeit.

Er fluchte. Wo blieb Lisas Antwort?

Regula stand in der Küche und rührte in einem Topf Erbsensuppe von gestern.

Sie tastete nach dem Brief in ihrer Tasche. Er steckte da seit zwei Tagen. Viele Male hatte sie ihn angesehen. Die Hand ihres Bruders hatte sorgsam den Namen ›Lisa‹ geschrieben und diese Lisa hatte den Brief nicht angenommen! Ein Name ähnlich wie Luises, die er hatte heiraten wollen.

Welchem Mann passierte es schon, dass seine Braut vor der Hochzeit in einem Gartenteich den Freitod wählte? Wer sollte darüber hinwegkommen? So viel Getuschel hatte es gegeben!

Die Suppe wurde nicht warm. Regula öffnete die Feuerluke des Herdes, um ein Holzscheit nachzulegen. Die Flammen züngelten leise und erinnerten sie an den Tratsch, den die Leute sich hinter vorgehaltener Hand erzählt hatten, damals.

Dick ist er! Klein ist er!
Nimm ihn nicht!
Grob ist er! Ins Wirtshaus geht er!
Nimm ihn nicht!
Zu alt ist er! Geld fehlt ihm!
Nimm ihn nicht!

Ertränkt hat sie sich! Geschämt hat sie sich!
Tot ist sie!
Wie konnte er sich einbilden, er würde sie kriegen!

Regula nahm den Schürhaken und stocherte im Ofen. Viel Glut war da nicht mehr. Ihre Hand hielt inne.

Gottfried. Oft hatte er um Frauen geworben, keine hatte ihn gewollt, aber Luise hatte Ja gesagt und sich dann umgebracht. Nun saßen sie beide hier, Bruder und Schwester, und ödeten sich an.

Ob er noch manchmal daran dachte, wie sie, Regula, nach München hatte gehen wollen und er sie gehindert, ja, es verboten hatte, damit sie hier versauerte? Sie hielt den Schürhaken einen Moment fest im Griff, wütend. Dann atmete sie durch, legte ihn weg und fuhr sich mit der Hand durchs Haar. Es fühlte sich schütter und strohig an.

Was war bloß mit dem Brief zu tun? Es musste ein besonderer sein, Gottfried verhielt sich seit Tagen merkwürdig, wenn der Postmann kam. Regula linste von oben in die Tasche. Ja, da war er noch. Die Dame hatte ihn nicht angenommen, hatte ihn zurückgehen lassen. Das bisschen Strafporto hätte die Frau doch zahlen können, aber sie hatte nicht gewollt! Dabei war ihr Name so liebevoll und schön geschrieben, von seiner Hand. Lisa.

Regula schnaufte. Sie konnte ihm den Umschlag nicht geben, es würde ihm wehtun. Wie harmlos der Brief in der Schürzentasche steckte! Da konnte er nicht bleiben. Wenn sie lief, sich bückte, sich aus dem Fenster beugte, immer gewahrte sie diesen Umschlag wie ein hässliches Mal an ihrem Körper. Ein gutes Versteck fiel ihr aber auch nicht ein. Sie nahm zwei Holzscheite aus dem Feuerkorb. Prompt rutschte der Umschlag beim Bücken hervor und fiel auf die Dielen.

Sie hob ihn rasch auf, schaute zur Tür, ob Gottfried auch nicht käme. Das müde Feuer. Sie musste endlich Holz nachlegen, sollte die Suppe heute warm gegessen werden. Statt die zwei Holzscheite in den Ofen zu werfen, schob sie den Brief zwischen die beiden Stücke. Weder links noch rechts lugte er hervor. Hatte sie das Recht, das zu tun? Wenn, dann nicht hier, dachte sie. Sie stapelte das Holz mit noch drei Scheiten in einen Eimer. Schweren Schrittes trampelte sie auf Gottfrieds Tür zu, damit er wusste, dass sie kam.

»Was willst jetzt wieder?«, schimpfte er, als er ihrer ansichtig wurde. Sie trug den Topf an seinem Henkel, ging mit Schwung an ihrem Bruder vorbei und stellte die Erbsensuppe in die Ofenröhre. Dann öffnete sie das Feuerloch und warf eilig Holzscheite hinein, den Brief gut zwischen ihnen verborgen. Das Papier fing rasch Feuer. Der Name Lisa war schon zerfressen, gleich würde er verschwunden sein. So würde Gottfried noch ein bisschen Wärme davon haben! Hatte er den Brief bemerkt? Sie sah hinter sich. Nein, der Bruder starrte die Suppe an.

»Was soll der Küchengeruch im Studierzimmer?«, rief er bös.

»Ist dein Ofen warm, kann man auch die Wärme für die Suppe nutzen!«

»Mein Ofen ist nicht warm! Du sorgst ja dafür, dass ich friere!«

»Jetzt wird's ja warm!«, sagte sie und zeigte zum Ofen.

»Raus mit der Suppe! Stell sie in deinen Ofen!*«

»Dort steht schon ein Topf. Mehr hat nicht Platz, weil der Boden abschüssig ist!*« Sie ließ sich auf kein weiteres Gerede ein, zuckte die Schultern und ging.

Keller schaute seiner Schwester nach, die flott aus dem Zimmer marschierte. Was war in sie gefahren, dass sie ihm mehr Holz gab? Er trat an den Ofen, hielt die klammen Finger an die Kacheln und schloss die Augen. Eigentlich hatte er aufgegeben, um die Gunst der Frauen zu werben. Wenn Lisa ihn nicht wollte, war es besser, sie antwortete gar nicht. Für ihn zählte nur, was geschrieben war. Keiner würde je von ihr erfahren. Denn was von seinem Leben blieb, war das, was auf dem Papier stand.

Anne Bentkamp – Das Ende der Kraft

MEIN NAME, GENEIGTER LESER, ist Cajetan Strommeyer. Ich bin Prokurator des Heilig-Geist-Stiftes für Arme und Kranke zu Meersburg am Bodensee und ich will Zeugnis ablegen von den letzten Stunden meines Onkels, des großen Arztes und Menschenfreundes Franz Arnold Mesmer, der im Jahre 1734 in Ignatz an unserem schönen Bodensee geboren wurde und am 5. März 1815 in meinen Armen starb.

Um sein letztes Stündlein ranken sich dumme Gerüchte, wonach der Teufel in ihn oder gar aus ihm gefahren sei, und so will ich hier berichten, was an diesem Tage wirklich geschehen ist. Die Umstände seines Todes sind ebenso besonders wie sein wechselvolles Leben, das er ganz dem Wohle seiner Patienten gewidmet hat, trotz aller Anfeindungen und Verfolgungen, die er erleiden musste.

Im Jahre 1793 kam der berühmte Magnetiseur und Arzt in seine Heimat zurück, nachdem er in den Wirren der Französischen Revolution knapp dem Tode entronnen war und in Wien von Feinden und Zweiflern vorübergehend gar ins Gefängnis geworfen wurde. Am Ufer des Sees führte er eine bescheidene Praxis, ließ zur Ader, verschrieb Kräuter und Tinkturen. Stets behandelte er die Leidenden ohne Ansehen der Person und vergewisserte sich erst im Anschluss an die Genesung, inwieweit der Patient die Mittel besaß, ihn zu bezahlen. Den Magneten, der ihm so viel Ruhm, aber auch viel Unbill gebracht hatte, nahm er bis zu seinem Todestag nur noch einmal zur Hand. Dieses eine Mal wurde der Segen seiner magischen Kraft meiner Frau, und damit mir und unserer ganzen Familie, zuteil.

Seit Jahren schon litt meine Frau wiederkehrend unter der Melancholie, war unfähig, teils über Wochen und Monate, ihrem Tagwerk nachzugehen, und mehr als einmal hatte ich sie in diesen wirren Zuständen davon abhalten müssen, ihrem qualvollen Dasein in sündiger Weise selbst ein Ende zu setzen. Als sie wieder einmal völlig abgemagert und apathisch daniederlag, ließ ich nach meinem kürzlich zugezogenen Onkel, dem Dr. Mesmer, schicken. Dieser zog statt eines Skalpells einen großen Magneten aus seiner Tasche. Ich war zunächst befremdet von seinen Erläuterungen über den animalischen Magnetismus und das Ungleichgewicht des Fluidums sowie seinem eigentümlichen Gemurmel und den fließenden Bewegungen, mit denen er den Magneten über dem schlaffen Körper meiner Frau hin und her bewegte. Jedoch, nachdem er meine Frau fünfmal besucht, wohl jeweils eine ganze Stunde mit ihr gesprochen hatte und mehr mit seinen faszinierenden Augen als mit dem magnetisierten Eisen Lebenskraft auf sie übertrug, da stand diese auf, kleidete sich sorgfältig an, lachte, aß und trank und herzte unsere Kinder, wie sie es seit Jahren nicht mehr getan hatte. Seit diesem Tage, Gott sei es gedankt, ist meine liebe Frau nie wieder erkrankt, nicht mal an einer Erkältung.

Und so war es nach Jahren für uns kein Akt der Christenpflicht, sondern der Wiedergutmachung und Dankbarkeit, meinen Onkel, den Doktor, zu dem ich zeitlebens nur mäßig Kontakt gehalten hatte, in unser Spital aufzunehmen, da wir hörten, dass er alt geworden sei und hilfsbedürftig.

Er bot ein Bild des Jammers, als Bauern aus seinem Dorf ihn auf einem Ochsenkarren hierher brachten. Das Haar und der Bart waren lang und verfilzt, die Haut schorfig, die Kleidung stark verschmutzt, die einst glühenden Augen schienen leer und tot. Meine Frau und ich ließen ihm die bestmögliche Pflege angedeihen, aber es gelang uns nicht, seinen Geist wiederzuerwecken. Mit zahnlosem Mund brabbelte er Unverständliches vor sich hin, aß mit den Fingern wie ein kleines Kind und konnte die Ausscheidungen nicht bei sich behalten. Die Bauern hatten auch eine große Truhe angefüllt mit Papieren mitgebracht. Zuoberst lag der Magnet. Diese stellten wir direkt neben seine Bettstatt, doch er beachtete den Magneten nicht einmal.

Im Frühling des Jahres 1815 erschien eines Tages ein Bote vom ›Gasthaus zum Schiff‹ und berichtete, eine Marquise de Sévigné sei aus Paris mit ihrem kranken Sohn eingetroffen und erbitte die Hilfe des Doktor Mesmer. Ich legte dem Boten die Lage dar und drückte mein Bedauern gegenüber der Marquise aus.

Dennoch hielt am nächsten Morgen eine hochherrschaftliche Kutsche vor unserem bescheidenen Spital und die Marquise de Sévigné höchstpersönlich entstieg dem Gefährt in einem Samtumhang, abgesetzt mit Fuchsschwänzen, und einem Hut mit einem riesigen Federbusch. Hinter ihr erschien ein Knabe von etwa zwölf Jahren, ebenfalls in edelster Kleidung, mit langen blonden Locken und einem Engelsgesicht. Ich trat vor die Tür, um sie gebührend zu begrüßen. Ohne Umschweife verlangte die Marquise, bei ›Docteur Mesmèr‹ vorgelassen zu werden, die Angelegenheit dulde keinen Aufschub. Vergeblich versuchte ich, ihr die missliche Verfassung des alten Arztes zu erläutern. Ich hielt es schließlich für das Beste, sie in die Kammer zu führen, sie würde ja dann schon sehen.

Meine Frau und die Magd hatten den Doktor am Morgen gewaschen und mit einem sauberen Hemd bekleidet; er saß, als wir eintraten, aufrecht in seinem Bett und nahm sein Morgenmahl ein, wie gewohnt mit den Fingern beider Hände. Die Marquise ging direkt auf ihn zu und zu meiner größten

Verwunderung sah ich, wie sie seine vom Brei beschmierten Hände ergriff und diese mit einem tiefen Knicks küsste.

»Monsieur le docteur, welche Gnade, dass ich Euch antreffe«, sagte sie mit ihrem charmanten Akzent. »Seht, Monsieur, meinen Sohn Marcelin …«, und sie deutete auf den Knaben, der im Türrahmen stand, »Monsieur, ich flehe Euch an, Ihr müsst ihm helfen! Er leidet unter einem schrecklichen …«, sie zögerte einen Moment, »… Fluch. Er, mein Erstgeborener und damit der zukünftige Herr von Sévigné, hat Anfälle, so grausam, als wäre er vom Teufel besessen …«

Und sie schilderte monströse Szenen, die sie angeblich mit dem Knaben erlebt habe, der da ganz still und freundlich kaum wagte, die Kammer des Doktors zu betreten.

Während ihrer Rede hatte Mesmer der Dame seine Hände entzogen und stopfte mit einem Lächeln weiter Brei in sich hinein.

Da ertönte hinter mir plötzlich ein markerschütternder, unmenschlicher Schrei. Der Knabe war rot angelaufen, die Augen schienen aus ihren Höhlen treten zu wollen und der Speichel floss aus seinem offenen Mund. Er hörte nicht auf zu schreien, während er wild gestikulierte, im Zimmer umherlief, eine Kanne mit Wasser zerschlug und die Waschschüssel gegen das Fenster schleuderte, sodass die Scheiben klirrend zerbarsten.

Mesmer hob den Kopf und schien erst jetzt den Knaben zu bemerken. Einen Augenblick lang beobachtete er aufmerksam sein wahnsinniges Tun, dann erhob er sich langsam aus seinem Bett. Er griff wie selbstverständlich nach dem hufeisenförmigen Magneten, der auf der Truhe lag, und ging – den Magneten vor sich her tragend – auf den jungen Marcelin zu, als wollte er ihn damit aufspießen. Er drängte den Knaben mit seinem massigen Körper an eine Wand des Raumes, bis dieser sich kaum noch rühren konnte, und legte das Eisen um dessen Hals, sodass der Junge den Kopf an die Wand pressen musste, um überhaupt ausreichend Luft zu bekommen. Ich wollte meinen Augen nicht trauen ob der gespenstischen Szenerie. Der zappelnde, schreiende Knabe an der Wand, davor im weißen, langen Hemd der Doktor Mesmer, aus dessen Augen Funken zu sprühen schienen. So hatte ich ihn seit Jahren nicht gesehen. Viele Minuten vergingen. Der Doktor zwang Marcelin ihm in die Augen zu sehen, und je tiefer sich ihre Blicke ineinander versenkten, umso ruhiger wurde er. Schließlich hob der Junge ganz langsam die Hände und umfasste selbst den Magneten.

In dem Moment erschlaffte der Körper des alten Arztes und fiel in sich zusammen – ich konnte gerade noch hinzutreten, um ihn aufzufangen. Er schaute mich noch einmal kurz fragend an, dann waren seine Augen schon gebrochen. Die Stille war schneidend und lähmend zugleich. Der Knabe stand immer noch an der Wand, den Magneten wie einen Kragen um seinen Hals haltend, bleich, dabei aber ganz ruhig und entspannt. Die Marquise schien mit offenem Mund zu einer Salzsäule erstarrt. Ich hockte auf dem Boden, den toten Doktor in meinen Armen.

Geneigter Leser, Ihr mögt nicht an Wunder glauben, nicht an den Teufel und womöglich nicht einmal an die Gnade Gottes. Doch eines weiß ich sicher wie nichts sonst. Dieser Knabe, Marcelin de Sévigné, war der letzte Patient, der durch die heilende Kraft des Doktor Mesmer von seinem Leiden befreit wurde.

Marlene Geselle – Zwei Hemden für die Baderann

Er hätte seinen Blick brav auf dem Zaumzeug seines Pferdes ruhen lassen sollen. Der verbundene Fuß der Zofe Hedwig war tabu für einen Registrator, der im Auftrage des Vizekanzlers von Sigmaringen unterwegs war, um Erkundigungen über ein anderes Weib einzuziehen.

Und ausgerechnet hier, am Ufer der Lauchert, musste er jener Baderann über den Weg laufen. Just in dem Augenblick, in dem sie ihrer verbotenen Beschäftigung nachging: Der einer Heilerin, die zu Zaubermitteln griff. Das Gemurmel der Alten war ihm nicht entgangen. Es waren lutherische Gebete, ketzerisch im katholischen Hohenzollern.

Wie seinem Auftrag nachkommen, ohne das Mädchen in eine Sache mit nur zu gewissem Ausgang hineinzuziehen? Wie ahnungslos war die Alte, die vor ihm herging, um ihm den Weg zu dem Haus zu weisen, wo die Zofe vorübergehend unterkommen sollte?

Es waren nur wenige Gehminuten bis zur Badstube in Veringenstadt, die vom Sohn der Baderann betrieben wurde. Zu wenig Zeit, um klarzusehen.

So bemühte er sich um ein unbeteiligtes Gesicht, als er von den Frauen Abschied nahm. »Sei klug, Sturm«, ermahnte er sich selber, als er Minuten später durchs Stadttor ritt. »Die Alte ist verloren, kümmere dich um das Mädchen.«

Hedwig war allein in der Küche des Badhauses. Darüber war sie froh, wusste sie doch seit Tagen nicht mehr, wie den Kindern Albrecht, Marie und Johanna Mut machen, Trost spenden oder Hoffnung geben. Keine vierundzwanzig Stunden, nachdem der Registrator Sturm sie zu den Kohlers gebracht hatte, standen die Stadtknechte vor der Haustür, drangen ein, durchsuchten alles und nahmen die alte Frau mit. Die Ausbeute war mager gewesen: einige Tiegel mit Salben, ein paar Beutel mit Kräutern, Messlöffel und Gerätschaften zur Herstellung der Mixturen. Nichts Schriftliches, keine Rezepturen. Nun lag die als Hexe Verdächtigte im Unteren Torturm, wartete dort auf das Verhör durch den Vizekanzler und darauf, dass man ihr endlich sagte, wessen sie genau beschuldigt wurde.

Kurzes, herrisches Klopfen an der Tür, die sich öffnete, noch ehe Hedwig den Besucher ins Haus bitten konnte. Registrator Sturm, allein.

»Womit kann ich Euch dienen?«, erkundigte sich das Mädchen, sorgsam darauf bedacht, keine Unruhe zu zeigen. »Von der Familie ist niemand da. Alle wurden zum Bürgermeister Epple bestellt.«

Den Hut vor sich haltend und darauf herumknetend, war Sturm nur wenige Schritte hinein in die Stube getreten. Wie sein Gegenüber war auch er darauf bedacht, sich keine Blöße zu geben. »Was der Baderann vorgeworfen wird, ist Euch bekannt, Mamsell Hedwig. Aus dem ›gemeyn Geschrey‹ ist längst eine offizielle Anklage geworden. Der Vizekanzler befiehlt Euch nun, den sieben Kindern, die ausgesucht wurden, das Folterhemd für die Malefikantin zu weben und zu nähen, mit Rat und Tat zur Seite zu stehen.«

»Nein!«, rief die Zofe. »Niemand kann das von mir verlangen. Die Baderann hat mir nur Gutes getan, wie kann ich da so undankbar sein und am Hemd für die peinlichen Verhöre mitarbeiten?« Unwillkürlich hatte sie dabei das Nähzeug auf den Boden fallen gelassen, mit dem sie seit Stunden versucht hatte, ihre Nerven zu beruhigen.

Sturm, vor Verlegenheit und unterdrücktem Ärger doppelt rot geworden, bückte sich. Der verbundene Fuß lugte unter dem Kleid hervor, ihr Atem ging noch immer heftig. Und er kauerte auf den Dielen wie der traurige Narr im Possenspiel, durfte weder hinschauen, wohin er wollte, noch aussprechen, wonach ihm war. »Über Euch sind böse Worte gefallen in der Stadt. Von Eurer Schändung in Hettingen sprach man und davon, dass Ihr an diesem Abend ein Kind empfangen und es wenige Wochen danach verloren habt. Nur wer Lust empfindet beim Fleischesakt, der kann empfangen, Mamsell Hedwig. So denken die Leute, und Ihr wisst, was daraus erwachsen kann für Euch. Euer Wunsch, in Inzigkofen eine neue Stellung zu suchen, könnten bösartige Leute als Fluchtversuch werten«, antwortete Sturm, schaute dabei zu Boden.

»Denkt Ihr ebenso, Registrator?«, fragte Hedwig.

»Das spielt keine Rolle, Mamsell. Ich bin nur ein kleiner Beamter. Werdet Ihr tun, was man Euch aufträgt, Mamsell Hedwig?«, drängte Sturm.

Die Zofe bejahte, eine echte Wahl hatte sie nicht, das wussten beide. Sie erklärte sich auch damit einverstanden, in den Unteren Torturm zu gehen, um die Maße der Baderann zu nehmen. »Besser ich als eine Fremde hier im Ort, die keine Rachegedanken oder Schadenfreude hegt. Diese Demütigung will ich ihr ersparen. Ich würde gerne mehr für sie tun.«

Sturm, noch immer auf den Dielen hockend, lief rot an, biss sich auf die Zunge. Hedwig wusste offenbar nicht alles. Momentan war es das Beste. So konnte sie keine Fehler machen, die sie mit in den Abgrund ziehen würden.

Das Wiedersehen mit der Baderann war gut verlaufen. Hedwig hatte der Alten den Rest Würde bewahren können, der ihr geblieben war. Und nun lag das fertige Hemd auf dem

Tisch der Wohnstube des Bürgermeisters, um vom Registrator abgeholt zu werden. Die Zofe starrte in die Flammen der offenen Herdstelle, das beste Mittel, aufkommende Tränen zu unterdrücken – oder sie mit Rauch zu entschuldigen.

»Nur gute Frauen weinen an einem solchen Tag«, schreckte eine längst vertraute Stimme Hedwig auf. Sturm, mit einer Tasche über der Schulter – und einigen Maiglöckchen in der Rechten. »Bitte schenkt mir ein Lächeln, Mamsell Hedwig. Ich musste eine Viertelstunde mit einer Zehnjährigen feilschen, um diese Blumen zu bekommen.«

Ein Lächeln machte ihre Züge weich, aber auch traurig. Mochte Sturm der richtige Mann sein, hier und jetzt war er der falsche. Sie nahm ihm das Sträußchen ab, legte es auf den Tisch neben sich und schob das fertige Hemd über die Platte. »Ich hoffe, der Vizekanzler ist zufrieden«, murmelte sie. »Die Mädchen haben Rosenkranzperlen und Teufelsgeißeln eingenäht, wie befohlen.«

Der Registrator hatte sich zur ihr gesetzt, legte nun die mitgebrachte Tasche auf den Tisch, nestelte am Verschluss: dreizehn Ellen einfaches Leinen und ein zugeknoteter Beutel, der nach Eichenrinde duftete. Die Zofe schaute ihn fragend an. Sollte sie in Naturalien bezahlt werden statt mit barer Münze? Aber wozu dann das merkwürdige Säckchen? Warum wurde Sturm verlegen wie ein Schüler, den man bei einer Schummelei erwischt hatte? Und verwendete man Eichenrinde nicht zum Leinenfärben?

»Ihr ahnt es, nicht wahr, Mamsell Hedwig?«, fragte der Registrator leise.

Hedwig schluckte. Sturm hatte soeben ihre ärgsten Befürchtungen bestätigt. »So steht die Schuld schon fest, noch ehe das Verhör begonnen hat. Und die Arbeit am gelb zu färbenden Schandkleid kann beginnen«, antwortete sie verbittert. »Aber was, wenn die Baderann gar nicht gesteht;

was, wenn sie unschuldig ist? – Und was, wenn ich mich weigere?«, unternahm Hedwig einen letzten Versuch.

Der Registrator zuckte mit den Schultern. Die Alte hatte nicht mehr die Kraft, einem längeren Verhör zu widerstehen. Und verurteilte man sie nicht wegen Hexerei, würden andere Dinge zur Sprache kommen, deutete er an. Die Apothekerzunft in Sigmaringen bereitete eine Eingabe an den Fürsten vor. Hinzu kam der verbotene lutherische Glaube. Es ging nur mehr um das Wie. »Dann muss sie in dem Hemd, in dem sie gefoltert wurde und das mit ihrem Blut getränkt sein wird, ihren letzten Weg antreten. Erspart uns allen das!«

Hedwig griff nach Leinen und Eichenrinde.

Der Geistliche verzog ärgerlich das Gesicht. Die Malefikantin hatte noch nicht die Beichte abgelegt, draußen vor dem Unteren Torturm wartete die neugierige Menschenmenge bereits auf das Erscheinen der Baderann und das Verlesen der Urgicht. »Entschuldigung«, wisperte Hedwig, als sie an dem Priester vorbei durch die Zellentür schlüpfte. Drinnen das bereits bekannte Bild: eine von Schlägen, vom Aufziehen und der Einsamkeit im Turm zermürbte alte Frau, die sich längst aufgegeben hatte. Ruhig und stumm stand sie vor Hedwig, versuchte ungeschickt, aus ihrem Gewand zu schlüpfen. Die Zofe eilte zu ihr, entkleidete sie so geschickt und flink wie wenige Wochen zuvor ihre letzte Herrin. Lächelte die Alte wirklich, als sie ihr das Hinrichtungshemd reichte? Genoss die Malefikantin es, wie zarte Hände ihre Haare flochten und unter einer Haube verschwinden ließen?

Bevor Hedwig die Kleider der Baderann falten und zusammenpacken konnte, zog diese einen kleinen Schlüssel aus der Schürzentasche, ließ ihn in die Hand des Mädchens gleiten. Die Zofe verstand. In der Badstube befanden sich Dinge, die nicht in die Hände der Obrigkeit gelangen durften.

»Gehe nun, Liebes!«, sagte die Alte, als Hedwig verlegen vor ihr stand, nicht wusste, was sagen oder tun. »Ich will den Pfarrer nicht warten lassen. Grüße meine Kinder von mir. Und danke für das saubere Kleid, auch wenn es gelb ist.«

Es klopfte energisch an der Tür: Der Geistliche drängte und wollte der Alten die Beichte abnehmen.

Hedwig schluckte die Tränen runter, gab der Baderann noch einen Kuss auf die Stirn. Danach schauten beide, wie auf stumme Verabredung hin, zum vergitterten Fensterchen hinaus. Strahlende Sonne, wie an jenem Tag vor drei Wochen, an dem eine alte Frau und ein junger Beamter eine verletzte Zofe auf Stellungsuche in die Badstube von Veringenstadt gebracht hatten. Ein gefühltes halbes Leben.

»Brennen muss ich erst, nachdem ich den Kopf verloren habe, Hedwig. So gnädig war der Fürst. Weine nicht, die hohen Herren wollen nur meinen Tod, kein Schauspiel.«

Susanne Krawinkel – Die Verführung der Soldatin

»Carl! Rudi! Johannes!«, rief Louis nach seinen besten Freunden und rannte die Wiese hinab durch den Park von Schloss Arenenberg. Seine Mutter, Hortense de Beauharnais, hatte die Villa vor drei Jahren 1817 gekauft.

Ungeduldig wartete der Zwölfjährige zwischen Eiben, Zedern und Mammutbäumen am Ende des Grundstücks. Jeden Tag kamen seine Kameraden auf ihrem Heimweg vom Mannenbacher Gymnasium vorbei. Ausgelassen spielten sie in seiner freien Mittagsstunde, bevor ihn sein strenger Hauslehrer le Bas zurück zu den Büchern beorderte.

Doch heute erschien keiner.

Sehnsüchtig spähte er die Straße entlang. Wo blieben die Gefährten nur?

Er blickte über den Bodensee, der in der Sommerhitze blau glänzte. Von der Insel Reichenau schallte das Geläut der Georgskirche herüber. Zwischen die Glockentöne mischte sich ausgelassenes Rufen vom Untersee.

Waren sie etwa dort unten? Verwundert runzelte er die Stirn. Seine Freunde wussten genau, dass Maman ihm nicht erlaubte, das Grundstück ohne Begleitung zu verlassen. Ängstlich schaute er hinauf zum Schloss. Wenn jemand sein Verschwinden bemerkte, würde er wieder endlos Strafarbeiten schreiben müssen. Aber die Jalousien waren geschlossenen, und bei der Hitze käme niemand hinaus, um nach ihm zu sehen. Mit klopfendem Herzen schlüpfte er durch die Bäume und stürmte über die Chaussee. Am Ufer lagen verstreut Kleider und Schulranzen. Kinder tobten und tollten im See.

»Wo bleibt's ihr denn?«, stieß Louis vorwurfsvoll hervor.

Die Rangeleien im Wasser hörten auf. Erstaunt starrten ihn vier Augenpaare an.

»Wir wollten doch Soldätles spielen!«

»Heute nicht«, entgegnete eine weiche, wohlklingende Stimme. »Es ist zu schwül.«

Verwirrt sah Louis das unbekannte, schlanke Wesen aus dem Untersee steigen. Die schwarzen, schulterlangen Haare glitzerten in der Sonne. Dunkle Augen strahlten ihn an. Unter dem roten Leibchen zeichneten sich zarte Rundungen ab. Endlos lange Beine steckten in knielangen Hosen.

»Meine Soldaten scheuen die Hitze nicht!«, stammelte er schwach und unterdrückte das Verlangen, sich den Schweiß von der Stirn zu wischen. »Sie, sie kämpfen bei jedem Wetter.«

»Nein, da irrst du«, hauchte das mindestens zwei Jahre ältere Mädchen und schritt anmutig auf ihn zu. »Ich bin Marianne, die Neue in der Schule«, stellte sie sich vor. »Heute wollen sie lieber schwimmen.«

Carl hatte schon von der Schönheit der Mitschülerin geschwärmt, die jetzt ihren nassen Arm um Louis' Schultern legte. Er schluckte. Sein Gesicht glühte, als sein Kopf ihren ranken Oberkörper berührte. Sanft führte sie ihn zum See. »Komm rein, es ist herrlich kühl.«

Wild schlug sein Herz. Sein Körper zitterte.

»Nein! Lass mich los!«, entwand er sich ihrer Umarmung.

»Bist wohl zu genant, um dich auszuziehen«, spottete Marianne und musterte seine schicke Aufmachung: dunkelblaue Samthose, schwarze Lackschuhe und eine weinrote Jacke mit einem Rüschenhemd darunter. »Oder bist du wasserscheu?« Sie lachte und sprang elegant in das kühlende Nass.

»Carl«, bettelte Louis und schaute seinen Freund flehend an, »gleich hab ich Latein. Komm jetzt halt mit. Du bist mein Marschall. Du folgst mir doch sonst immer.«

»Heute tanzt er nicht nach deiner Pfeife.« Sie ließ Carl keine Gelegenheit zur Antwort. Herausfordernd blickte sie Louis an: »Was wäre denn, wenn du tust, was wir wollen?«

Sein Magen krampfte sich zusammen. Was sollte er gegen dieses Mädchen machen? Gewöhnlich war er der Befehlshaber, und seine Kameraden stellten seine Anweisungen nie infrage. Was war los mit ihnen?

»Ihr seid meine Soldaten!«, presste er mit brüchiger Stimme hervor.

»Bleibt!«, gebot Marianne den Jungen, die bereits gehorsam aus dem Wasser gestiegen waren. »Ihr müsst ihm nicht immer bedingungslos folgen. Wir schwimmen, so wie es ausgemacht war.« Sie schlug mit ihren Armen kleine Wellen und trieb grazil auf dem Rücken.

Unsicher stiegen die Knaben wieder in den See.

Verzweifelt schrie Louis: »Verschwinde! Du störst nur!«

»Ich bleibe.« Gelassen planschte Marianne weiter. Plötzlich richtete sie sich auf und schleuderte eine ganze Woge in seine Richtung. Er sprang erschrocken zurück.

»Hör auf!«, kreischte er und rannte davon, bevor ihn der nächste Schwall von oben bis unten durchnässen konnte.

Mariannes hämisches Gelächter verfolgte ihn bis zum Schloss. Leise schlüpfte er in die Bibliothek. Heiß brannten die Tränen der Demütigung.

»Louis, bist du das?«, rief seine Mutter besorgt aus dem Salon, in dem sie mit Tante Stephanie von Baden saß.

»Ja, Maman«, presste er hervor und wischte eilig das Gesicht trocken. »Mir geht es gut«, schob er schnell hinterher und hoffte, dass sie ihn nicht aufforderte, zu ihr zu kommen. Niemand durfte seine Schmach sehen. Erleichtert vernahm er leises Gemurmel. Die Damen setzten ihr Gespräch fort und würden sich nicht mehr um ihn kümmern.

Langsam ging er auf die gegenüberliegende Wand zu. Dort hing sein Onkel – in Öl auf eine Leinwand gebannt. Oft hatte Maman ihm von den Heldentaten seines Oheims erzählt. Jedes Mal verspürte er beim Betrachten des entschlossen blickenden Mannes, der mit Fahne und Schwert bewaffnet auf der Brücke von Arcole stand, den Wunsch, so zu werden wie er.

»Was soll ich nur machen, Onkel Napoleon?«, flüsterte Louis hilflos. »Meine Freunde gehorchen mir nicht. Und das Mädchen ist aufsässig und wiegelt sie auf!« Beschämt ließ er den Kopf hängen. Wieder schossen Tränen in seine Augen. Sein Onkel hatte bestimmt niemals solchen Ärger gehabt. Er wusste, wie man mit Soldaten umging. Und mit Frauen.

»Sire, was machen Sie hier?«

Erschrocken zuckte Louis zusammen. Schnell rieb er sich die Wangen trocken und fuhr den Lakaien an: »Caillot! Schleich nicht so herum!« Devot verbeugte sich der Diener und huschte mit einem Tablett voller brauner Täfelchen in den Salon.

»Oh, köstlich!«, rief Tante Stephanie entzückt aus. »Es schmilzt wie Eis auf der Zunge.«

»Nicht wahr?«, erwiderte Maman freudig. »Eine ganz neue Kreation, diese Schokoladenquadrate!«

Louis schluckte. Die herbe Süße des Kakaos breitete sich in seinem Mund aus. Er hastete aus dem Zimmer und lief ins Untergeschoss.

»Massimo, ich brauche unbedingt die Tafelschokolade!«, bestürmte er den Koch, der schwitzend eine braune, zähflüssige Masse in rechteckige kupferne Formen füllte.

»Halt!«, rief der Küchenchef und versuchte, den Dieb an der Jacke zu packen. Doch Louis war schon mit einem ganzen Teller voller Leckereien entschwunden.

»Da kommt ja der kleine Napoleon«, empfing ihn Marianne spöttisch, kam aber näher und betrachtete neugierig die silberne Platte mit den dunklen Quadraten. »Was ist das?«

Bevor Louis ihr die Schokolade entziehen konnte, langte sie zu und schob sich ein Stück in den Mund.

»Lecker!«, schleckte sie sich die Lippen.

»Finger weg!«, schlug er ärgerlich nach ihrer Hand. »Das ist die Belohnung für meine Soldaten!«

Er machte kehrt und überquerte die Straße. Er deponierte die Süßigkeiten im Gras und wartete im Schatten der Bäume auf seine kleine Armee. Nur wenige Augenblicke später tauchte sie auf.

»Was sollen wir tun?«, fragte Carl mit einem begierigen Blick auf das Tablett und schlüpfte eilig in seine Hose.

»Stellt euch auf und marschiert!«, befahl Louis.

Gehorsam bildeten die Knaben eine Reihe und gingen im Gleichschritt über den Rasen. Mit erhobenem Kopf und vorgerecktem Kinn überwachte er seine Truppe.

»Sie folgen deinen Befehlen ohne Murren«, merkte Marianne erstaunt an, die in ihr blaues Kleid geschlüpft war. »Selbst bei dieser Gluthitze laufen sie!«

»Ja«, nickte Louis und beobachtete stolz, wie Carl, Johannes und Rudi in der prallen Sonne exerzierten.

»Bekomme ich noch ein Stück Schokolade?«, fragte sie mit einem begehrlichen Blick auf die Süßigkeit.

Louis legte den Kopf in den Nacken, um ihr direkt in die Augen zu sehen. »Nur, wenn du mittust«, forderte er sie mit leicht zitternder Stimme auf. »Du weißt ja, nur Soldaten werden belohnt.«

Insgeheim befürchtete er, dass sie sich einfach bedienen

würde. Doch Marianne zögerte. Dann zog sie ihre Schuhe aus. Überrascht sah er zu, wie sie den Rock bis an die Knie hochhob und sich zwischen Carl und Johannes einreihte. Nach wenigen Schritten übernahm sie den Takt der Jungen.

Die Glocken der Georgskirche schlugen zur vollen Stunde.

»Rührt euch!«, beendete Louis das Exerzieren. Er bückte sich und nahm das Tablett.

»Hier ist eure Belohnung.« Reihum bot er die Schokolade an. Schweiß glänzte auf den Gesichtern der Kinder, die die Nascherei still genossen.

»Ich muss zum Lateinunterricht. Wir sehen uns morgen«, verabschiedete sich Louis und rannte den Hügel hinauf.

»Wenn du immer so etwas Leckeres bringst, komme ich mit«, hörte er Marianne rufen, bevor er im Schloss verschwand.

Triumphierend stellte er sich vor dem Gemälde auf und erklärte voller Stolz: »Onkel Napoleon, ich habe sie wieder im Griff. Zum Schluss hat sogar sie mir gehorcht!«

Dann lutschte er genüsslich ein Stück Schokolade.

Anmerkung:

Louis, eigentlich Charles Louis Napoléon Bonaparte, lebte lange mit seiner Mutter Hortense de Beauharnais im Exil am Bodensee. 1852 wurde er als Napoleon III. französischer Kaiser.

Evelyn Leip – Annas Kleid

SEIT ULRICH FORT WAR, hatte Unruhe von ihr Besitz ergriffen. Es hatte schon früher Zeiten in ihrem Leben gegeben, in denen sie beunruhigt war, aber eine solche Rastlosigkeit kannte sie nicht. Es gab zu tun. Sicher. Sie kümmerte sich um die Kinder, sie half der kranken Nachbarin, sie erledigte ihren Haushalt. Für kurze Zeit konnte sie damit die Sorgen in ihrem Kopf dämpfen, zum Schweigen bringen konnte sie sie nicht.

Dieser Krieg schien ihr unsinnig. Doch Ulrich war sich sicher, dass er nötig war. Er hatte den Rat überzeugt, dass es keine Alternative zum Kampf gab. Dass man sich jetzt gegen die katholischen Kantone im Süden durchsetzen müsse. Und die Stadt Zürich war ihm gefolgt. Nun war er fort.

Sie war müde, aber nachts konnte sie nicht schlafen. Sie war erschöpft, doch sobald sie sich hinsetzte, musste sie wieder aufstehen und etwas tun. Sonst wuchsen die Sorgen, die sie bedrückten, sich zu einer Wand aus, hinter der sie nichts mehr wahrnehmen konnte.

Als er nach Zürich gekommen war, hatte sie aufgehorcht. Zwingli, der Name war ihr nicht unbekannt gewesen. Er war ihr Nachbar geworden und sie lauschte seinen Predigten mit großem Interesse. Seine Reformideen begeisterten sie. Seine Kompromisslosigkeit ängstigte sie.

In einer Ecke des Schlafraums stand eine große Holzkiste. Die hatte sie damals mitgebracht. Sie stammte aus ihrer ersten Ehe. Andere Frauen bewahrten in solchen Kästen ihre Mitgift auf, sie hatte darin die Erinnerungen an ein anderes Leben weggeschlossen.

Sie öffnete den Kasten und strich mit der Hand über die Stoffe. Lange war es her, dass sie diese Kleider getragen hatte. Und sie würde sie wohl nie wieder anziehen. Ein leises Bedauern überkam sie.

Seltsam, dass sie das noch berührte. Dabei quälten sie im Moment viel größere Sorgen. Sie zog das goldene Kleid heraus, hielt es sich gegen ihr Gesicht und weinte.

Ulrich war in den Krieg gezogen. Wenn er von etwas überzeugt war, stand er dafür ein. Sie liebte ihn dafür und sie hasste ihn dafür. Sie hatte versucht ihn zu halten, es war ihr nicht gelungen.

Sie wünschte sich, dass ihr Glaube so stark sein könnte wie der seine. Dieser Wunsch erfüllte sich nicht. Sie betete viel. Immer, wenn sie glaubte, Frieden gefunden zu haben, überwältigten sie Angst und Hoffnungslosigkeit am nächsten Tag.

Die Kleider stammten aus einem anderen Leben. In ihrer ersten Ehe war sie glücklicher gewesen. Alles war einfacher. Die Liebe war nicht so tief, aber sie schmerzte auch weniger.

Als sie das erste Mal Witwe geworden war, hatte sie die Kleider weggepackt. Die bunten, reich verzierten Stoffe taugten nicht für das Trauerjahr.

Das Schwarz der Trauerkleider hatte sie bedrückt. Heimlich holte sie an manchen Abenden das goldene Kleid heraus. Sie war noch so jung gewesen. Einige Male hatte sie damals überlegt, die Kleider zu verkaufen. Sie brauchte Geld, doch sie konnte sich nicht trennen von diesem vergangenen Leben.

Als sie ihn kennenlernte, trug sie die Kleider nicht. Das Trauerjahr war zwar lange vorüber, aber sie lebte nun wie eine arme Frau. Da passten die teuren Kleider nicht.

Damals suchte sie Trost in der Religion. Sie hätte sich

nicht träumen lassen, dass sie sich in einen Priester verlieben würde. Sie wollte sich überhaupt nicht verlieben. Es war einfach geschehen.

Dass er ihre Gefühle erwiderte, war das erste Wunder, dass er sie nicht verstecken wollte, das zweite. Und dass die Kirche ihnen schließlich die Erlaubnis zur Eheschließung gab: das dritte und unbegreiflichste Wunder.

Doch ihr Glück hatte die Kirche gespalten. Zwinglis Anhänger waren zahlreich. Viele Menschen in Zürich liebten ihn; sie glaubten, dass die Stadt durch ihn zu einem besseren Ort geworden war. Andere hassten ihn. Nicht nur einmal hatte man ihr Haus in der Nacht mit Steinen beworfen.

Zwischen den Kleidern lag Schmuck, den sie seit vielen Jahren nicht mehr getragen hatte. Eine Kette und das goldene Ohrgehänge hatte sie ihrer ältesten Tochter zur Hochzeit geschenkt. Die anderen Stücke lagen in der Truhe.

Die Kinder schliefen, eigentlich sollte sie auch schlafen. Wer wusste schon, was der morgige Tag bringen würde? Sie brauchte vielleicht Kraft. Aber sie fühlte, dass der Schlaf sie meiden würde. Vorsichtig legte sie das Kleid zurück, da hörte sie die Schritte.

Die Nachricht kam nicht unvorbereitet, dennoch traf sie sie mit solcher Wucht, dass sie kaum atmen konnte. Tot. Er war tot, und er hatte ihren Sohn mit in den Tod genommen.

Nicht nur Witwe, nun zum zweiten Mal, auch eine Mutter ohne Sohn. Oh ja, sie hatte noch andere Kinder, ein Trost war ihr das nicht. Sie wollte den Boten wegschicken, sie wollte das Leben wegschicken, sie würde diesen Schmerz nicht ertragen können, den sie jetzt noch gar nicht richtig fühlte.

Da hörte sie die Stimme des Boten weitersprechen. Sie begriff nicht, was er sagte. Ihr Mann und ihr Sohn waren tot, was sollte sie noch interessieren? Der Bote sprach weiter und schließlich verstand sie. Ihr Schwiegersohn, der Mann ihrer ältesten Tochter. Ein Kind tot, das andere nun Witwe. Wie sie selbst. Der Bote ging.

Sie suchte nach ihrer Schere. Mit raschen Schnitten durchtrennte sie das goldene Kleid. Immer mehr, immer schneller. Die Finger taten ihr weh, die Schere wurde stumpf. Sie schnitt und schnitt. Sie rutschte ab und Blut tropfte auf den goldenen Stoff.

Nun würde sie wieder Trauer tragen. Sie griff nach ihrem Gesangbuch, das auf dem Fensterbrett lag. Die Lieder der Kirche. Ihrem Mann hatte diese Kirche alles bedeutet. Sie war wichtiger gewesen als sie selbst und die Kinder. Und ihr Sohn war mitgegangen. In diesen Krieg zur Verteidigung des Glaubens.

Nein, nicht des Glaubens, nur einer bestimmten Vorstellung von Kirche. Menschen starben, weil man sich nicht einig werden konnte, wie Gott zu dienen sei? Vorwände? Rechthaberei? Oder doch ein notwendiger Schritt zum Besseren? Eine Reform im Dienste der Gläubigen? An die auch sie geglaubt hatte? Wer war sie, dass sie das anzweifeln durfte?

Er war manchmal so unversöhnlich gewesen. Er sollte ein Mann des Friedens sein, aber er wollte kämpfen. Er war ein Mann der Worte, den etwas dazu trieb, seine Meinung mit Waffen zu verteidigen.

Da dachte sie wieder an ihre Tochter. Die war jetzt allein. Sie holte das dunkle Tuch, schlang es sich um die Schultern und ging, um zu trösten, wo kein Trost sein konnte.

Ihr Leben war ihr sinnlos erschienen, dabei hatte sie noch eine Aufgabe. In diesem Moment hätte sie selbst eine Mutter gebraucht. Ihre Mutter war schon lange tot, doch sie hatte eine Tochter. Sie lief rasch durch die Nacht.

Als sie viel später heimkehrte, fühlte sie sich leer. Die Kinder schliefen, aber morgen würde sie sich kümmern müssen.

Morgen würde sie stark sein. Sie würde hinter sich lassen, was vorbei war, und ihre Aufgabe erfüllen.

Sie ging in die Kammer und öffnete den Kasten. Sie legte das zerschnittene goldene Kleid beiseite. Vorsichtig hob sie das rote Kleid heraus. Blutrot. Sinnlos vergossenes Blut? Sie wusste es nicht. Sie fühlte Trauer, aber sie spürte auch Wut. Sie streifte den schwarzen Rock ab, strich ihr Untergewand glatt und zog sich das rote Kleid an.

Doris Rothweiler – Das Lied

»Du schaffst das schon!« Hetti nahm seinen Kopf zwischen ihre Hände und lehnte ihre Stirn gegen seine. Sie fühlte sich beruhigend warm an auf seiner klammen Haut.

Eine Weile stand er einfach da und gab sich reglos dem Trost ihrer Berührung hin. Dann seufzte er.

»Ich muss jetzt los«, sagte er leise und löste sich widerwillig aus ihrer Umarmung. Am liebsten hätte er sie mitgenommen, sich an ihrer Hand festgehalten und schüchtern hinter ihrem Rock versteckt. Aber er war nun mal kein Kind mehr.

»Du solltest jetzt besser ins Haus zurück, Hetti.« Seine Stimme klang belegt. »Es ist viel zu kalt hier draußen. Eine Erkältung wäre das Letzte, was du gebrauchen kannst.« Er streichelte liebevoll über ihren Bauch, der sich so kurz nach der Entbindung weich und schwammig anfühlte. In diesem Augenblick kam Knobloch um die Ecke.

»Bereit?«, fragte er den alten Steuermann und überlegte kurz, ob er es wagen konnte, seiner Frau vor dessen Augen einen Abschiedskuss zu geben. Das wäre wohl keine gute Idee. Stattdessen nickte er. »Also, dann!«

Gemeinsam gingen sie den schmalen Kiesweg hinunter, der zum Hafen von Lindau führte. Er fühlte sich wie auf dem Weg zum Schafott. Knoblochs beharrliches Schweigen machte alles nur noch schlimmer. Eine Weile versuchte er, die Stille zu ertragen, bis er es nicht mehr aushielt und einen kurzen Blick auf das verschlossene, ernste Gesicht des Steuermanns warf. Er wirkte angespannt. »Neblig heute«, plapperte er, bemüht die gespenstische Stille zu durchbrechen.

Knobloch nickte.

Was mochte der Steuermann dem Untersuchungsausschuss erzählt haben? Hatte er ihnen ins Gesicht gesagt, dass er ihn für unfähig hielt? Dass allein sein Verhalten die Katastrophe verursacht hatte? »Ich bin froh, dass wir heute nicht rausfahren müssen«, plauderte er weiter. Wie ein Waschweib, das nur tratschte, um die eigene Stimme zu hören.

Knobloch zuckte mit den Schultern.

Sie waren am Hafen angekommen und er verstummte. Über dem See lag der Nebel wie eine ungewaschene, graue Decke. Schwer und undurchdringlich. Schweigend standen sie da, jeder in seinen Erinnerungen versunken. Der Wind trug den Geruch fauligen Brackwassers zu ihnen herüber. Er sog die Luft ein.

Trotz des Gestanks liebte er den Geruch des Sees. Ein See roch anders als das Meer. Das Meer roch nach Sehnsucht, der See nach Heimat. Der See war einem die Ehefrau, das Meer die launische Geliebte. Jetzt fühlte er sich, als hätte der See ihn betrogen, obwohl er ihm immer treu und zuverlässig gedient hatte.

»Manchmal höre ich ihn singen.« Knoblochs Stimme riss ihn aus seinen Gedanken. ›Wen?‹, hatte er fragen wollen, stattdessen nickte er nur. Er wusste auch so, wen Knobloch meinte.

Der Klang einer Schiffsglocke schwebte über dem See und kündigte die Ankunft eines weiteren Schiffes an. Sie wechselten einen kurzen Blick.

Schiffsglocke – Totenglocke.

»Wenn ich nachts in meinem Bett liege«, fuhr Knobloch fort, »höre ich ihn seine lästerlichen Lieder singen.« Der alte Seemann starrte auf das Wasser, das aufgewühlt an der Hafenmauer leckte.

»Ich kriege seinen Gesang nicht mehr aus meinem Kopf,

Kapitän.« Als wäre er ein Rettungsring auf stürmischer See, krallte sich Knobloch an seinen Arm.

»Ich weiß«, sagte er und tat einen kleinen Schritt zur Seite, sodass Knobloch seine Umklammerung lockern musste. Die Stelle brannte. Brannte wie die Frage auf seiner Seele. Die eine Frage, die er sich seit jenem Tag schon so oft gestellt hatte. Die Frage, um die sich auch heute alles drehen würde. Er richtete seinen Blick wieder auf das endlos scheinende Grau des Nebels. »Hätte ich irgendetwas anders machen sollen, Knobloch?« Verzweifelt schluckte er gegen die Tränen an. Er hatte bereits genug Schwäche gezeigt. »Ich habe an diesem Morgen sogar Münzen in den See geworfen.«

Knobloch nickte. »Das war gut, Kapitän«, sagte er dann. »Bei schlechtem Wetter kann man die Hilfe der Götter gut gebrauchen.«

»Es hat aber nichts genützt.« Er lachte bitter. Lachen war besser als weinen. »Vielleicht war es zu wenig, um das Wohlwollen aller Seegötter zu erkaufen.«

»Vielleicht hat Rupflin sein Schicksal selbst heraufbeschworen«, brummte Knobloch. »Ich habe den alten Säufer immer und immer wieder gewarnt, weil er sich mit seinen Liedern bei den alten Göttern nicht beliebt macht. Ich glaube nicht, dass es an einer Ihrer Entscheidungen gelegen hat, warum der See ihn schließlich geholt hat, Kapitän.«

Er wollte seinem Steuermann so gern glauben, der nun leise damit begonnen hatte, Rupflins Lied zu singen. Mindestens Tausende Male hatte er die Fahrt in seinem Kopf seit diesem Tag wiederholt, und immer war er zu demselben Schluss gekommen – er hätte Rupflin, der an diesem Morgen wie eine ganze Schnapsfabrik gestunken hatte, diese Verantwortung niemals übertragen dürfen.

»Drückt vor Gram sein Auge zu,
Wie mancher brave Schiffsmann

Den schon so früh dahingerückt,
Und findet im Wasser seine Ruh'. –
Ja«, unterbrach Knobloch seinen Gesang. »Jede Nacht höre ich ihn dieses Lied singen. Von Bottighofen bis hierher höre ich ihn lachen und krakeelen.«

»Alle Mann an Bord, Schiff legt ab!«, rief eine Stimme gedehnt. Im dichten Nebel war der Rufer nicht auszumachen, aber bereits ein paar Minuten später legte das Schiff ab, das ihnen am nächsten gewesen war.

Sie beobachteten, wie der Raddampfer vorsichtig aus dem Hafenbecken manövrierte, Fahrt aufnahm und schließlich Stück für Stück vom Nebel verschluckt wurde, bis nichts mehr von ihm zu sehen war. Nur das Signal der Nebelglocke war leise zu hören.

»Da kommt Buschor ja endlich«, sagte der Kapitän und warf einen Blick auf seine Taschenuhr. »Pünktlichkeit hat nie zu seinen Stärken gehört.«

»Es tut mir leid«, keuchte der Schiffsjunge außer Atem. Dabei überschlug sich seine Stimme. Er war seit ein paar Wochen im Stimmbruch. Sein Arm steckte in einer Schlinge.

»Was sagen die Ärzte?«, erkundigte der Kapitän sich und deutete auf den Arm.

»Die sagen, dass der Arm schon wieder g-g-ganz wird, Kapitän«, stotterte Buschor und lief bis zu den Ohren rot an. Als hätte er ihn zu seiner Jungfräulichkeit befragt. »A-Aber die sagen auch, dass das noch lange geht, bis ich wieder anheuern kann.«

Hinter dieser Tatsache steckte mehr Tragik, als der kindliche Ton Buschors es vermuten ließ. Der Kapitän wusste, dass der kleine Buschor seit dem Tod seines Vaters vor knapp drei Jahren hauptsächlich für die Versorgung seiner vielen kleinen Geschwister verantwortlich war. Er hatte mit Hetti lange darüber gesprochen und sie waren zu dem Schluss gekommen, dass sie Buschors Familie unterstützen würden, wenn der heutige Tag ein gutes Ende für sie alle nehmen würde.

Wieder so ein Versuch, die Götter zu bestechen.

»Wir müssen los«, sagte er nach einem weiteren Blick auf seine Uhr.

»Aye, Kapitän«, sagten Knobloch und Buschor wie aus einem Mund und wandten sich zum Gehen.

Schon vor zwei Wochen waren sie vor die Kommission des Lindauer Untersuchungsausschusses geladen worden und hatten nacheinander ihre Aussagen über den katastrophalen Zusammenstoß der beiden Schiffe zu Protokoll gegeben.

Ihn hatten sie als letzten aufgerufen. Noch immer rätselte er, ob er sich nur eingebildet hatte, dass Knobloch und Bu schor die Augen niedergeschlagen hatten, als sie nach ihrer Aussage an ihm vorbei zum Ausgang gegangen waren.

Die Kirchturmuhr schlug zehn Uhr, als sie das Gebäude betraten.

Er hatte das Gefühl, seine Beine würden ihm den Dienst versagen. Er schwitzte entsetzlich: Obwohl es ein kalter Aprilmorgen war und es in der vergangenen Nacht sogar ein bisschen geschneit hatte, war sein weißes Hemd dunkel vom Schweiß. Die schwere, reich verzierte Eichentüre schien tanzend vor ihm zurückzuweichen, aber schließlich hatten sie sie doch erreicht. Er hob die Hand, um anzuklopfen. Dann ließ er sie wieder sinken. Seine Kehle war wie zugeschnürt. Er hätte den Matrosen niemals das Nebelsignal schlagen lassen dürfen. Dazu war der Mann viel zu betrunken gewesen. Aber er hatte auf dessen Erfahrung vertraut.

Wieder hob er die Hand. Hettis Gesicht tauchte vor ihm auf. Was würde sie sagen, wenn sie ihm heute sein Kapitänspatent aberkennen würden?

»Wir schaffen das schon«, hörte er ihre Stimme in seinem Kopf.

Er klopfte.

Solange Hetti an seiner Seite war, würde er jede Klippe umschiffen können. Sie war sein Fels in der Brandung. Sein sicherer Rückzugshafen.

Hetti Motz, ich liebe dich, dachte er, als von drinnen eine Stimme rief.

»Herein.«

Langsam traten sie ein.

Er hatte noch nie so ausdruckslose Gesichter gesehen.

»Kapitän Martin Motz«, sagte der Vorsitzende und erhob sich. Die braune Mappe mit den Papieren zitterte leicht in seiner Hand.

Der Vorsitzende räusperte sich. »Nach der Überprüfung aller Fakten und der Anhörung aller Beteiligten ist diese Untersuchungskommission zu der Entscheidung gekommen, dass Sie und Ihre Mannschaft an den Vorgängen, die am zwölften Februar des Jahres 1864 zum Untergang der GD Jura geführt haben, keine Schuld trifft.«

Den Rest hörte er nicht mehr.

Stunden später stand er mit Hetti im Vorgarten ihres kleinen Hauses. Sein Sohn Wilhelm schlief friedlich in seinem Bettchen.

Noch immer hing der Nebel wie ein riesiges, graues Leichentuch über dem See. In einem letzten Gruß legte er seine Hand an den Schirm seiner Mütze. »Jetzt sing mit den Wellen und heul mit dem Wind, alter Schweinehund!«, flüsterte er. Dann summte er leise die zweite Strophe von Rupflins Lied, die ihm seit jenem Morgen nicht mehr aus dem Kopf gegangen war:

»Wo ihn die wilden Fisch' verzehren
Und teilen seinen Körper sich.
Ach, ich mag es wohl bei Gott beschwören,
die wilde See, sie holt auch dich.«

Claudia Schmid – Susannes Unbill

Die dicke Susanne ächzte. »Heidanei, da wär aber früher meh Platz gsei.« Im heißen Sommer des Jahres 1689 versuchte sie, ihre beachtliche Leibesfülle an einer hinderlichen Säule vorbei zu ihrem Kirchenstuhl in der Nikolaikirche zu zwängen. »Die schdond da aber echt im Wäg!«, ärgerte sie sich. Bald würde sie gar nicht mehr durchpassen. »Etz hilf mir doch«, raunzte sie ihren Mann an, als sie feststeckte.

Johannes Albrecht drückte kräftig von hinten und so kam Susanne aus ihrer Zwangslage frei. Er nahm sich vor, noch heute beim Magistrat anzuklopfen. Der musste ihm erlauben, von der Säule etwas abschlagen zu lassen. Es ging doch nicht an, dass die Ehefrau eines der reichsten Isnyer Handelsherren nicht zu ihrem Platz in der Kirche kam! Es mochte ja sein, dass Susanne wirklich arg dick war, aber sie waren ja auch sehr reich. Susanne nahm auf ihrem Kirchenstuhl Platz, der ihr Wappen trug, ein Wachturm, durch dessen Auslug ein Wächter schaute. Auf dem Kirchenstuhl ihres Ehemannes war dessen Wappen angebracht, Samson riss dem Löwen das Maul auf. Das passte so recht zum Johannes Albrecht.

Nach dem Gottesdienst stand Susanne erneut die unangenehme Prozedur durch. Johannes half ihr und schob und drängte sein korpulentes Weib an der Säule vorbei. »Was hausch au immer so nei!«, schnaubte er sie an. Beleidigt blieb Susanne nicht wie sonst vor der Kirche zum Plausch stehen. Die Wassertorstraße längs bewegte sie sich verärgert auf ihr großes Haus zu, humpelte anschließend weiter, als sie die schwere Haustür geöffnet hatte und sie keiner mehr sehen konnte, vorbei an der Sandsteinsäule mit dem herrlichen Akanthus- und Figurenschmuck zu der breiten Treppe. Mühsam schnaufend schleppte sie sich hoch und hörte nicht das Tuscheln der Mägde in der Küche: »Dia bläzged wie a alte Kua da Buggl nauf!«

Susanne hatte heute kein Auge für die prächtig ausgeführten Stuckarbeiten des Treppenhauses. In der Erkerstube sank sie auf einen knarrenden Stuhl. »Maria! Maria, kumm!«, rief sie mit klagender Stimme nach einer ihrer Mägde. Wehleidig zeigte sie der ihre Hüfte.

»Om Hemmels Willa«, Maria war entsetzt.

»Schmier mir da ebbes druf, des duad ganz arg weh«, jammerte Susanne. Nachdem Maria ihr mit kräftigen Händen einen Umschlag mit einer lindernden Salbe gemacht hatte, ließ sich Susanne den großen Sessel in ihrem Erker zurechtschieben. Das stattlichste Patrizierhaus der ganzen Wassertorstraße besaßen die Albrechts. Eine Baulücke hatte zu Susannes Mitgift gehört. Ein verheerender Stadtbrand, der sich im Jahre 1631 durch Isny fraß, hatte mächtige Lücken hinterlassen. Alle Häuser mit Holzdächern, welche die züngelnden Flammen gierig wie willige Huren ihre Freier aufgenommen und weitergegeben hatten, waren restlos abgebrannt.

»Woischd no, die hend uns mein scheenä Erker ned genehmige wella?«, Susanne schüttelte den Kopf.

Maria pflichtete ihr bei. »Hoffärdig ischd en Erker, hier im fromme Isny. Hedd der Rat damals gseid.«

Susanne lachte bitter auf. »Wir hend für älles hard gschaffd. Da isch nix gschenkd oder gschtohlen!«

Maria legte ihr schmeichelnd ein Wolltuch um die Schultern. »Herrin, Ihr seid d Tochder vu em reiche Schultes und s Weib vu em Kaufma. Und Ihr hond viel gsähe vu de Welt. Da ischds nur recht, wenn Ihrs au dohoim in Isny agnehm hau wellet.«

Susanne grunzte zufrieden. Wenigstens ihre Dienstboten sahen ein, dass sie Behaglichkeit brauchte. »Maria, etz kumm, bring mir ebbs zum Esse, am beschde en paar Nudle, wenn du häsch.« Susannes aß für ihr Leben gern Schneckennudle, am liebsten ganz viele auf einmal. »Weischd was, Maria, de Johannes, der muss endlich ebbs mache. I bass ned mehr uf mein Platz in de Kirch. Schtell dir des mol vor! S Weib vum reiche Albrecht muss sich vorbei quetsche und bleibt fascht schdegge. Ja, des gehd doch nedd! En Knecht muss gehe, und a bissle ebbs vu de Säule abschlage, na komm i da viel besser vorbei.«

Susanne war es gewohnt, dass ihren Wünschen nachgekommen wurde. Viele Jahre hatten sie in Lyon verbracht, bevor sie wieder ins blau gefärbte Allgäu zurückgingen und ihr Mann hier einen Leinwandhandel aufzog. Der blühende Flachs tauchte ganze Landstriche im Sommer ins Blaue. Bei ihren Verwandten in Memmingen hatte der junge Johannes eine Lehre im Leinwandhandel gemacht. Susannes Vater, der Wachter, hatte rasch ein Auge auf den fleißigen Johannes geworfen. Aus dem würde mal was Rechtes werden, das merkte er. Das war der richtige Mann für seine Tochter Susanne.

»Ganz frisch sind die Nudle, die Barbara hätt sie grad gmacht.« Maria kam mit einer dampfenden Schüssel, die sie neben Susanne auf einen kleinen Tisch stellte.

Wohltuend stieg der appetitanregende Geruch Susanne in die Nase. »Die sind grad recht«, meinte sie, als sie mit der Gabel vorsichtig eine Schneckennudel anstach. »Woischd was, Maria, mir sind ja viel rumgkomme, mein Ma und i, wir wared in Italien und lang in Frankreich. Aber des Essa«, sie schob sich einen großen Bissen in eine ihrer mächtigen Backen und schloss verklärt die Augen, »des Essa, woischd, des isch dahoim am allerbeschde.«

Johannes Albrecht zog sich derweil in die prächtigen Räume seines Hauses zurück, in denen er seine Geschäfte abwickelte. Er nahm Platz an seinem Schreibtisch und griff sich einen Bogen Papier. Das Schreiben an den Rat formulierte er in wohlgesetzten Worten. Damit ›seine Frau desto besser auf ihren Platz zu sitzen käme‹, drängte er darauf, von der im Wege stehenden Säule etwas abschlagen zu dürfen.

Schon am nächsten Tag brachte er die Antwort Susanne, die wie üblich in ihrem Erker saß und das Treiben in der Wassertorstraße beobachtete. Gerade eben war die Frau von Gabriel Eberz vorbeigegangen, die sie nicht mehr grüßte, seit Johannes Albrecht ihrem Mann einen großen Auftrag aus Venedig vor der Nase weggeschnappt hatte. Der Eberz saß im Rat. Susanne riss sich vom Fenster los und sah zu ihrem Mann auf.

Der gab ihr das Schreiben: »Zwei Fingerbreit darf unser Knecht von der Säule abschlagen, da, lies selbst!«

Er rief den Hannes zu sich und gab ihm den Auftrag.

Susanne sah vom Erker aus, wie Hannes auf die Straße trat. Aus dem Schatten des gegenüberliegenden Hauses löste sich Berthold, der Knecht bei Eberz war. Er zog Hannes beiseite und verschwand mit ihm in einer Schänke.

Susanne freute sich auf den nächsten Kirchgang. Die Kirche war erst vor wenigen Jahren wiederaufgebaut worden, nach dem großen Stadtbrand, bei dem wie durch ein Wunder der Kirchturm mit der wertvollen Prädikantenbibliothek stehen geblieben war.

Am darauffolgenden Sonntag zog Susanne ein Kleid aus taubenblauem Stoff an und ließ sich von Maria frisieren. Ein Triumph würde das heute werden! Was zwei Fingerbreit mehr Platz ausmachen, dachte sie bei sich, als sie in der Kirche mühelos die Säule passierte. Stolz saß sie kerzengerade auf ihrem Stuhl, hörte kaum, was der Pfarrer sagte. Nach der Predigt stand sie auf und stolperte. Im Fallen stützte sie sich an der Säule ab und verhinderte so einen Sturz. Sie gesellte sich zu den anderen Frauen vor der Kirche.

»Susanne, welch herrliches Wetter«, sprach Klarissa, die Frau von Gabriel Eberz , nach langer Zeit mal wieder zu ihr, dabei mit flinkem Blick Susannes Figur erfassend.

»War er in Venedig, der Eberz?«, fragte Susanne mit einem herablassenden Lächeln. »Trägst ein neues Kleid, gell?«

Bei dem Wort ›Venedig‹ verzog Klarissa das Gesicht. »Bist du heute gut auf deinen Platz gekommen?« Klarissa schaute scheinheilig drein bei ihrer Frage.

Susanne öffnete ihren Mund, um etwas zu sagen. Was bildete Klarissa sich ein! Die Albrechts füllten schließlich den Stadtsäckel ordentlich mit ihren Steuern, da konnte sie wohl erwarten, anständig auf ihren Sitz zu kommen!

Hinter ihnen krachte es. Klarissa riss die Arme hoch und schrie auf. »Die Kirche! Die Kirche stürzt ein!«

Jäh breitete sich eine Staubwolke aus. Alle stoben auseinander, rannten davon. In sicherer Entfernung drehten sie sich um und sahen mit Schrecken das klaffende Loch im Dach der Kirche.

»Hemmlarschondzwern!«, der Eberz war außer sich. »Das habe ich doch gleich gesagt, der hat zu viel von der Säule abgeschlagen! Na warte, dafür wird der Albrecht bezahlen!« Er sah sich um. »Wo ist denn der Pfarrer?«

Unruhe breitete sich aus. Plötzlich hörte man Hilde Meier laut schreien: »Mein Mann! Der wollt' noch was mit dem Pfarrer besprechen!« Jegliche Farbe wich aus ihrem Gesicht. »Im Chorraum, die müssen im Chorraum sein!«

Eberz und noch drei andere Männer aus dem Rat ermannten sich und schritten beherzt zur Kirche. Hilde Meier weinte laut.

Die Männer blinzelten, als sie die Nikolaikirche betraten, weil so viel Staub in der Luft lag. Fünf Säulen waren eingestürzt und lagen zerborsten in einem großen Chaos aus Steinen, Schindeln und Stühlen. Der Pfarrer und Meier standen von Staub bedeckt und wie zu Stein erstarrt im Chorraum. Passiert war ihnen nichts.

Eine Inaugenscheinnahme der angeschlagenen Säule ergab, dass der Knecht mindestens einen Schuh breit abgeschlagen hatte, viel mehr, als der Rat erlaubt hatte. Johannes Albrecht musste den Schaden an der Kirche bezahlen. Die Anbringung einer Gedenktafel als Würdigung für sein finanzielles Opfer wurde ihm verweigert. Verärgert zog die Familie kurz darauf aus Isny weg. Gabriel Eberz hatte einen Konkurrenten weniger.

Der Brief des Johannes Albrecht wird im Evangelischen Kirchenarchiv aufbewahrt. Heute beheimatet der Prachtbau der Albrechts das Rathaus von Isny.

Juliane Stadler – Der Zwölfte oder Der Sängerkrieger von Trossingen

Lutgar liess sich auf den Schemel neben seinem Bett sinken und hob die Leier auf die Knie.

Noch hatte das Sonnenpferd nicht zum Lauf über den Horizont angesetzt, nur wenig Licht sickerte durch die Fensteröffnung in seine Hütte. Draußen herrschte Stille.

Etwas Zeit blieb noch, bis sie ihn holen kamen.

Er hielt einen Kienspan in das Kohlebecken und entzündete die Kerze. Die kleine Flamme malte Muster aus Licht und Schatten auf seine Haut und das Instrument. Sanft griff er in die Saiten und zupfte eine einfache Melodie, doch ein schräger, beinahe klagender Laut ließ ihn abbrechen.

Lutgar grinste und tätschelte den Ahornkorpus. Zierst dich wie eine vernachlässigte Frau. Hildis sollte ich dich nennen, störrisches Ding.

Behutsam zog er einen der Wirbel an, zupfte, lauschte, bis die Saite hoch und rein klang. Ein weiteres Mal versuchte er sich an der Melodie, wieder schlichen sich Missklänge ein.

Lutgar hob seine Rechte ins Licht der Flamme und drehte sie hin und her. Eine Pranke, schwielig, rau, vernarbt vom Kämpfen. Kein Wunder, dass die zarten Saiten sich ihm widersetzten. Lange schon hatte er sie nicht mehr berührt. Lange hatte kein Anlass bestanden.

Behutsam bettete Lutgar das Instrument auf seinen Schoß und griff nach dem Becher auf dem Tisch. Er nahm einen tiefen Zug und das herbsüße Aroma von Honig und Kräutern umspülte seinen Gaumen. Kein Met, nicht heute, nur gesüßtes Bier. Sein Geist musste klar bleiben. Er schob einige Bissen kalten Schweinebratens nach, leckte sich das Fett von den Fingerspitzen und wischte den Rest an der Hose ab. Ein neuerlicher Blick zum Fenster sagte ihm: nicht mehr lange.

Beinahe zärtlich fuhren seine Hände über den Holzkörper der Leier und die Bilder, die ihn bedeckten. Knotenbänder und Schlangenwesen züngelten über die Rückseite des Instruments. Und auch auf der Vorderseite wanden sich doppelköpfige Schlangen über die Leierarme. Goin und Moin, Ofnir und Grabak, Schwestern von Nidhögg, die an den Wurzeln der Weltesche lagen und beständig an ihnen fraßen.

›Nichts währt ewig, Vergänglichkeit und Tod‹ – das schienen die Schlangenköpfe den elf Kriegern zuzuzischen, die sich auf dem Leierbauch gegenübertraten, sechs oberhalb, fünf unterhalb eines aufgepflanzten Speeres.

Lutgar zeichnete die Linie mit dem Finger nach. Gungnir, der Speer, mit dem Wodan den Krieg zu den Menschen brachte, der Speer, der in der Mitte des Platzes aufgerichtet wurde, wo zwei Kämpfer gegeneinander antraten, auf Leben und Tod. Ein Leben für das vieler.

Elfmal hatte Lutgar im Angesicht des Speeres gestanden. Elfmal hatte er die Walstatt als Sieger verlassen. Elfmal hatte er dem Unterlegenen auf der Leier die Totenklage gesungen und dessen Seele dem Göttervater anempfohlen, damit er die Tore Walhalls für ihn öffnete.

Er ließ den Blick durch seine Kammer schweifen. Sein engster Freund und Waffenbruder, Herget, sein Fürst, hatte ihn reich für die Siege belohnt, die Kriege verhindert und Menschenleben geschont hatten.

Da standen sie, die Zeichen seines Dankes: Der Stuhl mit gedrechselter Lehne und dem geflochtenen Sitzpolster, der kleine, runde Tisch, der Kerzenleuchter und die Holzschalen, erlesene Gewänder und das Bett. Ein wundervolles Bett! Gerne durfte Herget all den anderen Plunder wieder mitnehmen, wenn er ihm nur dieses Bett ließe, gefüllt mit weichem Heu und Fellen – und Erinnerungen an schlaflose Nächte mit Hildis. Lutgar wiegte bei diesem Gedanken lächelnd den Kopf und wandte sich wieder der Leier zu.

Elf Krieger, einen für jeden Zweikampf, für jeden gefallenen Gegner.

Mit geübtem Griff löste er die Saiten aus dem Haken am unteren Ende des Leierkorpus und strich sie behutsam zur Seite. Er rückte näher in den Kerzenschein, polierte mit dem Ärmelsaum ein paar Mal über das Holz und nahm dann den angekohlten Kienspan zur Hand. Wenige Striche genügten, um eine blasse Skizze entstehen zu lassen. Aus einem Lederbeutel zog er eine kleine, scharfe Ahle, begann die Linien sorgfältig nachzuziehen und tief in das weiche Holz einzuritzen. Mit der Handkante fegte er die Holzspäne beiseite, dann hielt er die Leier schräg ins Licht, um sein Werk zu begutachten. Lutgar nickte zufrieden. Er nahm ein kleines Stück Holzkohle und zermahlte es zwischen den Fingern zu schwarzem Staub. Mit dem Daumen rieb er das Pulver über die Linien. Es glich Zauberei: Wo gerade noch das helle Ahornholz geglänzt hatte, nahm ein Krieger Gestalt an. Nach und nach zeichneten sich seine Glieder, sein Mantel, sein Schild auf der Oberfläche ab, zuletzt erschien sein bärtiges Gesicht.

Der Zwölfte. Der Letzte.

Lutgars Herz stolperte einen Augenblick, als ihm bewusst wurde, dass der Korpus keinen Platz mehr für einen weiteren Krieger bot. Seine Zunge fuhr über die trockene Unterlippe. Als er aufblickte, sah er die ersten Sonnenstrahlen in die Kammer kriechen, hörte Hufschlag und Stimmen auf dem Hof. Gleich würden sie ihn abholen.

Seine Finger fuhren über das neu entstandene Bild.

Der Letzte.

Sicher kein Zufall. Zufälle existierten nicht, alles war Teil eines göttlichen Plans. Was wollten die Nornen ihm sagen? Abermals befeuchtete seine Zunge die spröden Lippen. Es konnte nur eins bedeuten: Dass der bevorstehende Zweikampf sein letzter sein würde. Würde er am Ende die Totenklage singen oder …? Wer verbarg sich hinter dem zwölften Krieger?

»Nichts währt ewig«, zischten die gefräßigen Schlangen. Niemand kann seinem Schicksal entgehen. Bald schon würde sich ihm der Wille der Götter offenbaren, auf die eine oder andere Weise. Warum hadern?

Behutsam spannte Lutgar die Saiten und ließ die Leier dann in einem Lederbeutel verschwinden.

Schritte vor der Tür. Es klopfte. Als er öffnete, stand Hildis vor ihm.

»Die Pferde sind gesattelt.« Sie trug ihr kleines spitzes Kinn etwas höher als üblich und hielt die Hände ineinander verschränkt – ihre Art, ihm zu zeigen, was sie davon hielt, dass er die Nacht vor einem Zweikampf allein zu verbringen pflegte. Kleine starrköpfige Hildis. Lutgar grinste und legte seine schwieligen Handflächen an ihre Wangen. »Hilfst du mir?«

Unter seinem Blick schmolz ihr Widerstand dahin und sie seufzte. »Natürlich.«

Sie streifte Lutgar das Wams aus feinem Wollstoff über, legte ihm den Waffengurt um und reichte ihm den Mantel mit dem gelben Rautenmuster – Geschenke Hergets –, dann zwang sie ihn sanft auf den Schemel, um die Leinenhosen mit Lederriemen um die Waden zu schnüren. Lutgar sah sich währenddessen ein letztes Mal in seiner Kammer um. Sein Blick blieb am Bett hängen. Wundervolles Bett! »Wenn ich sterbe, möchte ich in diesem Bett begraben werden. Deckel oben drauf und fertig.«

»Warum sagst du so etwas?« Hildis formte eine Schutzgeste mit den Fingern. Ob sie dem gekreuzigten Gott nicht traute, dessen Symbol sie um den Hals trug? »Hör auf so zu reden! Du jagst mir Angst ein.«

Lutgar küsste sie auf die Stirn und erhob sich. Er schob die Spatha in die Lederscheide, schulterte den Beutel mit der Leier und nahm seinen Schild auf.

Hildis blinzelte. Waren das Tränen? »Gerrit und die anderen warten schon. Ich gebe Herget Bescheid, dass ihr bereit zum Aufbruch seid.«

Im Hof saßen Gunnar, Ralf und der alte Gerrit auf ihren Pferden. Ehrbare, vertrauenswürdige Männer, Hergets beste Krieger und engste Vertraute. Sie würden den Fürsten und ihn zum Thing am großen See begleiten, wo Lutgar ein weiteres Mal ein Leben auslöschen sollte, um viele zu retten.

»Hier!« Gerrit reichte ihm die Zügel seines Hengstes und Lutgar befestigte sorgfältig den Schild und den Beutel mit der Leier am Sattel.

»Wo bleibt Herget?« Ungeduldig ließ Gunnar sein Pferd im Kreis traben.

»Muss sich vermutlich erst aus den Armen eines Weibes schälen.« Ralf und Gunnar lachten.

Doch Lutgar sah nur Gerrits flackernde Augen, die einen Punkt hinter seiner Schulter fixierten. Als er sich umdrehte, erblickte er Hildis, die schwankend am Tor der großen Halle stand, die kleine Faust gegen den Mund gepresst, die Augen weit.

»Herget … der Fürst … Er ist tot. Jemand hat …« Ein Schluchzen erstickte ihre Stimme.

Der Himmel fiel auf Lutgars Schultern wie ein Mühlstein.

In einer anderen Welt hörte er Gunnar und Ralf von den

Pferden springen und in die Halle stürzen, wenig später ein klagendes Aufheulen.

»Verfluchte Alriksmannen!«, zischte Gerrit und spuckte aus. »Mein Wort, diese Hundesöhne stecken dahinter. Wollten die Entscheidung des Things nicht abwarten. Götter steht uns bei! Das bedeutet Krieg.«

Lutgar konnte sich nicht bewegen, auch nicht, als Hildis sich schluchzend an seine Brust warf. Er stand da, regungslos, wie aus Holz geschnitzt. Herget tot? Aber wie …

Dann fiel sein Blick auf den Beutel mit der Leier.

Der Zwölfte.

Nicht er, nicht sein Gegner. Die Nornen hatten einen anderen Lebensfaden durchschnitten.

Lutgar befreite sich aus Hildis' bebenden Armen, löste die Leier vom Sattel und wankte Richtung Halle. Es galt, die Totenklage für einen gefallenen Krieger zu singen. Für einen Freund.

Philipp Unsinn – Die zersprungene Zeit

--- I ---

DEN 17. MÄRZ 1822 treibt Jerg den Kaltblüter, der seinen Karren mit all seiner Habe zieht, hastig fort aus dem Eschachtal nahe Schmidsfelden. So spät im Winter hat es noch einmal geschneit und der Schnee verdüstert Jergs Laune mehr und mehr. Jerg, der endlich wegkommt aus diesem schwarzen Gebirg, will über Kempten, Kaufbeuren zurück nach Böhmen, dorthin, wo das Haus seiner Vorväter steht und er sein Handwerk gelernt hat.

Nicht ein Rabe begleitet ihn, als er einige Zeit später an einem der Quarzpocher vorbeifährt, die hier unentwegt und laut brüllend den Takt schlagen und das Rohmaterial für die Glasöfen der Umgegend liefern. Mit vom Quarzstaub blutunterlaufenen Augen, ein Tuch von Werg vor dem Mund, grüßt ihn einer der Pochermänner von weither zum Abschied, denn auch er weiß, dass der Jerg nun endlich wegzieht, weil er muss. – Mit einem Wechsel über 11.200 Gulden in der Tasche stiehlt er sich heute fort, fast wie ein Dieb. Den Gruß des winkenden Mannes erwidert er nicht.

--- II ---

Wir Buben standen damals kurz vor dem Eintritt in die Glasmacherlehre, waren also noch halbe Kinder, als das große alljährliche Wiesenfest zu Josefi 1817 den Frühling einläuten sollte. Und dieses Fest, bei dem die Prominenz des ganzen Landes zusammenkam, machte Schmidsfelden für drei Tage zum Nabel der Welt. Denn anders als in den Bauerndörfern zwischen Isny und Leutkirch, zwischen Kempten und Memmingen lockte das Geld der Glasmacher fahrende Musiker und Feuerschlucker, Künstler und Gaukler aus halb Europa in unsere Talungen. Wir Jungen hatten die Aufgabe, bei all den Bratwurst-, Spiel- und Schießbuden auszuhelfen, dass auch hie und da etwas abfiel für uns. Mit Spannung erwarteten wir wie jedes Jahr die vielen Menschen aus Nah und Fern, das Preisschießen und Tarockspielen, des nachts die Laternen und Liebespaare unter den Linden am Festplatz und die Feuerfackeln rings im Dorf.

Am Festsonntag, der heuer mit Josefi zusammenfiel, war schönstes Wetter, aber für den Frühling schien die Sonne fast schon etwas zu warm. Gleich nach der Messe knobelte ich mit meinem Freund, dem Georg, wer wohl am Schießstand als Scheibenwart, wer beim Büchsenwerfen aushelfen sollte. Der Georg aber gewann und hatte so das Glück, an jenem Sonntag beim großen alljährlichen Josefischießen die bunten Schützenscheiben auswechseln zu dürfen, und ich beneidete ihn darum.

Gleich darauf bezogen wir unsere Plätze und mit uns trudelte das Festvolk ein, setzte sich an die zahlreichen Biertische, bevölkerte die Buden, stärkte und labte sich. Besonderes Aufsehen aber erregten die Ehrengäste, die allmählich nach der Messfeier eintrafen. Da waren der Graf von Quadt, die Herrschaften von und zu Trauchburg, der Abt Ildefonsus von Isny, Balthasar von Schmidsfeld nebst der Baronesse von Klock – somit die führenden Glasofenbetreiber, angefochten nur von der Batsch, die etwas später den Festplatz erreichte und die gemeinsam mit ihrem Mann, der als Magister vitriorum weit über die Grenzen der Adelegg hinaus bekannt war, den Schmidsfelds und Klocks als Einzige das Wasser reichen konnte. Doch natürlich bestand zwischen der von Klock und der Batsch, beide passionierte Jägerinnen und Meisterschützen, eine gewisse Konkurrenz, auch wenn sie sich nach außen hin als Freundinnen zu erkennen gaben. Jedenfalls ließ die Batsch der von Klock später beim Josefischießen kurz vor zwölf zunächst aus Höflichkeit den Vortritt, während die Sonne so früh im Jahr schon immer heißer brannte.

--- III ---

Eine Dreiviertelstund' später, nachdem der Jerg das Eschachtal verlassen hat, fährt er mit seinem Karren bei klirrender Kälte über den Wolfsberg und kommt an einem Köhlbrand vorbei. Und immer und immer wieder zurückdenken muss er an Johanna, an die Abende, als sie am Ende nur noch saß und schrieb, immerzu Briefe an das liebe Kind, immer nur melancholisch und halb im Wahn, halbblind, bei zitterndem Kerzenlicht, die Fenster von schwarzen Vorhängen verhangen, vor sich hinschreibend und laut murmelnd. Und er in der Nachbarkammer hockend, dachte an den laufenden Glasofen, an das Feuer, das er nie direkt ansah, nur den Widerschein vom Ziegelmauerwerk wahrnehmend, eine rothell glühende, pulsierende Fläche, als läge ein Tier dahinter, ihm sein Schicksal prophezeiend, auf ihn, nur auf ihn lauernd. – Einer Regung folgend treibt der Jerg nun den Kaltblüter schneller an und der rußschwarze Mann neben seinem Meiler bekreuzigt sich ob Jergs Anblick.

--- IV ---

Vier von fünf Schuss der von Klock erreichten ihr Ziel. Der Applaus der Menge brandete auf, während sich wenig später die beiden Konkurrentinnen, die eine vom Schießen kommend, die andere in den Schießstand tretend, begegneten.

»Ihro Baronesse von Klock hat doch heute ein gar ruhiges Händchen!«, schmeichelte die Batsch selbstbewusst und nicht ohne Ironie ihrer Freundin, die doch beim letzten Jagdausflug kein einziges Tier erlegt hatte.

Diese entgegnete ganz gelassen: »Es ist wohl die linde Frühlingsluft, die hat mir Glück gebracht, und ebensolches wünsch ich nun Euch!«

So betrat also die Batsch den Schießstand, ergriff das erste vorgeladene Gewehr, schießt und trifft. Schnell ergreift sie das zweite, schießt und trifft und schießt und trifft, wie nur die Batsch treffen kann, und schießt und trifft auch mit dem vierten.

--- V ---

Jerg passiert etwa gut eine halbe Stund' später Unterkürnach, und immer wieder das Bild, als er Johanna fand mitten im Advent, einen Brief, adressiert ans Büblein, und eine Pistol in der Hand und in ihrem Kopf, kaum sichtbar, ein rotes Löchlein, fast wie zur Zierde.

- »Was machst mit 'm Pistol? Was? Du arms Ding ...« –

So jammert der Jerg, bis er zusammenbricht. Gekrümmt am Boden fand ihn später der Arzt, der im Glücksfall Kranke heilen, aber Tote nicht erwecken kann.

--- VI ---

In dem Moment, als die Batsch zum letzten Schuss anlegt und zielt, ja da schließlich zerspringt die Zeit, grad so als Glas zerspringt, wenn man den Abkühlofen zu wenig heizt:

Die ganze Festgesellschaft auf dem Platz hält den Atem an, der Graf von Quadt will gerade vom Bierglas einen gehörigen Zug trinken, hält das Gefäß dann jedoch – den Schuss erwartend – noch einen Moment länger in der Luft, bevor er es ein wenig später als geplant an die Lippen zu setzen gedenkt. In just genau demselben Zehntel dieses Augenblickes steigt dem Abt Ildefonsus, der dem von Quadt genau gegenübersitzt, der Rauch seiner Zigarre scharf ins Auge, was ihn sehr verdrießt, da er nun damit rechnet, den Aufprall der Kugel auf die mit einem roten Fuchs bemalte Schützenscheibe nicht mitverfolgen zu können, weil er aufgrund des beißenden Rauches seine Augen zukneifen muss.

In genau diesem Bruchteil eines Moments, da die Batsch auf die Zielscheibe schießt, scheint wohl alle Welt ganz stillzustehen – nur mein Freund, der Georg, der sich bei den Schüssen der Batsch verzählt und den keiner bemerkt, er überspringt diesen Brosamen an Zeit einfach und füllt dieses Quäntchen Augenblick mit seiner Hudelei. Weil er mit oder kurz vor dem Knall, der wenig später aus dem Wald widerhallen wird, aus seinem Verdeck aufspringt, um die mit bunten Tieren bemalten und nun fast ausnahmslos durchlöcherten Schützenscheiben auszuwechseln. Weil er alles der Prominenz zur Zufriedenheit erledigen will, weil er dafür bekannt ist, immer ganz schnell mit allem fertig zu sein und dafür sein Lob bekommt …

Und dann die Batsch, deren Zeigefinger schon zuckt, Georg halb noch bemerkend, das Zucken in ihrem Finger aber nicht mehr zurückhalten kann.

Getroffen von der Kugel der Batsch, die nicht für ihn bestimmt war, sinkt der Georg, mein Freund, zusammen, und aus seinem Mund quillt Blut, Blut und noch mehr Blut.

Und ebenso dringt durch die Stille ein gellender, entsetzter Schrei: »Jo-hann-a!«

Das Echo, das gleich darauf vom Schreckensruf erschallt, erinnert in seiner Unerbittlichkeit an das des gerade erst verhallten, tödlichen Schusses. Denn es war doch jener Franz Xaver Batsch, ihr Mann, den wir alle nur ›den Jerg‹ nannten, der vom Biertisch neben dem von Quadt aufsprang und so grauenhaft schrie.

Heute, am 17. März 1822, zwei Tage vor Josefi, hat er das Eschachtal für immer verlassen, den Erlös für seine Glashütte, einen Wechsel über 11.200 Gulden, in seiner Rocktasche.

Und nicht ein Rabe begleitet ihn auf seinem Weg nach Böhmen.

Hans van Ooyen – Der Dekadenring von Konstanz

Auf dem Sankt Stephansplatz in Konstanz steht an jedem Freitagmorgen ein großer Verkaufswagen. Hier bietet ein Händler Fische aus dem Bodensee feil: Felchen und Seeforellen, Hechte und Zander, Aale, Welse und Barsche. Mag dies für den Fischhändler auch von existenzieller Bedeutung sein, so interessiert uns dieser Umstand nur insofern, als dass sein Marktstand genau jene Stelle markiert, an der man graben müsste, um fündig zu werden.

Ginge man an diesem Platz in den Boden, nicht mit Baggern und Radladern, sondern mit Schaufel und Hacke, später mit Spitzkelle und Stuckateureisen, noch später mit Pinsel und Pinzette, so würde man in einiger Tiefe einen Ring freilegen. Dieser weist zehn Einkerbungen auf und zeigt in seiner spitz zulaufenden Front ein eingeschnittenes Kreuz. Jeder, der mit der Geschichte des Mittelalters vertraut ist, wüsste sogleich, dass es sich um einen Dekadenring handelt, um einen Fingerrosenkranz also, den sein Besitzer beim Beten benutzte. Am Kreuz begann er mit einem Vaterunser, dann drehte er den Ring am Finger um eine Kerbe weiter und sprach ein Ave Maria, und so ging es im Kreis herum, bis der Betende wieder beim Kreuze anlangte.

Der Kundige, so er den Ring betrachtete, wüsste sofort, dass er aus dem Mittelalter stammt. Eine weiterführende Analyse und der Vergleich mit ähnlichen Funden würden die Zeit seiner Entstehung eingrenzen auf das frühe 15. Jahrhundert. Die Untersuchung des Metalls würde sodann ergeben, dass der Dekadenring aus Kupfer besteht, und eine Herkunftsanalyse würde zu der Feststellung gelangen, dass das

Metall aus einer Zeche im Salzburger Land stammt. Damit hätten die Archäologen viel Wissenswertes über das Fundstück zusammengetragen.

Auch nach noch so gründlicher Recherche wüssten die Mediävisten jedoch nicht, dass der Dekadenring einst einem Ruprecht Scherer gehörte. Der wohnte in einer Gasse nicht weit vom Münster entfernt und galt den Bürgern der Stadt als heilkundiger Mann, der mit seiner Himmelstinktur aus Anis, Fenchel und Kümmel, aus Entenblut und Krötenfleisch, aus Bibergeil, Opium und Ingweröl jede Krankheit zu heilen vermochte. Den Ring hatte er während einer seiner vielen Reisen, die ihn mit dem Wundermittel von Dorf zu Dorf, von Stadt zu Stadt führten, bei einem Händler in Wien erworben. Seitdem trug er ihn wie ein kostbares Geschmeide an der rechten Hand, und so oft er sich seiner erinnerte, drehte er den Rosenkranz um den Finger und murmelte dabei die Gebete, die ihm Gottes Vergebung versprachen.

Die Archäologen wüssten auch nicht, dass Scherer den lieb gewonnenen Ring am 6. Juli des Jahres 1415 verlor. An diesem Tag war er bei Sonnenaufgang in ein Haus hinter dem Münster geeilt, um – wie schon an den Tagen zuvor – einen der Kardinäle mit dem Schröpfschnepper zur Ader zu lassen. Als Zeichen seiner Gunst hatte der so Behandelte ihn daraufhin eingeladen, an der Messe teilzunehmen, die das Konzil an diesem Morgen abhalten wollte. »Heute wird dieser Hundsfott zur Hölle fahren!«, gab der Kardinal ihm mit auf den Weg, und Scherer hätte nicht sagen können, ob die Fröhlichkeit des Geistlichen auf das Ablassen seines schlechten Blutes oder auf die Erwartung der Verurteilung von Jan Hus zurückzuführen war.

Den Archäologen wäre nicht bekannt, dass Ruprecht Scherer tatsächlich die gewaltige Messe erleben durfte, zu der sich Kardinäle, Bischöfe und Fürsten im Münster einfanden. Er war wie betäubt von der Pracht der Inszenierung, von den Weihrauchdämpfen, die durch das Kirchenschiff waberten, von den Gesängen des Chores und den Gebeten der Glaubensgemeinschaft. Noch nie hatte er Ähnliches gesehen oder gehört, noch nie hatte er eine solch innige Beziehung zu seinem Gott empfunden, noch nie war er bei einem Kirchgang den Tränen so nahe gewesen. Doch ihm blieb nicht viel Zeit, das Erlebte in sich aufzunehmen, denn kaum war die Messfeier beendet, als eine Schar Bewaffneter Jan Hus ins Münster führte. Scherer erhaschte einen Blick auf den Mann mit Vollbart und Büßergewand, der sich – wohl infolge der Verhöre – kaum mehr auf den Beinen zu halten vermochte. Er hörte die Kanzelpredigt und das Urteil der Verdammnis, aber er vernahm auch die Zwischenrufe des Ketzers, und ein Schauer wie Atem aus der Hölle lief seinen Rücken hinab, als Hus die Worte schrie: »Sieh doch, Herr Jesus, dies Konzil hält dein Tun und Gesetz für Irrtum und verdammt es.« Scherer kam erst wieder zu Atem, als die Schergen endlich ihren Dienst versahen und den Gotteslästerer auf ein Holzgerüst trieben, wo sie ihn in ein Priestergewand kleideten. Er hörte die Stimme aus der Tiefe des Münsters, die Hus fragte, ob er widerrufen werde, was er an Irrlehren verbreitet hatte, und er vernahm das klare Nein des bleichen Mannes. Dann erhoben sich laute Flüche unter der Kuppel, und Hus wurde das Priestergewand vom Leib gerissen. Ein Büttel setzte ihm die Papierkrone mit den drei Teufeln auf den Kopf und eine Stimme donnerte: »Wir befehlen deine Seele dem Satan.«

Die Archäologen wüssten auch nicht, dass Scherer sich nach diesem schauerlichen Schauspiel beeilen musste, die Kirche zu verlassen und zum Brühl zu gelangen, zu jenem Ort zwischen Stadtmauer und Graben also, an dem der Scheiterhaufen für den Ketzer bereitet war. An einem gewöhnlichen Tag wäre es nicht schwierig gewesen, die vielleicht tausend

Meter Wegstrecke dorthin zurückzulegen, aber seit das Konzil in Konstanz tagte, war hier nichts mehr normal. Der Kirchenkongress tagte mit König Sigismund und dreiunddreißig Kardinälen, mit siebenhundert Huren und dreihundertsechsundvierzig Erzbischöfen, mit zweitausendeinhundertachtundvierzig weltlichen Doktoren und all den Hofschranzen und Dienerschaften, die die hohen Herren zu begleiten pflegten, alles in allem vielleicht siebzigtausend Menschen, die die Stadt Konstanz in jener Zeit zusätzlich aufzunehmen hatte. So war es kein Wunder, dass eine unüberschaubare Menschenmenge den Platz vor dem Münster bevölkerte und in den Straßen und Gassen kaum ein Durchkommen war. Scherer aber musste vor den anderen am Ziel sein, denn er hatte eine Aufgabe, die sein rechtzeitiges Erscheinen erforderlich machte.

Die Archäologen wüssten auch nicht, dass der Besitzer des Dekadenringes nach endlos scheinendem Weg und heftigem Geschiebe, Gepuffe, Gezerre endlich die Stadtmauer erreichte und dort in einem Raum verschwand, zu dem zwei Schergen mit Piken jedem anderen den Zutritt verwehrten. Drinnen kleidete der Wunderheiler sich, wie er es schon viele Male getan hatte, in das Gewand des Henkers. Als sein Zeichen kam, setzte er die Kapuze mit den beiden Sehschlitzen auf und hoffte inständig, auch dieses Mal dem bösen Blick des Delinquenten zu entgehen. Draußen fand er alles genauso vor, wie er es angewiesen hatte, und auch Jan Hus stand bereits gefesselt an dem Pfahl, um den das Holz aufgeschichtet war. Scherer prüfte den Sitz seiner Fesseln und die ordnungsgemäße Errichtung des Scheiterhaufens. Dabei kam er dem zum Tode Verurteilten sehr nahe, und er hörte ihn sagen: »Heute bratet ihr eine Gans, aber aus ihm* wird ein

* Das Zitat von Jan Hus ist so verbürgt, da ist von »ihm« die Rede - Hus heißt wohl im Tschechischen »Gans«. So erklärt sich der grammatikalische Fehler.

Schwan hervorgehen.« Scherer suchte den Blick des Königs, aber das Zeichen ließ auf sich warten. Stattdessen vernahm er die Stimme des Reichsmarschalls, der Hus noch einmal aufforderte, von seinen Irrlehren abzuschwören, doch dieser antwortete nur: »In der evangelischen Wahrheit, die ich geschrieben, gelehrt und gepredigt habe, will ich heute gern sterben.« Für einen Moment traf der Blick des Ketzers den des Henkers.

Die Archäologen wüssten auch nicht, dass Ruprecht Scherer, nachdem Hus den Feuertod gestorben und seine Asche in den Rhein gestreut worden war, noch lange allein im Scharfrichterraum zubrachte. Schaudernd rief er sich in Erinnerung, dass Hus allen Ernstes behauptet hatte, wer in Todsünde lebe, könne weder Papst noch König noch Bischof sein. Scherer war zufrieden, dass er den Ketzer unter dem Gejohle und Geschrei der Menschenmenge in die Hölle hatte fahren lassen. Erst als es schon Nacht war, machte er sich mit dem Gefühl, eine gute Arbeit verrichtet zu haben, auf den Weg nach Hause. Die Straßen lagen fast verlassen da, und er war so tief in seine Gedanken getaucht, dass er nicht mitbekam, wie sich einige üble Gestalten an seine Fersen hefteten. Als er es bemerkte, war es zu spät, denn da steckte das Messer schon in seinem Leib. Zuerst begriff er nicht, wie ihm geschehen war, aber dann erinnerte er sich der Augen des zum Tode Verurteilen, und im nächsten Moment war ihm klar, dass ihn die Kapuze nicht vor dem bösen Blick bewahrt hatte. Dies war sein letzter Gedanke. Er erlebte nicht mehr, wie die Räuber ihm den Beutel mit dem Henkerslohn abnahmen und den Dekadenring von dem erschlafften Finger zogen. Als die wilden Gesellen bemerkten, dass der Ring keinen Wert hatte, ließen sie ihn einfach fallen. So landete er in einem tiefen Spalt zwischen Pflastersteinen und rührte sich sechshundert Jahre nicht von der Stelle.

Dass der Ketzer und sein Henker am gleichen Tag in Konstanz zu Tode kamen, wüsste man selbst dann nicht, wenn man den Ring fände. Wenn man ihn zutage förderte, würde man nur herausfinden, dass es sich um einen Dekadenring aus dem frühen 15. Jahrhundert handelt, um ein recht wertloses Stück zudem, das irgendwo im Salzburger Land gefertigt wurde. Die Stelle, an der man graben müsste, um den Ring des Henkers zu finden, markiert an jedem Freitagmorgen der Verkaufswagen eines Fischhändlers. Aber dort hat noch niemand gegraben, und wahrscheinlich wird es auch niemand jemals tun.

Viten der teilnehmenden Autoren und des Illustrators (in alphabetischer Reihenfolge)

Gabrielle Alioth

Gabrielle Alioth, 1955 in Basel geboren, studierte Wirtschaftswissenschaften und Kunstgeschichte und zog 1984 mit ihrem Mann nach Irland. Dort arbeitete sie als Übersetzerin, dann als Journalistin für deutschsprachige Zeitungen und den Rundfunk. 1988 erschienen erste Kurzgeschichten, mit dem Roman »Der Narr« gelang ihr 1990 endgültig der literarische Durchbruch, zuletzt erschien »Die griechische Kaiserin« (2011).

Nessa Altura

Als ein neues Jahrtausend anbrach, fand Nessa Altura, dass es an der Zeit wäre, einmal etwas Neues zu wagen. Sie verkaufte ihre erste Kurzgeschichte an einen Verlag. Zuvor hatte sie als Reiseberichterstatterin und Gymnasiallehrerin gearbeitet. Seither hat sie zahlreiche Beiträge für Anthologien geschrieben und damit etliche Preise gewonnen (2002 Friedrich-Glauser-Preis). Von ihr gibt es zwei Bände mit Erzählungen: »Nacht über Oberstdorf« und »Die 13. Klasse«.

Annette Amrhein

Annette Amrhein wurde in Güstrow geboren und lebt in der Nähe von Hamburg. Sie veröffentlichte in Anthologien und Literaturzeitschriften wie »Sinn und Form« oder »bella triste«. Außerdem schreibt sie für Kinder, u.a. für die Radiosendung »Ohrenbär« und in Anthologien beim Esslinger Verlag und dem Verlag Beltz&Gel-

berg. Für ihre Arbeit erhielt sie ein Stipendium im Künstlerhaus Kloster Cismar.

Angeline Bauer

Angeline Bauer begann ihre berufliche Laufbahn als klassische Tänzerin. Seit 1982 arbeitet sie hauptberuflich als Autorin. Sie veröffentlichte bisher vier historische Romane, ein Märchenbuch für ›starke und mutige Frauen‹, rund ein Dutzend Sachbücher (Psychologie im Märchen, Märchendeutungen, Kräuter und Gesundheit, Hundepflege, so wie ein Ratgeber ›Liebesromane schreiben‹), sowie einige Anthologien. Unter dem Pseudonym Friederike Costa unzählige Kurzgeschichten und mehr als 20 heiter-freche Frauenromane. Mit ›Hahnemanns Frau‹ 2006 Nominierung für ›Die Delia‹ und für den ›Sir Walter Scott-Literaturpreis‹ (3. Platz), mit ›Die Närrin des Königs‹ 2009 nominiert für ›Die Delia‹ (3. Platz). www.angeline-bauer.de

Anne Bentkamp

Anne Bentkamp wurde 1954 in Detmold geboren und lebt mit ihrer Familie in Travemünde. Sie ist als Ärztin in der Ausbildung von Altenpflegern tätig. Vor etwa zehn Jahren hat sie das Schreiben als Hobby für sich entdeckt. Einige Kurzgeschichten wurden in Literaturzeitschriften veröffentlicht und 2009 hat sie den dritten Preis im Kurzgeschichtenwettbewerb des Autorenkreises *Quo Vadis* gewonnen. www.bentkamp.de

Horst Bosetzky

Horst Bosetzky, geboren 1938, lebt in Berlin. Er ist emeritierter Professor für Soziologie und veröffentlichte neben wissenschaftlichen Beiträgen, Romanen, Drehbüchern und Hörspielen seit 1971 unter dem Pseudonym -ky zahlreiche, zum Teil verfilmte Kriminalromane. Für seine schriftstellerische Arbeit wurde er mehrfach ausgezeichnet: 1980 Preis für den besten deutschsprachigen Kriminalroman, 1988 Prix Mystère de la Critique für den besten ausländischen Kriminalroman in französischer Sprache, 1991 Kultur-Bär der BZ, 1992 Ehren-Glauser des »Syndikats« für das Gesamtwerk und die Verdienste um den deutschsprachigen Kriminalroman, 1995 Berliner Krimi-Fuchs, 2005 Bundesverdienstkreuz. Nachdem -ky zu verschiedenen Gmeiner-Anthologien Kurzgeschichten beigetragen hat, erschien erst »Unterm Kirschbaum« und dann »Promijagd« zweiter Kriminalroman um den Berliner Ex-Kommissar Hans-Jürgen Mannhardt im Gmeiner-Verlag. www.horstbosetzky.de

Marc Buhl

Marc Buhl, 1967 in Sindelfingen geboren, und studierte Germanistik, Anglistik, Politikwissenschaft und Betriebswirtschaft. Während und nach Abschluss seines Studiums reiste er viel, vor allem durch die Wüstengebiete Afrikas, Asiens und Amerikas. Er arbeitete als Journalist für diverse Presseagenturen und Tageszeitungen und lebt heute in Freiburg. Seit seinem ersten Roman »Der rote Domino« (2002) hat er mehrere Erzählungen und drei weitere Romane veröffentlicht, zuletzt »Das Paradies des August Engelhardt« (2011).

Tanja Douglas

Tania Douglas wurde 1969 in der Vulkaneifel geboren, ist in Frankreich aufgewachsen und arbeitet seit dreizehn Jahren freiberuflich als Schriftstellerin. Heute lebt sie mit ihrem Mann und ihrem Sohn an der Deutschen Weinstraße. Erschienene Romane:
Die Ballonfahrerin des Königs, 2009, Rowohlt Verlag
Die Blutlüge, 2008, Eichborn Verlag
Der Tanz der Wasserläufer, 2003, Eichborn Verlag
www.taniadouglas.com

Peter Erfurt (Burkhard Bierschenk)

Seine berufliche Laufbahn begann er als Historiker und Journalist. Seit 1976 auch Buch-Autor. Nach Positionen als Chefredakteur und Verlagsmanager seit 1996 selbständiger Verleger von Fachzeitschriften und Fachbüchern.

Zahlreiche Veröffentlichungen unter verschiedenen Pseudonymen, darunter fünf historische Romane, drei Kriminalromane, ein SF-Roman, mehrere Lyrik-Bände, Sachbücher und zahlreiche Kurzgeschichten in Zeitschriften und Anthologien.
1976 Literaturpreis Arbeitswelt, Zürich. www.peter-erfurt.de

Petra Gabriel

Petra Gabriel ist in Friedrichshafen am Bodensee aufgewachsen. Nach verschiedenen Stationen, die sie nach dem Abitur ins Ausland und quer durch Deutschland führten, hat sie sich 1982 mit ihrer Familie in der kleinen, mittelalterlichen Stadt Laufenburg am Hochrhein niedergelassen. Seit 2006 lebt sie einen Teil des Jahres in Berlin. Die gelernte Hotelkauffrau und diplomierte Dolmetscherin machte 1987 erneut eine Ausbildung, dieses Mal zur Redakteurin. Rund 15 Jahre lang war sie stellvertretende Leiterin der Lokalredaktion Bad Säckingen des *Südkurier*.

Marlene Geselle

Marlene Geselle, geboren 1957 in Wassenberg, lebt mir ihrer Familie auf der Schwäbischen Alb, wo sie auch ihre Liebe zum Schreiben entdeckte. Dabei herausgekommen sind etliche Anthologiebeiträge und vier Bücher. Das fünfte ist in Arbeit und kommt noch dieses Jahr heraus. Sie ist in mehreren Schreibforen aktiv. In ihrer Freizeit frönt sie der Landschaftsfotografie, dem Gärtnern und seit kurzer Zeit auch der Krypto- und Steganografie. www.marlenegeselle.de

Viktor Glass

Viktor Glass wurde 1950 in 1950 in Iserlohn geboren. Jugend im Ruhrgebiet, Studium der Sinologie und Publizistik in Bochum, dann beschäftigt bei der Stadt Bochum (Kulturamt).
Freiberuflicher Autor seit 1980.

Letzte Publikationen:
»Diesel«, Romanbiografie, 2008 (Rotbuch/Heyne)
»Goethes Hinrichtung«, biografischer Roman, 2009 (Rotbuch)
»Trockeneis«, Kriminalroman, 2010 (Wißner)
www.viktorglass.com

Johannes Grützke (Illustrationen)

Johannes Grützke, 1937 in Berlin geboren, ist Maler, Zeichner, Druckgrafiker und Medailleur. Er ist Mitbegründer und bekanntester Maler aus der »Schule der neuen Prächtigkeit« mit einem satirischen, mit Ironie gewürzten Realismus. 1992 bis 2002 war er Professor für Malerei an der Akademie der Bildenden Künste in Nürnberg. Die Illustrationen sind entnommen aus: Joseph Victor von Scheffel: Ekkehard. Eine Geschichte aus d. 10. Jahrhundert. Mit 300 Anmerk. d. Autors. Illustr. v. Johannes Grützke. Libelle-Verlag 2000

Alexandra Guggenheim

Alexandra Guggenheim ist Kunsthistorikerin und gebürtige Rheinländerin. 2001 begann sie damit, neben ihren Fachreportagen auch Kurzkrimis zu schreiben. Am liebsten ermittelt sie da, wo sie sich am besten auskennt: in Museen. Ihre Historienromane handeln vom Goldenen Zeitalter der Niederlande. Zuletzt erschienene Kurzgeschichten: »Das Mädchen mit der Puppe«, in: Mords-Niederrhein 2007, »Das Herz eines Boxers«, in: Million Dollar Mama 2008.

Eveline Hasler

Eveline Hasler wurde geboren in Glarus, lebt heute im Tessin. Ab 1967 schrieb sie zunächst Kinderbücher, von denen einige heute zu den Klassikern der Kinderliteratur gehören. Mit »Novemberinsel« erschien 1979 ihre erste Erzählung für Erwachsene. Es folgten in regelmäßigen Abständen mehrere historisch-biografische Romane (u. a. »Die Wachsflügelfrau«, »Anna Göldin«, »Die Vogelmacherin«), die in zahlreiche Sprachen übersetzt wurden und die Autorin weit über die Schweizer Grenzen hinaus bekannt gemacht haben. Für ihr literarisches Werk wurde sie mit zahlreichen Preisen ausgezeichnet.

Rita Hausen

Rita Hausen studierte in Bonn Germanistik und Katholische Theologie. Sie arbeitete als Gymnasiallehrerin, widmet sich seit 2007 ganz dem Schreiben und der Malerei.
Die Autorin ist in vielen Sparten der Literatur zu Hause: sie schreibt Gedichte, Kurzgeschichten, Erzählungen und Romane. Zuletzt veröffentlicht:
Mozarts Zeitreisen, Epla-Verlag, 2006,
Trazom. Ein Mozartkrimi, Viaterra-Verlag, 2009
Das Päckchen in: Mit dem Kugelschreiber auf Zeitreisen, Edition Schreiblöwe, 2009
Über dem Nebelmeer, Autorenkalender, Uschtrin-Verlag, 2009
Irrealis in: Bitte lächeln, Schreiblust-Verlag, 2010

Hermann Kinder

Hermann Kinder wurde 1944 in Thorn (heute Polen) geboren und studierte Germanistik, Niederlandistik und Kunstgeschichte in Münster, Amsterdam und Konstanz. Für seine zahlreichen Romane und Erzählungen erhielt er verschiedene Preise und Auszeichnungen. Von 1972 bis 2008 lehrte er in Konstanz Germanistik und Literatursoziologie und veröffentlichte auch zahlreiche wissenschaftliche Arbeiten. Hermann Kinder lebt heute in Konstanz und in Köln.

Christoph Keller

Christoph Keller wurde 1963 in St. Gallen geboren. Von 1984 bis 1991 studierte er Slawistik und Amerikanistik in Genf und Konstanz. Er veröffentlichte Romane, Erzählungen und Theaterstücke, auch zusammen mit dem Schriftsteller Heinrich Kuhn unter dem Namen *Keller+Kuhn*. Daneben übersetzt er aus dem Russischen. Christoph Keller lebt in St. Gallen und in New York.

Susanne Krawinkel

Susanne Krawinkel wurde 1970 im westfälischen Marl geboren. Nach dem Studium der Betriebswirtschaftslehre in Stuttgart arbeitete sie in unterschiedlichen Unternehmen im Finanzbereich. Heute arbeitet und lebt sie in der Nähe von Frankfurt. Als Ausgleich zur täglichen Zahlenwelt schreibt sie Kurzgeschichten, u. a. hat sie den Literaturwettbewerb zum »Jahr des Wassers 2010« der Stadt Kaufbeuren gewonnen.

Evelyn Leip

Evelyn Leip wurde 1965 in Frankfurt am Main geboren und lebt mit ihrer Familie in Norditalien. Sie schreibt seit ihrer Jugend. Im letzten Jahr hat sie an einigen Schreibwettbewerben teilgenommen und 2010 einen Preis bei den Literaturwettbewerben »Der duftende Doppelpunkt« sowie der »Kulturhöhe Nidderau« gewonnen.

Alf Leue

Nach Abitur, Zivildienst und Aufenthalten in Italien und Spanien war Alf Leue von 1993 bis 2002 in einer Softwarefirma für den Bereich Presse und Marketing zuständig. Darüber hinaus entwickelte er u.a. Fachartikel für IT-Magazine und -Verlage, Fachbuchbeiträge, aber auch Comedy- und Satiretexte (Hörstücke/Radio). 2005 wanderte er mit seiner Lebensgefährtin und ihrer Tochter nach Schweden aus und arbeitet dort als selbständiger Texter, Autor und Konzeptentwickler. Bisher sind ein Roman und zahlreiche Anthologiebeiträge von ihm erschienen. Zahlreiche Auszeichnungen, darunter der 2. Platz beim Kurzgeschichtenwettbewerb 2009 der Autorenvereinigung *Quo Vadis*. www.alfleue.com

Christiane Lind

Christiane Lind lebt ein geteiltes Leben mit fünf Katern in Kassel und einem Ehemann in Duisburg. Die promovierte Sozialwissenschaftlerin arbeitet als freiberufliche Unternehmensberaterin. Bücher haben sie ihr Leben lang fasziniert und 2005 wagte sie den Seitenwechsel von der Lesenden zur Schreibenden. Inzwischen hat sie mehr als 40 Kurzgeschichten in Anthologien veröffentlicht und kleinere Literaturpreise gewonnen. Im Juni 2010 ist ihr historischer Roman ›Die Geliebte des Sarazenen‹ im Rowohlt-Verlag erschienen. www.christianelind.de

Doris Rothweiler

Doris Rothweiler wurde 1972 in Villingen geboren. Sie wuchs in Blumberg, nahe der Schweizer Grenze auf. Nach einem Studium der Verwaltungswissenschaften machte sie eine Ausbildung zur Lerntherapeutin. Mit ihrem Mann und ihren beiden Töchtern lebt sie heute in Donaueschingen. Im Sommer erscheint ihr erster Thriller »Fünf« in der Edition Doppelpunkt; der zweite Teil der Serie ist bereits in Arbeit.

Alessa Schmelzer

Alessa Schmelzer wurde 1971 in Köln geboren und studierte Alte und Neuere Geschichte, Klassische Archäologie, Philosophie und Germanistik in Münster. Journalistische Tätigkeit während des Studiums. Sie ist Autorin wissenschaftlicher Artikel und veröffentlichte ihren ersten historischen Jugendroman »Bertram und der Bärenmann« 2003. Zuletzt erschien »Die Schicksalsgöttinnen« in »Das steinerne Auge. Historischer Episodenroman«. www.alessa-schmelzer.de

Claudia Schmid

Claudia Schmid wurde 1960 in Bayern geboren. Seit vielen Jahren lebt die Germanistin mit ihrer Familie in der Metropolregion Rhein-Neckar. Sie ist Autorin, Redakteurin der Reise-Community Travunity und Dozentin der Abendakademie Mannheim sowie eine der beiden Vorsitzenden des Literarischen Zentrums Rhein-Neckar e.V. Die Räuber '77. Zwei Mal erhielt sie einen Literaturpreis der Buchmesse im Ried. Mit Vorliebe schreibt sie Historisches, mehr zu ihren Veröffentlichungen unter www.claudiaschmid.de

Juliane Stadler

Juliane Stadler, 1978 in Speyer geboren, studierte Alte Geschichte, Vorderorientalische Archäologie und Ur- und Frühgeschichte und verfasste eine Doktorarbeit zu keltischen Bestattungssitten. Die Vergangenheit lebendig werden zu lassen, ist ihr nicht nur als Dozentin an der Universität ein Anliegen, sondern auch als Autorin. Neben Fachpublikationen konnte sie bereits verschiedene Kurzgeschichten veröffentlichen. Zur Zeit arbeitet sie an ihrem ersten Roman. Und wenn sie nicht gerade in vergangenen Welten oder ihrer Fantasie auf Reisen ist, lebt sie mit Mann und Sohn am Fuße des Speyerer Doms und lässt sich von der Natur, Menschen und guten Büchern inspirieren.

Philipp Unsinn

Frühe Berührungen mit Literatur erfuhr Philipp Unsinn (geb. Zurek) bereits als Kind auf den Balkon- und Lampionfesten seiner Mutter im 8. Stockwerk eines Plattenbaus in Bayreuth. Er hat regelmäßig Auftritte als Liedermacher mit Songs aus eigener Feder, die z.T. auf zwei CDs erschienen sind. Ab etwa Mitte der 90er Jahre erfolgten auch die ersten Gehversuche in Lyrik und Prosa (»Jamaika-Trilogie«). Der Liebe wegen ist Philipp Unsinn im Allgäu sesshaft geworden. Er kann dort von seinem Schreibtisch aus auf die anheimelnden Kupferkessel einer kleinen Landbrauerei blicken.
www.xottmoar.de

Hans van Ooyen

Hans van Ooyen, Jahrgang 1954, studierte Germanistik und Philosophie. Nach langjährigen Tätigkeiten als Verlagslektor und Kommunikationsberater ist er seit 2001 als freier Schriftsteller und Fotokünstler tätig. Er veröffentlichte zahlreiche Erzählungen, Hörspiele und Fotokunstbücher; seine Texte wurden in fünfzehn Sprachen übersetzt und mit diversen Preisen ausgezeichnet, so z.B. mit dem Deutschen Kurzgeschichtenpreis, dem Literaturpreis der Stadt Aachen, dem Alfred-Kitzig-Preis für realistische Literatur und dem Menantes-Literaturpreis.

Susanne Wahl

Susanne Wahl studierte Ethnologie und Anthropologie in Frankfurt/Main. Nach Heirat und Familiengründung widmete sie sich neben diversen ehrenamtlichen Tätigkeiten einige Jahre Kindern und Garten, ehe sie 2001 zu schreiben begann. Unter dem Pseudonym Susanna Calaverno schrieb sie darüber hinaus sieben erotische Romane und zahlreiche Kurzgeschichten.
www.susannewahl.com

Constanze Wilken

Nach dem Magisterstudium der Kunstgeschichte, Politologie und Literaturwissenschaften an der Christian-Albrechts-Universität zu Kiel, begann eine andauernde Zusammenarbeit mit zeitgenössischen Künstlern. Zwischen 1995 und 2001 lebte die Autorin in Wales und promovierte an der University of Wales im Fach Kunstgeschichte. In England entdeckte die Autorin ihre Liebe zu Antiquitäten, begann Provenienzrecherchen zu betreiben und entwickelte erste Romanideen. Seit 2003 ist Constanze Wilken hauptberuflich Autorin. www.constanzewilken.de

Eva Wodarz-Eichner

Dr. Eva Wodarz-Eichner ist freie Journalistin und Buchautorin mit dem Schwerpunkt kulturhistorische Themen und lebt in Wiesbaden. Die Kulturhistorikerin und promovierte Germanistin studierte in Mainz und München und ist ausgebildete Tageszeitungs-Redakteurin. Ihr Spezialgebiet sind Biografien historischer Persönlichkeiten. Zu ihren jüngeren Veröffentlichungen zählen »Die großen Wiesbadener«, eine biographische Sammlung berühmter Persönlichkeiten der Stadtgeschichte, und »Die Schiller-Strategie« (FAZ-Buchverlag, 2010), eine Mischung aus Romanbiographie und Karriereführer. Bereits 2009 erhielt sie für ihre Schiller-Erzählung »Freiheit, schöner Götterfunken« den Kurzgeschichtenpreis von *Quo Vadis*. www.evascript.de

Weitere historische Romane finden Sie auf den folgenden Seiten oder im Internet: www.gmeiner-verlag.de

GRIESHABER / KOPITZKI (Hrsg.)

Gefährliche Nachbarn

323 Seiten, Paperback.
ISBN 978-3-89977-793-2.

ZWISCHEN HEGAU UND RHEINFALL Frei nach dem Motto »Kein Ort ohne Mord« sind 22 renommierte Krimiautorinnen und -autoren ins deutsch-schweizerische Grenzgebiet gekommen, um über ausgewählte Ortschaften einen Kurzkrimi zu schreiben.

Der Blick von außen ist ein schärferer, einer, dem Routine fremd ist und der ein wenig an der Oberfläche kratzt, um das Verborgene ans Tageslicht zu bringen. So sind die vorliegenden, in ihrem Charakter sehr abwechslungsreichen Geschichten entstanden, die den Leser die Grenzen vergessen lassen. Denn sie handeln von Menschen, denen man diesseits und jenseits imaginärer Linien auf der Landkarte begegnen kann.

CLAUDIA SCHMID

Die brennenden Lettern

322 Seiten, Paperback.
ISBN 978-3-8392-1212-7.

DIE SPUR DES REFORMATORS Quirin Melchior, ein Heidelberger Lebenskünstler und Fan des Mittelalters, gerät an die geheimnisvolle Ane. Diese Begegnung hat Folgen: Ane bereitet ihn heimlich auf eine Zeitreise vor. Und so landet Quirin mitten in Luthers Disputation an der Heidelberger Universität im Jahre 1518. Er lernt die süddeutschen Reformatoren Paul Fagius und Martin Bucer kennen und wird zu Pauls Beschützer. Der gemeinsame Weg führt sie nach Isny, wo Paul Fagius die erste hebräische Druckerei im deutschen Sprachraum einrichtet. Doch immer ist Zacharias Rugus, sein geheimer und gefährlicher Gegenspieler, in der Nähe …

BETTINA SZRAMA

Die Hure und der Meisterdieb

373 Seiten, Paperback.
ISBN 978-3-8392-1214-1.

VERRATENE LIEBE Thüringen, im Dezember 1695. Der ehemalige Soldat und Wirt Nickel List, eigentlich ein herzensguter Kerl, zündet seine Wirtschaft an, um sich an seinem verräterischen Eheweib Magdalena und ihrem Liebhaber zu rächen. Enttäuscht verlässt er seine Heimat und trifft auf die schöne Diebin Anna. Die ist ihrem Mann, einem reichen Hamburger Weinhändler, davongelaufen und ebenso wie Nickel auf der Flucht. Jahre später ziehen sie als Herr von der Mosel und Anna von Sien durch den Norden. Selbst die größten Kirchen sind vor dem berühmt-berüchtigten Räuberpaar nicht mehr sicher. Doch ihre Häscher sind ihnen bereits auf den Fersen …

CLAUDIUS CRÖNERT

Das Kreuz der Hugenotten

471 Seiten, Paperback.
ISBN 978-3-8392-1211-0.

GENDARMENMARKT Berlin um 1700. Die Stimmung zwischen eingewanderten französischen Calvinisten und deutschen Lutheranern ist angespannt, denn beide Gruppen müssen sich eine enge Kirche teilen. Der Handschuhmacher Paul Deschamps und seine Landsleute planen daher ein eigenes Gotteshaus. Kurfürst Friedrich stimmt dem Bau zu und gewährt auch der deutschen Gemeinde einen neuen prächtigen Dom – direkt gegenüber dem Französischen Dom. Zwischen den beiden Kirchen soll eine Gendarmenkaserne entstehen, die dem Platz seinen Namen gibt. Doch während der Baus stürzt der Deutsche Dom ein und der Mob wendet sich gegen den Hugenotten Paul …

GMEINER

Wir machen's spannend

Unsere Lesermagazine

2 x jährlich das Neueste aus der Gmeiner-Bibliothek

DIN A6, 20 S., farbig

10 x 18 cm, 16 S., farbig

24 x 35 cm, 20 S., farbig

GmeinerNewsletter

Neues aus der Welt der Gmeiner-Romane

Haben Sie schon unsere GmeinerNewsletter abonniert? Monatlich erhalten Sie per E-Mail aktuelle Informationen aus der Welt der Krimis, der historischen Romane und der Frauenromane: Buchtipps, Berichte über Autoren und ihre Arbeit, Veranstaltungshinweise, neue Literaturseiten im Internet und interessante Neuigkeiten.

Die Anmeldung zu den GmeinerNewslettern ist ganz einfach. Direkt auf der Homepage des Gmeiner-Verlags (www.gmeiner-verlag.de) finden Sie das entsprechende Anmeldeformular.

Ihre Meinung ist gefragt!

Mitmachen und gewinnen

Wir möchten Ihnen mit unseren Romanen immer beste Unterhaltung bieten. Sie können uns dabei unterstützen, indem Sie uns Ihre Meinung zu den Gmeiner-Romanen sagen! Senden Sie eine E-Mail an gewinnspiel@gmeiner-verlag.de und teilen Sie uns mit, welches Buch Sie gelesen haben und wie es Ihnen gefallen hat. Alle Einsendungen nehmen automatisch am großen Jahresgewinnspiel mit attraktiven Buchpreisen teil.

GMEINER

Wir machen's spannend

Alle Gmeiner-Autoren und ihre Romane auf einen Blick

GARDENER, EVA B.: Lebenshunger **GEISLER, KURT**: Friesenschnee • Bädersterben **GERWIEN, MICHAEL**: Alpengrollen **GIBERT, MATTHIAS P.**: Zeitbombe • Rechtsdruck • Schmuddelkinder • Bullenhitze • Eiszeit • Zirkusluft • Kammerflimmern • Nervenflattern **GORA, AXEL**: Das Duell der Astronomen **GRAF, EDI**: Bombenspiel • Leopardenjagd • Elefantengold • Löwenriss • Nashornfieber **GUDE, CHRISTIAN**: Kontrollverlust • Homunculus • Binärcode • Mosquito **HAENNI, STEFAN**: Scherbenhaufen • Brahmsrösi • Narrentod **HAUG, GUNTER**: Gössenjagd • Hüttenzauber • Tauberschwarz • Höllenfahrt • Sturmwarnung • Riffhaie • Tiefenrausch **HEIM, UTA-MARIA**: Feierabend • Totenkuss • Wespennest • Das Rattenprinzip • Totschweigen • Dreckskind **HENSCHEL, REGINE C.**: Fünf sind keiner zu viel **HERELD, PETER**: Das Geheimnis des Goldmachers **HOHLFELD, KERSTIN**: Glückskekssommer **HUNOLD-REIME, SIGRID**: Janssenhaus • Schattenmorellen • Frühstückspension **IMBSWEILER, MARCUS**: Die Erstürmung des Himmels • Butenschön • Altstadtfest • Schlussakt • Bergfriedhof **JOSWIG, VOLKMAR / MELLE, HENNING VON**: Stahlhart **KARNANI, FRITJOF**: Notlandung • Turnaround • Takeover **KAST-RIEDLINGER, ANNETTE**: Liebling, ich kann auch anders **KEISER, GABRIELE**: Engelskraut • Gartenschläfer • Apollofalter **KEISER, GABRIELE / POLIFKA, WOLFGANG**: Puppenjäger **KELLER, STEFAN**: Totenkarneval • Kölner Kreuzigung **KINSKOFER, LOTTE / BAHR, ANKE**: Hermann für Frau Mann **KLAUSNER, UWE**: Kennedy-Syndrom • Bernstein-Connection • Die Bräute des Satans • Odessa-Komplott • Pilger des Zorns • Walhalla-Code • Die Kiliansverschwörung • Die Pforten der Hölle **KLEWE, SABINE**: Die schwarzseidene Dame • Blutsonne • Wintermärchen • Kinderspiel • Schattenriss **KLÖSEL, MATTHIAS**: Tourneekoller **KLUGMANN, NORBERT**: Die Adler von Lübeck • Die Nacht des Narren • Die Tochter des Salzhändlers • Kabinettstück • Schlüsselgewalt • Rebenblut **KÖHLER, MANFRED**: Tiefpunkt • Schreckensgletscher **KÖSTERING, BERND**: Goetheglut • Goetheruh **KOHL, ERWIN**: Flatline • Grabtanz • Zugzwang **KOPPITZ, RAINER C.**: Machtrausch **KRAMER, VERONIKA**: Todesgeheimnis • Rachesommer **KRONENBERG, SUSANNE**: Kunstgriff • Rheingrund • Weinrache • Kultopfer • Flammenpferd **KRUG, MICHAEL**: Bahnhofsmission **KRUSE, MARGIT**: Eisaugen **KURELLA, FRANK**: Der Kodex des Bösen • Das Pergament des Todes **LASCAUX, PAUL**: Mordswein • Gnadenbrot • Feuerwasser • Wursthimmel • Salztränen **LEBEK, HANS**: Karteileichen • Todesschläger **LEHMKUHL, KURT**: Dreiländermord • Nürburghölle • Raffgier **LEIMBACH, ALIDA**: Wintergruft **LEIX, BERND**: Fächergrün • Fächertraum • Waldstadt • Hackschnitzel • Zuckerblut • Bucheckern **LETSCHE, JULIAN**: Auf der Walz **LICHT, EMILIA**: Hotel Blaues Wunder **LIEBSCH, SONJA/ MESTROVIC, NIVES**: Muttertier @n Rabenmutter **LIFKA, RICHARD**: Sonnenkönig **LOIBELSBERGER, GERHARD**: Mord und Brand • Reigen des Todes • Die Naschmarkt-Morde **MADER, RAIMUND A.**: Schindlerjüdin • Glasberg

LA CVS CONSTANTIENSIS